grafit

Bibliografische Information der Deutschen Nationalbibliothek
Die Deutsche Nationalbibliothek verzeichnet diese Publikation
in der Deutschen Nationalbibliografie; detaillierte bibliografische Daten
sind im Internet über http://dnb.d-nb.de abrufbar.

© 2021 by GRAFIT in der Emons Verlag GmbH
Cäcilienstraße 48, D-50667 Köln
Internet: http://www.grafit.de
E-Mail: info@grafit.de
Alle Rechte vorbehalten
Umschlaggestaltung: Nele Schütz Design unter Verwendung von
shutterstock/Kozlik (Mann), Rommel Canlas (Gesicht), Andrew
Mayovskyy (Zürich)
Gestaltung Innenteil: DÜDE Satz und Grafik, Odenthal
Lektorat: Nadine Buranaseda, typo18, Bornheim
Druck und Bindearbeiten: CPI – Clausen & Bosse, Leck
ISBN 978-3-89425-774-3
1. Auflage 2021

Sunil Mann

Das Gebot

Kriminalroman

grafit

Sunil Mann wurde als Sohn indischer Einwanderer im Berner Oberland geboren und gilt als einer der renommiertesten und vielfältigsten Autoren der Schweiz. Zwanzig Jahre lang hat er als Flugbegleiter gearbeitet, seit einigen Jahren ist er freischaffender Autor. Er schreibt Kriminalromane, Hörspiele, Kolumnen, Kinder- und Jugendbücher. Sein Werk wurde vielfach ausgezeichnet.
www.sunilmann.ch

1

»*Allahu akbar!*«

Er schreckt aus fiebrigem Dämmerschlaf hoch, zerschlagen nach dieser halb durchwachten Nacht. Hängt einen Atemzug lang zwischen Traum und Wirklichkeit fest. Bevor ihn die Realität wie ein Faustschlag trifft und der Schmerz ihm fast den Verstand raubt. Er reißt die Augen auf. Dunkelheit.

»*Allahu akbar!*« Das halblaute Flüstern ist ganz nah, direkt neben ihm. Eine Männerstimme, gedämpft und brüchig vor Angst, sie wiederholt die Worte immer und immer wieder.

»*Allahu akbar!*«

Er kann nichts sehen, dreht den Kopf, blinzelt in die Finsternis, die ihn umgibt. Die kleinste Bewegung bereitet Höllenqualen. Sie haben ihn auf einen Stuhl gebunden, die Hände hinter dem Rücken gefesselt und taub, das raue Seil hat die Gelenke aufgescheuert, auch seine Beine sind eng zusammengeschnürt. Das rechte Auge ist angeschwollen, der Herzschlag jagt eine Schmerzwelle nach der anderen durch seinen Schädel. Blut verklebt sein Gesicht, die Ohren, den Hals. Die Nase ist vermutlich gebrochen. Das Schlimmste aber ist der Rücken. Das Auspeitschen mit dem Plastikkabel hat die Haut aufgerissen und zerfetzt, das splitterige Holz der Stuhllehne schabt bei jeder Bewegung über die wunden Stellen.

Weit entfernt fällt eine Tür krachend ins Schloss, er zuckt zusammen. Polternde Schritte im Korridor und aufgeregte Rufe. Sie sind auf dem Weg.

Der Mann neben ihm beginnt zu weinen, seine Füße scharren über den Boden. Keuchend schnappt er nach Luft, zieht den Rotz hoch.

»*Allahu akbar!*« Gott ist am größten, nichts ist größer als Gott. Immer wieder, endlos, ein Mantra. Wie oft hat er mitgeschrien, meist lauter als alle anderen.

Der schwarze Stoffsack, den sie ihm über den Kopf gestülpt haben, riecht sauer, nach eingetrocknetem Speichel und Erbrochenem, nach Blut und Schweiß. Und vor allem nach Angst. Nach Todesangst.

»*Allahu akbar!*«, schluchzt der Mann neben ihm, brüllen die Männer draußen im Korridor.

Ihre Stimmen sind jetzt nah, er kann das Klacken der umgehängten Gewehre hören, die harten Absätze auf dem Beton.

»*Allahu akbar!*« Die Tür springt auf und sie stürmen herein, noch ganz euphorisiert vom gemeinsamen Freitagsgebet, beseelt von den Worten des Imam. Er hat sie aufgestachelt, die Wut auf die Ungläubigen befeuert, die Abtrünnigen, die Schande, derer sie ihn bezichtigen. Er weiß nicht, wie viele es sind, sechs vielleicht oder acht, er kann nur mutmaßen.

Er hat versucht, sich zu wehren, hat sie beschworen, hat geweint und auf Knien um Gnade gebettelt, doch es war vergebens, er weiß, wie sie sind. Tiere, blutrünstige Tiere, die kein Erbarmen kennen, kein Mitleid. Und er war eines von ihnen, womöglich das blutrünstigste Tier von allen.

»*Allahu akbar!*« Mit schnellen Schnitten zerschneiden sie seine Fußfesseln und halten ihn fest, ihre Stimmen hallen viel zu laut in dem niedrigen Gewölbe.

Panik packt ihn, sein Verstand setzt aus, das Gehirn kappt alle Verbindungen. Rot glühender Nebel trübt seinen Blick, er hört sich aufheulen, ist außer sich, wie von Sinnen wirft er seinen malträtierten Körper herum. Die Ohrfeigen treffen ihn mitten ins Gesicht, schmerzhaft trotz des Stoffsacks, und lassen ihn verstummen, mutlos zusammensacken, während sie ihn gewaltsam hochzerren. Noch einmal fleht er sie an, beteuert inbrünstig, dass sie sich irrten, dass sie den Falschen verurteilten. Dass er unschuldig sei, einer von ihnen. Aber sie beschimpfen ihn bloß, spucken ihn voller Verachtung an. Fausthiebe prasseln auf ihn ein, jemand versetzt ihm mit einem Gewehrkolben einen Schlag in die Nieren. Tränen strömen über seine Wangen, er wimmert wie ein kleines Kind.

Das wieder zirkulierende Blut lässt seine Beine unvermittelt einknicken, lähmt ihn, sie schleppen ihn trotzdem zur Tür, die wenigen Stufen hoch in den Gang und dann eine Treppe hinauf. Seine nackten Füße schleifen über den Steinboden, schlagen hart gegen jede einzelne Stufe.

Hinter sich hört er den anderen Mann aufkreischen, ein hoher, unmenschlicher Schrei, der ihm durch Mark und Bein geht. Auch er wehrt sich, obschon das keinen Sinn mehr macht, obschon sie beide wissen, dass ihr Schicksal längst besiegelt ist. Wieder treffen Fäuste auf Fleisch, das Geräusch, das Orangen verursachen, wenn sie auf dem Asphalt aufplatzen.

Ihm ist, als schmeckte er plötzlich ihr Aroma auf seiner Zunge, süßer Saft, der ihm über die Finger rinnt, und dieser unvergleichlich betörende Duft, der nichts zu tun hat mit den Früchten aus dem Supermarkt zu Hause. Zu Hause. Ein heftiger Schmerz durchzuckt seine Brust bei der Erinnerung an seine Eltern. Sie werden das alles sehen, denkt er entsetzt und seine Kehle wird eng.

Das gehört dazu. Propaganda, damit die Ungläubigen weltweit schockiert mitverfolgen können, wie groß die Zustimmung bei der lokalen Bevölkerung nach wie vor ist, trotz allem, wie gnadenlos man gegen Verräter und Sünder vorgeht. Wie gewaltig ihre Macht, wie unbesiegbar die Bewegung ist. Und dass dies ein Anfang ist, obwohl die gesamte Welt das Ende bejubelt.

Man wird alles mit Handys filmen, filmt womöglich schon jetzt, da man ihn die Stufen hinaufbugsiert. Die Dunkelheit um ihn herum bleibt, nur hin und wieder glimmt etwas Licht am unteren Ende des Stoffsacks auf und er erhascht einen Blick auf einen Treppenabsatz, seine zerschundenen Füße.

»*Allahu akbar!*« Ununterbrochen, ohrenbetäubend. Männerstimmen, Knabenstimmen. Viele sind jung, zu jung für das alles. Dumme, verblendete Jungs, fast noch Kinder. So wie er.

»*Allahu akbar!*« Triumphierend rufen sie sich die Worte zu, peitschen sich damit gegenseitig auf, während sie ihn weiterzerren, ein Stockwerk nach dem anderen, ihn grob vor sich her stoßen, wenn er stolpert. Dann setzt es erneut Fausthiebe, in die Seiten, gegen den Rücken. Blutgetränkt klebt der Stoff seines T-Shirts an ihm, die Haut schweißnass. Er schreit bei jedem Schlag auf, doch es kommt ihm immer mehr so vor, als schreie jemand anders, als würde er sich mit jedem Hieb ein Stück von seinem Dasein lösen und ihnen seinen Körper überlassen, eine leere Hülle.

Endlich halten sie an, keuchend vor Anstrengung und Eifer. Ein Schloss wird entriegelt, jemand reißt die Luke auf und staubiger Wüstenwind weht ihm entgegen. Er schnappt nach Luft, die Sonne knallt vom Himmel, die Hitze ist unerträglich. Irgendwo in der Ferne jubeln Menschen. Sie schieben ihn vorwärts, behutsam beinahe, kurz darauf legt sich ein eiserner Griff um seinen Oberarm. Grelles Licht, kurz nur, geblendet schließt er die Augen.

Schlagartig herrscht Stille. Er kann den schweren Atem der Männer hören, die hinter ihm stehen, ihren Schweiß riechen, spürt ihre Anspannung, die Euphorie.

»*Allahu akbar!*«, ruft jemand direkt neben ihm, der Stimme nach ein älterer Mann. Der *qadi* vermutlich, der Richter.

Arabisch klingt in seinen Ohren längst nicht mehr abgehackt und aggressiv. Mittlerweile kann er die Zwischentöne heraushören, den warmen Klang, die Sinnlichkeit der Sprache. Zwar hat er ein paar Begriffe gelernt, seine Kenntnisse reichen jedoch bei Weitem nicht aus, um zu verstehen, was der *qadi* sagt. Dem eindringlichen Tonfall nach zitiert er Suren aus dem Koran oder vielleicht Hadithe, mündlich überlieferte Aussagen und Handlungen des Propheten Mohammed.

Den Koran hat er auch nicht gelesen, jetzt wünschte er, er hätte sich die Zeit genommen. Vielleicht fände sich dort Trost, Worte, die ihm die Angst nähmen vor dem, was unweigerlich folgen wird.

Aber da ist so viel anderes gewesen. Wichtigeres. Die Flucht von zu Hause und die abenteuerliche Reise nach Syrien, die Ausbildung, die ersten Einsätze an der Front. Die Gebete, die Gemeinschaft, all die neuen Freunde, seine Bestimmung schließlich. Gotteskrieger. Wie großartig das geklungen hat, damals. Teil eines Ganzen zu werden, eine Aufgabe zu haben, akzeptiert zu sein. Die Macht zu haben über Leben und Tod.

»*Allahu akbar!*« Der Ruf lässt ihn zusammenzucken, der Richter hat seine Rede beendet.

»Laut den Gesetzen der Scharia wirst du beschuldigt, das Verbrechen von Lots Volk begangen zu haben«, übersetzt der *qadi* auf Englisch. »*Liwat.* Der Tod wird dich von deinen Sünden reinwaschen.«

»*Allahu akbar!*« Die Menge applaudiert frenetisch, Pfiffe und anspornendes Gejohle sind zu hören. Ein Volksfest.

Was er längst weiß und ihm jetzt trotzdem einen eisigen Schauer über den Rücken jagt: Nicht in der Ferne jubeln sie. Sondern in der Tiefe.

Er ringt nach Luft, doch es ist, als hätte seine Atmung ausgesetzt. Das Gefühl zu ersticken, er schwankt. Der Griff um seinen Oberarm verstärkt sich, Hände schieben ihn unerbittlich vorwärts. Unter seinen Zehen spürt er die Kante. Ruckartig reißen sie seine Arme hoch und sekundenlang steht er da wie ein Gekreuzigter ohne Kreuz. Die Menge tobt.

Der sengende Wind fährt unter den Stoff, der Sack bläht sich und gewährt ihm einen kurzen Blick auf den Platz zwölf Stockwerke unter ihm, den staubbedeckten Asphalt, die spielzeuggroßen Autos, die am Straßenrand geparkt sind. Die erwartungsvoll heraufschauenden Gesichter. Männer, Jugendliche, Kinder. Keine Frauen. Sie haben Steine zu einem knöchelhohen Damm aufgehäuft, manche haben sich bereits damit bewaffnet.

»*Allahu akbar!*«, ruft der *qadi* und ein begeisterter Aufschrei geht durch das Publikum.

»*Allahu akbar! Allahu akbar!*«, skandieren sie und klatschen dazu rhythmisch in die Hände.

Alles in ihm kommt zum Stillstand. Sie haben ihm ein Leben gegeben, das sie ihm nun wieder nehmen, haben ihn benutzt und verraten. Tief in seinem Herzen hat er immer geahnt, dass es nicht gut enden wird, aber das hat er ausgeblendet. So verlockend, so aufregend war das, was sie ihm dafür angeboten haben, dass er alles hinter sich gelassen hat, was er je gewesen ist. Gierig hat er mit beiden Händen zugegriffen, ist eingetaucht in diesen zerstörerischen Sog, hat sich vom Rausch mitreißen lassen, ohne nur eine Sekunde lang innezuhalten, ohne sich Gedanken zu machen. Den Preis dafür zahlt er jetzt.

Er atmet tief ein. So fühlt sich das also an, das Ende. Er ist ruhig, so ruhig wie noch nie in seinem ganzen Leben.

»*Allahu akbar!*«, brüllen die Männer hinter ihm und jemand versetzt ihm einen Stoß.

Ein überraschter Schrei entfährt ihm, als er das Gleichgewicht verliert. Und dann ist da nur noch Leere.

2

Wütend trommelt der Eisregen auf das Dach des resedagrünen BMW E30, der seit drei Stunden vor dem schäbigen Wohnblock in Wiedikon steht, ohne dass jemand ausgestiegen wäre. Kurz nach zwei Uhr nachmittags, die Straße menschenleer und der Himmel so wolkenverhangen, dass der Tag nie über ein schiefergraues Dämmerlicht hinauskommen wird.

Hinter der Windschutzscheibe eine schemenhafte Gestalt, verschmolzen mit dem Halbdunkel im Wagen. Militärisch kurzer Haarschnitt, Dreitagebart, gletscherblaue Augen und eine Narbe, die sich quer über die linke Wange zieht.

Musik klingt aus dem Radio, düster und geheimnisvoll. Rachmaninow, Klavierkonzert Nr. 2 in c-Moll. Schwebend bewegt Bashir Berisha die Finger über die unsichtbaren Tasten auf seinen Oberschenkeln, obwohl er nie ein Instrument erlernt hat. In seiner Familie gilt Derartiges seit jeher als elitäre Zeitverschwendung, abgesehen davon hätten sich seine Eltern eine solch kostspielige Anschaffung wie ein Klavier gar nicht leisten können.

Doch das ist lange her. Diese Musik aber berührt etwas ganz tief in ihm drin, macht ihn weich, wo er sonst hart ist, die virtuosen Läufe erinnern ihn an die ineinanderfließenden Bewegungen des Aikido. Die japanische Kampfkunst hilft ihm, ausgeglichen zu bleiben und seine Wut zu kanalisieren. Meistens jedenfalls.

Bashir lehnt sich vor und dreht den Ton lauter. Im Inneren des BMW hört sich der prasselnde Regen wie ein Schwarm Vögel an, der zornig auf das Blech einhackt, Wasserkaskaden ergießen sich über die Windschutzscheibe. Ein Blitz zerreißt die Düsternis, grelles Licht zuckt über die umliegenden Wohnhäuser, ein überbelichteter Schnappschuss, das darauffolgende Donnergrollen lässt die Fenster des Wagens vibrieren.

Als wäre die Welt im Begriff unterzugehen, denkt Bashir, dabei ist sie das bereits. Wenigstes ein Stück weit.

Dass keine absoluten Sicherheiten existieren, haben die Menschen im letzten Jahr auf die harte Tour gelernt. Seither versucht man verzweifelt, zu einer Normalität zurückzufinden, Zürich ist wieder bevölkert, Geschäfte und Restaurants sind geöffnet. Man gibt sich unbeschwert und bemüht sich, so zu tun, als wäre alles beim Alten. Doch dieses Urvertrauen – so naiv und kindlich es sein mag –, dass eine wie auch immer geartete Macht ihre schützende Hand über die Menschen in den wohlhabendsten Ecken der Welt hält und sie vor Katastrophen schützt, ist für alle Zeiten zerstört. Denn die ins kollektive Bewusstsein eingebrannten Bilder gespenstisch leerer Städte, überfüllter Notfallstationen und endlos langer Leichentransporte lassen sich nicht so leicht verdrängen. Nach wie vor wanken manche Leute unsicher durch die Stadt, als wären sie gerade aus dem Tiefschlaf gerissen worden, als fürchteten sie, der Boden unter ihren Füßen könnte jeden Moment einbrechen. Ängstlich dagegen andere, die mit schnellen Schritten von Zuflucht zu Zuflucht wieseln wie gehetzte Tiere, hinter jeder Ecke Unheil witternd. Die verstörende Stille der Krise, sie bleibt hinter den Alltagsgeräuschen hörbar.

Schwierige Zeiten, gerade für Kleinunternehmer wie Bashir. Die Auftragslage der *Agentur für unliebsame Angelegenheiten*, die er erst kürzlich mit seiner Geschäftspartnerin Marisa Greco gegründet hat, sah noch im März des letzten Jahres vielversprechend aus. Zwei Wochen später waren sämtliche Verpflichtungen sistiert, neue Anfragen sind bis im Spätherbst ausgeblieben und selbst jetzt weist ihre Agenda beunruhigend viele Leerstellen auf. Während des monatelangen Ausharrens auf das Ende des Ausnahmezustands scheint sich ihre potenzielle Kundschaft darauf zurückbesonnen zu haben, dass sich viele Dinge, für die sie früher jemand anderen beauftragt hat, durchaus selbst erledigen lassen. Und hat damit Bashirs und

Marisas Konzept, ihrer Kundschaft unangenehme Aufgaben abzunehmen, in den Luxusbereich verbannt.

Wo die Agentur streng genommen schon immer hingehört hat, wie sich Bashir eingesteht.

Auch sein Nebenjob als Türsteher war mit der Schließung des Klubs hinfällig geworden. Die als »schnell und unkompliziert« angepriesene Staatshilfe ließ lange auf sich warten und als sie endlich eintraf, reichte der Betrag kaum für eine Monatsmiete. Und mit einem Kredit wollten sie beide ihre von Aufträgen abhängigen und entsprechend unregelmäßigen Einnahmen nicht belasten.

Sie haben irgendwie überlebt, Marisa und er, indem sie sich aufs Wesentliche beschränkt und die Ausgaben so niedrig wie möglich gehalten haben. Was keinen großen Unterschied zu ihrem Leben vor der Krise gemacht hat, sie sind es gewohnt, mit wenig Geld auszukommen. Marisa als alleinerziehende Mutter eines neunjährigen Jungen, er mit zwei Jobs, die gerade genug eingebracht hatten, um ihn nicht unter das Existenzminimum fallen zu lassen.

Ruckartig richtet sich Bashir auf, schaltet das Radio aus und fokussiert seinen Blick auf den Eingang des Wohnblocks. Gerade ist die Lampe unter dem Vordach angesprungen und wirft ihren schummrigen Schein auf die Briefkästen neben der Haustür. Nummer 43. Irgendwann muss die Fassade ockergelb gewesen sein, doch im Lauf der Jahre ist die Farbe zu einem mit schmutzig grauen Schattierungen versetzten Pastellton ausgeblichen. Selbst wenn das unter den herrschenden Bedingungen kaum zu unterscheiden ist, Bashir kennt den Farbton, kennt die Geschichten, die berührenden und die schrecklichen, die sich im dritten Stock dieses Hauses abgespielt haben. Und sich noch immer abspielen, obwohl er schon vor einer Ewigkeit ausgezogen ist.

Rausgeworfen, denkt er, trifft es eher.

Er hat mit seinem gefürchteten Gürtel blindlings auf seinen

Sohn eingedroschen und ihn dann auf die Straße gesetzt. Und sie hat gellend um Hilfe geschrien, hat ihn weinend angefleht, ihn beschworen, mit sachlicher Stimme zur Vernunft bringen wollen. Alles vergebens. Bashir sieht sie immer noch dort in der Küche liegen, den Körper gekrümmt, die Hände an den Heizkörper gefesselt. Ihr Gesicht geschwollen von den Tränen und den Schlägen, während ihr das Blut aus der Nase quoll. Der Blick, den sie ihm zuwarf, als er aus der Wohnung gezerrt wurde, verfolgt ihn noch heute.

Mit den Fingern der linken Hand fährt Bashir über die Narbe auf seiner Wange, eine unbewusste Geste.

Wie ein Versager hat er sich gefühlt, als er da draußen vor dem Wohnhaus gestanden hat, mit nichts als einem schwarzen Eastpak-Rucksack unter dem Arm, in den er heulend ein paar Kleider gestopft hatte, all sein Erspartes und den Pass.

Fünfzehn war Bashir da. Zwei Jahre schlug er sich auf der Straße durch, lebte von dem, was er sich erbettelte oder zusammenklaute, schloss in der Zeit trotzdem die Schule ab und begann eine Lehre. Er weiß heute nicht mehr, wie er das geschafft hat. Wie raffiniert er vorgegangen sein musste, damit weder Mitschüler noch Lehrer etwas von seiner beschissenen Lage mitbekommen haben.

Die Tür des Wohnblocks schwingt auf und sofort spannt sich Bashir an. Ein Mann tritt aus dem Hauseingang, er bleibt kurz stehen, um den Kragen seines Mantels hochzuschlagen. Nachdem er sich eine Zigarette angezündet hat, zieht er den Hut tief ins Gesicht. Im strömenden Regen ist er kaum zu identifizieren, doch Bashir erkennt die leicht buckelige Haltung auf der Stelle wieder. Er erinnert sich an den einst lässigen Gang, die bei jedem Schritt nach außen schlenkernden Beine. Früher ging er wie jemand, der überzeugt ist, dass die ganze Welt auf ihn wartet, jetzt ist sein Körper in sich zusammengesunken, die Schritte kleiner und unsicherer, er schlurft beinahe. Ein alter Mann.

Bashir startet den Motor, lenkt den BMW aus der Parklücke und folgt der Gestalt, die sich bereits nach wenigen Metern in der Düsternis aufzulösen droht.

Wie lange er ihn nicht mehr gesehen hat? Siebzehn, achtzehn Jahre, vielleicht länger, er weiß es nicht. Eigentlich wollte er nie wieder mit ihm zu tun haben. Er hat ihn aus seinem Leben gestrichen, ihn aus seinen Gedanken verbannt. Ihn aus seinem Herzen geätzt. Der heimtückische alte Mann schleicht sich jedoch immer wieder zurück, findet einen Weg, um sich erneut in seinem Kopf einzunisten, sich breitzumachen, wo Bashir ihm strikt keinen Platz einräumen will.

Ein Blick nach oben in den dritten Stock, in der Wohnung brennt Licht, ein Schatten hinter den Vorhängen. Schaut sie ihm hinterher?

Bashir weiß nicht, was er von ihr denken soll, er weiß nur, dass er sie trotz allem liebt. Seit damals leidet sie unter Kopfschmerzen, der alte Mann hat sie schwer verletzt, als sie zu ihm zurückgekehrt ist. Weil sie die Einsamkeit in der eigenen kleinen Wohnung nicht ausgehalten hat, weil sie nicht wusste, was sie mit sich anfangen sollte, sich nicht daran gewöhnen konnte, allein zu leben. Ein Leben im Dienst ihres Mannes, etwas anderes ist für sie nicht vorstellbar.

Sie lag mehrere Wochen im Spital, nachdem er sie mit einer Weinflasche brutal niedergeschlagen hatte, und erzählte den Ärzten beharrlich, sie sei unglücklich gestolpert und die Treppe zur Waschküche hinuntergestürzt. Was allein die Art der Verletzungen widerlegte, man zog ungläubig Brauen hoch und schüttelte mitfühlend Köpfe. Doch am Ende war niemand der Sache nachgegangen. Genauso wenig wie all die anderen Male davor.

Bashir fährt dem alten Mann im Schritttempo hinterher, die Scheinwerfer ausgeschaltet. Er muss irgendwo in der Nähe einen Unterschlupf gefunden haben, denn er ist wie sie. Ohneeinander können sie nicht leben, miteinander schon gar nicht.

An den Abend, als ihn die Notfallärztin angerufen hat, kann sich Bashir nur bruchstückhaft erinnern. Bilder seiner Mutter im eisigen Neonlicht, wie sie in den Operationssaal geschoben wird, ihr Gesicht beängstigend blass und von den vertrauten lilafarbenen Flecken verunstaltet, das Haar strähnig und blutverklebt. Sekundenaufnahmen der Treppe, die er hochrennt, rasend vor Wut, wie er in die Wohnung stürmt, brüllend, die Hände zu Fäusten geballt. Die umgefallenen Stühle sieht, den zerbrochenen Salontisch, ein Büschel ausgerissener Haare im Durchgang zur Küche, auf dem Boden Scherben, Wein und Blut. Der blanke Hass, der alles andere wegfegt. Hätte er den alten Mann in diesem Moment angetroffen, er hätte ihn vermutlich umgebracht. Doch der Alte war verschwunden.

Und blieb es. Bashir lauerte tagelang in der leeren Wohnung auf seine Rückkehr, unterbrochen nur von den Besuchen im Spital, wo die Mutter auf der Intensivstation um ihr Leben rang. Er war entschlossen, sich endlich für all die Brutalität und das Unrecht zu rächen, das der Tyrann seiner Mutter, der Schwester und ihm angetan hatte. Der alte Mann tauchte jedoch nicht auf, auch später nicht, nachdem Bashir die Mutter längst wieder nach Hause gebracht und eine Zeit lang bei ihr gewohnt hatte, bis sie sich so weit erholt hatte, dass sie sich ohne fremde Hilfe versorgen konnte.

Bis sie mich gebeten hat zu gehen, korrigiert sich Bashir in Gedanken. Weil sie meine Fragen nicht mehr ertragen hat.

Vor allem die eine Frage, mit der er sie beide gequält hat, mit der er sich immer noch herumschlägt und auf die er wohl nie eine Antwort erhalten wird: Warum?

Warum kehrt eine Frau zu ihrem gewalttätigen Mann zurück? Einem Mann, der sie beinahe getötet und im Verlauf der Jahre immer wieder krankenhausreif geprügelt hat. Der keine Rücksicht kennt und seine ungehemmte Wut an ihr auslässt. Der sich zwar reumütig und liebevoll gibt, bei der nächsten Gelegenheit aber wieder zuschlägt.

Bashir spürt den Hass erneut aufwallen. Allein der Gedanke an die Gewalt, die der alte Mann seiner Mutter in ihrem Leben angetan hat, lässt ihn am ganzen Leib zittern.

Ich könnte aufs Gas drücken, jetzt, fährt es ihm durch den Kopf. Es gäbe keine Zeugen. Sein Puls schnellt augenblicklich hoch, doch Bashir atmet die Aufregung weg, auch das hat er beim Aikido gelernt, und die Vorstellung ist so schnell verflogen, wie sie aufgetaucht ist.

Wäre er aufmerksamer gewesen, hätte er die Anzeichen viel früher bemerkt. Sie waren die ganze Zeit über da gewesen, direkt vor seiner Nase, dennoch waren sie ihm entgangen. Weil er es schlicht für unmöglich gehalten hatte, dass jemand so dreist sein konnte.

Der kaum wahrnehmbare Zigarettengeruch in der Wohnung ist ihm erst vor ein paar Tagen aufgefallen. Er hätte sich fragen müssen, weshalb seine nicht rauchende Mutter dauernd lüftete, wenn er sie besuchte, hätte erkennen sollen, wie ertappt sie ihn anlächelte, wenn er sie in der Küche antraf, wie hastig sie dann die Tür der Spülmaschine zuklappte.

Nachdem er den Rauchgeruch festgestellt hatte, durchwühlte Bashir als Erstes den Abfalleimer und kam sich dabei wie ein drittklassiger Privatdetektiv in einer Vorabendserie vor. Er musste ziemlich tief stochern, bis er auf die Zigarettenstummel stieß, seine Mutter hatte sie unter dem restlichen Müll begraben.

Und plötzlich hatte er alles andere auch gesehen: die zweite Zahnbürste im Glas, die hinter ihren Schuhen versteckten Pantoffeln in der Diele, Herrenhemden in der Schmutzwäsche, Bier im Kühlschrank.

Offenbar kommt und geht der alte Mann, wie es ihm passt. Nur wenn Bashir auftaucht, löst er sich in Luft auf.

Dass ihn seine eigene Mutter belügt und hintergeht, enttäuscht Bashir bitter, doch noch größer ist sein Unverständnis. Weshalb lässt sie den Mann, der ihr so viel Leid zugefügt hat, erneut in ihr Leben? Warum setzt sie sich wissentlich einer lebensgefährlichen Bedrohung aus? Fragen, die sie ihm wohl nie beantworten wird. Deshalb wird er die Angelegenheit selbst regeln. Ein für alle Mal.

3

Das konstante Rauschen, das die Reifen auf dem nassen Asphalt verursachen, beruhigt sie, es lindert die Unrast, die sie schon seit Tagen umtreibt.

Marisa Greco fährt sich durch die Locken, die ihr in kupferroten Wellen über die Schultern fallen. Ihr Herz klopft hart und schnell, ihre Empfindungen changieren im Minutentakt zwischen Angst und Entschlossenheit. Doch sie hat sich entschieden und jetzt wird sie ihren Plan durchziehen.

Sie hat die Musik leiser gedreht, *Come è profondo il mare* läuft gerade. Lucio Dalla. Wie tief ist das Meer, ein düsterer Text, auch wenn das Arrangement des Songs unbeschwert daherkommt. Marisa hört nur mit einem Ohr hin, während sie sich auf die kurvenreiche Bergstraße konzentriert, die von Chur nach Arosa führt.

In der Zwischenzeit hat es aufgehört zu schneien, die Wolken hängen jedoch immer noch tief, schmutzig graue Schneeschlieren kleben am Straßenrand. Der weiße Flaum auf Wiesen und Tannen wird vermutlich im Verlauf des Nachmittags wegschmelzen.

Eben hat sie ein lang gezogenes Dorf passiert, bloß ein paar verstreut stehende Holzchalets, ein Schulhaus, ein Gasthof, die obligatorische Kirche, daneben ein kleiner Lebensmittelladen. Gegen den Berg hin ist die Straße mit Steinmauern befestigt, auf der Talseite fällt das Gelände steil in die Tiefe. Sie ist zügig unterwegs, aus Erfahrung weiß sie allerdings, dass ihr aus jeder der unübersichtlichen Straßenbiegungen ein Einheimischer mit seinem Auto entgegenschießen könnte. Geschwindigkeitsbegrenzungen werden in dieser Gegend bestenfalls als Empfehlungen interpretiert, als bedeutungslose Zahlen auf rot umrandeten Temposchildern.

Dreihunderteinundsechzig Kurven, eine davon hat er nicht erwischt.

Das schlichte Holzkreuz ist leicht zu übersehen, es steht zurückversetzt von der Straße unter einer Fichte und ist bereits etwas verwittert, gleich dahinter der Abhang. Als Marisa daran vorbeifährt, zieht sich ihr Herz schmerzlich zusammen und sie drückt aufs Gaspedal.

Ihre Erinnerungen an jenen eisigen Morgen im März sind verschwommen. Monate nach dem Unfall war das gewesen. Endlich hatte sie die Kraft aufgebracht, ins Bündnerland zu fahren und sich die Stelle anzuschauen, wo er mit dem Wagen von der Straße abgekommen und gegen den Baum geknallt war. Weinend legte sie einen Strauß Narzissen vor das Kreuz, das jemand, den sie nicht kannte, errichtet hatte, sprach ein flüchtiges Gebet. Vage Gedanken an Antonio, weil sie nicht gewusst hatte, was sie denken sollte, weil sie immer noch verwirrt gewesen war und nicht hatte begreifen können, dass er weg war und sie mit so vielen offenen Fragen zurückgelassen hatte.

Luca schläft auf dem Rücksitz, den Kopf an die Fensterscheibe gelehnt, sein Mund steht spaltbreit offen. Neun Jahre alt ist er kürzlich geworden und während Marisa ihn im Rückspiegel betrachtet, wird ihr Herz vor Liebe und Stolz ganz weit und warm. Er hat für den Ausflug eine lilafarbene Latzhose ausgewählt, dazu ein weißes Kapuzenshirt mit einem Tweetie-Aufdruck, das einen Tick zu flauschig aussieht. Sie hat ihn gewähren lassen, er soll das anziehen, was sich für ihn richtig anfühlt. Nur auf dem warmen Anorak hat sie bestanden, es ist empfindlich kühl in den Bergen, und murrend hat er schließlich nachgegeben.

Insgeheim ist sie erleichtert, dass er heute keinen Rock oder einen dieser knielangen Pullover anhat, die er so gern mit einem Gürtel über der Taille kombiniert und die ihn wie eine Kreuzung aus Robin Hood und Galeriebesitzerin aussehen lassen. Denn mittlerweile bringt Marisa die Geduld nicht mehr auf, wildfremden und in der Regel empörten Menschen zu erklären, weshalb ihr Sohn an manchen Tagen gern Mädchenkleidung trägt und warum sie keinen Anlass sieht, ihm dies auszureden oder gar zu verbieten.

Ohnehin hat sie in den letzten Monaten festgestellt, dass sie deutlich weniger nachsichtig gegenüber Leuten geworden ist, die – meist ungefragt – absurde, um nicht zu sagen einfältige Gedanken von sich geben oder sich permanent über Dinge aufregen, die nicht in ihr Weltbild passen. Vielleicht ist es ihr Alter, die drohende Menopause oder diese verdammte Krise, sie hat bislang nicht herausgefunden, wo der Ursprung für diese Gereiztheit liegt.

Die ausbleibenden Aufträge für die *Agentur für unliebsame Angelegenheiten* haben sie nur haarscharf am Konkurs vorbeischrammen lassen. Doch obwohl Marisa zusammen mit Luca wochenlang zur Isolation in ihrer Dreizimmerwohnung verdammt gewesen war, war es ihr nie langweilig geworden. Denn der Staat, der sie einerseits mit Almosen abspeiste, hatte andererseits bestimmt, dass sie ab sofort Lehrerin war, die ihren Jungen im Homeschooling zu unterrichten hatte. Was sie als alleinerziehende Mutter effektiv daran hinderte, irgendeinen Nebenjob anzunehmen, um wenigstens auf diesem Weg ihre prekäre Finanzlage aufzubessern. Und während Großkonzerne mit Milliardenbeträgen unterstützt wurden, gab es für diese anspruchsvolle und zeitaufwendige Aufgabe genau das, womit Marisa von Anfang an gerechnet hatte: nichts.

Es war während dieser zäh fließenden Wochen, in denen sich Marisa trotz quälender Geldsorgen und des abendlichen Studiums von Dreisätzen, chemischen Stoffumwandlungen und deutscher Grammatik Gedanken über ihr Leben machte und was sie davon erwartete. Wenn alles andere wegfällt, wird man wohl oder übel auf sich selbst zurückgeworfen.

An einem späten Abend kam sie nach dem Leeren einer Flasche Rotwein mit sich überein, dass sie lange genug getrauert hatte und sich robust genug fühlte, um sich den vermutlich wenig erfreulichen Tatsachen zu stellen. Sie wollte nicht länger auf das

Resultat einer zögerlichen Polizeiermittlung warten, sondern der Sache auf eigene Faust nachgehen. Was sie braucht, ist Klarheit, nur so kann sie endlich mit Antonios Tod abschließen.

Gleichzeitig kämpft sie gegen ihre dunklen Ahnungen an. Sie hat von Anfang an gewusst, dass irgendetwas an den Umständen des Unfalls nicht stimmt, auch wenn die Ermittler bis auf die Fußspuren, die vom beinahe komplett zerstörten Wagen wegführten, nichts Ungewöhnliches festgestellt hatten.

Vereiste Kurve, kurz vor Mitternacht, er muss die Kontrolle über sein Fahrzeug verloren haben, rapportierten sie, zu den Stiefelabdrücken Größe sechsunddreißig sagten sie zuerst nichts. Die Befürchtung, in etwas hineinzugeraten, dem sie nicht gewachsen war, und womöglich Dinge herauszufinden, mit denen sie nicht umgehen konnte, hatte ihr nächtelang den Schlaf geraubt.

Ob Antonio sie betrogen hat, ist für Marisa mittlerweile zweitrangig, ihre Ehe war schon vor seinem Tod zerrüttet.

So viele Probleme, über die wir nie gesprochen haben, ergänzt sie in Gedanken, die wir einfach ignoriert haben. Weitergemacht haben wir, als wäre das alles normal, die Leere und das Schweigen, das nächtelange Fortbleiben. Das Gefühl, sich nichts mehr zu sagen zu haben. Nun werden wir uns niemals aussprechen, niemals versöhnen. Keine Absolution, für keinen von uns, Zeit heilt keine Wunden, wir müssen damit klarkommen, ich im Leben und du im Tod.

Doch das ist es nicht, was Marisa am Ende bewogen hat, die Sache selbst in die Hand zu nehmen. Es sind die offenen Fragen, auf die sie endlich eine Antwort will. Mit etwas Glück und weiblicher Intuition wird ihr vielleicht gelingen, was die Polizei bisher nicht geschafft hat, nämlich herauszufinden, wer die Frau ist, die mit ihrem Ehemann im Hotel *Kulm* in Arosa gesehen wurde. Und was genau geschehen ist, als er an jenem Abend vor fast zweieinhalb Jahren von der Straße abgekommen ist, während die Fremde neben ihm im Wagen gesessen hat.

4

Tief in seine Überlegungen versunken, verpasst Bashir beinahe, dass der alte Mann unvermittelt abbiegt, seine Gestalt ist im undurchdringlichen Regengrau kaum zu erkennen. Bashir drückt aufs Gaspedal und sieht den Alten in der Einfahrt zu einem Hinterhof stehen, er schüttelt das Wasser von seinem Mantel und zieht an der Zigarette. Bashir fährt ein paar Meter weiter und lenkt den BMW auf den Gehsteig, springt aus dem Wagen und eilt zum Durchgang zurück. Der alte Mann ist mittlerweile in den Innenhof getreten, in dessen Mitte eine mächtige Linde steht. Das Gesicht im Profil, die Fluppe klebt in seinem Mundwinkel, er reibt sich die Hände. Es ist kühl, Mitte April und keine Spur von Frühling. Die Schneefallgrenze ist über Nacht auf unter sechshundert Meter gesunken.

Und nächste Woche feiern sie Sechseläuten, fällt Bashir ein.

Zürichs Frühlingsfest, bei dem der Böögg verbrannt wird, ein drei Meter vierzig großer, mit Holzwolle und Knallkörpern gefüllter Schneemann aus Styropor, der symbolisierte Winter, der auf der Spitze eines Scheiterhaufens thront. Nach einem Umzug durch die Stadt folgt der Höhepunkt des Festes, zu dem in altertümliche Uniformen gekleidete Zünftler im Kreis um den brennenden Holzstoß reiten, bis der Böögg explodiert. Anhand der Brenndauer bis zum Knall behaupten selbst ernannte Experten, Länge und Qualität des nächsten Sommers bestimmen zu können.

Der alte Mann schnippt die Zigarette weg und blickt in den verhangenen Himmel, als wollte er überprüfen, wie viel Regen noch fallen wird, bevor er den Hof überquert und auf eine lotterige Holztür zusteuert.

Bashir lässt einige Sekunden verstreichen, ehe er dem Alten folgt. Der Asphaltboden rund um die Linde wirft rissige Wellen, vierstöckige Wohnhäuser mit von Witterung und Abgasen gezeichneten Fassaden, Graffiti überall, auf Augenhöhe hängen zerschlissene Plakate längst vergangener Veranstaltungen.

Von der Tür, hinter der der Alte gerade verschwunden ist, blättert die hellblaue Farbe, der untere Bereich ist von Schimmel überzogen und morsch. Behutsam drückt Bashir auf die Klinke, doch die Tür ist bloß angelehnt. Dahinter ein winziger Vorraum, ein Besen und eine erdverkrustete Schaufel in der Ecke, in einer grauen Kunststoffkiste liegt eine nachlässig zusammengerollte Lichterkette. Am anderen Ende des Raums eine Tür, die Treppe dahinter führt steil nach unten. Geräuschlos steigt Bashir die Stufen hinab und gelangt in einen Gang, der nur von vereinzelten Leuchtbirnen erhellt wird. Ein Dutzend Kellerabteile reihen sich in beiden Richtungen aneinander, hölzerne Lattenverschläge, hinter denen uralte Skier, ausrangierte Fahrräder und Umzugskartons zu erkennen sind. Es riecht muffig nach Fäulnis und Staub. Am hintersten Ende des Korridors eine offen stehende Panzertür, sie gehört zu einem Luftschutzkeller, wie er in jedem Schweizer Wohnhaus aus dieser Epoche zu finden ist. Als Obligatorium kurz vor dem Ausbruch des Zweiten Weltkriegs eingeführt, dienen diese Schutzräume als Zufluchtsort für die Bevölkerung im Fall einer Naturkatastrophe, bei einem Reaktorunfall oder im Krieg. Noch heute ist ein Schutzraum bei Neubauten ab einer gewissen Größe vorgeschrieben, obschon die Bunker gerade in Einfamilienhäusern meist als Lagerraum für selbst eingemachte Konfitüren und Notvorräte benutzt werden.

Vorsichtig nähert sich Bashir der massiven Stahlbetontür, sie gibt den Blick frei auf einen kargen Raum, der beinahe gänzlich im Halbdunkeln liegt. Einzig eine Bürolampe spendet etwas Licht, ein Feldbett und ein Tisch mit Stuhl werfen Schatten auf die unverputzten Wände.

Bashir tritt ein. Fast gleichzeitig schlingt sich ein Arm von hinten um seinen Hals. Kaltes Metall drückt gegen seine Halsschlagader, ein Messer, vermutet er.

»*Pse po teshtitesh nga vetja?*«, zischt ihm der alte Mann auf Albanisch ins Ohr, sein Atem riecht nach Zigarettenrauch und Raki. Was schleichst du dich an?

Sie klingt immer noch gleich, leicht brüchig zwar, den harten, mitleidlosen Ton hat sie jedoch nicht verloren.

»Hast du gemeint, ich hätte dich nicht bemerkt?«

Bashir atmet tief ein.

»Was ist? Verstehst du unsere Sprache nicht mehr? Oder hat es …?«

Weiter kommt er nicht. Bashir packt das Handgelenk, befreit sich aus dem Würgegriff seines Gegners und reißt ihn zu sich hin, während er dem verblüfft vorwärtsstolpernden Alten ausweicht, mit einer geschmeidigen Körperdrehung schleift er ihn ein Stück mit und schleudert ihn dann mit Schwung zu Boden. Mühelos, ein sanfter Tanz, Bashirs Puls hat sich kaum erhöht. *Ushiro katate dori kubi shime.* Das Kräfteverhältnis hat sich seit jenem Tag deutlich verschoben.

Stöhnend bleibt der alte Mann mit dem Gesicht nach unten liegen. Das Messer ist ihm aus der Hand gerutscht und klirrend über den Beton geschlittert, jetzt ist es außer Reichweite. Ganz kurz verspürt Bashir Mitleid. Einer, der es nicht geschafft hat. Wie so viele hat er sich eine goldene Zukunft in dem fremden Land erhofft und ist gescheitert. Traurig ist er darüber geworden, erst, danach trotzig, bitter und schließlich wütend. Eine tief sitzende Wut, mit der er nirgendwo hinzugehen weiß und die er deswegen an seiner Frau auslässt, früher auch an seiner Tochter, dem Sohn, und damit alles zerstört hat, was ihm Rettung und Trost hätte sein können: die Familie. Die Liebe seiner Kinder.

Ungelenk dreht sich der alte Mann auf den Rücken, stützt sich auf die Ellenbogen und starrt Bashir verächtlich an.

»Und jetzt?« Er spricht nun Deutsch.

»Lass sie in Ruhe«, sagt Bashir ruhig.

»Wer, glaubst du, dass du bist? Was zwischen deiner Mutter und mir läuft, geht dich einen Scheiß an!«

»Du hast sie beinahe umgebracht!«

»Sie ist wohlauf, es geht ihr gut. Oder etwa nicht?«

Noch immer hat er diesen schweren Zungenschlag, den albanischen Akzent ist er nie ganz losgeworden.

»Lass dich nie mehr bei ihr blicken.«

»Verbietest du mir etwa, in meine eigene Wohnung zu gehen?«

»Ich will, dass sie ohne Angst leben kann.«

Schwer atmend rappelt sich der alte Mann auf. Als er endlich aufrecht steht, verschränkt er die Arme vor der Brust und etwas Verschlagenes schleicht sich in seinen Blick.

»Von einem wie dir lasse ich mir nichts sagen«, stößt er hervor.

Fragend hebt Bashir eine Braue.

»Du weißt, wovon ich spreche.«

Der Alte lacht auf, als Bashir schweigt.

»Man hat mir berichtet, wie du damals dein Geld verdient hast.«

Unmerklich zuckt Bashir zusammen. Erinnerungsfetzen jagen durch seinen Kopf. Geschlossene Toilettentüren, stickig enge Kabinen und dieser moschusartige Geruch, von dem ihm noch heute übel wird. Es gibt Dinge, die verbannt man in die hinterste Ecke seines Bewusstseins.

Er hat alles getan, um auf der Straße zu überleben. Betteleien, kleinere Raubdiebstähle, Einbrüche, Botengänge für Drogenhändler, zeitweise dealte er selbst, Gras und Shit. Fast immer fand Bashir einen Weg, um an Geld zu kommen, in den wenigsten Fällen war es ein legaler. Doch es gab auch diese anderen Tage, wo einfach nichts ging, wo er beinahe verzweifelte, bis ihn schließlich der Hunger zum Bahnhof trieb. In den Toiletten im Zwischengeschoss hat sich ein attraktiver Junge wie Bashir schnell einen Fünfziger verdienen können.

»Es stimmt also.« Der alte Mann nickt. »Weißt du, wir Albaner halten zusammen, gerade hier, in diesem Land. Wir sehen und hören alles.« Er schüttelt den Kopf. »Mein Sohn, eine Schwuchtel.«

Innerhalb von Sekundenbruchteilen kocht in Bashir eine glühende Wut hoch. »Ich bin nicht dein Sohn!«

Der Alte lächelt mitleidig, was Bashir endgültig zur Weißglut bringt.

»Ich habe an dem Tag aufgehört, dein Sohn zu sein, als du mich rausgeworfen hast.«

»Eine Tunte wie du hat unter meinem Dach nichts verloren.«

Bashir macht ein paar schnelle Schritte auf den alten Mann zu, die erhobene Hand zur Faust geballt.

»Was ist? Willst du etwa einen Greis schlagen? Nur zu. Oder fehlt dir der Mut?«

»Ich bin nicht dein Sohn!«

»Du kannst mich so oft verleugnen, wie du willst. Aber du bist wie ich«, flüstert der alte Mann, während er Bashirs Gesicht studiert. »Ich erkenne es in deinen Augen, du hast es auch in dir.«

»Bloß bin ich kein Schwächling«, zischt Bashir, »der seine Frau verprügeln muss, damit er sich wie ein ganzer Mann fühlt.«

Der Blick des Alten wird starr, seine Stimme ist eiskalt, als er fortfährt. »Eines Tages wird es dich genauso besiegen, es wird aus dir herausbrechen mit aller Macht. Und du wirst nichts dagegen tun können. Denk an meine Worte. Dann bist du genau wie ich.«

Voller Abscheu sehen sie sich an. Bashir holt tief Luft, atmet den Hass aus, die glühend heiße Wut, die ihn vorhin fast verbrannt hätte.

Aikido setzt sich aus drei japanischen Zeichen zusammen. »Ai« steht für die »Verbindung mit Liebe«, »Ki« für die »unendliche Energie, die das Universum aufrechterhält«, »Do« bezeichnet den »Weg«.

»Der wahre Sieg ist der Sieg über das Selbst«, sagt Ueshiba Morihei, der Begründer der friedlichen Kampfkunst, im Aikido gibt es kein Gewinnen und keinen Gegner, es ist nicht nur der Weg des Kriegers, es ist auch der Weg der Vergebung und der Erleuchtung. Bashir hat die Weisheiten des Meisters immer wieder gelesen, so lange, bis er sie verinnerlicht hat, bis sie zu einem Teil seines Geistes geworden sind. Langsam lässt er die erhobene Faust sinken. Er will nicht so sein wie er.

»Du hast keine Ahnung, wie sehr du mich anwiderst.« Bashir wendet sich ab.

»Weil du dich selbst verachtest. Wir beide sind von demselben Dämon besessen, wir sind gleich, du und ich. Ich werde immer ein Teil von dir sein, *bir*.«

Sohn. Das Wort bohrt sich wie ein Pfeil durch Bashirs Herz, es verschlägt ihm den Atem. Er hält inne, doch dann verlässt er den Luftschutzkeller, ohne sich noch einmal nach dem alten Mann umzudrehen, den er vor mehr als zwei Jahrzehnten zum letzten Mal »Vater« genannt hat.

5

Lucio Dalla besingt voller Hoffnung *L'anno che verrà*, das Jahr, das kommen wird, denn in dem »redet man wochenlang nichts und wenn man nichts zu sagen weiß, bleibt einem viel Zeit«.

Zu viel Zeit, denkt Marisa. Um nachzudenken, um sich immer wieder mit demselben Thema auseinanderzusetzen und dabei keinen einzigen Schritt weiterzukommen.

Zwar geht Luca zur grenzenlosen Erleichterung von Mutter und Sohn wieder regulär zur Schule, doch seit sie ihn nicht mehr unterrichten muss, setzt Marisa die Untätigkeit zu, ohne Arbeit fühlt sie sich nutzlos. Sie hat sich sogar überlegt, wieder bei der Airline anzuheuern, für die sie jahrelang als Flugbegleiterin tätig gewesen ist. Einfach, damit sie beschäftigt ist und wenigstens etwas Geld verdient. Auf ihre telefonische Anfrage hin hat die Personalchefin allerdings sofort abgewinkt, momentan bestehe kein Personalmangel, im Gegenteil.

Marisa steuert ihren verbeulten knallroten Renault Modus durch das Dorfzentrum von Arosa. Sportläden und Hotels überall, links das futuristische Sport- und Kulturzentrum, gleich danach der idyllische Obersee mit seiner Promenade auf der rechten Seite. Selbst wenn hier oben nach wie vor Schnee liegt, neigt sich die Saison ihrem Ende zu, nur noch vereinzelt schlendern Touristen durch den Wintersportort. Die Straße führt weiter bergaufwärts, Splitt prasselt gegen die Unterseite ihres Wagens, an den Schattenstellen lauern vereiste Pfützen.

Kurze Zeit später hat Marisa das Hotel erreicht, sie erkennt es auf Anhieb, obwohl sie noch nie hier gewesen ist. Sie setzt den Blinker und schwenkt auf den hoteleigenen Parkplatz ein.

Mit zittrigen Fingern schaltet sie den Motor aus und lässt die Musik laufen. Ein paar Atemzüge lang lehnt sie sich mit geschlossenen Augen zurück. Dann öffnet sie die Lider, rückt die Brille mit dem grünen Gestell gerade, das so gut zu ihrer Haarfarbe passt, und starrt auf das Armaturenbrett, als müsste dort gleich eine Anleitung für das weitere Vorgehen aufleuchten. Ihr Herz trommelt, die Handflächen sind feucht.

Endlich ist es so weit. Zwar hat sich Marisa ein paar Strategien zurechtgelegt, um den Namen der unbekannten Frau herauszufinden. Keine dieser Taktiken überzeugt sie jedoch vollends. Schließlich hat die Polizei bereits damals nach ihr geforscht, als mögliche Spuren noch frisch waren und sich die Belegschaft des Hotels problemlos an Antonio und seine Begleiterin erinnern konnte. Trotzdem blieb die Frau unauffindbar, ein Mysterium.

Sie wünscht sich, Bashir wäre jetzt hier. Allein seine Anwesenheit würde ihr Mut machen. Er würde ihre Zweifel zerstreuen und sie darin bestärken, die Angelegenheit zu einem Ende zu bringen. Ganz egal, was dabei herauskommt.

Kurz erwägt sie, ihn anzurufen, holt sogar das Handy aus ihrer Handtasche – und zögert. Sie hat ihm bloß erzählt, dass Antonio bei einem Autounfall gestorben ist. Von den Stiefelabdrücken im Schnee weiß er nichts und auch nicht, wie schlecht es um ihre Ehe bestellt gewesen ist. Und dass sie jetzt auf eigene Faust ermittelt, erst recht nicht. Vermutlich würde er es verstehen, aber sie will sich auf keinen Test einlassen. Einwände oder Bedenken sind das Letzte, was sie jetzt gebrauchen kann, sie ist sich ihrer Sache schon so nicht sicher. Marisa lässt das Mobiltelefon in die Tasche zurückgleiten.

Ihr Geschäftspartner fehlt ihr, sie vermisst seine trockene Art, den verhaltenen Humor, selbst die für einen Türsteher untypische Sammlung an kompliziert klingenden Teemischungen in seiner Küche. Ihm hat sie diesen Job zu verdanken, in dem sie endlich keinem Vorgesetzten mehr unterstellt ist. Seither ist es ihr nicht einen Tag langweilig gewesen, sie fühlt sich ernst genommen und kann auf ganz praktische Weise ihre siebenundvierzig Jahre Lebenserfahrung einbringen.

Stimmt nicht, korrigiert sie sich in Gedanken und lächelt. Den Job habe ich mir selbst verschafft.

Tatsächlich ist es Marisas Idee gewesen, die *Agentur für unliebsame Angelegenheiten* zu gründen. Weil sie der Ansicht war und immer noch ist, dass es bereits mehr als genügend Detektivbüros auf dieser Welt gibt.

Nicht nur Bashir vermisst sie, sie vermisst auch die Arbeit. Die teilweise seltsamen und sogar gefährlichen Einsätze fordern Marisas ganze Aufmerksamkeit. Alles andere spielt in diesen Momenten keine Rolle mehr, wird in den Hintergrund gedrängt. Doch seit bald einem Jahr ist alles anders, sie hat unendlich viel Zeit zur Verfügung und kaum etwas zu tun. Ohne Ablenkung gibt es kein Entkommen mehr.

Deswegen ist sie hier.

Zur Vergangenheitsbewältigung, denkt Marisa, für meinen Seelenfrieden. Und damit ich nicht völlig durchdrehe.

»Vedi caro amico cosa si deve inventare, per poter riderci sopra. Per continuare a sperare«, singt Dalla. Sieh, lieber Freund, was man sich einfallen lassen muss, um darüber lachen zu können und weiterhin hoffen zu dürfen.

Sie hört den Song zu Ende, ehe sie den Autoschlüssel abzieht, dann steigt sie aus und weckt ihren Sohn.

Vom Parkplatz sind es nur wenige Schritte bis zum Eingang des *Arosa Kulm Hotel*. Frontal betrachtet, erinnern die beiden versetzt platzierten Gebäude mit ihrer Kastenform an Wohnblocks aus den Sechzigern, wäre da nicht die dunkle Holzverschalung der Fassade, die dem Fünfsternehaus den gemütlichen Charme eines Chalets verleiht. Marisa weiß jedoch vom Anbau, von den luxuriösen Wellnessanlagen, den diversen Restaurants. Im nächsten Jahr ist es hundertvierzig Jahre her, seit ein einheimischer Konditor das Gebäude neben seinem Bauernhaus erstanden und die beiden mit einem dritten, einem Neubau, verbunden und so den Grundstein für das heutige *Kulm* gelegt hat.

Nach dem Unfall hat sich Marisa die Website des Hotels immer wieder angesehen, hat manisch die von Antonio gebuchte Zimmerkategorie studiert und sich dabei jedes Detail eingeprägt. Einzelzimmer Nord, mit Aussicht auf das Weisshorn, ein schmales Bett mit kariertem Überwurf, ein kleiner Schreibtisch gegenüber, die gerahmte Schwarz-Weiß-Fotografie irgendeiner Bergspitze an der Wand. Einfach und bescheiden, hat sie beim ersten Blick verwundert festgestellt. Angesichts der Junior-, Deluxe- und Penthousesuiten, die Antonios Arbeitgeber seinen Kadermitarbeitern üblicherweise spendiert, war die Zimmerwahl ziemlich ungewöhnlich gewesen. Beziehungsweise sehr gewöhnlich. In der Nebensaison ist das Hotel selten ausgebucht, Marisa hat sich schlaugemacht. Aber die nicht standesgemäße Zimmerwahl ist nur eine von vielen Fragen, die ihr im Kopf herumschwirren.

Sie betritt den Eingangsbereich des Hotels und greift nach Lucas Hand, der ihr schlaftrunken hinterherstolpert. Normalerweise protestiert er gegen diese Geste, heute lässt er sie erstaunlicherweise zu.

Leuchtend rot bemalte Wände und Säulen dominieren die Lobby, der Boden besteht aus dunklen Steinplatten. Granit oder Schiefer womöglich, Marisa kennt sich da nicht aus. In einer Ecke lodert ein Cheminéefeuer, schwarze Ledersessel und ein tiefer Holztisch stehen davor. Die Wand rund um den Kamin hat man mit hellem Felsimitat verschalt, was Marisa an die Römerausstellung im historischen Museum erinnert. Mitten in der geräumigen Halle steht ein Holzkorpus, die Rezeption, dahinter hängen mehrere Kuhglocken an einem Ast.

Die Dame am Empfang hebt den Kopf, als sie Marisa und Luca bemerkt, und lächelt. »*Allegra!* Willkommen im *Arosa Kulm.*«

Wahrscheinlich braucht sie genau einen Blick, um festzustellen, dass wir nicht hierhergehören, vermutet Marisa, während sie freundlich zurücklächelt und auf die Lounge zeigt, die sich gleich neben dem Eingang befindet.

»Bitte.« Mit einer ausholenden Handbewegung bedeutet

ihnen die Rezeptionistin, dass sie sich einen Platz aussuchen sollen.

»Die hat voll den Laserblick«, sagt Luca leise, als sie sich auf einem der Sofas niederlassen.

Maria nickt zustimmend. »Den braucht man in diesem Beruf. Als ich noch als Flugbegleiterin gearbeitet habe, hatte ich den auch.«

»Echt?« Ungläubig schaut Luca zu ihr auf.

»Ja, das lernt man mit der Zeit ganz automatisch.« Marisa kneift die Augen zusammen und fixiert ihren Sohn mit kritisch geschürzter Lippe. »Ein Blick genügt, um zu wissen, ob jemand zu viel getrunken hat, ob er Flugangst hat, vielleicht wütend ist, weil er nicht den Sitz gekriegt hat, den er sich gewünscht hat, oder beleidigt, weil er sich ungerecht behandelt fühlt. Und nach ein paar Jahren kannst du sofort einordnen, in welcher Klasse jemand fliegt.«

»Wow! Und du hast dich nie geirrt?«

Marisa lacht. »Ganz selten, eigentlich nur am Anfang.«

Luca guckt jetzt so beeindruckt, als hätte ihm seine Mutter gerade eröffnet, dass sie über Superkräfte verfügt.

»Trotzdem muss man vorsichtig sein mit seinem Urteil, weißt du, und vor allem sehr diskret. Nicht jeder, der in einem ausgeleierten Trainingsanzug und Flipflops daherkommt, gehört automatisch in die Economy.«

»Die Frau an der Rezeption, die hat eindeutig gemerkt, dass wir keine Hotelgäste sind.«

»Garantiert. Sie hält uns vermutlich für Touristen, die nur etwas trinken wollen.«

»In dem Fall benehme ich mich auch wie ein Tourist«, meint Luca und dreht den Kopf nach allen Seiten, mustert naserümpfend das Mobiliar und klopft missbilligend auf die Sofakissen, um mit distinguierter Miene zu schlussfolgern: »Darling, nicht ganz, was ich mir vorgestellt habe, aber einen Drink lang halten wir's hier wohl aus.«

Ein helles Lachen ist die Antwort. Der Junge fährt herum und läuft puterrot an, als er sich der Kellnerin bewusst wird, die sich unauffällig genähert hat und direkt neben dem Sofa steht.

»Ein Himbeersirup, Mylord?«, will sie wissen und verneigt sich ehrerbietig, der österreichische Akzent ist unüberhörbar.

»Eine kalte Schokolade«, murmelt Luca zerknirscht grinsend. »Wenn ich darf.«

»Sie dürfen, Mylord. Und die gnädige Frau?«

»Haben Sie Karakade-Zimt-Tee?«

»Leider nein.«

»Dann einen mit Lindenblüten bitte.« Marisa lächelt die junge Frau an, legt den Arm um ihren Sohn und fragt sich, ob sie ebenso viel Einfluss auf Bashir hat wie er auf sie.

»Hast du die Vitrinen im Gang gesehen?«, will Marisa wissen, kaum ist die Bedienung verschwunden.

Luca schüttelt den Kopf.

»Ich glaube, da sind Steinböcke und Murmeltiere ausgestellt.«

»Echt? Ausgestopfte?«

Marisa lacht. »Plüschtiere, glaube ich.«

Unschlüssig dreht sich Luca nach der Rezeption um.

»Schau sie dir ruhig an.«

»Ich weiß nicht.«

»Die sind sicher superknuddelig.«

»Mama, ich bin neun!« Er verdreht die Augen. »Und kein Mensch sagt ›superknuddelig‹!«

»Du könntest herausfinden, wo sich die Toiletten befinden.«

»Ich muss aber nicht.«

Marisa entfährt ein verhaltenes Stöhnen. Selbstverständlich hat sie Luca nicht in ihre Pläne eingeweiht. Was sie jetzt braucht, ist ein Augenblick allein mit der Serviceangestellten, damit sie ihr ein paar Fragen stellen kann. Nur spielt ihr Sohn nicht mit. Im Gegenteil. Er scheint zu spüren, dass sie ihn loswerden will, und macht es sich demonstrativ gemütlich.

Die unerwartete Rettung naht mit der Kellnerin, die Sophie heißt, wie ihr Namensschild verrät. Auf dem Tablett mit den Getränken liegt ein länglicher Umschlag, den sie Luca feierlich überreicht, ehe sie die Tassen auf dem niedrigen Tisch vor dem Sofa abstellt.

»Boah, cool! Eine Spitfire!«, ruft er begeistert, während er bereits die Verpackung aufreißt und die einzelnen Teile des Styroporflugzeugs herausschüttelt.

»Wie sagt man?« Abwartend zieht Marisa die Brauen hoch.

»Danke! Das ist echt der Hammer!«

»Um ihn fliegen zu lassen, musst du allerdings raus«, erklärt Sophie, da Luca das Spielzeug bereits mit ein paar Handgriffen zusammengesteckt hat. »Hier drin geht das leider nicht.«

Fragend sieht Luca Marisa an, während er bereits nach seinem Anorak greift. Sie nickt sofort und versucht, sich ihre Erleichterung nicht anmerken zu lassen.

»Aber nicht zu lang, du hast hier noch eine kalte Schokolade stehen«, ruft sie ihm hinterher, als er aufspringt und zum Eingang rennt.

»Jaja« hört sie ihn antworten, ehe er durch die Schiebetür ins Freie stürmt.

»Kinder.« Sophie lächelt versonnen.

»Fluch und Segen.«

»Er ist sehr geschickt«, meint sie.

Marisa nickt. »Er schraubt gern Dinge auseinander und baut sie wieder zusammen. Dann wiederum stickt er Motive auf seine T-Shirts. Oder versucht es zumindest.«

»Ein stickender Junge? Das gibt's nicht oft.«

Marisa langt nach der Teetasse. »Er ist, wie er ist.«

»Sie können stolz auf ihn sein.«

»Bin ich.« Sie bläst in den dampfenden Lindenblütentee und versichert sich, dass Luca draußen seinem neuen Flieger hinterherrennt. »Hören Sie, Sophie, ich habe eine Frage.«

»Bitte.«

Marisa zögert, jetzt gibt es jedoch kein Zurück mehr. »Im November vor zweieinhalb Jahren fand hier ein Seminar statt …«

»Wir werden oft für Tagungen gebucht.«

»Mein Mann hat hier im Hotel übernachtet, er ist nach seiner Abreise bei einem Autounfall auf der Straße nach Chur ums Leben gekommen.«

Sophies Mund öffnet sich, doch sie klappt ihn gleich wieder zu. »Das tut mir sehr leid. Ich erinnere mich an den Unfall, alle haben darüber gesprochen.«

»Erinnern Sie sich auch an meinen Mann?« Marisa streckt der Kellnerin ihr Mobiltelefon entgegen, damit sie sich Antonios Foto auf dem Display ansehen kann.

»Ich hatte an dem Abend frei.«

»Das wissen Sie noch so genau?«

»Ja. Weil mir meine Kollegin am nächsten Tag erzählt hat, dass Ihr Mann vor… vorher im Restaurant gegessen hat. An so was erinnert man sich.«

Für die Belegschaft des Hotels muss der Unfall ein Ereignis gewesen sein, fährt es Marisa durch den Kopf. »Ist er Ihnen vielleicht davor aufgefallen? Das Seminar hat drei Tage gedauert.«

Sophie betrachtet das Foto und schüttelt den Kopf. »Nein, ist er nicht.« Entschuldigend sieht sie Marisa an. »Was nichts heißen muss. Wie gesagt, führen wir viele Anlässe durch und man kann sich nicht alle Leute merken.«

»Er war mit einer Frau da.«

Ein verstehender Blick, Sophies Haltung verändert sich kaum merklich, mit einem Mal wirkt sie reserviert.

Sie hält mich für die gehörnte Ehefrau, die nicht über den Betrug hinwegkommt, vermutet Marisa und stellt ihre Tasse ab, die sie während des Gesprächs in der Hand gehalten hat.

»Vielleicht kann mir Ihre Kollegin weiterhelfen? Diejenige, die an dem Abend Dienst hatte.«

»Eigentlich hat sie das alles schon der Polizei erzählt.«

»Ich würde es gern von ihr persönlich hören. Möglicherweise fällt ihr noch etwas ein, das sie damals vergessen hat.«

»Die Kollegin ist in Rente gegangen, nach achtunddreißig Jahren hier.«

»Sie würden mir helfen, endlich mit dieser traurigen Angelegenheit abzuschließen.« Marisas Augen werden feucht, womit sie sich selbst überrascht.

Das müssen meine italienischen Wurzeln sein, denkt sie, und die jahrelange Schulung durch meine Mutter. Drama konnte sie, kann sie immer noch.

»Wenn Sie mir die Telefonnummer geben, könnte ich Ihre Kollegin anrufen.«

Sophies Mundwinkel zucken, sie ringt sichtlich mit sich. »Das ist gegen die Regeln, das darf ich nicht.«

»Und wenn Ihnen ein Zettel mit der Nummer herunterfällt und ich ihn per Zufall aufhebe?«, schlägt Marisa hoffnungsvoll vor, worauf die Kellnerin sie mit einem verächtlichen Blick taxiert.

»Es tut mir leid. Solche Spielchen spielen wir in diesem Haus nicht.«

6

»Bro, Bier ist im Kühlschrank.« Fatih stößt eine Rauchwolke aus und deutet mit dem Mundstück des Shishaschlauchs Richtung Küche.

Desinteressiert wirft Ben einen Blick über die Schulter. »Okay, cool.«

»Nimm dir eins, wenn du Lust hast, oder auch zwei. Hier ist alles für alle da, wir sind nicht eine dieser bünzligen Wohngemeinschaften, wo jedes Joghurt mit dem Besitzernamen beschriftet ist.« Er lacht und zeigt dabei seine winzigen Zähne.

»Dope!«, bekräftigt Nico, Bens anderer Mitbewohner, der einzige Schweizer im Bunde, der seine gutbürgerliche Herkunft aus irgendwelchen Gründen zu verschleiern versucht und sich deswegen einen Balkanslang zugelegt hat. Oder was immer er dafür hält.

»Ich bring dir eins mit, Alter«, sagt Nico zu Ben und stemmt sich vom Sofa hoch.

»Ist gut, hab gerade keinen Durst.«

Verwundert dreht sich Nico zu Ben um. »Echt jetzt? Ist gratis, Mann.«

»Ben trinkt kein Bier«, bemerkt Vlora in hinterhältigem Tonfall. Sie fläzt auf der Sitzgruppe gegenüber, die Füße auf Fatihs Oberschenkel. Spöttisch fixiert sie ihn. »Nicht wahr, Arben? Du heißt doch Arben, oder?«

»Ja, aber jeder nennt mich ›Ben‹.«

»Kosovo?«

Ben nickt, worauf Vlora die Mundwinkel verzieht. Er spürt Wut in sich aufwallen, beherrscht sich jedoch, das hat er gelernt. Sich nichts anmerken lassen, sich um keinen Preis verraten, darum geht es. Und dennoch – am liebsten wäre er jetzt aufgesprungen und hätte Vlora die Faust in die Fresse gerammt, sie an den Haaren vom fleckigen Sofa mit den Brandlöchern gezerrt und quer durch den Raum geschleift. Er stellt sich ihre

Schreie vor, erst empört, dann wütend und schließlich schrill vor Panik, wenn er ihren Kopf auf die Schwelle legen und die Wohnzimmertür immer wieder zuschlagen würde, bis sie verstummt, endlich verstummt. Sie widert ihn an, ihre überhebliche Attitüde, die unverhohlene Dummheit. Auch der viel zu kurze Rock, der ihre fetten Schenkel zur Schau stellt, und die aus ihrem Tanktop quellenden Brüste stoßen ihn ab. Es ist April und ohnehin viel zu kühl für Tanktops. So sollte eine Frau nicht herumlaufen. Außerdem nervt Ben, dass sie die ganze Zeit an und auf Fatih klebt.

»Echt, Mann?«, hakt der in diesem Moment nach. »Kein Bier?«

»Kein Alkohol, yep.«

»Boho!«, macht Nico und lacht, als wäre er nicht ganz dicht. »Was für ein beschissenes Leben!«

»Ich hab ein Problem mit der Leber.«

»Bruder, echt?« Fatih mustert Ben eindringlich. »Leber? Das ist ja krass.«

»Ja«, murmelt Ben und weicht dem Blick seines Mitbewohners aus.

Zwei Wochen wohnt er schon mit den beiden Jungs in diesem Vierzimmerapartment in Schwamendingen, mit der Straßenbahn fünfundzwanzig Minuten vom Zürcher Hauptbahnhof entfernt. Er hat sich per Internet auf die Anzeige gemeldet, mit der Fatih und Nico einen neuen Mitbewohner gesucht haben, am nächsten Morgen hat er die Unterkunft besichtigt, einen weiteren Tag später ist er mit seinen wenigen Habseligkeiten eingezogen. Handschlag anstelle eines Vertrags, keine Fragen, außer derjenigen, ob er kiffe, keine Dokumente, alles unkompliziert. Kein Mensch wird ihn in diesem Außenquartier aufspüren, niemand weiß, dass er hier ist.

»Aber es ist nicht wegen …? Du weißt schon«, versichert sich Fatih und zieht an der Shisha, bevor er den Schlauch an Vlora weiterreicht.

Ben setzt eine fragende Miene auf.

»*Allahu akbar! Ashhadu an la-ilaha-ill-allah, lalalala!*« Grinsend ahmt der Türke den Ruf eines Muezzins nach, süßlich duftender Rauch strömt dabei aus seinem Mund.

Ben schüttelt den Kopf. »Alter, mit Religion kann ich nichts anfangen, ich schwör.«

»Religion ist voll okay, Allah und all das, aber krass streng. Die sollten das viel gechillter angehen, alles easy, weißt du, nicht so viele Verbote, dafür etwas mehr Party.«

»Nie im Leben würde ich so ein olles Kopftuch tragen«, wirft Vlora ein und schüttelt ihr dunkles Haar. »Mann, wie heißen die? ›Burka‹ oder so.«

»Für manche Weiber wäre das die beste Lösung.« Nico lacht über seinen eigenen Scherz und holt sich endlich ein weiteres Bier in der Küche.

»Uralter Witz, Spasti«, ruft ihm Vlora hinterher. »Schade, gibt es so was nicht für Männer. Dann müssten wir deine Hackfresse nicht dauernd anschauen.«

»Was ich sagen wollte: Nichts gegen Allah, der ist voll okay«, nimmt Fatih den Faden wieder auf.

»Natürlich nicht«, murmelt Ben und erhebt sich.

»Du haust ab, Bruder?«

»Ich muss mich auf ein Bewerbungsgespräch vorbereiten, habe da was in einem Supermarkt in Aussicht.«

»Ich kann sonst mit meinem Chef reden, wenn du willst ...«

»Wenn alle Stricke reißen, komme ich darauf zurück.«

»Alter, geh besser direkt aufs Arbeitsamt«, rät Nico, der mit einer Bierflasche zurückgekehrt ist und sich aufs Sofa fallen lässt. Schaum spritzt aus dem Flaschenhals, tropft über seine Hand und auf den Stoffbezug. »Momentan kackst du bei der Jobsuche eh nur ab, es hagelt überall Absagen. Seit dieser Krise ist alles verdammt schwierig geworden.«

»Ich versuch's trotzdem beim Supermarkt.«

»Wie du meinst, Bro.«

Ben nickt seinen Mitbewohnern zu, ignoriert Vlora absichtlich und zieht die Wohnzimmertür hinter sich ins Schloss. Doch kaum ist er im Flur, schwappt die unterdrückte Wut hoch. Allah ist voll okay, hört er Fatih sagen. Als wäre Allah ein Kumpel, mit dem man ab und zu etwas trinken geht. Und dann den Ruf des Muezzins derart ins Lächerliche ziehen!

Allahu akbar, allahu akbar. Ashhadu an la-ilaha-ill-allah. Ashhadu anna muhammadan rasul allah. Allah ist groß, es gibt keinen Gott außer Allah. Ich bezeuge, dass Mohammed der Gesandte Allahs ist. Ben kennt die Worte auswendig, auf Deutsch und auf Arabisch. Nichts von »Lalalala«. Seine Hände ballen sich zu Fäusten. Das ist genau die Einstellung, die er an vielen Muslimen verabscheut, zutiefst verabscheut. Diese Lockerheit gegenüber Allah, einfach irgendwelche Sätze nachplappern, ohne die leiseste Ahnung zu haben, was im Koran wirklich steht, was die Worte Gottes tatsächlich bedeuten.

Ben betrachtet sich im mannshohen Spiegel, der neben der Wohnungstür hängt. Ein pummeliger Junge steht ihm gegenüber. Dunkelbraunes Haar, leicht gekraust, und ein Gesicht mit weichen Konturen. Käsige Haut, ein paar Pickel. Die zweiundzwanzig Jahre sieht man ihm nicht an, er wirkt jünger, seit er sich den Bart abrasiert hat. Unauffällig wirkt er, schwarze Hose und ein Metallica-T-Shirt, er wird leicht übersehen. War schon immer so, jetzt kommt ihm das zugute.

In seinem Zimmer schließt er die Tür ab und dreht den Schlüssel. Zwölf Quadratmeter, eine Matratze auf dem Boden, die Decke säuberlich zusammengefaltet, es herrscht eine geradezu pingelige Ordnung. Als Erstes holt Ben den Gebetsteppich, der zusammengerollt in einer Ecke steht, breitet ihn aus und schiebt ihn so hin, dass er gen Mekka zeigt. Mittlerweile weiß er die Richtung. Dann stellt er sich mit erhobenen Händen für das *maghrib* hin. Nachdem er das Gebet beendet hat, setzt er sich im Schneidersitz aufs Bett und klappt den Laptop auf, den er im Wandschrank unter den Kleidern versteckt hat. Den Rechner auf den Knien, sieht er sich einmal mehr den acht-minütigen Film auf YouTube an, obwohl er ihn mittlerweile auswendig kennt.

7

Im Halbdunkel der *Toro*-Bar erscheint sie klein und zerbrech-
lich. Der Kerzenschein verleiht ihren Zügen sanfte Konturen,
die flackernden Schatten verwischen die ersten Anzeichen des
Alters. Sie balanciert das Tablett in der einen Hand, während
sie mit der anderen ein halbes Dutzend tönerne Schalen auf
dem Tisch platziert. Als sie fertig ist, geht sie einen Schritt
zurück und gibt Erklärungen zu den einzelnen Tapas ab. Einer
der Gäste macht eine launige Bemerkung und sie antwortet in
spöttischem Tonfall, worauf die ganze Runde lacht. Schwung-
voll dreht sie sich um, doch das Lächeln fällt ihr nicht aus dem
Gesicht.

Bashir weiß, dass sie mehr ist als nur eine perfekte Gastge-
berin. Seine Schwester ist zäh, eine Kämpferin, sie steckt voller
Lebenswillen. Fühlt sie sich jedoch in die Enge getrieben, scheut
sie sich nicht, ihre Krallen auszufahren.

Sie strahlt, als sie ihn an der Theke stehen sieht, und läuft
mit ausgestreckten Armen auf ihn zu, das Tablett unter eine
Achsel geklemmt. »*Vëlla!* Bruderherz!«

»Eliza.« Bashir mustert sie eingehend.

Sie trägt ein dunkelgrünes Cocktailkleid, das knapp bis zu
den Knien reicht, Netzstrümpfe und Lederstiefel. Das schwarze
Haar fällt offen über ihre Schultern, hier, in der helleren Beleuchtung des Barbereichs, ist nicht zu übersehen, dass es ge-
färbt ist. Obwohl sie stets knapp bei Kasse ist, weiß Eliza, wie
man sich auch ohne teure Designerteile stilvoll kleidet.

»Ist was?« Leicht verunsichert sucht sie in seiner Miene nach
möglicher Kritik.

»Du siehst großartig aus.«

Verlegen schaut sie an sich hinunter und streicht eine un-
sichtbare Falte aus ihrem Kleid. Einen Moment lang weiß keiner, was er sagen soll, doch weder Eliza noch Bashir empfinden
das Schweigen als peinlich, sie haben sich vor langer Zeit daran

gewöhnt. Vielmehr fühlt sich die Stille zwischen ihnen nach Geborgenheit an, nach Trost und stummem Einverständnis. Sie ist gefüllt mit all den gemeinsamen Erinnerungen und dem Wissen, dass es weit schlimmer hätte kommen können. Dass sie zwar versehrt sind, aber nicht zerstört. Und dass man Dinge, die man nicht ändern kann, für immer hinter sich lassen muss, wenn man überleben will.

Bashir zuckt zusammen, als der Barkeeper ihm mit einem auffordernden Nicken einen Teller *Jamón serrano* hinstellt.

»Für dich, Amigo«, meint er und Eliza zwinkert ihm zu.

Bashir probiert eine Scheibe des hauchdünn geschnittenen Schinkens, sie schmeckt rauchig und würzig und so lecker, dass er sich gleich eine zweite nimmt.

»Ich habe ihn gefunden«, sagt er kauend.

Eliza blickt zum Tisch, an den sie eben die Tapas gebracht hat. »Sie hat mich bereits angerufen.«

»Er versteckt sich in einem Keller ganz in der Nähe ihres Hauses.«

»Er wird wieder einziehen, jetzt sowieso.«

»Wieso?«

»Du hast ihn aufgespürt. Das Versteckspiel hat ein Ende.«

»Seine Spuren waren überall in der Wohnung, besonders viel Mühe haben sie sich nicht gegeben.«

Eliza lächelt resigniert. »Den Zigarettenrauch hat sie trotz allem Lüften nicht rausgebracht.«

»Du hast kein Wort gesagt.«

»Sie schämt sich vor uns, besonders vor dir.«

Bashir zuckt mit den Schultern. »Und dennoch lässt sie ihn immer wieder rein.«

»Sie hat ihm gedroht. Wenn er sie noch einmal anfasst, ruft sie die Polizei und sagt ihnen die Wahrheit.«

»Wenn sie dann noch etwas sagen kann.«

Eliza starrt auf die Spitzen ihrer Stiefel. »Manchmal macht mich das so müde.«

»Wir können sie nicht einfach allein mit ihm …«

»Aber sie hört nicht auf uns, Bashir!«

»Das hat sie noch nie.«

»Trotzdem.« Sie schiebt das Tablett auf den Tresen. »Es gibt Momente, da muss ich mich beherrschen, damit ich sie nicht einfach packe und schüttle. Damit sie endlich zu sich kommt.«

»Die Einsamkeit macht ihr Angst. Offenbar mehr als der Tod.«

»Einsamkeit ist der Tod. Für sie.« Eliza atmet tief aus. »Sie liebt ihn, nichtsdestoweniger.«

»Liebe.« Bashir stößt das Wort voller Verachtung hervor.

»Es gibt sie, glaub mir, auch wenn wir sie unser Leben lang mit Gewalt in Verbindung bringen.« Eliza lässt ihre Augen über die Gäste im Lokal wandern.

Weit hinten hebt eine Frau die Hand.

»Ich muss weitermachen.« Sie berührt Bashir sachte am Arm.

»Ich bin gleich weg.«

»Komm vorbei, Valentina fragt dauernd nach dir. Sie ist dein größter Fan.«

Bashir grinst. »Am Wochenende, versprochen.«

Er schwingt sich auf einen Barhocker und schnappt sich eine weitere Scheibe *Jamón serrano*, bevor er beim Barmann eine hausgemachte Limonade bestellt.

Sie haben sich jahrelang kaum gesehen, sind sich systematisch aus dem Weg gegangen, als könnten sie so ihre gemeinsame Geschichte unter Verschluss halten. Als Bashir vor einiger Zeit den Kontakt zu seiner Schwester wieder aufgenommen hat, war das für beide schwierig. Denn jedes Mal, wenn sie sich sahen, erwachten all die Erinnerungen, die sie in der dunkelsten Ecke ihres Bewusstseins begraben hatten. Wie Untote kamen sie zurückgekrochen und plagten sie in schlaflosen Nächten. Vielleicht näherten sie sich der Mutter zuliebe wieder an, vielleicht sind sie insgeheim zu der Überzeugung gelangt, dass sich die Last zu zweit besser tragen lässt. Sie haben sich bemüht, die Vergangenheit so selten wie möglich zu erwähnen und, falls es unumgänglich gewesen ist, wenigstens offen damit umzugehen.

In der Zwischenzeit gelingt ihnen das immer besser, in guten Momenten rutscht ihnen manchmal ein sarkastischer Kommentar heraus und über manche Begebenheiten können sie sogar lachen.

Sowohl Bashir als auch Eliza haben akzeptiert, dass alles, was sie erlebt haben, sie geprägt und genau zu den Menschen gemacht hat, die sie jetzt sind. Und dass diese Geschehnisse, die schönen wie die schrecklichen, für immer Teil ihres Lebens sein werden.

In den letzten Monaten hat Bashir Eliza und ihre Tochter Valentina regelmäßig besucht, die gemeinsamen Nachmittage und Wochenenden vermitteln ihm ein Gefühl, von dem er nie gedacht hat, es einmal so unbeschwert zu empfinden: zu einer Familie zu gehören.

Mit einem Handzeichen bedeutet Bashir dem Barmann, dass er zahlen möchte, als ihm die Frau auffällt. Sie steht am anderen Ende der Bar, knapp eins sechzig groß, ein Glas Rotwein vor sich, beide Hände auf den Tresen gelegt wie ein Kind. Ihr Haar ist kurz geschnitten, ein Bubikopf, der purpurfarbene Glanz deutet auf eine Tönung hin, kaum Make-up. Dazu weite Hosen, eine eierschalenfarbene Bluse, karierter Mantel zu braunen Lederschuhen.

Keine Sekretärin, niemand, der in einem Büro arbeitet, nimmt Bashir an, dazu wirkt ihre Haltung zu unkonventionell. Aber auch keine Künstlerin, es scheint ihr egal zu sein, ob sie den anderen Gästen auffällt. Am ehesten ist sie Mitarbeiterin in einer Galerie, keinesfalls die Galeristin selbst, oder Lehrerin an einer Kunstschule. Kräftige Hüften, nicht gertenschlank, genau richtig.

Unerwartet hebt die Frau den Kopf, ihre Blicke treffen sich und ein paar Atemzüge lang scheint die Zeit stillzustehen.

Bashirs Herz hämmert, das Gefühl, eine Faust in den Magen gerammt zu bekommen. Das Handy in seiner Hosentasche vermeldet einen Anruf, es dauert, bis er es realisiert. Als er das Telefon hervorholt, wendet sich die Frau ab, ihre Miene ruhig und gleichgültig, als hätte es den Moment gerade nie gegeben.

»Berisha«, sagt Bashir und stellt verdutzt fest, dass er heiser klingt.

»Bin ich mit der *Agentur für unliebsame Angelegenheiten* verbunden?«, erkundigt sich eine blasiert näselnde Frauenstimme.

»Jawohl«, erwidert Bashir und denkt: Zürichberg.

»Ich habe einen Auftrag für Sie.«

8

Zwanzig Minuten nachdem sie das *Kulm* verlassen haben, stapfen Marisa und Luca durch den Schnee hügelabwärts und bleiben vor dem Holzkreuz stehen. Von der Straße her ist das Geräusch vorbeifahrender Autos zu hören, aus dem Wald jedoch schlägt ihnen eine beinahe greifbare Stille entgegen.

Automatisch bekreuzigt sich Marisa und senkt den Kopf, Luca tut es ihr gleich und langt nach ihrer Hand. Sie versucht, an Antonio zu denken, doch sie kann sich nicht konzentrieren.

Die Fahrt hierher hätte sie sich sparen können, sie hat rein gar nichts gebracht. Marisa hat nicht erwartet, dass sie das Geheimnis um Antonios Tod an einem Tag lösen würde, aber wenigstens einen Schritt weitergekommen wäre sie gern. Leider hat das kurze Gespräch mit Sophie zu keinen weiteren Hinweisen geführt.

Vermutlich werde ich nie erfahren, wer die Frau im Wagen gewesen ist, denkt Marisa frustriert.

Nach einer Weile lässt Luca ihre Hand los. Er kniet sich vor dem Kreuz hin und legt einen Strauß Schneeglöckchen nieder, den sie – nach einem Imbiss in einer Konditorei, der aus belegten Brötchen und einem Stück Bündner Nusstorte bestanden hat – in *Didi's Bluemelade* im Dorf gekauft haben. Dann wischt er behutsam den Schnee vom Holz. Diese zärtliche Geste rührt Marisa so sehr, dass ihr die Tränen in die Augen schießen.

»Nicht weinen, Mama.«

Was natürlich das Gegenteil bewirkt. Marisa schluchzt auf und drückt den Jungen fest an sich.

»Papa schaut uns jetzt sicher zu«, presst Luca mit erstickter Stimme hervor.

»Ganz sicher«, sagt Marisa.

»Was er wohl denkt, wenn er uns so sieht?«

»Das frage ich mich auch, Luca. Das frage ich mich auch.«

Sie gibt ihren Sohn frei, kramt ein Taschentuch hervor und

trocknet sich die Tränen ab. Als sie sich vom Kreuz abwendet, klingelt ihr Telefon.

»Bashir?«, schnieft sie, nachdem sie den Anruf angenommen hat.

»Alles klar bei dir?«

»Jaja.«

»Du klingst seltsam.«

»Es ist nichts.«

Bashir zögert, bevor er ihr die Neuigkeit mitteilt. »Wir haben einen Auftrag.«

Marisas Mund klappt auf, ohne dass ein Ton herausdringt.

»Gut bezahlt sogar.«

»Endlich!«

»Wann kannst du in der Agentur sein?«

Sie blickt auf ihre Armbanduhr. Früher Abend, mit etwas Glück ist der Berufsverkehr auf der Autobahn nach Zürich bereits vorbei. »Gib mir drei Stunden.«

9

»Haben Sie denn gar keine Moral, Frau Graf?«

»Wie kommen Sie zu dieser unsinnigen Annahme, liebe Frau Anderegg-Casellini? Nur weil ich und meine Partei den einfachen Bürger ernst nehmen und für den Erhalt von Arbeitsplätzen ...?«

»Machen Sie sich nicht lächerlich. Sie gehören einer Partei an, die von Multimillionären ...«

»Allein in der Rüstungsindustrie sprechen wir – *dank* Waffenexporten und Kriegsmaterialien – von mehr als dreitausend Arbeitsplätzen. Rechnet man die Jobs der Zulieferer dazu, sind es weit über fünftausend.«

Petra Anderegg-Casellini schüttelt den Kopf, herablassend, wie Andrea Graf registriert. Passend zu ihrer Gesinnung trägt die linke Politikerin einen knallroten Blazer über der schwarzen Bluse, die ergrauten Haare fallen ihr in losen Strähnen über die Schultern.

Können diese Sozitanten nicht zum Friseur gehen oder wenigstens eine Haarbürste benutzen, ehe sie ein Fernsehstudio betreten?, fragt sich Andrea grimmig.

»Eine Studie des Bundesamts für Energie zeigt, dass mit einer überschaubaren Investition die Kriegsmaterialproduktion komplett umgekrempelt und rund dreiundsechzigtausend neue Arbeitsstellen in den Bereichen erneuerbare Energien und Energieeffizienz geschaffen werden könnten.« Petra Anderegg-Casellini wirft einen Blick in die Runde und hebt den Zeigefinger. »Dreiundsechzigtausend! Eine Umstellung von militärischer zu ziviler Produktion würde sich für viele Betriebe mehr als lohnen.«

»Und was soll da produziert werden? Windenergieanlagen vielleicht? Dann freuen Sie sich auf die eisige Bise, die Ihnen vonseiten Ihrer Verbündeten, den Grünen, ins Gesicht blasen wird.«

Vereinzelte Lacher aus dem Publikum, vorwiegend junge Leute, die auf Treppenstufen hinter den Rednerinnen sitzen und den Schlagabtausch zwischen Graf und Anderegg-Casellini mehr oder weniger gebannt mitverfolgen. Fünf Stehpulte, vier Parteien, ein Moderator, die Politsendung sorgt seit fast dreißig Jahren für Quote.

Andrea lächelt und rückt ihre Lederjacke zurecht, die sie mit Jeans und einer weißen Bluse kombiniert. Ein bisschen frech, jedoch keinesfalls extravagant, der Kleidungsstil bodenständig – manche würden sagen: angestaubt –, das kommt bei der Wählerschaft gut an. Dazu die blonde Kurzhaarfrisur und eine sportliche Figur, sie weiß, wie überzeugend sie vor der Kamera wirkt.

»Solarkollektoren statt tödlicher Munition, Krankenwagen und Eisenbahnwaggons anstelle von Schützenpanzern!«

»Sie driften in die Polemik ab, liebe Frau Anderegg-Casellini.«

Die Sozialdemokratin lacht laut auf. »Das sagt ausgerechnet die Chefpolemikerin der Rechten!«

»Ich weiß nicht, wie es Ihnen geht, aber ich persönlich würde mich gern auf eine sachliche Diskussion konzentrieren.«

»Meine Damen, ich möchte das Wort …«, unterbricht der Moderator.

Petra Anderegg-Casellini fährt unbeeindruckt fort. »Dann lassen Sie uns sachlich bleiben, liebe Frau Graf. Im vorletzten Jahr stieg der Export von Kriegsmaterial um dreiundvierzig Prozent, allein in den ersten beiden Quartalen 2020 erreichte der Umsatz eine halbe Milliarde Franken, das ist eine Verdoppelung im Vergleich zur Vorjahresperiode.«

»Ich verstehe nicht, was Sie derart gegen eine blühende Wirtschaft in Rage bringt. Die Sicherung von Arbeitsplätzen müsste doch eigentlich ein Anliegen der Linken sein, gerade in diesen schwierigen Zeiten.« Andrea bemerkt aus dem Augenwinkel, wie sich eine der Kameras langsam auf sie zubewegt, Nahaufnahme. Unauffällig reckt sie das Kinn, das wirkt herausfordernd und souverän.

»Die Rüstungsindustrie jammert fälschlicherweise wegen Umsatzeinbrüchen und lobbyiert auf Teufel komm raus«, ereifert sich Petra Anderegg-Casellini. »Bis der Bundesrat die Kriterien für Kriegsmaterialausfuhr gelockert hat und Exporte in Länder erlaubt, in denen Bürgerkrieg herrscht …«

»Die Lockerung wurde auf öffentlichen Druck hin längst sistiert. Das sollte Sie eigentlich zufriedenstellen.«

»Noch gibt es zu viele Gesetzeslücken, die die Exporteure geschickt zu nutzen wissen.«

»Die Eidgenössische Finanzkontrolle attestiert dem SECO, dem Staatssekretariat für Wirtschaft, korrektes Vorgehen. Haben Sie etwa Ihre Hausaufgaben nicht gemacht, liebe Frau Anderegg-Casellini?«

Erneutes Gelächter.

Petra Anderegg-Casellini wirft einen kurzen Blick auf den Notizblock, der vor ihr auf dem Rednerpult liegt, und streicht sich eine Haarsträhne hinters Ohr. »Keine Sorge, ich habe meine Unterlagen studiert, Frau Graf, sehr genau sogar. Die neutrale Schweiz beliefert unter anderem die Philippinen, wo regelrechte Säuberungen stattfinden und Menschen abgeschlachtet …«

»Drogenhändler, Süchtige.«

»Menschen, die nicht ins System passen, werden auf Geheiß der Regierung ermordet! Das sollte selbst eine Rechtspopulistin nicht kaltlassen.«

Empört öffnet Andrea den Mund, Petra Anderegg-Casellini kommt ihr zuvor.

»In Bangladesch, das ebenfalls Kriegsmaterialien von uns bezieht, finden außergerichtliche Hinrichtungen statt.«

»Fliegerabwehrsysteme, Frau Anderegg-Casellini, wir verkaufen denen Fliegerabwehrsysteme. Die haben rein gar nichts mit …«

»Die Schweiz beliefert Pakistan und Indien, die sich seit Jahren in einem Konflikt befinden, Bahrain und Saudi-Arabien sind am Jemenkrieg beteiligt, wo – medial kaum beachtet – eine humanitäre Katastrophe stattfindet. Alles Länder, in denen die Menschenrechte systematisch und schwerwiegend verletzt werden.«

»Es gibt Kontrollen in den betroffenen Gegenden …«

»Die ungenügend sind beziehungsweise lächerlich, das wissen Sie doch auch, Frau Graf. Ich spreche da von Zwischenhändlern und Waffen oder Waffenbestandteilen, die angeblich für zivile Zwecke verwendet werden. In dem Zusammenhang erinnere ich gern an die Schweizer Handgranaten, die beim IS aufgetaucht sind.«

Andrea stöhnt leise. Die Anderegg-Casellini schreckt nicht davor zurück, uralte Geschichten hervorzukramen.

»Es ist in manchen Regionen schlicht unmöglich zu kontrollieren, was mit den exportierten Gütern geschieht.«

»Genau deswegen gehört eine Einschränkung der Waffenexporte in die Verfassung.« Petra Anderegg-Casellini lächelt triumphierend und schnippt eine Fluse vom Ärmel ihres roten Blazers.

»Lief doch ganz gut«, ruft Dominik Schwendener mit beschwichtigender Stimme und bemüht sich, mit Andrea Schritt zu halten.

Das klackende Geräusch ihrer Absätze hallt durch das menschenleere Parkhaus, während sie mit gesenktem Kopf auf ihren weißen Range Rover Evoque zustürmt.

»Eine schwierige Talkrunde«, fährt er fort, »das war von vornherein klar bei einem so kontroversen Thema. Die Anderegg-Casellini hatte am Ende die Nase vorn, aber das ist nicht weiter tragisch. Für die kommende Diskussion müssen wir uns auf griffigere Argumente fokussieren, weniger Zahlen, mehr Emotionen. Nur so überzeugst du das Stimmvolk.«

Im Gehen öffnet Andrea ihre Handtasche und kramt nach dem Autoschlüssel.

»Wir müssen einen Weg finden, um den Leuten Angst zu machen. Angst funktioniert immer. Irgendwie muss es möglich sein, die drohende Islamisierung der Schweiz in das Thema reinzubringen. Bislang sind wir damit sehr gut gefahren, der Neubau von Minaretten ist dank uns verboten, die Abstimmung gegen die erleichterte Einbürgerung haben wir zwar verloren, doch die Plakate mit der schwarz verhüllten Burkaträgerin haben für viel Aufmerksamkeit gesorgt und uns …«

Mit einem Aufschrei schleudert Andrea die Handtasche auf den Boden. Schwendener verstummt abrupt.

»Wo ist der verdammte Autoschlüssel?«, brüllt sie und dreht sich mit wutloderndem Blick nach ihrem Begleiter um, als hätte der ihn versteckt.

»Ich …«

»Und halt endlich, endlich mal die Klappe, Dominik! Nur für fünf Minuten. Dieses konstante Gelaber geht mir dermaßen auf den Sack!«

»Für dramatische Nervenzusammenbrüche fehlt uns die Zeit. Wir müssen die Partei auf Kurs bringen«, bemerkt Schwendener in eisigem Ton. »In den letzten Jahren haben wir sämtliche wichtigen Abstimmungen verloren. Das ist längst keine Krise mehr, sondern eine regelrechte Katastrophe. Ich habe es satt, immer die gleichen zerknirschten Rechtfertigungen zu hören. Die wählerstärkste Partei der Schweiz kann sich nicht ewig auf ›Achtungserfolge‹ hinausflüchten und davon schwafeln, dass man ›wenigstens die Diskussion angefacht‹ habe. Nur Verlierer klingen so.«

Andrea funkelt ihn an. »Bis zu diesem Punkt bin ich ganz deiner Meinung, lieber Dominik.«

»Zu deiner Erinnerung: Du bist nicht mehr auf Sendung. Spar dir also die gönnerhafte Anrede für deine Gegner«, erwidert Schwendener.

»Tu ich doch. Mein erbittertster Gegner steht gerade vor mir.«

»Ich bin nicht dein Gegner, Andrea. Wir sind ein Team, das hast du wohl kaum vergessen. Ein äußerst erfolgreiches Team übrigens, das im Begriff ist, die Schweizer Politlandschaft komplett umzukrempeln.«

»Dein Realitätsverlust hat mittlerweile geradezu krankhafte Züge angenommen.«

»Wir wären viel weiter, würdest du nicht dauernd meine Ratschläge ignorieren.«

Die Antwort ist ein verächtlicher Blick, den sie über sein schmales Gesicht mit der Designerbrille und dem Bärtchen wandern lässt. Beigefarbener Burberry-Mantel über einem Maßanzug, Wildledermokassins.

Mit einem abfälligen Schnaufen bückt sich Andrea nach ihrer Handtasche und richtet sich wieder auf. »Deine Ratschläge stammen aus dem letzten Jahrhundert, Dominik.«

»Genau deswegen sind die Umfragewerte auch konstant hoch. Der Wählerschaft gefällt's und wenn wir uns ins Zeug legen, schaffen wir bei den nächsten Parlamentswahlen die magischen dreißig Prozent.«

»Falls uns bis dahin nicht ein Großteil unserer Anhänger weggestorben ist. Für Wahlkampftouren durch Seniorenheime stehe ich übrigens nicht mehr zur Verfügung, die soll künftig das Fußvolk übernehmen. Und was deine Ratschläge betrifft, da könnte ich genauso gut meinen Vater fragen, der hat während seiner ganzen Karriere als Parteipräsident nie etwas anderes als Nein gesagt. Das ist doch kein Konzept. Ich will die Partei voranbringen, mit innovativen Ideen modernisieren, jüngere Wähler ansprechen ...«

»Billige Sozialromantik. Vielleicht solltest du einen Wechsel zu den Linken in Betracht ziehen.«

»Man kann eine rechte Politik vertreten und sich trotzdem menschlich verhalten, das muss kein Widerspruch sein. Selbst wenn das für manche Silberrücken in unserer Partei unvorstellbar ist. Und offenbar auch für dich.«

Schwendener tritt so nah an Andrea heran, dass sie die winzigen Mitesser auf seiner ölig glänzenden Stirn erkennen kann. »Unvorstellbar ist für mich bloß, dass wir dieses Gespräch überhaupt führen. Denn das hast du sicher nicht vergessen: Ich habe hier das Sagen. Und keiner sonst.«

»Arschloch«, zischt Andrea und tastet in ihrer Handtasche erneut nach dem Autoschlüssel.

Aus Erfahrung weiß sie, wie wenig Dominik Schwendener Beschimpfungen beeindrucken. Der momentan beste Politberater des Landes ist ein absoluter Profi, abgebrüht und durch nichts zu erschüttern. »Arschloch« gehört vermutlich noch zu den harmloseren Beleidigungen, die er sich im Verlauf seiner Karriere hat anhören müssen.

Und trotzdem, wenn sie könnte, hätte Andrea ihn längst gefeuert. Genau das ist ihr jedoch nicht möglich. Weil ihr die Autorität dazu fehlt, weil ihr die Hände gebunden sind. Dominik Schwendener bestimmt über sie und ihre Karriere, er zeichnet jeden einzelnen Schritt vor, den sie zu machen hat. Sie ist ihm komplett ausgeliefert.

Nie im Leben hätte sie gedacht, dass ihr jemals die Autonomie geraubt werden könnte. Bis sie in jener Nacht, einer fatalen Fehlentscheidung folgend, Schwendener angerufen hat. Gewissenlos und grausam, wie er ist, hat er die sich bietende Gelegenheit sofort erkannt und ihren Moment der Schwäche zu seinem Vorteil genutzt. Trotz allem, eines muss Andrea Schwendener lassen: Gewieft ist er. Er weiß, was er tut, ist erfolgreich und Skrupel kennt er nicht. Der Hunger nach Macht treibt sie beide an und lässt Andrea das absurde Arrangement trotz aller Widerwärtigkeiten aushalten. Würde sie ihn nicht abgrundtief verabscheuen, sie wären das perfekte Paar.

Endlich ertastet Andrea Kunststoff. Sie zieht den Schlüssel

aus den Tiefen ihrer Tasche und entsperrt den Range Rover mit einem Knopfdruck.

»Ich brauche meine Ruhe«, erklärt sie, ehe Schwendener zur nächsten Bemerkung ansetzen kann.

»Das ist lächerlich.« Seine Stimme klingt hart und unnachgiebig.

»Wie dein Schwanz.«

Er atmet schwer. »Seit drei Wochen ignorierst du …«

»Zu *deiner* Erinnerung: Wir sind nicht verheiratet.« Andrea steigt in den Wagen. »Es ist viel schlimmer.« Sie schließt die Autotür und startet den Motor.

Fuck!, denkt sie, als sie die Schranke passiert und aus dem Parkhaus fährt. Es ist bereits dunkel, die spätabendliche Politsendung wird kurz vor der Ausstrahlung aufgezeichnet.

Ich muss ihn loswerden. Je eher, desto besser.

Überwältigenden Erfolg hat Dominik Schwendener ihr versprochen, gleich nachdem sie von der Partei einstimmig zur Präsidentin gewählt worden ist. Zusammen mit der Drohung, auf der Stelle die Polizei einzuschalten, sollte sie sich seinen Forderungen widersetzen.

Selbstverständlich ist er immer noch im Besitz ihres Mantels und der beiden Prepaidhandys, auf denen die verräterischen Nachrichten gespeichert sind. Nachrichten, in denen Andrea die Influencerin Jamila beschimpft, nachdem die mit einem einzigen Tweet Andreas politische Pläne zunichtegemacht hatte. Nachrichten, die beweisen, dass die beiden Frauen an einem verschwiegenen Ort am Zürichsee verabredet waren. Exakt am Fundort von Jamilas Leiche, wie die Ermittler unweigerlich festgestellt hätten.

Andrea fährt sich übers Gesicht, als könnte sie so die albtraumhaften Erinnerungen abstreifen. Momentaufnahmen blitzen auf, Jamilas Gesicht, ihr hämisches Lachen, Sekunden bevor etwas schieflief, grauenhaft schief. Filmriss. Danach waren Andreas Hände voller Blut und Jamila schwamm im Wasser, das Gesicht nach unten. Die silberfarbene Jacke, die sich sanft mit den Wellen bewegte, sie sieht alles glasklar vor sich.

Andrea lenkt den Range Rover durch die Industriezone von Dübendorf, schlägt den Weg Richtung Fällanden ein, von dort dauert es über die Forch knapp zwanzig Minuten, bis sie zu Hause ist.

Sie könnte sich heute noch ohrfeigen, wenn sie an diesen fatalen Telefonanruf zurückdenkt. Niemals hätte sie Dominik Schwendeners Nummer wählen dürfen, doch in ihrem Zustand ist ihr niemand anders eingefallen, sie stand total neben sich und wusste nicht, was sie tun sollte. Sie wartete in Wollishofen auf ihn, triefend nass und mit fadenscheinigen Erklärungen, die er ihr kaum abgenommen haben dürfte. Kommentarlos fuhr er sie nach Hause. Seine Hand auf ihrem Knie, ihre abweisende Reaktion. Dann hat sie in ihrer Verwirrtheit den Mantel samt den Handys in seinem Wagen liegen gelassen. Und damit die Entscheidungshoheit über ihr Leben.

10

Marisa starrt auf die goldumrandete Tischplatte aus Rauchglas, die von zwei nackten, auf allen vieren knienden Frauen aus grünem Marmor gestützt wird.

Augenkrebs, würde Luca diagnostizieren und trotzdem haben sich hier entgegen jeder Wahrscheinlichkeit Hersteller und Käufer gefunden. Seit sie auf einem der beiden edlen De-Sede-Sessel Platz genommen hat, die vor dem grässlichen Salontisch stehen, fragt sich Marisa, wieso Annelies Bodmer ausgerechnet die *Agentur für unliebsame Angelegenheiten* für ihren Auftrag gewählt hat. Die Protzvilla am Zürichberg scheint ausschließlich aus endlosen Fensterfronten, glänzendem Chromstahl und weißem Marmor zu bestehen, jeder einzelne Einrichtungsgegenstand brüllt einem seinen Preis entgegen und Frau Bodmer selbst ist gekleidet, als hätten sich heute Morgen zwei verfeindete Stylisten mit Designerfirlefanz zu übertrumpfen versucht. Ihr Ehemann, Paul Bodmer, ergraut und mit beginnender Stirnglatze, steckt im Gegensatz dazu in einem altmodischen Homedress und wirkt mehrheitlich abwesend.

Die Bodmers hätten zweifelsfrei die Mittel gehabt, eine hochprofessionelle und international vernetzte Detektei mit der Suche nach ihrem Sohn Erich zu beauftragen. Doch aus einem Beweggrund, der sich Marisa noch nicht erschlossen hat, haben sie sich für Bashir und sie entschieden.

»Er *muss* im Land sein«, wiederholt Annelies Bodmer gerade mit Nachdruck, während Bashir, der auf dem Sessel neben Marisa sitzt, vorgibt, sich Notizen zu machen. »Hier ist der Beweis!« Sie händigt ihm eine Klarsichtmappe mit Belegen aus, die nach Bankunterlagen aussehen, und tippt mit der Fingerspitze auf eine Zeile zuoberst auf der ersten Seite. »Seine Kreditkartenabrechnungen werden an unsere Adresse geschickt, er hat ja schon lange keine eigene mehr.«

Marisa betrachtet Frau Bodmer unauffällig. Ihr hellbraunes

Haar trägt sie kurz geschnitten, die Spitzen sind blondiert, dezentes Make-up. Eine weise Entscheidung, mehr würde sie bei ihrem exaltierten Kleidergeschmack clownesk aussehen lassen. Sie treibt Sport, das sieht Marisa ihr an, verbissen vermutlich, der leicht vorgeschobene Unterkiefer und der drahtige Körper sprechen dafür. Eine dieser Frauen, die dauernd auf irgendeiner Diät sind. Allerdings kaum wegen ihres Mannes. Seit Beginn des Gesprächs hat er sie kein einziges Mal angeschaut. Wenn sie etwas sagt, glotzt er mit leerem Blick auf die Tischplatte. Es ist, als hätten die beiden alle Verbindungen zueinander gekappt, kein Augenkontakt, kein wissendes Lächeln, kein zustimmendes Nicken, wenn der andere etwas erzählt. Nicht einmal Berührungen hat sie bislang beobachtet, obwohl sie nebeneinander auf dem Sofa sitzen.

Was ihnen wohl widerfahren ist?, fragt sich Marisa. Diese Ehe liegt in Trümmern, und zwar schon so lange, dass sich die Bodmers längst daran gewöhnt haben. Sie bemühen sich nicht einmal mehr, eine heile Fassade vorzutäuschen, wie man das in der Schweiz gern macht, damit wenigstens nach außen alles strahlt und glänzt. Auch die Verzweiflung, die sich tief in Annelies Bodmers Gesichtszüge graviert hat, spricht Bände.

Marisa lehnt sich zu Bashir hinüber, um sich einen Überblick über die Kreditkartenabrechnung zu verschaffen. Mastercard, Anfang des Monats verschickt. Am 23. März hat Erich Bodmer viertausend Franken an einem Bankomaten am Flughafen abgehoben.

»Wieso gleich viertausend Franken?«, wundert sich Marisa. »Er hätte doch mit der Karte bezahlen können, wenn er sich etwas Größeres anschaffen wollte.«

»Das ist das Maximum, das er am Automaten ziehen kann, vierzig Prozent des Ausgabelimits«, erklärt Paul Bodmer.

»Also hat er Bargeld benötigt.«

»Allem Anschein nach.«

»Womöglich ist er gleich weitergeflogen.« Bashir legt die Abrechnungen auf die Glasplatte.

»Das ist sehr unwahrscheinlich«, wirft Marisa ein, langt nach der Mappe, ehe Annelies Bodmer sie wieder an sich nehmen kann, und deutet auf die fragliche Zeile. »Siehst du, Credit Suisse. Der Geldautomat befindet sich im Terminal zwei gegenüber der Ankunftshalle.«

»Und?«

»Er hätte erst durch den Zoll müssen, um dorthin zu gelangen, und dann durch die Sicherheitskontrolle zurück zu den Abfluggates. Das ist umständlich, zeitaufwendig und schlicht unlogisch. Es gibt genügend Bankautomaten innerhalb des Flughafens, um während des Transits Geld abzuheben.«

»Eben, in dem Fall *ist* er in der Schweiz«, wirft Frau Bodmer triumphierend ein.

»Er hat sich jedoch nicht bei Ihnen gemeldet«, stellt Marisa fest. »Haben Sie ihn angerufen, nachdem Sie die Abrechnung erhalten haben?«

»Natürlich, immer wieder«, antwortet Annelies Bodmer und wedelt mit den Händen. »Aber er geht nicht dran.«

»Wann hatten Sie denn zum letzten Mal Kontakt zu Ihrem Sohn?«

Frau Bodmer zögert so lange, bis ihr Mann übernimmt. »Kurz vor Weihnachten.«

»Vor etwa vier Monaten in dem Fall.«

»Vor vier Monaten und drei Jahren, um genau zu sein.«

»Was?« Marisa reißt die Augen auf. »Und seither haben Sie nichts mehr von Erich gehört, Herr Bodmer?«

»Keine SMS, keine Mail, keine Postkarte. Rein gar nichts.«

»Weshalb?«

»Ich weiß es nicht.«

Marisa spürt, dass er lügt. »Wo war er die ganze Zeit?«

»Auf einer Weltreise.«

»Und wo war er, als er Sie zum letzten Mal kontaktiert hat?«

»In Asien, auf einer thailändischen Insel. Ko irgendwas.«

»Hat er Sie angerufen?«

»Nein, er hat ein Selfie per WhatsApp geschickt und dazu ein paar Zeilen. Dass es ihm gut gehe und er uns ein fröhliches Fest wünsche, das Übliche. Es gab keinen Anlass zur Sorge.«

»Können wir das fragliche Foto sehen?«, bittet Bashir.

Wieder dieses Zögern, Annelies Bodmer windet sich sichtlich. »Ich habe es gelöscht«, antwortet sie schließlich. »Es war keine besonders gelungene Aufnahme.«

»Was?« Marisa runzelt die Stirn. »Da meldet sich Ihr Sohn endlich von seiner Weltreise und Sie löschen das mitgeschickte Foto?«

»Es war kein gutes Bild«, verteidigt Paul Bodmer seine Gattin scharf. »Das hat Ihnen meine Frau doch gerade erklärt.«

»Okay«, sagt Bashir in beschwichtigendem Ton. »Wann ist Erich aufgebrochen?«

»Im Januar desselben Jahres.«

»Hat er Sie zwischen seiner Abreise und dem Weihnachtsgruß kontaktiert?«

»Nein.«

Bashir nickt, als hätte er das erwartet. »Fassen wir kurz zusammen. Ihr Sohn Erich ist seit mehr als vier Jahren auf Weltreise, außer diesem einen Weihnachtsgruß hören Sie in der ganzen Zeit nichts von ihm. Jetzt ist er nach Zürich zurückgekehrt. Wann genau, entzieht sich Ihrer Kenntnis, ebenso, woher er angereist ist. Doch am 23. März dieses Jahres hebt er am Flughafen viertausend Franken ab. Ob er weiterfliegt oder in Zürich bleibt, ist ebenfalls nicht bekannt, auf jeden Fall meldet er sich nicht bei Ihnen. Mit Verlaub, aber in meinen Ohren klingt das mehr als seltsam.«

Betreten schaut Annelies Bodmer auf die Tischplatte, während ihr Gatte unwillig die Luft ausstößt.

»Was sollen wir tun? Es ist nun mal so und wir dachten, am besten beauftragen wir …«

»Er hat seine Kreditkarte jahrelang nicht benutzt«, unterbricht ihn Marisa, die mittlerweile die älteren Abrechnungen studiert hat. »Zum letzten Mal hat er in Istanbul fünfzehntausend Lira abgehoben, das sind rund zweitausend Franken. Das war vor mehr als vier Jahren, am 18. Februar. Käufe sind keine verzeichnet.«

»Zweitausend Franken? Für eine jahrelange Weltreise?« Verblüfft wirft Bashir einen Blick auf die Papiere in Marisas Hand.

»Bei der Abreise sechs Wochen zuvor hatte er etwas Bargeld bei sich. Und in Asien wird er wohl cash bezahlt haben.« Paul Bodmer zuckt mit den Schultern. »Auf diesen Inseln kennen die vermutlich gar keine Kartenzahlung, ist ja auch alles spottbillig.«

»Unmöglich, dass er vier Jahre lang mit so wenig Geld ausgekommen ist. Besitzt er noch andere Karten?«

»Nicht dass ich wüsste. Vermutlich hat er irgendwelche Jobs angenommen, das machen viele Weltenbummler so, und hat sich unterwegs ein neues Konto eingerichtet. Das ist die einzige Erklärung, die mir plausibel erscheint.«

»Wir möchten eigentlich nur wissen, wo er ist«, betont Annelies Bodmer, die während der Diskussion zunehmend unruhig auf dem Sofa herumgerutscht ist. »Und weshalb er sich nicht bei uns meldet.«

»Könnten Sie uns ein Foto von ihm überlassen?« Marisa mustert Frau Bodmer.

Die Frau wirkt jetzt hypernervös, es ist augenscheinlich, dass sie etwas zu verheimlichen versucht. Doch weshalb beauftragt sie eine Agentur, um ihren Sohn ausfindig zu machen, wenn sie etwas zu verbergen hat?

»Ich kann eins raussuchen. Natürlich ist es nicht die allerneuste Aufnahme«, antwortet sie. »Das liegt auf der Hand.«

Während sie das Wohnzimmer verlässt, betrachtet Marisa die Holzschalen mit Oliven und Blätterteiggebäck, die auf dem Salontisch stehen, die unberührten Gläser mit Sekt, die Herr Bodmer ihnen gleich nach ihrer Ankunft eingeschenkt hat.

Als wären wir Gäste, die auf einen Plausch vorbeikommen, denkt Marisa.

»… war immer ein ruhiger und freundlicher Junge. Unauf-fällig, aber gut in der Schule. Vielleicht fehlte es ihm etwas an Biss, er wollte jedoch an der ETH studieren und dann …« Paul Bodmer bricht ab, schluckt leer.

Marisa gönnt ihm die kurze Pause.

»Die Weltreise war ihm wichtiger«, meint Annelies Bod-mer, die mit einem Foto von ihrem Sohn ins Wohnzimmer zurückkehrt. »Ist ja irgendwie verständlich. So etwas muss man machen, solange man jung ist. Nachher ist man dauernd eingespannt, das Studium, der Job, die Militärkarriere, später die Familie. Da bleibt keine Zeit für Müßiggang. Dass er gleich jahrelang unterwegs sein wird, war allerdings nicht vorauszu-sehen.« Sie streckt Marisa die Aufnahme hin.

Ein Langweiler, ist der erste Gedanke, der Marisa durch den Kopf schießt, als sie den Burschen erblickt.

Erich ist hochgewachsen und schlank, hat dünnes blondes Haar. Durchschnittliches Aussehen. Kein Junge, dem die Mäd-chen hinterhergucken. Sein Gesicht ist länglich und erinnert Marisa entfernt an ein Pferd. Ohnehin scheint alles zu lang an ihm, die Arme, die Beine, seine Hände.

»Wie alt ist er auf dem Bild?«, will Marisa von der Mutter wissen.

»Achtzehn. Da war er noch auf dem Gymnasium.«

»Und jetzt ist er …?«

»Dreiundzwanzig«, sagt sie mit Verzögerung, vermutlich hat sie nachrechnen müssen.

»Haben Sie sich gestritten, bevor Ihr Sohn abgereist ist?«

»Nein.«

Die Antwort kommt zu schnell.

»Gab es sonst Unstimmigkeiten?«

»Nein, wir sind eine ganz normale Familie.«

Als würde so etwas existieren, denkt Marisa.

»Wäre es möglich, dass er bei jemand anders untergekom-men ist?«

»Kann ich mir nicht vorstellen.«

»Freunde?«

»Hatte er nie, jedenfalls keine richtigen.«

Mit einem kaum hörbaren Seufzen richtet sich Marisa auf und wirft Bashir einen Hilfe suchenden Blick zu. Doch der schüttelt unmerklich den Kopf.

»Darf ich Ihre Toilette benutzen?«, wendet sich Marisa wieder an Annelies Bodmer.

Ein wissendes Lächeln breitet sich auf ihrem Gesicht aus, sie wirkt beinahe amüsiert, zum ersten Mal, seit Marisa und Bashir angekommen sind. »Wenn Sie sich Erichs Zimmer anschauen möchten, kann ich Ihnen gern den Weg zeigen.«

Marisa spürt, wie ihr die Schamesröte ins Gesicht schießt, versucht aber, sich nichts anmerken zu lassen. Womöglich hat sie doch zu viele Folgen *Tatort* gesehen. Genau wie Frau Bodmer.

»Dafür wäre ich Ihnen sehr dankbar«, sagt sie mit fester Stimme und Annelies Bodmer erhebt sich sofort.

Ein heller Holzboden, Eiche vermutlich, an der Wand ein schmales Bett. In einer Ecke liegt ein grellgrüner Sitzsack, ein halbes Dutzend ordentlich aufgereihte Sneaker daneben. In erster Linie Nike Jordan und Air Max, dank Luca kennt sich Marisa ein wenig aus. Am Kleiderschrank lehnt ein Skateboard. Auf dem Schreibtisch ein überdimensionierter Zweiunddreißig-Zoll-Fernseher samt Xbox, kein Laptop. Das Bücherregal ist nebst ein paar Schulbüchern vor allem mit Comictaschenbüchern bestückt. Poster an der Wand, die Mannschaft des FCZ, Federer, Eminem. Das Zimmer ist ordentlicher aufgeräumt als ein Ausstellungsraum auf einer Möbelmesse. Und genauso unpersönlich. Marisa steuert auf das Fenster zu. Die Villa steht weit oben am Hang und gewährt eine beeindruckende Aussicht auf das Quartier und den Zürichsee.

»Erich hat einen Hang zum Chaos«, erklärt Annelies Bodmer ungefragt, vermutlich weil sie die Stille nicht aushält. »Ich habe Ordnung gemacht, vieles weggeworfen, etliches in Umzugskartons verstaut. Seine ganzen Games, die Modellautosammlung, Plüschtiere, von denen er sich nicht trennen konnte. Steht alles auf dem Dachboden, wenn Sie …«

»Nicht nötig.« Marisa sieht sich den Raum noch einmal genau an. »Sie rechnen demnach nicht damit, dass er bald nach Hause kommen wird?«

Schweigen.

Als sich Marisa mit fragendem Blick umdreht, bemerkt sie, dass Frau Bodmers Unterlippe zittert. »Wie lange sollte denn Erichs Weltreise ursprünglich dauern?«

»Das hat er offengelassen.«

»Können Sie sich vorstellen, dass er jemals zurückkehrt?«, startet Marisa einen neuen Anlauf, um Annelies Bodmer dazu zu bewegen, endlich die Wahrheit zu sagen.

Sie weiß, dass ihr die Frau etwas Essenzielles verschweigt, die Anzeichen sind so deutlich wie blinkende Neonschriftzüge über einer Stripbar. Noch hat Marisa allerdings nicht herausgefunden, wo genau der Hase im Pfeffer liegt.

Frau Bodmer zögert. »Ich hätte es gern gesehen, wenn er erst eine Ausbildung oder ein Studium abgeschlossen hätte. Bei der heutigen Lage auf dem Arbeitsmarkt … Aber so sind wir Mütter, immer um ihre Söhne besorgt.« Sie lächelt gequält. »Ihm war es wichtiger, die Welt zu erkunden.«

»Wieso meldet er sich nicht bei Ihnen?«

Wieder ein Zögern, diesmal wesentlich länger.

»Ich habe keine Ahnung«, flüstert Frau Bodmer schließlich mit Tränen in den Augen. »Ich wüsste so gern, wie es ihm geht. Doch er entzieht sich uns komplett. Er antwortet nicht auf meine Textnachrichten, nimmt meine Anrufe nicht entgegen, es ist, als hätte er mit uns abgeschlossen. Als hätten wir für ihn nie existiert.«

Marisa muss an Luca denken. Wie wird er sich in der Pubertät verhalten? Als alleinerziehende Mutter ist sie ihm aus evidenten Gründen sehr nah, zu nah vielleicht? Wird er sich ebenfalls brüsk von ihr abwenden, um seinen eigenen Weg zu gehen? Der Junge wächst ohne Vater auf, es gibt niemanden außer ihm und ihr, keine Ausweichmöglichkeiten. Auseinandersetzungen, Vorwürfe, Schmollphasen – sie wird alles abkriegen. Ob sie der Herausforderung gewachsen sein wird? Immerhin versteht er sich ausgezeichnet mit Bashir, das gibt ihr etwas Hoffnung. Ganz allein ist sie nicht.

»Wir haben uns vor seiner Abreise oft gestritten«, gibt Annelies Bodmer endlich zu. »Ich habe Ihnen vorhin nicht die ganze Wahrheit gesagt. Das tut mir leid.«

Und du tust es auch jetzt nicht, denkt Marisa, verkneift sich jedoch eine Bemerkung.

»Was war der Grund für die häufigen Meinungsverschiedenheiten?«

»Nichts Besonderes, das kleinste Detail war Anlass genug. Gerade mein Mann und Erich sind immer wieder heftig aneinandergeraten.« Ihr Blick bleibt am Poster der Lieblingsfußballmannschaft hängen. »Er ist im Streit abgereist und ich mache mir schreckliche Vorwürfe deswegen.«

»Worüber haben Sie sich gestritten?«

Frau Bodmer bleibt die Antwort schuldig.

»Haben Sie nie versucht, sich mit ihm zu versöhnen?«, bohrt Marisa weiter. »Erichs Abreise liegt immerhin vier Jahre zurück.«

»Es war die Art von Konflikt, die man nicht am Telefon aus der Welt schaffen kann. Es gab extrem hässliche Auseinandersetzungen, ich kann es nicht anders sagen. Wir waren beide erschüttert, mein Mann und ich. Dass sich so viel Abneigung und Wut in einem jungen Menschen aufstauen können, hätte ich nicht erwartet. Gerade bei Erich, der vorher ausgeglichen und sanftmütig war.«

Jetzt kommen wir dem Kern der Sache schon näher, stellt Marisa fest und hakt sofort nach. »Wut auf wen?«

»Vor allem auf uns, obwohl wir seine Anschuldigungen nie ganz verstanden haben. Und auf die hiesige Gesellschaft, die Schweiz, die westliche Welt. Er fand unsere Art zu leben plötzlich verwerflich. Nannte uns ›Ignoranten‹, ›Egoisten‹ …« Hilflos lässt Annelies Bodmer die Arme hängen. »Ich kann mich nicht an alles erinnern, was er uns an den Kopf geworfen hat. Wir hätten keine Ahnung, was in der Welt wirklich abgeht, brüllte er uns an. Ohnehin brüllte er die ganze Zeit, dabei hat er das früher nie getan, er war ein stiller Junge. Er wolle weg von alldem, sagte er, er wolle ein besseres Leben führen, Gutes tun.«

»Und Sie glauben, er verspürt diesen Groll nach wie vor und meldet sich deswegen nicht bei Ihnen?«

»Ich weiß nicht mehr, was ich glauben soll.« Ihre Stimme bricht, doch sie beherrscht sich.

»Ich kann Ihnen nicht versprechen, dass wir Erich finden. Aber wir werden unser Bestes tun.« Sachte berührt Marisa die Schulter der Frau.

»Dafür bin ich Ihnen dankbar. Geld ist kein Problem.« Frau Bodmer hält inne. »Ich möchte Erich keinesfalls überzeugen zurückzukommen. Es würde mich nur glücklich machen, ihn wiederzusehen. Egal ob er nachher gleich weiterreist, egal ob er uns immer noch verachtet, sagen Sie ihm das.«

»Das werden wir tun.«

»Falls er überhaupt noch lebt«, fügt sie so leise hinzu, dass sich Marisa nicht sicher ist, den Satz richtig verstanden zu haben.

»Was haben Sie gesagt?«

»Oh, nichts, nichts.« Annelies Bodmer lächelt gequält und wartet, bis Marisa aus dem Raum getreten ist, ehe sie die Tür zu Erichs Zimmer hinter sich schließt.

11

Unter den tief hängenden Tannenästen ist Ben kaum auszumachen. Seit Minuten steht er reglos da, halb verborgen hinter einem Baumstamm, und lässt den Traktor, der auf dem Acker gemächlich seine Runden dreht, nicht aus den Augen. Das Motorengeräusch ist weithin zu hören, der tiefe vibrierende Ton hat etwas Beruhigendes. Sprießender Winterweizen überzieht die dunkle Scholle mit einem zartgrünen Schimmer, ein Krähenschwarm flattert jedes Mal auf, wenn sich das Fahrzeug nähert, und lässt sich dahinter gleich wieder nieder.

Ben lehnt sich etwas vor, als der Traktor aus seinem Gesichtsfeld entschwindet. Lässig steuert der Bauer, ein gedrungener junger Kerl, das Gefährt über das Feld. Bei jeder Bodenwelle schaukelt sein Körper mit, es sieht so aus, als würde er sich zu entspanntem Jazz hin und her wiegen. Der Hof ist abgelegen, perfekt für Bens Zwecke, zu seiner Erleichterung gibt es keinen Hund. Zumindest hat er bis jetzt keinen entdeckt. Er beobachtet, wie der Bauer Richtung Scheune steuert, und nestelt eine Packung Zigaretten aus der Hosentasche. Rauchen ist nicht *haram*, nicht verboten, jedenfalls nicht offiziell, glücklicherweise.

Keine Wanderer, Hundebesitzer oder Biker, am frühen Nachmittag ist in dieser Gegend niemand unterwegs. Gut so, Ben will vermeiden, dass sich später jemand an ihn erinnert. Ein Blick auf die Uhr, er ist anderthalb Stunden Fußmarsch von Schwamendingen entfernt. Nächstes Mal kommt er mit dem Wagen. Sein Spaziergang hat ihn durch Oerlikon und Seebach geführt und dann über die weiten Felder bis zum Bauernhof. In Sichtweite Affoltern und Regensdorf, der obere Katzensee und das gleichnamige Seebad direkt daneben. Er hat alles abfotografiert, die Umgebung, den Zugang zum Hof, die Scheune. Sicher ist sicher, er darf keine Fehler begehen.

Ben pult eine Zigarette aus dem Päckchen und steckt sie sich an.

Der Bauer hat das Fahrzeug vor der Scheune geparkt, behände springt er aus der Traktorkabine und hebt die Abdeckung des grün bemalten Kastens an, der zwischen den Hinterrädern montiert ist. Darin befindet sich Dünger, das weiß Ben, vermutlich kontrolliert der Mann den Füllstand. Die Hände in den Hosentaschen vergraben, bleibt er jetzt stehen und schaut zum Waldrand herüber. So unerwartet geschieht das, dass Ben zusammenzuckt. Der Landwirt kneift die Augen zusammen und Ben hält den Atem an, verbirgt die brennende Zigarette hinter dem Baumstamm.

Wie kann man nur so bescheuert sein?, schimpft sich Ben in Gedanken. Endlose Sekunden lang verharrt der Mann in dieser Position. Schließlich wendet er sich ab und zündet sich ebenfalls eine Zigarette an.

Erleichtert atmet Ben auf und bemerkt zu seiner Überraschung, dass ihn diese Gleichzeitigkeit berührt. Zwei rauchende Männer, die sich total fremd sind. Und trotzdem kommt es ihm so vor, als würde ihn in diesem Moment etwas mit dem Bauern verbinden, ein stilles Einverständnis. Es fühlt sich für Ben an, als gehörte er dazu, als wäre auch er Teil eines Ganzen, ein Rädchen im Universum, das mit den anderen verzahnt ist. Diese Art von Harmonie hat er in seinem Leben nur selten empfunden.

Schon in der Schule ist er immer ein Außenseiter gewesen, der Seltsame, der in den Pausen allein herumstand, der Eigenartige, mit dem niemand befreundet sein wollte. Was haben sie ihn gepiesackt, ihn ausgelacht, auf dem Schulweg gehänselt, ihn, den dicklichen, ungelenken Jungen, im Sportunterricht herumgeschubst, bis er hinfiel und sich die Knie aufschürfte. Doch es waren selten die körperlichen Übergriffe, die ihm zusetzten, weit mehr hat ihn die konstante Verachtung verletzt, sie gaben ihm das Gefühl, weniger wert zu sein. Weil er nicht zu ihnen passte, weil er anders war als sie, aber auch, weil er Bosnier ist, natürlich. Seine Lehrer hielten ihn von vornherein für faul und dumm, obwohl Bens schulische Leistungen keineswegs ungenügend waren. Es kam ihm vor, als hätte sich die ganze Welt gegen ihn verschworen. Man hatte entschieden, dass er ein Verlierer war, einer, der auf der Sonnenseite des Lebens nichts zu suchen hatte, und sosehr er sich anstrengte – gegen diese vorgefasste Meinung konnte er nichts ausrichten.

Vielleicht fing er deswegen mit den Diebstählen an. Um seine Mitschüler zu beeindrucken, um Achtung einzufordern. Erst waren es nur Süßigkeiten, beim Gang durch den Lebensmittelladen hastig in den Hosenbund gestopft, unter die Jacke geschobene DVDs, doch auf Dauer war das zu einfach, zu wenig aufregend. Außerdem reichte es bei Weitem nicht aus, um die Aufmerksamkeit der Schulkollegen, nach der er so gierte, nachhaltig auf sich zu ziehen. Klauen konnte wirklich jeder. Deswegen all die Einbrüche, die gestohlenen Autos, euphorische Spritztouren in biederen Familienwagen, Škodas, Audis.

Es funktionierte, die Jungs zollten ihm endlich Respekt, die Mädchen hörten auf, ihn wie Luft zu behandeln, seine Verwegenheit brachte ihm immerhin kurzfristig Anerkennung. Bis er auf der Polizeiwache landete, einmal, zweimal, Jugendanwaltschaft, Vorstrafen. Das fand man dann weniger cool. Die Kollegen wandten sich von ihm ab, angewidert, wie es Ben vorkam. Voller Verachtung verschanzten sie sich hinter der Fassade ihrer gutbürgerlichen Leben und von einem Tag auf den anderen war er wieder der Außenseiter, der Seltsame. Nur war er dazu noch ein Verbrecher. Die Lehrer sagten, sie hätten es schon immer gewusst, und zuckten mit den Schultern.

Ben raucht den letzten Zug seiner Zigarette, schnippt sie auf den Waldboden, erstickt die Glut mit der Schuhspitze. Sie würden Augen machen, seine Schulkameraden, wenn sie wüssten, wozu er es in der Zwischenzeit gebracht hat. Mit wie viel Eifer er gelernt hat, als er endlich den richtigen Lehrer gefunden hatte. Aber sie werden von ihm hören, schon bald, sein Name wird auf allen TV-Sendern erwähnt werden, die Newssendungen werden von ihm berichten. Ganz kurz schließt er die Augen, stellt sich seinen Ruhm vor, die Ehre, sie werden stolz auf ihn sein. *Er* wird stolz auf ihn sein. Es dauert nicht mehr lange, alles ist im Fluss, denkt er. Alles wird gut.

Er wirft einen letzten Blick zum Bauernhof. Der Bauer tritt gerade mit dem Absatz seines Stiefels die Kippe aus, wieder diese simultane Handlung, wieder dieses warme Gefühl in seiner Brust.

Ben lächelt, bevor er sich wegdreht und die kurze Strecke durch das Unterholz zum Wanderweg zurückgeht, der durch das Waldstück verläuft.

»Respekt, Bro, das ist voll lecker!« Fatih schiebt sich eine üppig beladene Gabel in den Mund und hebt schmatzend den Daumen.

Er frisst wie ein Tier, fährt es Ben durch den Kopf, ein Höhlenbewohner ohne Manieren und Tischsitten.

»Das hat mir meine Mutter beigebracht«, erklärt er mit einem Lächeln. »*Speca të mbushur*, mit Hackfleisch und Reis gefüllte Paprika. Ihr Lieblingsrezept.«

»Ist ab heute auch *mein* Lieblingsrezept, Ben.« Nico grinst und schneidet eine der roten Schoten entzwei. »Kannst du deiner Mutter ausrichten.«

»Ist sie noch im Kosovo?«, erkundigt sich Vlora, die seit ein paar Tagen andauernd in der Wohnung herumlungert.

»Sie ist früh gestorben, leider«, antwortet Ben, obschon die junge Frau ihn anwidert, allein mit ihr zu reden, kostet ihn Überwindung.

Ihre schwarz gefärbten Haare, die leicht glitzernde Schicht Make-up, mit der sie ihr Gesicht zentimeterdick zukleistert, die dramatischen Lidstriche. Die Fingernägel sind stets in leuchtenden Farben lackiert und ihren kräftigen Körper quetscht sie in Kleidchen, die für wesentlich zierlichere Frauen entworfen wurden – alles an Vloras billiger Aufmachung schreit nach Aufmerksamkeit.

»Das tut mir leid«, sagt sie, ihr Tonfall bleibt jedoch unbeteiligt.

Ben wendet sich wieder seinem Teller zu.

Vlora lässt nicht locker. »Und dein Vater?«

Unwillig hebt er den Kopf. »Mein Vater ist an den Folgen einer Verletzung gestorben, die er sich während des Kosovokriegs zugezogen hat, ich habe ihn kaum gekannt.«

»Hast du Geschwister?«

»Mein Bruder und meine Schwester sind bei den Großeltern im Kosovo aufgewachsen und wohnen immer noch dort. Ich war der Jüngste, mich hat man nach Mutters Tod zum Bruder meines Vaters und seiner Frau in Zürich gebracht, sie haben mich großgezogen.«

Vlora beobachtet ihn lauernd. »Heftig. Hast du noch Kontakt zu deinem Bruder und deiner Schwester?«

»Kaum, wir haben uns irgendwann aus den Augen verloren.«

»Wie heißen sie?«

»Adnan und Besime.«

»Schöne Namen«, sagt sie lapidar.

»Voll krasse Story, Bro«, meint Fatih kauend, »wusste ich echt nicht.«

»Wir wissen eh nichts von ihm«, bemerkt Vlora. »Der erzählt nie etwas, redet kaum.«

»Hab ich doch gerade«, verteidigt sich Ben gereizt. »Ist jetzt keine Geschichte, die man einfach so herumreicht.«

»Korrekt, Bro.« Fatih schluckt den Bissen herunter. »Aber so lernt man sich kennen, Schritt für Schritt, das ist wichtig fürs Zusammenleben in einer WG.«

Einen Moment lang herrscht Schweigen und Ben wundert sich über sich selbst. Wie leicht ihm die Lügen mittlerweile über die Lippen kommen! Sogar die Namen seiner erfundenen Geschwister hat er sofort zur Hand gehabt. Die ganze Vorbereitung hat sich gelohnt. *Er* hat ihm geraten, sich einen falschen Namen zuzulegen, eine glaubwürdige Biografie, sie auswendig zu lernen. Das sei wichtig, wenn er den Auftrag erfolgreich durchführen wolle.

Fatih glaubt ihm, das sieht Ben, und Nico kümmert eh nur wenig. Der Vorteil, wenn man mit einem Kiffer zusammenwohnt. Einzig vor Vlora muss er sich in Acht nehmen, sie ist misstrauisch und kann ihn nicht ausstehen. Das ist nicht weiter schlimm, ihm geht es mit ihr genauso. Doch falls sie beginnen sollte, ihre Nase in Dinge zu stecken, die sie nichts angehen, muss er etwas unternehmen. Jemand ist in seinem Zimmer gewesen, das angeklebte Haar zwischen Tür und Rahmen war weg, als er von seinem Spaziergang zurückgekehrt ist.

Ben weiß, was er zu tun hat, er muss jedoch wachsam bleiben, wenn er seinen Plan nicht gefährden will.

12

»Leider bringt uns das nicht weiter«, sagt Marisa und hält Bashir ihr Handy unter die Nase. »Der letzte Eintrag auf Facebook ist vom August 2016, er hat keinen Instagram-Account, kein Snapchat, kein TikTok, nichts.«

Ihr Agenturpartner wirft einen desinteressierten Blick auf das letzte Foto, das Erich Bodmer gepostet hat, eine Aufnahme vom Zürichsee bei strahlendem Wetter, vermutlich von der Badeanstalt Utoquai aus aufgenommen. Dann wendet er sich wieder seiner Tasse zu, nippt am chinesischen Grüntee und verzieht das Gesicht.

»Dutzendware«, meint er.

Amüsiert schaut ihn Marisa an. »Ist das alles, was du zu meiner aufwendigen Recherche zu sagen hast?«

»Der Tee.«

»Ach so.«

»Sei froh, er hat darauf verzichtet, seine Füße abzufotografieren – das ultimative Sommermotiv auf Social Media.«

Marisa lacht. »Im Ernst. So etwas gibt es eigentlich gar nicht. Ein Dreiundzwanzigjähriger, der seit rund fünf Jahren nichts gepostet hat. Keine Selfies, keine Storys, keine Duckfaces, einfach nichts.«

»Dabei befindet er sich auf einer Weltreise.«

»Das macht es noch viel unwahrscheinlicher.«

»Und er hat auch kein Profil unter einem Pseudonym?«

»Es sieht nicht danach aus. Wenn ich mehr Zeit habe, werde ich gründlich nach ihm suchen. Bislang bin ich die Profile der Leute durchgegangen, die seine Beiträge am häufigsten gelikt oder kommentiert haben. Nur ist keiner von denen mit jemandem befreundet, der Erich ähnlich sieht.«

»Ähnlich langweilig, meinst du.«

Marisa prustet in ihren Cappuccino, Milchschaum spritzt über den Tassenrand. »Es ist unglaublich, nicht? Da schläft dir das Gesicht ein, wenn du nur sein Foto betrachtest. Ein Wunder eigentlich, dass ihn seine Eltern zurückwollen, ihr Alltag muss so viel aufregender sein ohne ihn.«

»So bösartig kenne ich dich gar nicht.« Perplex mustert Bashir sie von der Seite.

»Du weißt noch einiges nicht von mir.« Sie grinst.

»Das wird mir gerade klar.«

»Weißt du, was mich wirklich erstaunt?« Mit einer Serviette tupft Marisa den verspritzten Milchschaum auf. »Dass so eine Schlaftablette eine Weltreise unternimmt, ganz allein. Das passt doch überhaupt nicht.«

»Da stimmt eine Menge nicht, die Bodmers lügen uns unverfroren an. Und es ärgert mich, dass sie meinen, wir würden es nicht merken.«

»Ich habe nur nicht begriffen, weshalb sie uns dann engagieren, Bashir.«

»Ich glaube, sie wollen Erich tatsächlich finden.«

»Das ist klar. Aber wieso? Ich hatte den Eindruck, es hat sie nicht sonderlich besorgt, dass er sich seit der Abreise bloß einmal gemeldet hat.«

»Es gibt in dieser Angelegenheit einige Fragezeichen. Die Bodmers verschweigen uns etwas ganz Entscheidendes, davon bin ich überzeugt.«

»Als ich mit ihr in Erichs Zimmer war, hat seine Mutter zugegeben, dass sie nicht die ganze Wahrheit gesagt hat«, bestätigt Marisa. »Offenbar hatten sie Streit mit ihrem Sohn, bevor er abgereist ist.«

»Wenn sie sich mit ihm versöhnen will, soll sie ihn anrufen.«

»Er geht nicht dran.«

»Hm. Geld schuldet er ihnen kaum, davon haben sie eindeutig genug.« Bashir knetet seine Unterlippe. »Während er mit einer geradezu lächerlichen Summe auszukommen scheint.«

»Zweitausend Franken. Ein absurd kleiner Betrag für eine

vierjährige Reise.« Nachdenklich lässt Marisa ihre Augen durch das Café wandern.

Früher Nachmittag, der Mittagsservice ist vorbei. Das *Collana*, das pavillonähnliche Lokal am Rand des Sechseläutenplatzes, ist menschenleer. Im Hintergrund läuft Musik, die Kellnerin summt leise mit, während sie die Tischflächen abwischt und die Stühle zurechtrückt. Durch die ringsum verlaufende Fensterfront hat man einen unverstellten Blick auf den zweitgrößten innerstädtischen Platz der Schweiz, der zwischen Opernhaus und Bellevue liegt.

Sechzehntausend Quadratmeter, belegt mit Gesteinsblöcken aus Valser Quarzit, fünf Bauminseln, die mit Roteichen und Tulpenbäumen bepflanzt sind. Jenseits des Utoquais, nur wenige Schritte entfernt, die beliebte Seepromenade. Früher hat sich an dieser Stelle eine Pfahlbauersiedlung befunden, später eine Hafenanlage samt Kornhaus, in dem 1867, nach einer Zwischennutzung als Synagoge, die neue Tonhalle eröffnet wurde. Dazu legte man einen Palmengarten an, der sich rasch zum gesellschaftlichen Treffpunkt der Stadt entwickelte. Im Zweiten Weltkrieg hat man hier Raps kultiviert, heute wird der Platz für diverse Großveranstaltungen genutzt, unter anderem für das jährliche Gastspiel des Zirkus Knie und natürlich für das Frühlingsfest Sechseläuten.

»Es bringt uns nicht weiter, Hypothesen aufzustellen«, meint Bashir und schiebt die halb volle Teetasse von sich. »Wir müssen uns überlegen, wie wir vorgehen wollen.«

»Habe ich bereits«, erwidert Marisa mit leisem Triumph in der Stimme.

Fragend sieht Bashir sie an.

»Bettina Grandjean. Auf Facebook hat sie häufig mit Erich interagiert, es gibt mehrere Fotos, auf denen die beiden gemeinsam zu sehen sind.« Sie tippt auf ihrem Handy herum. »Offenbar gingen sie zusammen aufs Gymnasium Rämibühl.«

»Hier lässt es sich stilvoll altern«, flüstert Marisa, während sie Bettina durch einen hellen Gang folgen.

Schon als sie ihren Renault vor der Jugendstilvilla geparkt hat, in der das Pflegeheim Salem untergebracht ist, hat sie den Mund vor Staunen kaum mehr zugebracht. Ein Herrenhaus mit Erker samt Fresken, ein Teil der Fassade aus Klinker, der Rest Sandstein, mehrere Balkone und große Fenster.

»Passt es hier?«, fragt Bettina und deutet steif auf einen Tisch, um den sechs Stühle stehen.

Die junge Frau hat sie in einen länglichen Saal geführt, pompöse Kronleuchter hängen von der mit Stuckaturen verzierten Decke, eine uralte Standuhr in der Ecke. Ganz vorn, direkt vor den Fenstern, drei weiße, bequem wirkende Sessel. Einzig die hexagonalen Tische mit ihren Kunststoffoberflächen und die pflegeleichten blauen Polster der Stühle erinnern daran, dass sie sich in einem Pflegeheim befinden. Ein Keyboard auf einem Stativ steht an der Wand gegenüber. Die Vorstellung von geselligen Abenden, an denen brüchige Stimmen in viel zu hoher Tonlage Heimatlieder singen, findet Marisa beklemmend.

Bashir beantwortet Bettinas Frage mit einem Nicken und eifrig schiebt sie eine Vase mit Osterglocken zur Seite, ehe sie sich setzt. Sie legt die eine Hand auf die andere, schluckt leer, hellrote Flecke leuchten auf ihrem Gesicht auf.

»Ein Zwischenjahr in der Pflege, ein Praktikum«, erklärt sie ungefragt. »Bevor ich mein Medizinstudium beginne. Davor war ich in Israel, im Kibbuz.«

»Wir haben ein paar Fragen zu Erich Bodmer«, eröffnet Bashir das eigentliche Gespräch. »Das hat dir meine Partnerin ja schon im Chat angekündigt.«

»Ja.« Bettina presst die Lippen zusammen und starrt Bashir an, als wäre er die sprichwörtliche Schlange vor dem Kaninchen.

»Seine Eltern haben uns beauftragt, nach ihm zu suchen«, ergänzt Marisa mit sanfter Stimme.

»Ah so«, macht Bettina und schaut Marisa erleichtert an.

»Weißt du, wo er ist?«

Die junge Frau schüttelt den Kopf.

»Die Bodmers sagen, er sei in der Schweiz, zumindest hat er am Flughafen Geld abgehoben.«

»Ach.«

»Aber er hat sich nicht bei ihnen gemeldet.«

Bettina blinzelt ratlos.

»Was hatte er für ein Verhältnis zu seinen Eltern?«

»Ein gutes, denke ich.«

»Denkst du? Oder weißt du?«

»Ähm.«

Marisa legt den Kopf schief. »Bettina, bitte, streng dich an, es ist wichtig.«

Bettina druckst herum, bis Marisa ungeduldig die Brauen hebt.

»E-Erich hat einmal gemeint, sein Vater nehme ihn nicht richtig wahr«, stammelt die Praktikantin hastig. »Oft sei es, als sähe er durch ihn hindurch, als wäre er unsichtbar.«

»Das hat ihm zu schaffen gemacht, nehme ich an.«

»Ja, ich glaube, das hat ihn gequält. Er hatte das Gefühl, nicht gut genug zu sein, es nicht verdient zu haben, der Sohn seines Vaters zu sein.«

»Wollte er seinem Vater das Gegenteil beweisen?«

»Ich weiß es nicht.«

»Wann hattest du zum letzten Mal Kontakt zu Erich?«, übernimmt Bashir die nächste Frage.

»Das ist lange her …« Sie fixiert die Blumen in der Vase, während sie nachdenkt. »Vielleicht vor drei Jahren? Vier?«

»Geht es genauer?«

»Ich kann mich nicht erinnern, wann …« Sie schüttelt den Kopf, bricht ab, umklammert mit der einen Hand die Finger der anderen. Eben hat sich Bettina Grandjean beinahe gesprächig gegeben, doch nun verschanzt sie sich wieder hinter ihrer Einsilbigkeit.

Marisa muss sich beherrschen, um nicht aufzuspringen, die junge Frau am Kragen ihrer taubenblauen Uniform zu packen und sie zu schütteln.

Blass, sie ist blass, denkt sie, in jeder Hinsicht. Helle, fast durchscheinende Haut, dünnes Haar, zu einem Pferdeschwanz zusammengebunden, dessen Farbe wie ausgewaschen aussieht, ein sehr helles Weizenblond trifft es noch am ehesten. Auch ihre Persönlichkeit ist farblos.

Vermutlich haben sie sich gut verstanden, Erich und sie, und wenn er nicht abgehauen wäre, hätten sie zwangsläufig geheiratet und ebenso farblose Kinder in die Welt gesetzt, mutmaßt Marisa.

»Wart ihr ein Paar?«, fragt sie, einer Eingebung folgend, und erntet einen panischen Blick.

»Du meinst …?«

»Ja, meine ich«, erwidert Marisa. »Erich und du.«

»Ich weiß nicht …«

»Was weißt du nicht? Ob du mit ihm gevögelt hast?«

Bettina zuckt zusammen, als hätte man sie in den Hintern gekniffen.

»Also?« Aus dem Augenwinkel registriert Marisa Bashirs verblüffte Miene und unterdrückt ein Grinsen.

»Wir waren nicht zusammen oder so«, stößt Bettina endlich hervor.

»Aber da lief was?«

»Wir haben uns ein paarmal getroffen. Kino und so.«

»Du warst verliebt.«

Jetzt leuchten die roten Flecke grell auf, die angehende Medizinstudentin sieht aus, als erlitte sie gerade einen akuten Scharlachausbruch.

»Und er? Erich?«, fährt Marisa fort. Sie will ihr keine Pause gönnen, ihr nicht die Chance geben, sich wieder in die Verstocktheit zu flüchten.

»Was meinst du?«

»War er auch verliebt?«

Bettina zögert, ihre Augen schimmern plötzlich verdächtig.

»Keine Ahnung.«

»Keine Ahnung? Eine Frau spürt das doch.« Das stimmt so nicht, fährt es Marisa durch den Kopf, nur braucht Bettina das nicht zu erfahren. Zumindest nicht jetzt und ganz sicher nicht von ihr.

»Ich glaube nicht.«

»Du hast dich trotzdem weiter mit ihm getroffen.«

Die junge Frau reibt sich das Kinn und glotzt Marisa mit feuchtem Blick an.

»So kommen wir nicht weiter, Bettina. Was war los? Erich ist verschwunden und wir sind dringend auf Hilfe angewiesen, um ihn zu finden.« Längst ist nicht mehr Bashir die Schlange in diesem Gespräch, stellt Marisa mit Genugtuung fest.

»Ich glaube, zu Beginn war er sehr angetan von mir. Aber …«

Bettina hält inne, fingert an ihrem Ohrläppchen herum und lässt die Hand wie in Zeitlupe sinken. »Es war, als würde er verschwinden, verstehst du?«

Marisa und Bashir verneinen synchron.

»Als wenn er sich Stück für Stück auflösen würde, er entglitt mir und ich konnte nichts dagegen tun. Gleichzeitig fing er an, wie verbissen zu trainieren, verbrachte Stunden im Fitnessstudio. Obwohl das vielleicht nichts mit dem Rest zu tun hat – ich hatte den Eindruck, er wollte mir auf diese Weise ausweichen. Mit einem Mal war da eine Distanz zwischen uns. Er hielt zwar meine Hand oder küsste mich. Es fühlte sich jedoch an, als wäre er in Gedanken und auch körperlich weit weg. Er gab oft keine Antwort, wenn ich ihm eine Nachricht schickte, manchmal las er sie stundenlang nicht. An gewissen Abenden war er unauffindbar, niemand wusste, wo er hinging, was er tat.«

»Hast du ihn zur Rede gestellt?«, will Marisa wissen.

»Ich habe versucht, mit ihm darüber zu reden, doch er reagierte eigenartig, untypisch für ihn. Gleichgültig, kalt. Kurz darauf hörte er auf, mich anzufassen. Er ließ sich auch von mir nicht mehr berühren, schreckte zurück, wenn ich es versuchte, wich mir aus. Einmal verschwand er für mehrere Tage. Als er zurückkam, wusste ich, dass etwas mit ihm geschehen war. Er war nicht mehr derselbe, ist ein anderer Mensch geworden.«

»Inwiefern?«

»Ich kann es nicht erklären.«

»Versuch es trotzdem«, fordert Bashir die junge Frau auf.

Sie atmet tief aus. »Es war, als würde er innerlich glühen. Er konnte kaum die Abschlussprüfungen abwarten. Da war plötzlich eine Kraft in ihm, die ihn weiterdrängte, fort von hier, das war in der Schule für alle spürbar. Von da an ignorierte er uns eigentlich alle, nur mit seinem besten Freund gab er sich noch ab.«

»Name?« Bashir zückt sein Handy.

»Janis. Janis Michelakis. Studiert Biologie an der ETH, soviel ich weiß.«

»Und das mit euch war aus?« Marisa verschränkt die Arme.

Sie haben weit mehr erfahren, als sie sich erhofft hat. Glücklicherweise hat sich die junge Frau nach der anfänglichen Einsilbigkeit als echte Quasselstrippe entpuppt.

»Er behandelte mich wie Luft. Wenn ich ihn darauf ansprach, wurde er wütend. Manchmal hatte ich das Gefühl, er verachtete mich. Da war etwas Herablassendes in seinen Augen, das nur schwer auszuhalten war.«

»Wie alt war er da? Achtzehn?«

»Ja, so ungefähr, siebzehn, achtzehn. Erich wollte mehr vom Leben, das hat er mir einmal gesagt, vor seiner Veränderung war das. Er wollte ihm einen Sinn geben.«

»Glaubst du, er hat diesen Sinn gefunden?«

»Es schien so. Aber ich weiß es nicht genau, weil ich nach dem Ende der Schulzeit keinen Kontakt mehr zu ihm hatte.«

»Seine Eltern sagen, er sei zu einer Weltreise aufgebrochen«, wirft Bashir ein.

Bettinas Blick flackert. »Wenn sie das so nennen.«

»Wie würdest du es nennen?«

Die junge Frau zuckt mit den Schultern. »Ein halbes Jahr nach der Matur hat Janis eine Nachricht von Erich bekommen, da befand er sich in Istanbul. Er sei auf dem richtigen Weg, hat er geschrieben, er sei glücklich wie noch nie. Seitdem habe ich nichts mehr von ihm gehört.«

13

Ein eisiger Wind treibt von Westen her Wolken über das Mittelland, geballtes Grau, die Luft riecht nach Schnee. In den Schluchten der Stadt diffuses Dämmerlicht. Später Nachmittag, die Straßenlaternen brennen. Licht auch in den Geschäften und Wohnungen, Reklameschilder strahlen, Verkehrsampeln springen von Rot zu Grün zu Orange, am Central stoppen hell erleuchtete Trams. Autos, klein wie Spielzeug, kriechen im Schritttempo voran, ihre Scheinwerfer reihen sich zu glitzernden Ketten, ein weitmaschiges Netz, das die Stadt zusammenhält.

Von der Polyterrasse aus hat man einen großartigen Blick auf dieses funkelnde, schillernde, stetig pulsierende Zürich. Der See ist anthrazitfarben, Schaumkronen surfen auf den Wellen, wie ein dunkles Band liegt die Limmat zwischen Groß- und Fraumünster und schlängelt sich weiter, an Hauptbahnhof und Landesmuseum vorbei Richtung Industriegebiet.

Marisa zieht den Reißverschluss ihrer Winterjacke bis unters Kinn hoch und schiebt die Hände in die Hosentaschen. »Hat die ETH keine Mensa? Oder wenigstens ein Café?«

Mit missmutiger Miene schaut sie zum Hauptgebäude der Eidgenössisch Technischen Hochschule, einem pompösen Sandsteinbau aus der Mitte des 19. Jahrhunderts, der 1919 mit der charakteristischen Kuppel ergänzt worden ist.

»Doch, aber Janis hat es abgelehnt, uns zu treffen.«

»Was?« Marisa runzelt die Stirn. »Wieso sagst du das erst jetzt? Und wozu stehen wir dann hier herum?«

»Wir warten auf Janis.«

»Hä?«

»*Grundlagen der Biologie II: Biochemie und Molekularbiologie*. Die Vorlesung endet …« Bashir überprüft die Uhrzeit auf seinem Handy. »Falsch – hat vor drei Minuten geendet.«

»Woher weißt du das?«

»Google. Kennste?«

Lachend knufft sie ihn in die Seite.

»Wie Janis Michelakis aussieht, hat mir Instagram verraten, dort findet man auch einen ziemlich verwackelten Film von der Abschlussparty der Zweitsemestrigen. Aufgenommen im Dezember letzten Jahres. Folgerichtig ist er jetzt im dritten Semester, die Stundenpläne können online eingesehen werden.«

»Ab sofort nenne ich dich nur noch ›Miss Marple‹! Und was, wenn er das Institut durch den Haupteingang gegenüber dem Unispital verlässt? Der ist nämlich auf der anderen Seite des Gebäudes.«

»Dann haben wir Pech gehabt. Die Wahrscheinlichkeit ist aber groß, dass er auf dieser Seite rauskommt. Denn auf Insta postet er häufig Fotos von Starbucks-Getränken.«

»Danke, dass du nicht ›Kaffee‹ sagst.«

»Die Filiale, die er dabei immer markiert, ist diejenige am Central. Gleich neben der Talstation der Polybahn.«

»Und die Standseilbahn fährt gleich da vorn.« Marisa deutet auf das längliche Gebäude am Rand der Terrasse, dessen Front an einen Weihnachtsmarktstand erinnert. »Und was dann? Janis will uns doch gar nicht treffen.«

»Eindeutig nicht. Er hat mich auf der Stelle blockiert, als ich ihm über Instagram die Nachricht geschickt habe, wir würden uns gern mit ihm über Erich Bodmer unterhalten.«

»Was hast du vor?«

»Wir müssen uns erstens diskret verhalten …«

»Du klingst wie diese verheirateten Typen auf Tinder.«

Bashir sieht sie erstaunt an, worauf Marisa trotzig das Kinn reckt. Dann erklärt er ihr, wie er vorzugehen gedenkt.

Janis ist im Strom der Studenten leicht zu erkennen, er gehört zu den letzten, die das Hauptgebäude verlassen. Brillenträger, klein gewachsen, beinahe mager, dunkles Haar, um sein Kinn

sprießt ein kümmerliches Bärtchen. Er trägt eine blaue Daunenjacke und auberginefarbene Hosen, die ihm zu weit sind, über
seiner Schulter hängt eine hellbraune Ledertasche.

»Janis!«, ruft Marisa ihm zu.

Ruckartig dreht er sich nach ihr um.

»Wir kennen uns noch nicht, aber ...«, beginnt sie, bricht
jedoch sofort ab, als er zurückweicht.

Irritiert und wachsam zugleich. Wie ein aufgescheuchtes
Reh, denkt Marisa und schlägt unauffällig einen Bogen, sodass
sie zwischen Hochschuleingang und Janis zu stehen kommt,
um ihm so den Weg zurück ins Gebäude abzuschneiden.

»Ich muss mit dir reden«, sagt sie mit ihrer vertrauensvolls-
ten Stimme, doch der junge Mann schüttelt störrisch den Kopf.

Sie sieht ihm an, dass er Bashirs Nachricht auf Instagram
mit ihr in Zusammenhang gebracht hat, sein Blick irrlichtert,
während er nach Bashir Ausschau hält.

»Was war mit Erich Bodmer los?«, fährt sie fort und jetzt
kann sie die Panik in seinen Augen erkennen.

Ehe sie sich versieht, drängt sich Janis an ihr vorbei und
stürmt auf die Eingangstür zu. Im selben Moment, in dem er
sie aufstoßen will, wird sie von innen geöffnet. Er verliert das
Gleichgewicht und stolpert unbeholfen den beiden Studen-
tinnen entgegen, die gerade das Gebäude verlassen. Mit einem
Kreischen springen sie zur Seite, geistesgegenwärtig hält ihn
eine der jungen Frauen am Jackenkragen fest, halb amüsiert,
halb empört, und verhindert so, dass er der Länge nach hin-
knallt. Kaum hat er sein Gleichgewicht zurückerlangt, legt ihm
Marisa eine Hand auf die Schulter.

»Es dauert nicht lange«, sagt sie sanft.

Janis wirbelt um die eigene Achse und stürzt los, die Treppe
hinab auf die Terrasse. Erst hastet er auf die Polybahnstation
zu, aber sobald er der Menschenansammlung vor dem Eingang
gewahr wird, wechselt er abrupt die Richtung und rennt gen
Süden. Ein Fluch entfährt ihm, als sich Bashir, der die ganze Zeit

über hinter dem Mauervorsprung neben dem Eingang gelauert hat, ihm unvermittelt in den Weg stellt und ihn am Ellenbogen packt. Verzweifelt versucht Janis, sich zu entwinden, als sich etwas Hartes zwischen seine Rippen bohrt. Schlagartig erstarrt der Bursche und schnappt keuchend nach Luft.

»Keinen Laut, okay?«, zischt Bashir und lenkt den Studenten vom Gebäude und von den Menschen davor weg. »Einfach weitergehen.«

Janis begehrt auf, doch Bashir hält ihn mit eisernem Griff fest, wie er das als Türsteher vermutlich jahrelang mit renitenten Klubbesuchern gemacht hat.

»Mach keinen Aufstand!«

Janis gehorcht widerwillig. Sie steuern auf den südlichen Rand der Polyterrasse zu, biegen rechts ab und steigen einen Treppenbogen hinab. Unter den Bäumen, nur einen Steinwurf von den Räumlichkeiten des akademischen Sportverbands entfernt, drückt Bashir ihn auf eine Sitzbank. In einiger Entfernung spaziert ein Pärchen eng umschlungen die steil abfallende Gasse zum Hirschengraben hinab, ansonsten ist kein Mensch zu sehen.

»Wir müssen reden«, sagt Bashir und lässt Janis' Oberarm los.

Mit einer Mischung aus Empörung und Angst starrt der junge Mann ihn an.

»Willst du einen Schluck Wasser?«, fragt Bashir mit einem plötzlichen Grinsen und zieht eine Plastikflasche aus der Jackentasche.

»Du hast mir den Deckel einer verdammten Wasserflasche in die Rippen gerammt?«

»Hat funktioniert, nicht?«

Janis verdreht die Augen.

»Was wollt ihr von mir?«, wendet er sich an Marisa, die sich neben ihn auf die Bank setzt.

»Erich Bodmer.«

»Muss das sein?«

»Was glaubst du?«

Janis bleibt stumm.

»Er gibt Anzeichen dafür, dass er sich in der Schweiz aufhält.«

Der junge Mann fährt zusammen.

»Was für Anzeichen?«, stößt er hervor.

»Er hat vor einiger Zeit Geld am Flughafen Zürich abgehoben.«

»Wann?«

»Vor ein paar Wochen.«

»Shit! Und man hat ihn noch nicht gefunden?«

»Wir arbeiten daran«, sagt Marisa.

Zweifelnd verzieht Janis einen Mundwinkel. »Ihr?«

»Seine Eltern haben uns beauftragt.«

»Was wollt ihr dann von mir?«

»Ihr wart befreundet.«

»Das ist ewig her.«

Marisa wartet ab, ob Janis eine Erklärung nachliefert, doch offenbar hat er das nicht vor. Seit sie ihm verraten hat, dass Erich im Land ist, wirkt er beunruhigt, er zappelt auf der Bank herum, als säße er auf Nadeln.

»Hat sich Erich bei dir gemeldet?«, fragt sie.

Janis' Augen weiten sich, hastig verneint er.

»Du befürchtest, dass er bei dir auftauchen könnte, nicht?«

»Er ist zu allem fähig.«

»Wie meinst du das?«

»Erich ist unberechenbar.«

»Trotzdem warst du sein Freund. Wieso?«

»Das war nicht immer so. Aber dann hat er sich … verändert.«

»Inwiefern?«

»Ihr schnallt es nicht, oder?«

»Was schnallen wir nicht?«

»Worauf ihr euch da eingelassen habt.«

»Was willst du damit sagen?«

Janis schnalzt. »Wenn Erich tatsächlich in die Schweiz zurückgekehrt ist, hat er bestimmt nichts Gutes vor.«

»Er sagte, er habe sich noch nie so gut aufgehoben und willkommen gefühlt«, sagt Janis und scheint sich in seiner Daunenjacke verkriechen zu wollen. Es ist kühl geworden auf der Bank und auf seinen Wunsch haben sie das Gespräch in die Starbucks-Filiale neben der Polybahnstation verlegt. »Für ihn sei es wie das Ankommen nach einer strapaziösen Reise. Die Moschee sei ein Ort, an dem alles Belastende von ihm abfalle, an dem er endlich er selbst sei, das hat er immer wieder betont.«

Die Situation ist Janis immer noch unangenehm, das ist offensichtlich, vermutlich will er das Gespräch deshalb so schnell wie möglich hinter sich bringen.

»Von welcher Moschee hat er gesprochen?«, will Bashir wissen.

»Ich war nie da. Irgendwo außerhalb, in der Agglomeration. Nicht in der Stadt, da bin ich mir sicher.«

»Und dort hat er diese Leute getroffen?«

»Seine *Brüder*.«

Janis' sarkastischer Unterton entgeht Bashir nicht. »Brüder?«

»So nannte er die Typen, die mit ihm in der Moschee rumhingen. Alle waren Brüder, es gab auch ein paar Schwestern. Von zwei Brüdern hat er besonders oft erzählt, an die Namen kann ich mich allerdings nicht mehr erinnern. Mohammed und Abdullah oder so. Die haben ihn zu sich nach Hause eingeladen, er war häufig zu Gast bei denen. Eine afghanische oder syrische Familie.«

»Und da hat er sich verändert?«

»Komplett. Er hörte auf zu rauchen, trank keinen Alkohol

mehr. Andauernd sprach er von seinen Brüdern und Schwestern überall auf der Welt, denen es schlecht ginge, die verachtet, verfolgt und getötet würden. Nur weil sie Moslems seien. Da konnte er sich richtiggehend in Rage reden.«

»Auf wen war er denn wütend?«, fragt Bashir nach.

»Im Grunde genommen auf alle außer auf seine viel gelobten Brüder.« Janis lächelt resigniert. »Aber vor allem auf die Gesellschaft, auf den Westen im Allgemeinen. Der unterstütze nämlich den Feind. Wir seien blind, sähen nicht, was los sei. Er wollte da hinreisen und ihnen helfen, für sie kämpfen.«

»Das klingt nach einer Radikalisierung.«

»Es hätte mir schon aufgrund seiner immer häufigeren Besuche in dieser Moschee auffallen müssen. Doch ich habe mir erst nichts dabei gedacht und als ich endlich realisierte, was bei ihm abging, war es zu spät.«

»Wohin wollte er reisen?«

»Nach Syrien, ins Kalifat des Islamischen Staats natürlich. Oder vielmehr zu dem, was davon übrig geblieben ist. Das hat ihn nicht abgehalten, im Gegenteil.«

»Und du? Wie bist du damit umgegangen?« Bashir führt das Gespräch, während sich Marisa diesmal im Hintergrund hält.

Ein paar Atemzüge lang blickt Janis auf seine Tasse, in der eine Schlagsahnehaube langsam in sich zusammenfällt.

»Es war nicht einfach, wir waren befreundet, verstehst du? Mehr als einmal wollte er, dass ich ihn begleite, mit ihm in die Moschee gehe, diese Familie besuche. Aber ich sah ja, was mit ihm passierte, und lehnte ab. Und später ... Mit Vernunft kommt man so einem Menschen nicht mehr bei. Erich hörte sich meine Argumente nicht einmal an, er wusste ohnehin alles besser. Wenn ich etwas gegen seine Brüder oder ihre Religion sagte, reagierte er zornig. Ich hätte ja keine Ahnung, meinte er. Wir hatten andauernd Streit deswegen.«

»Wie haben seine Eltern reagiert?« Bashir lehnt sich zurück.

»Sie haben seine Veränderung lange überhaupt nicht bemerkt. Ich meine, sie waren nie die superbesorgten Eltern, deren Welt sich nur um ihren Sohn dreht. Genau betrachtet, kümmerte es sie herzlich wenig, was er trieb. Erich lebte nur noch für seine Brüder und diese andere Familie, die ihm schnell wichtiger wurde als seine eigene. Sein Vater konnte ohnehin nicht viel mit ihm anfangen. Angeblich fand er seinen Sohn schwächlich, er habe einen labilen Charakter und zeige zu wenig Führungswillen. So hatte er das formuliert, hat mir Erich erzählt, das hat ihn damals schwer getroffen.«

»Und Erichs Mutter, Frau Bodmer?«

»Sie ist die meiste Zeit mit sich selbst beschäftigt, Wohltätigkeitsanlässe, Pilatesstunden, solche Dinge halt. Ist Inhaberin einer PR-Agentur, soviel ich weiß. Ich erlebte sie immer als sehr oberflächlich. Sie konnte mir eine Frage stellen, aber ehe ich die Antwort gegeben hatte, war ihr Interesse schon verflogen. Da war wenig Wärme, wenig Geborgenheit. Keine Ahnung, wie sie auf seine Abreise reagiert hat. Sie liebt Erich wohl, auf ihre Art, wirklich interessiert hat er sie nie.«

»Bettina hat erzählt, sie habe den Eindruck gehabt, Erich habe sie verachtet.«

»Bettina Grandjean, Erichs Möchtegernfreundin?« Ein abschätziges Lächeln huscht über Janis' Gesicht. »Mit der Zeit verachtete Erich alle, die einen westlichen Lebensstil führen. Frauen besonders.«

»Wie ging es weiter?«

»Er wurde immer gläubiger, verbissener. Ließ sich einen Bart wachsen, wusch sich andauernd und betete fünfmal am Tag. Irgendwann konvertierte er zum Islam, das überraschte mich nicht. Es gab nur noch seine Brüder für ihn, die genauso wie er scharf darauf waren, in den Krieg zu ziehen.«

»Den Heiligen Krieg?«

»In den Dschihad, ja. Seine neue Familie organisierte die Reise in die Türkei. Wie ich erfahren habe, ging es darum, nicht die Aufmerksamkeit des Nachrichtendienstes des Bundes auf sich zu ziehen.«

»Das ist der Schweizer Geheimdienst!«

»Die haben ein wachsames Auge auf potenzielle Dschihadreisende.«

»Trotzdem ist es Erich gelungen, unbehelligt nach Istanbul zu gelangen.«

»Sie gaben sich als Touristen aus und waren entsprechend gekleidet. Drei seiner Brüder begleiteten ihn. Von dort wollten sie auf dem Landweg nach Syrien.«

»Keine Weltreise in dem Fall.«

Janis runzelt die Stirn. »Nein. Das war nie ein Thema.«

»Hast du versucht, ihn aufzuhalten?«

»Natürlich, allerdings vergebens. Als ich ihn zum letzten Mal sah, flehte ich ihn an, sich das alles noch einmal zu überlegen, doch er war beseelt vom Gedanken, Gutes zu tun. Endlich habe sein Leben einen Sinn.«

»Hast du danach jemals wieder von ihm gehört?«

»Nur einmal. Er hat mir aus Istanbul eine Bildnachricht geschickt. Seither herrscht Funkstille.«

»Hast du das Foto noch?«

Janis kramt sein Smartphone hervor, scrollt eine kleine Ewigkeit durch seine Fotosammlung und streckt Bashir schließlich das Telefon entgegen. Drei junge Männer sind auf der Aufnahme zu sehen, sie jubeln dem Fotografen mit erhobenen Fäusten zu. Der älteste ist ein attraktiver Typ mit sportlichem Körperbau, Araber, dem Äußeren nach. Ein jüngerer Bursche hat ihm den Arm um die Schulter gelegt, vermutlich sein Bruder, sie sehen sich sehr ähnlich. Bei demjenigen, der am ausgelassensten wirkt, handelt es sich eindeutig um Erich. Alle drei tragen kurze Hosen, ausgeleierte T-Shirts, Flipflops und Bauchtaschen, Sonnenbrillen im Haar.

»Perfekte Tarnung«, stellt Bashir fest. »Wie Dschihadisten sehen die nicht aus.«

»Erich hat sich seinen Bart abrasiert, die anderen vermutlich auch. Damit sie den Grenzbeamten nicht auffallen.«

»In letzter Zeit hat er sich nicht bei dir gemeldet?«

»Nein, hab ich doch schon gesagt. Er weiß ja haargenau, dass die Polizei nach ihm fahndet.«

»Was? Wieso?«, unterbricht Marisa.

»Den Zeitungsberichten zufolge ist Erich ein international gesuchter Kriegsverbrecher.«

14

»Bedenken kannst du dir keine leisten«, bemerkt Ursula Steiner und schiebt die Rucolablätter von ihrem Carpaccio. »Nicht zum jetzigen Zeitpunkt. Es geht um Arbeitsplätze, um Milliardenumsätze.«

»Aber wie gehen wir damit um, dass dem Bund …?«

»Wir haben es hier nicht nur mit Betrieben zu tun, die dem Bund gehören. Von dem Entscheid wären auch etliche KMU betroffen, Familienbetriebe. Die würde ein Verbot von Waffenexporten an den Rand ihrer Existenz bringen.«

»Waffenexporte in Krieg führende Länder«, präzisiert Andrea Graf.

»Der Export würde dennoch empfindlich einbrechen, für manche Produzenten wäre das, wie gesagt, fatal.«

»Gewisse Firmen könnte man mit einem minimalen Aufwand umstrukturieren. Anstelle von Rüstungsmaterial …«

Ursula stutzt und lässt mit einem amüsierten Lächeln die Gabel sinken. »Seit wann übernimmst du schamlos Ideen der Linken, Andrea?«

»Sie sind eine Überlegung wert. Der Umsatz ließe sich sogar steigern, man könnte wesentlich mehr Arbeitsplätze schaffen. Win-win für alle Beteiligten und die neutrale Schweiz wäre moralisch wieder glaubwürdig.«

»Du weißt selbst, wie allergisch deine Parteikollegen auf Veränderungen reagieren. Von der Wählerschaft gar nicht zu reden.«

»Wenn wir uns nicht bewegen, bleiben wir stehen.«

Die Parteichefin der Liberalen spießt eine hauchdünne Scheibe rohes Fleisch auf und verzieht spöttisch ihre Miene. »Und das von dir, liebe Andrea? Was sagt die Fraktion dazu?«

»Die Fraktion macht, was ich sage.«

Vielsagend zieht Ursula die Brauen hoch. Sie trägt ein graublaues Kostüm, kombiniert mit einer weißen Bluse, die Haare schulterlang und kastanienbraun.

Man könnte sie für eine Tramchauffeuse halten, denkt Andrea.

»Andrea Graf, die kleine unermüdliche Kämpferin. Die Rechten wollen sich wohl bei den nächsten Wahlen als innovative Partei präsentieren.«

»Wäre das so falsch?«

»Nein, überhaupt nicht. Ich wäre die Erste, die dir dafür applaudieren würde. Doch unterschätz nicht den Widerstand in den eigenen Reihen. Ihr schleppt da einige Fossile mit euch herum, die nicht unbedingt als mutige Erneuerer bekannt sind.«

»Die werde ich zu gegebener Zeit los.«

»Weiß dein Vater von deinen Ideen?«

»Er ist im Ruhestand.«

Ursula lacht auf. »Alte Männer mit Macht sind nie im Ruhestand, Andrea. Das solltest du eigentlich wissen. Sie sind so überzeugt von ihrer eigenen Wichtigkeit, dass sie sich eine Welt schlicht nicht vorstellen können, die sich ohne sie weiterdreht.«

»Lass das meine Sorge sein.« Andrea schiebt eine Tomatenscheibe in den Mund und ärgert sich über den faden Geschmack.

»Aber reden wir übers Geschäft«, fordert Ursula sie auf. »Wir Liberalen können uns in dieser Sache eine Kooperation durchaus vorstellen. Allerdings nur, wenn ihr Rechten weiterhin die Hardliner gebt.«

Andrea schluckt den wässerigen Bissen hinunter. »Schon klar.«

Gereizt blickt Ursula auf. »Was soll der Ton?«

»Nicht wir brauchen euch, sondern ihr braucht uns.«

»Das sehe ich anders.«

»Ist aber so, Ursula. Während wir den ganz harten Kurs fahren, steht ihr als moderat da. Die vernünftige Wirtschaftspartei. Derweil wir – nicht zuletzt dank meines Vaters, ich gebe es zu – als politische Knalltüten wahrgenommen werden. Doch auf unsere fünfundzwanzig Prozent Wählerschaft wollt ihr trotzdem nicht verzichten. Also müssen wir für euch die Kastanien aus dem Feuer holen und ihr gebt dann den Abstimmungssieg als euren Verdienst aus.«

»Wir haben eine Verantwortung unserer Basis gegenüber, die ...«

Mit einer knappen Handbewegung unterbricht Andrea ihre Gesprächspartnerin. »Machen wir uns nichts vor. Ihr habt einen Wähleranteil von fünfzehn Prozent. Damit bewegt ihr rein gar nichts. Außerdem kommt ihr seit Jahren nicht vom Fleck, trotz aller Kurswechsel und Finten. Wenn gerade Grün angesagt ist, macht ihr auf Grün. Wenn es mit uns nicht klappt, werft ihr euch blitzschnell der Mitte an den Hals, manchmal sogar den Linken. Schlagen alle das Rad, tut ihr das garantiert auch. Fähnlein im Wind, das seid ihr. Hinkt immer einen Schritt hinterher.«

Erzürnt wirft Ursula ihre Gabel auf den Teller, auf dem sie inzwischen Fleisch und Salat säuberlich getrennt hat. »Und du hältst dich für die revolutionäre Erneuerin, die glaubt, sie könnte ihrer Partei über Nacht ein modernes Image verpassen. Wann wachst du auf, Andrea?«

Andrea schaut zum Fenster hinaus. Von ihrem Tisch im ersten Stock des Restaurants sieht man direkt auf das Bundeshaus. Weiße Tischdecken und simple schwarze Holzstühle, das Lokal verströmt französisches Flair und ist bei Politikerinnen und Politikern sehr beliebt. Ein frühes Abendessen, es sind kaum Gäste anwesend. Ideal, um eine gemeinsame Strategie festzulegen. Oder sie an die Wand zu fahren, denkt Andrea, ehe sie sich wieder ihrer Kollegin zuwendet.

»Ich kann mir einen Schulterschluss durchaus vorstellen, Ursula. Allerdings nur, wenn wir unsere moderate Haltung einbringen dürfen.«

»Die Rechten und moderat? Das nimmt euch keiner ab.«

»Es ist höchste Zeit, um uns neu zu positionieren«, bemüht sich Andrea, sie zu überzeugen.

»Du willst uns bloß Wählerstimmen abjagen. Ihr träumt immer noch von den dreißig Prozent.«

»Darum geht es nicht.« Andrea sieht Ursula fest in die Augen. »Hör zu. Diese Waffenexporte … Das Thema wird immer wieder hochkochen. Bei jedem neuen Bürgerkrieg, bei jeder Flüchtlingsdebatte, bei jeder Schweizer Waffe, die irgendwo auftaucht, wo sie das nicht dürfte. Das wird nie ein Ende haben. Deswegen hier mein Vorschlag: Wir sprechen uns erst einmal *für* die Waffenexporte aus.«

Abwartend lehnt sich Ursula auf ihrem Stuhl zurück. »Und dann?«

»Höchstwahrscheinlich verlieren wir die Abstimmung, das ist uns beiden klar. Das momentan herrschende Moralempfinden wird uns ausbremsen. Aber das ist egal.«

»Das ist es nicht!«

Andrea hebt die Hand, erklärt weiter. »Nach außen und vor allem für die Medien geben wir uns zerknirscht. Wir sagen, dass wir uns noch einmal über die Bücher machen. Und dann kommen wir mit dem Vorschlag zur Umstrukturierung der Betriebe. Das schlägt ein wie eine Bombe.«

»Eine gescheiterte Rechte, die geläutert und für einmal sogar mit umsetzbaren Ideen zurückkehrt. Ist es das, was dir vorschwebt?«

Andrea nickt. »Billige Polemik war gestern, wir machen ab sofort praktisch anwendbare Politik.«

»Die Linken werden behaupten, du hättest ihre Idee geklaut.«

»Wir sind mehr und vor allem lauter.«

Einen Moment lang betrachtet Ursula ihre Hände und wiegt anschließend zweifelnd den Kopf. »Ich weiß nicht.«

»Ihr helft uns, die Umsetzung voranzutreiben. Gemeinsam kriegen wir das hin. Ich könnte mir vorstellen, dass es zu einer Allianz mit anderen Parteien kommt. Vielleicht sogar mit den Linken, wenn wir es diplomatisch angehen. Das wäre ein historisches Ereignis.«

»Andrea …«

»Wir müssen finanzielle Anreize schaffen und bei den Bundesbetrieben beginnen, das hat Strahlkraft, die anderen folgen dann auto…«

Mit Nachdruck schiebt Ursula den Teller von sich. »Vergiss es, Andrea, da spiele ich nicht mit.«

»Was spricht dagegen?«

»Ihr! Kein Mensch wird euch glauben, dass ihr euch von einem Tag auf den anderen gewandelt habt.«

»Ich werde den Wandel glaubwürdig vertreten.«

»Aber ich traue dir nicht, Andrea. Du bist eine gewiefte Politikerin und es wäre nicht das erste Mal, dass ihr in letzter Minute eine Kehrtwende einleitet, wenn ihr merkt, dass euer Plan nicht aufgeht. Und uns würdest du einfach hängen lassen.«

»Das habe ich nicht vor, glaub mir.«

Anstelle einer Erwiderung presst die liberale Politikerin ihre Lippen zusammen.

»Hör zu, wir könnten mit Tausenden neuen Arbeitsplätzen auftrumpfen, mit wachsenden Umsätzen. Daran wird sich die Bevölkerung bei den nächsten Wahlen erinnern.«

»Nein.« Bestimmt schüttelt ihre Kollegin den Kopf. »Ich hab da ein ganz schlechtes Gefühl.«

»Ursula, es wird funktionieren, glaub mir! Wir müssen bloß schneller sein als die Linken. Unser Vorteil ist, dass die Kleinunternehmer zu unseren Stammwählern gehören. Die Rüstungsindustrie sowieso. Wenn wir überzeugend auftreten, nehmen sie uns die dringende Notwendigkeit einer Veränderung ab. Auf jeden Fall eher als den Sozis.«

Andrea starrt immer noch auf das sich graubraun verfärbende Carpaccio auf Ursulas Teller, als sich Dominik Schwendener auf den Stuhl fallen lässt, von dem sich die liberale Politikerin vor fünf Minuten erhoben hat, um grußlos das Restaurant zu verlassen. Er verschränkt die Arme und fixiert Andrea, bis sie aufschaut.

»Bravo«, sagt er. »Das hast du prima hingekriegt.«

Sie wirft ihm einen kühlen Blick zu. »Es würde funktionieren.«

»Es geigt ja nicht einmal zwischen dir und der Steiner. Wie soll es dann …? Andrea, weißt du eigentlich, wer deine Wähler sind? Weshalb sie dich in den Nationalrat befördert haben, zur Präsidentin der erfolgreichsten Partei der Schweiz?«

Andrea stöhnt leise und nimmt einen Schluck Wasser aus dem Glas, das sie bis jetzt nicht angerührt hat.

»Die Leute rechnen mit dir, Andrea, der kleine Mann auf der Straße …«

»Kleiner Mann? Hör bloß auf mit diesem Kitsch. Unsere Wählerschaft ist überaltert, wir brauchen neue Impulse, frische Ideen.«

Schwendener stützt die Ellenbogen auf den Tischrand. »Vergiss deine Träumereien, hier wird gemacht, was ich befehle.«

»Ach, und was ist dein Konzept? Zu allem Nein sagen? Bremsen, hinhalten, im Zweifelsfall alle anderen beschuldigen?«

»Fünfundzwanzig Prozent Wähleranteil sprechen eine deutliche Sprache.«

»Nur merken allmählich sogar die, dass bei uns die Luft raus ist.«

»Blödsinn. Bei der nächsten Flüchtlingswelle schnellt die Quote …«

»Blödsinn? Was haben wir in der Krise geleistet, Dominik? In dieser schwierigen Zeit, wo sich deutlich gezeigt hat, wer führen kann und wer nur eine große Klappe hat? Ich sage es dir: Nichts haben wir auf die Reihe gekriegt! Hinterher waren wir zwar ganz groß im Kritisieren, wir hätten alles besser gewusst, besser gemacht sowieso. Doch wenn man genau hinschaut, waren wir mäuschenstill, als der Sturm losbrach, da war von unserer Seite kein Mucks zu hören.«

Schwendener zuckt mit den Schultern. »Meine Strategie. Und die hat hingehauen. Du hast sie aber auch wunderbar nach außen vertreten.«

»Mit dem Resultat, dass wir seit Jahren nur reagieren. Ich dagegen möchte vorausgehen, Verantwortung übernehmen, Neues anstoßen. Es gibt wichtigere Themen, als immer nur auf den Ausländern und der EU herumzuhacken, wir müssen eine Politik aufbauen, die ohne die ewig gleichen Feindbilder funktioniert. Das ist meine Vision als Parteipräsidentin.«

»Deine Vision ist einen Dreck wert. Alles, was zählt, sind meine Anweisungen. Die du ohne Wenn und Aber befolgst. Heute Abend gibst du übrigens *10vor10* ein Liveinterview, die Anfrage ist eben erst reingekommen. Du wirst natürlich die Linie der Partei vertreten und erklären, dass das Gespräch mit der Steiner wenig fruchtbar, nein, ein Debakel gewesen sei. Weil die Liberalen nicht die Eier hätten, einen klaren Standpunkt einzunehmen, und lieber weiterhin ihrem Zickzackkurs folgten. Verwende da unbedingt ›Wischiwaschipolitik‹, salopp und umgangssprachlich, das zieht immer. Sag unbedingt auch, dass die, ohne mit der Wimper zu zucken, Tausende von Arbeitsplätzen opfern würden, um sich bei den Linken und Netten anzubiedern. Einzig die Rechten würden verhindern, dass der kleine Mann … bla, bla, bla. Den Rest kennst du auswendig.«

Feindselig hat Andrea den Politberater während seiner Instruktion angesehen, jetzt steht sie ruckartig auf und langt nach der Handtasche, die sie auf den Stuhl neben sich gelegt hat.

»Hast du alles verstanden, Andrea?« Schwendener hebt zuckersüß lächelnd eine Braue.

Andrea muss sich beherrschen, um ihm nicht die Tasche um die Ohren zu hauen.

»Nichts Neues, das aber lautstark und mit Vehemenz, das

ist mein Konzept. Und du bist meine willenlose Bauchredner-puppe, die es der Welt präsentiert.«

»An deiner Stelle wäre ich mir da nicht so sicher«, knurrt Andrea.

»Du weißt, was sonst geschieht.« Sie will sich schon ab-wenden, als er fragt: »Wohin willst du?«

Mit einem genervten Stöhnen hält Andrea inne und dreht sich zu Schwendener um. »Geht dich einen Scheiß an.«

»Da irrst du dich, meine Liebe. Es geht mich sehr wohl einen Scheiß an. Wo du dich herumtreibst, mit wem du dich triffst. Ich will alles wissen, so ist das nun mal. Und bevor wir uns wieder streiten, Schatz, komme ich einfach mit.«

»Ich verzichte. Und nenn mich nicht ›Schatz‹, du widerliches Arschloch.«

Mit einem süffisanten Grinsen rutscht Schwendener samt seinem Stuhl nach hinten. »Du hast keine Wahl, Chérie.«

15

Kaum hat sie das Wohnhaus betreten, verlangsamt Marisa ihre Schritte.

Hier riecht es verbrannt, denkt sie, während sie die Post aus dem Briefkasten holt. Sie blickt zur Treppe, ein feiner Rauchschleier hängt in der Luft. Besorgt durchquert sie den Eingangsbereich des Altbaus und eilt hoch. Mit jedem Stockwerk wird der Geruch beißender, auf den letzten Stufen rennt sie bereits. Dichter Rauch quillt ihr entgegen, sobald sie die Wohnungstür aufgeschlossen hat, sie hustet und wedelt die dichten Schwaden aus dem Weg.

»Luca!«, schreit sie, plötzlich packt sie eine eiskalte Angst. »Wo bist du?«

Zu ihrer Erleichterung erfolgt die Antwort postwendend.

»Ich habe gekocht.« Seine Stimme klingt kleinlaut, sie dringt eindeutig aus der Küche.

Marisa stürzt durch den Flur und wäre im Türrahmen beinahe mit ihrem Sohn zusammengestoßen, der ihr, eine Bratpfanne in der Hand, entgegenläuft.

»Was machst du da?« Entsetzt starrt Marisa auf die brikettartigen Stummel, die in einer schwarz brutzelnden Öllache kleben.

»Fischstäbchen«, meint Luca, während er verunsichert ihr Gesicht studiert. »Du hast doch angerufen und gesagt, dass du etwas später nach Hause kommst. Da habe ich gedacht, heute koche ich mal für uns. Die Kartoffeln brauchen noch ein paar Minuten.«

»*Minchia!*« Rasch drängt sich Marisa an ihm vorbei in die Küche.

Der Rauch ist hier so dicht, dass die Einrichtung kaum zu erkennen ist. Auf dem Herd sprudelt Wasser in einer hohen Pfanne, so viel kann Marisa ausmachen. Eine der altmodischen Platten glüht rot, die Genossenschaft hat längst modernere Kücheneinrichtungen angekündigt, passiert ist seither nicht viel.

Dunkle Ölspritzer überall, selbst auf der Ablage und im Spülbecken. Die Kartoffeln sind zu Brocken zerfallen, das Wasser
mehlig trübe. Sofort schaltet Marisa die Platten aus, den Dampf-
abzug dafür ein, hastet ins Wohnzimmer und reißt alle Fenster
auf, bevor sie zu Luca zurückkehrt.

»Okay«, sagt sie und atmet tief durch.

»Sorry.« Lucas zerknirschter Gesichtsausdruck bricht ihr
das Herz.

»Hoffentlich hat niemand die Feuerwehr gerufen. Und was
die Fischstäbchen betrifft, die darfst du nie, nie auf der Zwölf
braten. Sonst werden sie schwarz, wie du selbst siehst.«

»Wir könnten sie schälen und wie Bananen essen«, schlägt
Luca vor.

»Ich hatte einen langen und anstrengenden Tag, Luca, und
ich habe nicht die geringste Lust auf Bananenfischstäbchen!«

Kaum hat Marisa den Satz beendet, tut er ihr auch schon leid.
So gereizt hätte sie nicht reagieren dürfen, Luca kann nichts
dafür, dass die Suche nach Erich Bodmer ihr Sorgen bereitet.
Ein international gesuchter Kriegsverbrecher, darauf hätten
seine Eltern ruhig hinweisen dürfen. Bashir und sie werden die
Bodmers gleich morgen früh zur Rede stellen, für eine klärende
Aussprache sind sie heute nach all den Gesprächen zu erschöpft
gewesen.

»Ich wollte doch nur das Abendessen für uns vorbereiten«,
rechtfertigt sich Luca. »Sonst kochst du immer für mich und
ich dachte …«

Gerührt zieht Marisa den Jungen an sich und küsst ihn aufs
Haar.

»Entschuldige, ich hätte dich nicht anfahren dürfen. Ich weiß
es sehr zu schätzen, dass du für mich kochen wolltest. Aber
das nächste Mal tun wir das gemeinsam. Kochen muss man
nämlich lernen wie Fahrradfahren oder Schwimmen. Und da
hilft es, wenn jemand dabei ist, der damit Erfahrung hat.«

»Okay. Du zeigst mir, wie?«

»Versprochen.«

Luca schmiegt sich an sie und Marisa fragt sich, wie lange er noch so anhänglich ist und sich von ihr widerstandslos berühren lässt. Viel Zeit bleibt ihr nicht mehr, das ahnt sie, sie kann ihrem Sohn beinahe beim Wachsen zusehen.

»Was essen wir jetzt?«, will Luca wissen.

Marisa holt ihr Handy hervor und hält es hoch, wohlwissend, dass es keine einfachere Methode gibt, um ein breites Grinsen in ein Jungengesicht zu zaubern. »Was meinst du zu Pizza?«

Bashir beobachtet die halbe Limettenscheibe, die in seiner Limonade treibt und dabei gemächlich von den beiden Eiswürfeln umkreist wird. Sie nähern sich an und weichen zurück, stoßen zusammen, haften kurz aneinander, trennen sich dann wieder und fangen von vorn an, ein endloses Spiel.

Innerlich zählt er bis zwanzig, damit er nicht zu früh aufschaut, nicht schon wieder zu ihr hinüberguckt. Bei dreizehn hält er es nicht mehr aus, er hebt den Kopf, doch sie hat seinen Blick längst erwartet, sie erwidert ihn ruhig und mit einem angedeuteten Lächeln.

Bashir ist überrascht und vor allem hocherfreut gewesen, als er sie beim Betreten der *Toro*-Bar entdeckt hat. Die Frau, die ihm schon am Vortag aufgefallen ist. Kurz geschnittener Bubikopf, die purpurne Farbe ist in der Zwischenzeit von einem Mahagoniton abgelöst worden. Sie trägt ein honiggelbes Kleid mit Inkamuster, das ihr bis knapp zu den Knien reicht, dazu weiße Turnschuhe. Fast wäre er auf sie zugegangen, ihre plötzlich kühle Miene hielt ihn davon ab. Es ist ihm vorgekommen, als hätte sie sich abgewandt, sobald sie ihn erkannt hat.

Jetzt aber ist alle Distanz aus ihrer Haltung gewichen, er kann spüren, wie sie ihn lockt. Als er sie jedoch mit einer Geste bittet, sich neben ihn zu setzen, ignoriert sie ihn. Stattdessen nimmt sie ihr Rotweinglas in die Hand und lehnt sich zum Barkeeper vor. Sie macht eine Bemerkung, auf die er etwas erwidert, beide lachen. Dann setzt sie das Glas ab und dreht sich Bashir erneut fordernd zu. Ihr Verhalten ist verwirrend, er versteht nicht, was sie will, gleichzeitig erregt ihn diese Ungewissheit.

Bashir widmet sich wieder den Eiswürfeln und der Limettenscheibe in seinem Mineralwasser. Das Lokal ist unter der Woche halb leer, Eliza hat heute frei, was ihm gelegen kommt. Er hat keine Ahnung, wohin der Flirt mit dieser Frau führt, doch seine Schwester braucht nicht unbedingt Zeugin davon zu werden.

Er schaut zu der Frau hinüber. Sie hat ihr Portemonnaie hervorgeholt und bezahlt ihren Wein, ein kleiner Scherz, der Barkeeper grinst. Anschließend marschiert sie, ohne Bashir eines Blickes zu würdigen, quer durch die Bar. Erst beim Ausgang dreht sie sich noch einmal um, eine federleichte Bewegung, begleitet von einem aufblitzenden Lächeln, sie stößt die Tür auf und tritt hinaus. Hastig klaubt Bashir das Geld für die Limonade aus der Hosentasche und wirft es auf den Tresen, bevor er der Frau folgt.

Sie spaziert auf die Bushaltestelle zu, ihre Silhouette dunkel vor den leuchtenden Lichtern des chinesischen Restaurants, vor dem sie stehen bleibt. Ruckartig wendet sie den Kopf, aber nicht nach Bashir, ihn scheint sie nicht zu bemerken, sondern nach dem Stadtbus, der hinter ihm um die Ecke biegt. Bashir setzt zu einem lockeren Spurt an und trifft gleichzeitig mit dem Bus an der Haltestelle an, er springt hinein, während sich die Frau auf einem Sitz nahe dem Fahrer niederlässt. Sie schaut aus dem Fenster, wirkt in sich gekehrt und instinktiv spürt Bashir, dass es keine gute Idee wäre, sie jetzt anzusprechen.

Der Bus rollt an und er klammert sich an eine der Haltestangen, ohne sie aus den Augen zu lassen. Sie hat ein ebenmäßiges Profil, die Nase ist klein und zeigt leicht nach oben, was ihr etwas Mädchenhaftes verleiht, die Lippen voll, ihre Wangen sind rundlich und sehen weich aus. Kein einziges Mal dreht sie sich um, allein an ihrem Blinzeln glaubt er zu erkennen, dass das Spiel noch nicht zu Ende ist. Aber womöglich irrt sich Bashir und es handelt sich bloß um Wunschdenken.

Sie fahren am Bahnhof vorbei, übers Central und den Seilergraben hoch, rechts das Kunsthaus, links der Pfauen, das Schauspielhaus, dann geht es weiter Richtung Kreuzplatz. Wenige Stationen später steht sie auf und begibt sich zum Ausstieg, ihr Blick streift Bashir, ohne dass Erkennen darin aufflackert. Gleichgültig überprüft sie ihr Aussehen in der spiegelnden Scheibe, schürzt die Lippen, fährt sich durchs Haar. Als der Bus zum Stillstand kommt und die Türen mit einem Zischen aufschwingen, steigt sie aus. Burgwies, ein gutes Stück vom Stadtzentrum entfernt, direkt gegenüber der Haltestelle befinden sich das Trammuseum und eine Migros-Filiale.

Ohne sich umzuwenden, steuert die Frau auf eine schmale, steil ansteigende Seitenstraße zu, die rechts abzweigt. *Russenweg*, liest Bashir auf dem blauen Schild, er folgt ihr, selbst wenn ihn längst Zweifel plagen. Doch ihr Verhalten reizt ihn, er will wissen, was sie damit bezweckt.

Würde es normal laufen, hätte sie ihn spätestens an der Bushaltestelle vor der Bar angesprochen oder sich ansprechen lassen, sie hätten sich miteinander bekannt gemacht, ein wenig geplaudert, wären vielleicht noch irgendwo eingekehrt. Das hier läuft allerdings nicht normal. Sie hat ihn gesehen, davon ist er felsenfest überzeugt, sie weiß, dass er ihr folgt, sie muss ihn hinter sich hören und trotzdem scheint es sie nicht zu kümmern. Sie hat auch keine Angst vor ihm, ihre Schritte beschleunigen sich nicht, nie schaut sie gehetzt über die Schulter. Vielmehr scheint sie ganz genau zu wissen, was sie tut.

Die Frau hält auf eines der vierstöckigen Mehrfamilienhäuser zu, die sich an der Straße aneinanderreihen, und öffnet das Gartentor. Sandsteinfassade mit eckigen Erkern, gutbürgerlich, ohne protzig zu wirken, etwas abgewirtschaftet. Vor dem Gebäude ein schmaler Streifen Rasen, der mit Bäumen bepflanzt ist, ein Metallzaun grenzt das Grundstück gegen das Trottoir hin ab.

Das Licht über dem Eingang springt an, als sich die Frau nähert. Im schwachen Schein der Lampe sieht er, wie sie den Schlüssel aus der Handtasche holt, aufschließt und das Haus betritt. Während die Tür langsam zufällt, ringt Bashir mit sich, ob er das letzte Stück rennen und ihr hineinfolgen soll. Als er den Zaun erreicht, ist es bereits zu spät, die Eingangstür ist zu.

Enttäuscht bleibt Bashir stehen und legt den Kopf in den Nacken. Die Beleuchtung im Treppenhaus scheint nicht zu funktionieren, wahrscheinlich spendet die Straßenlaterne genügend Helligkeit, damit die Bewohner im Dunkeln nicht über die Stufen stolpern. Er harrt aus, in keiner der Wohnungen geht jedoch das Licht an, nirgendwo wird ein Fenster geöffnet, alles ist still. Ernüchtert will sich Bashir abwenden, verharrt mit einem Mal und geht, einem Geistesblitz folgend, auf den Hauseingang zu, neben dem sechs Briefkästen befestigt sind. Allerdings sind nicht alle eindeutig beschriftet, wie er rasch feststellt. Für eine Wohnung im Erdgeschoss sind vier Namen auf ein Stück Malerkrepp gekritzelt, eine Wohngemeinschaft vermutlich, im dritten Stock ist eines der beiden Schilder leer.

Noch einmal schaut Bashir die Fassade hoch, die Fenster bleiben dunkel, nichts regt sich. Mit einem leisen Seufzen holt er sein Handy hervor, keine neuen Nachrichten, aber es ist spät geworden. Er steckt das Telefon zurück und stutzt. Das Licht unter dem Vordach ist dumpf, der Rahmen der Tür liegt im Schatten. Erst aus der Nähe ist ersichtlich, dass sie spaltbreit offen steht. Augenscheinlich ist sie vorhin doch nicht ganz zugefallen. Als Bashir sie aufdrückt, wird ihm auch klar, wieso. Auf der Schwelle liegt ein faustgroßer Stein. Eine Aufforderung?

Sein Herz hämmert vor Aufregung, während er das Hindernis mit der Fußspitze zur Seite schiebt und sich ins Haus stiehlt.

107

16

»Wo ist mein Nagellackentferner?«

Vlora stürmt ins Wohnzimmer, ihre Umrisse verschwimmen im Shisharauch, der keifenden Stimme hat der Dunst allerdings nichts entgegenzusetzen.

»Wo. Ist. Mein. Nagellackentferner!«, wiederholt sie.

Ben und die zwei anderen Jungs, die auf den Sofas herumfläzen, heben genauso gleichzeitig wie desinteressiert ihre Schultern und starren weiter auf den laufenden Fernseher.

»Hast du ihn?«, fährt Vlora Ben an, baut sich vor ihm auf und stützt die Fäuste in die Seiten.

Ungerührt hält er ihrem Blick stand. Mittlerweile ist ihre gegenseitige Abneigung in der Wohngemeinschaft amtlich, keiner von beiden bemüht sich noch, sie zu kaschieren.

»Fuck!«, flucht Vlora und eilt hinaus.

Kurz darauf ist ein Scheppern und Klirren zu vernehmen, offenbar stellt sie das Bad auf den Kopf.

»Er war ganz neu!«, schreit sie herüber.

Träge hebt Fatih den Kopf, zieht an der Shisha und greift nach der Fernbedienung.

»Das ist die bescheuertste Sendung, die ich je gesehen hab«, brummt er und beginnt, durch die Kanäle zu zappen. »Die locken die Zuschauer mit nackten Leuten, die in der Wildnis überleben müssen. Und dann verpixeln sie die Geschlechtsteile. Das ist, als würdest du zu einer Grillparty gehen und es gibt nur Salat.«

Nico feixt. »Killervergleich.«

»Lass mal, das würde ich mir gern anschauen«, sagt Ben, als für den Bruchteil einer Sekunde das Studio der abendlichen Nachrichtensendung *10vor10* auf dem Bildschirm erscheint.

Fatih wirft ihm einen zweifelnden Blick zu. »Echt jetzt?«

»Nur kurz.« Ben lächelt entschuldigend.

»Wenn du meinst.«

Sein türkischer Mitbewohner wirkt wenig überzeugt und wechselt dennoch zum Schweizer Fernsehen zurück.

»… es geht hier um Milliardenumsätze und Tausende von Arbeitsstellen«, erklärt Andrea Graf, die Parteipräsidentin der Rechten, dem Moderator gerade.

Name und Funktion sind auf einem roten Balken im unteren Bereich des Bildschirms eingeblendet.

»Frau Graf, wir reden hier von Waffenexporten in Länder, in denen Bürgerkrieg herrscht. In Syrien, zum Beispiel …«

»Wir haben niemals Waffen nach Syrien geliefert.«

»Aber an die Vereinigten Arabischen Emirate, von wo aus sie nach Jemen und eben nach Syrien gelangen.«

»Was nach dem Verkauf mit den Gütern geschieht, ist nur sehr schwer zu kontrollieren.« Andrea Graf wirkt selbstbewusst und kämpferisch, kritische Fragen prallen an ihr ab.

»Sie entziehen sich der Verantwortung, Frau Graf.«

»Das stimmt nicht. Wir haben Kontrollorgane …«

»Die nicht funktionieren, machen wir uns nichts vor. Es gibt jedoch andere Möglichkeiten«, sagt der Moderator jetzt direkt in die Kamera. »Erst kürzlich wurde eine Studie durchgeführt, die besagt, dass Rüstungskonzerne problemlos umstrukturiert werden und beispielsweise Eisenbahnwaggons produzieren könnten. Was halten Sie davon?«

Andrea Graf blättert in ihren Notizen, die vor ihr auf dem Rednerpult liegen.

Sie kennt die Antwort, aus irgendeinem Grund spielt sie jedoch auf Zeit, denkt Ben und wedelt die Rauchwolke weg, die zwischen ihm und dem Fernseher wabert.

»Zapp mal weiter, Fatih, die Alte ist pures Valium«, meckert Nico, worauf Fatih sofort die Fernbedienung auf den Apparat richtet.

»Nur noch ein paar Sekunden, ich möchte hören, was sie antwortet«, bittet Ben.

Fatih lässt die Hand wieder sinken, während Nico murrt:

»Was sie antwortet? Mann, wen interessiert es, was die antwortet?«

»Mich! Wenn es euch einen Scheiß kümmert, was in der Welt läuft, ist das eure Sache. Aber ich will wissen, was abgeht!«

Bens scharfe Erwiderung lässt Nico verdattert die Klappe halten.

Fatih wirft seinem neuen Mitbewohner einen erstaunten Blick zu. »Ey, easy, Alter.«

»Ich habe davon gehört«, gibt Andrea Graf im Fernsehen endlich zu. »Noch ist es zu früh, dazu Stellung zu nehmen.«

»Doch Sie fänden das grundsätzlich eine bedenkenswerte Lösung?« Lauernd lehnt sich der Moderator vor. »Höre ich das aus Ihrer Antwort heraus?«

»Dazu kann ich zum jetzigen Zeitpunkt nichts sagen.«

»Gerade angesichts der Krise, in der Ihre Partei seit geraumer Zeit steckt, wäre das nicht eine Möglichkeit, um neue Wähler anzusprechen?«

»Kein Kommentar.«

»Frau Graf, wir danken für das Gespräch.«

»Darf ich jetzt weiterzappen?«, will Fatih wissen und Ben nickt.

17

Leise steigt Bashir das Treppenhaus hoch. Wie er bereits von außen festgestellt hat, funktioniert die Beleuchtung nicht, einzig durch die Fenster fällt rostrotes Straßenlaternenlicht. Außer seinen Schritten auf den Steinstufen ist kein Geräusch zu hören. Zwei Wohnungen pro Etage, auf den Absätzen dazwischen stehen Schränke oder Schuhregale, Kinderspielzeug liegt im zweiten Stock verstreut herum, sodass Bashir beinahe darüber gestolpert wäre. Als er im nächsten ankommt, erkennt er im Halbdunkeln, dass die Tür rechts bloß angelehnt ist.

Bashir zögert. Was, wenn das alles nur Zufall ist? Wenn er die Zeichen der Frau komplett falsch interpretiert hat und sie losschreit, sobald er ihre Wohnung betritt, die Nachbarn alarmiert, die Polizei ruft? Während er noch abwägt, ist aus dem Apartment ein kaum hörbares Schlurfen zu vernehmen, das Geräusch von nackten Fußsohlen vielleicht. Bashir wirft alle Bedenken über Bord und geht auf die Tür zu.

Kaum hat er die Diele betreten, fühlt er ihre Anwesenheit, sie atmet schnell, er spürt die Wärme, die ihr Körper ausstrahlt. Es ist hier dunkler als im Treppenhaus, doch er weiß, dass sie direkt neben ihm steht, kann ihre schemenhaften Umrisse ausmachen. Bashir öffnet den Mund, ehe er etwas sagen kann, legt sie eine Fingerspitze auf seine Lippen. Einige Sekunden verharren sie reglos, dann fährt sie über sein Gesicht, zärtlich, forschend, streicht über seine Nase, die Narbe, kehrt zum Mund zurück, drängt ihren Daumen mit sanftem Druck zwischen seine Lippen. Er streckt seine Hand nach ihr aus und als er sie berührt, stellt er fest, dass sie nackt ist. Er zieht sie an sich, der erste Kuss dauert eine Ewigkeit. Hastig knöpft sie sein Hemd auf, macht sich an der Gürtelschnalle zu schaffen, streift die Hose über seine Beine.

»Ich …«, beginnt Bashir.

Diesmal legt sie ihm die Hand auf den Mund, ihre Zunge umspielt gleichzeitig seine Brustwarze.

Er stöhnt auf und lässt die Hände über ihren Körper wandern, die Dunkelheit erregt ihn, er kann kaum etwas sehen, sondern muss sich auf andere Sinne verlassen. Er streicht über ihre Schultern und spürt die straffe Haut, die Nackenmuskulatur, umfasst ihre Brüste, die Taille, berührt ihren Bauch, umklammert die festen Hüften und tastet sich schließlich zur Feuchtigkeit zwischen ihren Beinen vor.

Derweil zerrt sie an seiner Unterhose, bis sein Schwanz hervorspringt, hart und pulsierend. Mit einem Keuchen presst sie sich gegen Bashir, dann dreht sie sich um und beugt sich über das Möbelstück, dessen Konturen sich schattenhaft vor der Wand abzeichnen.

18

»Wir hatten eine Abmachung!« Die Wut lässt Dominik Schwendener wie ein gefangenes Raubtier im Parkhaus hin und her streifen.

»Das ist keine Abmachung, sondern schlicht Erpressung«, korrigiert ihn Andrea Graf, die gelassen an ihrem weißen Range Rover Evoque lehnt. In der neonhellen Beleuchtung wirkt ihre Miene eiskalt. »Nur damit wir hier die Begriffe nicht durcheinanderbringen.«

Ruckartig bleibt Schwendener stehen und deutet mit dem Zeigefinger auf Andrea. »Ich bestimme, was läuft, du führst es aus. Ganz einfach. So bist du zur erfolgreichsten Präsidentin geworden, die dieser müde Haufen, den du ›Partei‹ nennst, jemals gesehen hat.«

Andrea verschränkt die Arme, während Schwendener weiter herumtigert. »Mit der Bewirtschaftung verstaubter Themen, ja. Das Zeug für die ganz große Nummer hast du leider nicht, dazu fehlen dir die Visionen.«

»Aber du schon, ja? Ideen bei den Linken klauen? Meinst du das, wenn du ›Visionen‹ sagst? So wie eben bei *10vor10*?«

»In den letzten Monaten haben wir beim Wähleranteil keinen einzigen Prozentpunkt gewonnen.«

»Mit seinen erratischen Entscheidungen und Auftritten hat dein Vater die Partei dermaßen heruntergewirtschaftet, dass es momentan vor allem um Schadensbegrenzung geht.«

»Mit einer zukunftsgerichteten Strategie könnte sich unser Einflussbereich markant erweitern.«

»Und gleichzeitig die Stammwähler vor den Kopf stoßen. Nach all den Jahrzehnten haben sie sich daran gewöhnt, dass von der Parteileitung nichts Neues kommt, sondern bloß die immer selben Themen beackert werden.«

»Jetzt klingst du wie einer dieser linken Journalisten.«

»Gewisse Tatsachen lassen sich nun mal nicht leugnen.«

Mit einem Piepton vermeldet sein Handy eine eingehende Nachricht und Schwendener langt in die Innentasche seines Jacketts. Er liest die Nachricht, verdreht die Augen und steckt das Telefon wieder ein.

»Was?«

Schwendener ändert die Richtung und bleibt direkt vor Andrea stehen. »Das ist schon die vierte kantonale Sektion, die ihrem Ärger über deinen Fernsehauftritt Luft macht und eine sofortige Erklärung fordert. Die Bundeshausfraktion hat sich über deine Äußerungen ebenfalls besorgt gezeigt.«

»Wieso melden die sich bei dir?«

»Das würde ich mich an deiner Stelle auch fragen.«

19

Mit einem Schrei schreckt Ben aus dem Tiefschlaf hoch, sein Puls hämmert, das T-Shirt ist schweißnass. Wieder hat er geträumt, wie jede Nacht, die Albträume verfolgen ihn. Albträume, von derart schrecklichen Dingen, dass er wünscht, es wären nur Träume. Doch er weiß nur zu gut, dass das nicht zutrifft. Das Grauen, das ihn Nacht für Nacht heimsucht, den Horror, von dem er träumt, das alles hat er selbst erlebt.

Schwer atmend stützt er sich auf den Ellenbogen, ein Griff zum Handy, es ist kurz nach zwei Uhr morgens. In knapp einer Stunde hätte ihn der Wecker ohnehin geweckt. Er schlägt die Decke zurück, steht vorsichtig auf, dabei knacken seine Kniegelenke und er zuckt leicht zusammen. Aufmerksam lauscht er auf etwaige Geräusche, es bleibt jedoch still in der Wohnung. Rasch zieht sich Ben an und huscht in den Flur hinaus.

Die Tür zu Fatihs Zimmer ist nur angelehnt, er schaut hinein. Die Jalousien sind schräg gestellt, fahles Straßenlaternenlicht fällt auf das Bett. Vlora liegt zusammengerollt auf der Seite, Fatih schläft auf dem Rücken. Ein Bein hängt über den Matratzenrand hinaus, das andere liegt angewinkelt auf der Seite, die Hände hat er hinter dem Kopf verschränkt. Sein Oberkörper ist nackt. Vom Bauchnabel führt ein Streifen krauser Haare unter das zerknüllte Laken, das nur notdürftig seine Scham bedeckt. Wie hypnotisiert beobachtet Ben Fatihs Bauchdecke, die sich bei jedem Atemzug hebt, seine Hüftknochen, die sich unter der straffen, seidig schimmernden Haut abzeichnen, ehe es ihm gelingt, den Blick von seinem schlafenden Mitbewohner loszureißen.

Beim Hinausgehen wirft er sich die Jacke über, die an der Garderobe hängt, und schnappt sich den Schlüssel zu Nicos Wagen vom Sideboard neben der Tür.

Zwanzig Minuten später schaltet er den Motor des schwarzen Audi aus und lässt den Wagen den Hang hinunterrollen.

Der Mond wirft einen silbernen Glanz auf die Felder, der Bauernhof liegt in vollkommener Dunkelheit. Geräuschlos öffnet Ben die Autotür und lauscht in die Stille. Dann steigt er aus, die Tür lässt er offen stehen. Er hat einen Behälter mitgebracht, einen leeren Farbeimer, den er im Keller gefunden und auf dem Beifahrersitz transportiert hat. Vorsichtig setzt er einen Fuß vor den anderen und versucht, jedes Knirschen zu vermeiden, während er sich der Scheune nähert. Insgeheim erwartet er, dass jeden Moment ein bellender Hund auf ihn zuschießt, doch es bleibt ruhig, selbst als er den Traktor erreicht und den grünen Kasten zwischen den Hinterrädern abtastet, bis er den Deckel unter seinen Fingern spürt. Behutsam klappt er ihn hoch und langt hinein. Der Behälter ist randvoll, der Bauer muss ihn aufgefüllt haben. Ben grinst, als er den Eimer in das Granulat taucht. Er kommt seinem Ziel immer näher. Jetzt braucht er nur noch einen Ort, wo er ungestört ist. Aber darum hat er sich bereits gekümmert.

20

»Sie haben uns angelogen«, eröffnet Bashir das Gespräch am nächsten Morgen, ohne sich zu setzen. »Erich war nie auf einer Weltreise, sondern ist in den Dschihad gezogen. Sie hätten uns sagen müssen, dass er als Terrorist gesucht wird, der in den vergangenen Monaten unzählige Gräueltaten begangen haben soll, wie unschwer herauszufinden war.«

Die Teetasse in Annelies Bodmers Hand zittert, vorsichtig stellt sie sie auf dem Unterteller ab, bevor sie den Blick hebt. »Wir wissen nicht, ob uns der Bundesnachrichtendienst beobachtet. Wenn die herausfinden, dass sich Erich in der Schweiz aufhält, stehen sie innerhalb kürzester Zeit bei uns auf der Matte.«

Verständnislos schüttelt Marisa den Kopf. »Sie hätten uns warnen müssen. Vor Ihrem Sohn und vor der Situation. So bringen Sie uns und unsere Familien unnötig in Gefahr.«

»Aber was hätten wir tun sollen? Erich ist unser Sohn. Wir wollten ihn finden, bevor es der Geheimdienst tut.«

»Natürlich hätten wir ihn der Polizei übergeben, wir vertrauen dem Rechtsstaat. Doch nachdem wir ihn vier Jahre nicht gesehen haben, wollten wir erst einmal in Ruhe mit ihm reden«, erklärt Paul Bodmer, der wie beim letzten Mal neben seiner Frau im Wohnzimmer der protzigen Villa sitzt. Nur dass er diesmal etwas weniger unbeteiligt wirkt.

Marisa kann sich problemlos vorstellen, dass sie sich seither nicht gerührt haben, so steif wirken sie. Jetzt, unter Bashirs und ihren Anschuldigungen, noch mehr als zuvor.

»Wir würden gern verstehen, was ihn bewogen hat, dorthin zu reisen. Wieso er getan hat, was er …« Frau Bodmers Stimme versagt. »Vielleicht trifft uns eine Mitschuld, vielleicht haben wir etwas falsch gemacht.«

»Vielleicht« ist gut, erwidert Marisa in Gedanken. Ihr habt euch offenbar nie für euren Sohn interessiert, sondern ihn verschmäht und ignoriert, bis es zu spät war, bis er euch für immer entglitten ist. Ihr habt ja nicht einmal gemerkt, wie sehr er sich verändert hat und zum Islam konvertiert ist.

»Und deshalb haben Sie uns engagiert?«, will Bashir wissen.

»Wir haben gehofft, dass Sie ihn eher finden …«

»… als der Geheimdienst?« Bashir lacht trocken. »Wir sind nur eine kleine, unbedeutende Agentur …« Er hält inne, seine Miene verdüstert sich schlagartig. »Das ist der wahre Grund, weshalb Sie uns mit der Suche beauftragt haben. Sie haben gehofft, dass wir Erich zwar finden, aber zu wenig professionell vorgehen, um die Hintergründe aufzudecken.«

Paul Bodmer windet sich. »Nun, wir haben uns überlegt …«

»Eine der großen Detekteien wäre erstens aufgefallen, schon allein dadurch, dass sie bei uns aufkreuzen. Zweitens hätten sie in Windeseile herausgefunden, weshalb Erich untergetaucht ist. Sie hingegen …«, eilt seine Gattin ihm zu Hilfe, merkt jedoch, dass sie die Sache nur verschlimmert, und verstummt abrupt.

Herr Bodmer fährt sich übers Gesicht, mit einem Mal sieht er erschöpft aus. Die Sorge um seinen Sohn scheint ihn stärker zu belasten, als er sich bislang hat anmerken lassen.

»Wie viel würde es uns kosten, wenn Sie weitermachen?«, fragt er.

Bashir und Marisa tauschen einen verblüfften Blick.

»Das müssen meine Partnerin und ich unter vier Augen besprechen«, erklärt Bashir.

»Sie können die Veranda benutzen«, bietet Annelies Bodmer sofort an und weist auf den doppeltürigen Durchgang, der vom Wohnzimmer auf eine überdachte Terrasse hinausführt.

»Der Auftrag ist gefährlich«, gibt Marisa zu bedenken. »Wir wissen nicht, wozu dieser Erich fähig ist.«

»Doch, das wissen wir – zu allem.«

Sie beratschlagen sich im Flüsterton, weil sie nicht davon ausgehen, dass die Tür ins Wohnzimmer schalldicht ist.

»Bedenk auch unsere Finanzlage«, sagt Bashir. »Selbst jetzt, ein Jahr nach der Krise, leben wir förmlich von der Hand in den Mund.«

Marisa setzt sich in Bewegung und bleibt am Rand der Terrasse stehen. »Bis jetzt sind wir Erich keinen Schritt näher gekommen. Wie wahrscheinlich ist es, dass wir ihn überhaupt finden?«

Bashir grinst schief. »Eigentlich spielt es keine Rolle. Im schlimmsten Fall ermitteln wir ein paar Tage und sagen anschließend, wir seien gescheitert.«

»Und kassieren das Honorar.«

»Wäre nicht die dümmste Lösung.«

»Und was ist, wenn wir ihn tatsächlich aufspüren?«

»Dann können wir immer noch die Polizei einschalten.«

Marisa schaut auf den gepflegten Garten. »Wir gehen aber kein Risiko ein.«

»Sobald es gefährlich wird, übergeben wir den Fall an die offiziellen Stellen.«

»Was haben wir?«

»Ein Foto, auf dem Erich und zwei seiner ›Brüder‹ zu sehen sind. Den Hinweis auf eine syrische oder afghanische Familie, bei der er verkehrt hat. Plus eine Moschee in der Agglomeration, wo Erichs Radikalisierung möglicherweise begonnen hat.«

»Gut.« Marisa dreht sich um und mustert Bashir, als sähe sie ihn zum ersten Mal. »Hat dir schon jemand gesagt, dass du heute Morgen fertig aussiehst?«

»Danke, bislang noch nicht.«

Wortlos ist die Frau danach in ihrem Schlafzimmer verschwunden und hat Bashir mit heruntergelassener Hose in der Diele stehen lassen. Womöglich ist das der Grund, weshalb er andauernd an sie denken muss.

»Hm.« Marisa kehrt zu ihm zurück. »Wir setzen da an.«

»Was? Wo?«

»Hallo? Du scheinst echt von der Rolle zu sein. Bei der

Moschee, da beginnen wir. Janis hat erwähnt, dass Erich seine Brüder dort kennengelernt hat.«

»Okay. Und den Bodmers sagen wir, dass wir den Auftrag weiterführen. Wie viel verlangen wir?«

»Viel!«

21

»Es gibt fast vierzig Moscheen, islamische Glaubensgemeinschaften und Kulturvereine im Kanton!« Marisa kratzt sich am Hinterkopf. »Und das ohne die Städte Zürich und Winterthur. Bis wir die alle abgeklappert und ihnen mit dem einen Foto von Erich und seinen Brüdern vor der Nase herumgewedelt haben, sind wir alt und grau.« Sie hebt den Blick von ihrem Handy.

Bashir steht gedankenverloren am Fenster und schaut zum Bahnhof Schlieren hinüber, in der Hand eine dampfende Tasse Tee. Süßholz mit Zimt und marokkanischer Minze, Marisa hat die Auswahl getroffen.

Kaum waren sie nach dem klärenden Gespräch mit den Bodmers in der Agentur angekommen, wollte Marisa in Erfahrung bringen, wie sie sich als Frau für einen allfälligen Besuch in einer Moschee zu kleiden hat. Doch Bashir konnte ihr nicht weiterhelfen. Am Ende griffen sie beide zu ihren Telefonen und fanden über Google heraus, dass ein *hidschab* verlangt wird, ein Schleier oder ein Kopftuch, das die Haare bedecken muss.

»Damit komm ich klar«, sagte Marisa erleichtert. »Irgendwo liegt noch ein falsches Versace-Kopftuch herum, das ich vor Jahren für ein paar Baht auf dem Nachtmarkt in Bangkok gekauft habe.«

Ohne von seinem Smartphone aufzusehen, hob Bashir warnend den Finger. »Hier steht, der *hidschab* darf kein Schmuck sein. Der Stoff muss blickdicht und wallend sein, das heißt, er darf nicht eng anliegen. Und auch kein Kleidungsstück sein, mit dem man nach Berühmtheit strebt.«

Marisa hat gelacht. »Heutzutage wird man ja eher durch das Weglassen von Kleidungsstücken berühmt und weniger durchs Tragen.«

Während sie auf Bashirs Antwort wartet, lässt Marisa den Blick durch ihr Büro schweifen. Mittlerweile haben sie sich in den Räumlichkeiten der *Agentur für unliebsame Angele-*

genheiten eingelebt und sich an die achtundzwanzig stündlich vorbeidonnernden Züge gewöhnt, die das Haus jedes Mal in seinen Grundfesten erschüttern. Zur Arbeit in den wenig attraktiven Vorort fahren zu müssen, ist zwar für Marisa als Stadtzürcherin anfänglich einem Gesichtsverlust gleichgekommen, doch irgendwann hat sie sich damit abgefunden. Dafür ist sie Mitinhaberin der Agentur und hat keinen mühsamen Chef, der ihr vor der Nase sitzt. Was ihr wesentlich wichtiger ist, als für alle sichtbar in einem verglasten Atelierbüro im hippsten Quartier der Stadt ausgestellt zu sein. Wahrscheinlicher ist allerdings, dass sie immer noch Abschlussarbeiten auf Stundenbasis korrigieren würde. Und Bashirs Detektivbüro wäre in der Zwischenzeit zweifelsohne in Konkurs gegangen. Die Agentur ist für sie beide ein Glücksfall.

Es war die richtige Entscheidung, das winzige Haus, das wie angeklebt vor einer Lagerhalle steht, komplett neu einzurichten. Mit den Sofas, dem Parkettlaminat und dem orientalischen Teppich wirkt das frühere Büro jetzt wie die Lounge in einem schicken Lokal. Bashirs Schlafzimmer befindet sich im Raum dahinter, dazu ein Bad mit Toilette, eine winzige Küche, mehr ist da nicht. Mehr braucht es auch nicht.

»Hast du mich gehört?«, versichert sie sich, da Bashir immer noch nicht reagiert.

Anstelle einer Antwort holt er sein Handy hervor, tippt auf dem Display herum und hält es sich ans Ohr.

»Janis?«, hört Marisa ihn sagen. »Es ist noch eine Frage aufgetaucht.«

Kurz darauf wissen sie, dass Erich eine Moschee besucht hat, die westlich von Zürich liegt. Als sich Janis noch bemüht hat, ihre Freundschaft zu retten, hat er sich nach eigener Aussage zweimal mit Erich am Hauptbahnhof getroffen und beide Male sei der direkt von einem Moscheebesuch gekommen. Er sei jeweils aus der S-Bahn-Linie 11 gestiegen, die von Aarau nach Zürich führt.

»Das schränkt unsere Suche ein«, meint Bashir, während sich Marisa an ihrem Laptop zu schaffen macht.

»Jetzt sind es noch zehn Gebetsstätten«, vermeldet sie.

»Renault oder BMW?«

»Wenn die Brüder aus den islamischen Ländern unsere Moschee sehen würden, müssten sie vermutlich laut lachen«, erklärt Ismet Tekin verlegen und Marisa ist klar, worauf er anspielt.

Die Moschee steht am Rand von Dietikon mitten in einem Wohnquartier und sieht von außen wie eine Industriehalle aus, grau und lang gezogen, die Fensterluken befinden sich eine Handbreit über Kopfhöhe, wohl damit neugierige Passanten nicht so einfach hineinspähen können. Nichts von Kuppeldächern und kunstvoll verzierten Fassaden, von Minaretten zu allen Seiten und Innenhöfen mit sich sanft im Wind wiegenden Palmen. Diese ist keiner dieser pompösen Prachtbauten, wie sie in den Ferienprospekten zu bewundern sind, sondern bestenfalls als »zweckmäßig« zu bezeichnen.

Es ist die siebte islamische Institution, die sie aufsuchen, fünf davon befanden sich praktischerweise in Schlieren. Doch niemand hat die drei Burschen auf der Aufnahme erkannt.

Dietikon war die nächste Station. Einst ein Bauerndorf, jetzt ein weiterer gesichtsloser Vorort in der Agglomeration. Geschäftshäuser und heruntergekommene Wohnblocks, immerhin gibt es einen malerischen Stadtkern mit Kirche. Fünfundvierzig Prozent Ausländeranteil, zwölf Prozent Muslime, die höchste Arbeitslosenquote im Kanton, ein Drittel der Bevölkerung wählt stramm rechts. Hier sind vier verschiedene Vereinigungen angesiedelt, die As-Salam-Moschee, die islamische und die albanisch-islamische Glaubensgemeinschaft. Die letzte Moschee hat keinen bestimmten Namen und wird von türkischen Gläubigen geführt.

»Aber es kommen auch Leute aus dem Balkan, Afrika oder

dem Nahen Osten zu uns«, sagt Tekin, der als freiwilliger Imam in der Moschee fungiert. »Das ist nicht wie bei den Christen, wo ein Pfarrer verantwortlich ist für die gesamte Gemeinde. Wir Imame wechseln uns ab. Und natürlich werden wir kontrolliert, allein schon durch die Gemeinschaft, die zu den Gebeten erscheint«, schiebt er rasch nach. »Es ist schlicht unmöglich, zu Gewalt und Terrorismus aufzurufen, wir würden sofort unseres Amtes enthoben.« Er hält inne, lächelt. »Das muss man heutzutage betonen.«

Ein resigniertes Lächeln, wie Marisa findet, die sich auf dem Weg in einem türkischen Laden ein cremefarbenes Kopftuch gekauft hat.

»Man fragt uns oft, wie wir zum Islamischen Staat stehen, zu den Anschlägen, dem Hass und der Angst, die diese Leute verbreiten.«

»Und was antworten Sie?«, will Marisa wissen.

»Mit Verlaub, was für eine einfältige Frage! Eine beleidigende sogar. Natürlich verurteilen und verabscheuen wir Gewalt, natürlich heißen wir keinerlei Terrorakte gut. Jeder normal denkende Mensch muss, unabhängig von seiner Religion, solche Taten abscheulich finden. Doch genau diese Anschläge und Gräueltaten bringen uns Muslime in Verruf und am Ende bleibt es an uns hängen, die wir sichtbar sind und uns direkt mit der Bevölkerung austauschen, das vorherrschende Bild des Islams zu korrigieren. Eine Sisyphusarbeit, leider, denn mit jedem neuen Attentat, mit jedem Hinrichtungsvideo, mit jedem jungen Mann, der sich für den *istischhad* opfert, den Märtyrertod, werden wir allesamt weiter in die terroristische Ecke gedrängt. Medien und manche politischen Parteien befeuern die antiislamische Stimmung zusätzlich.«

»Und trotzdem herrscht nach Attentaten stets eine vielsagende Stille«, wirft Bashir ein.

»Was meinen Sie damit?«

»Keiner der führenden Köpfe verurteilt terroristische Anschläge oder ruft wenigstens zur Mäßigung auf, niemand distanziert sich öffentlich.«

Nervös fingert Tekin an seiner Brille herum. »Ein schwieriges Thema. Die islamische Gemeinschaft ist in unzählige Glaubensgruppen zersplittert, eine zentrale Leitung gibt es nicht. Prangern nun gemäßigte Islamisten terroristisch motivierte Taten an, laufen sie Gefahr, von ihren Glaubensbrüdern als Verräter und Ungläubige verunglimpft zu werden und ihre Integrität zu verlieren.«

»Wird im Koran nicht explizit zu Gewalt aufgerufen?«, fragt Marisa, verwundert über die vorauseilenden Rechtfertigungen. Sie haben den Imam nur gefragt, ob sie kurz mit ihm reden könnten.

»Auch die Geschichte des Christentums ist gepflastert mit Gewaltexzessen. Denken Sie nur an die Inquisition, die Kreuzzüge und Hexenverbrennungen, selbst in der heutigen Zeit werden religiös motivierte Gewalttaten verübt, in Afrika oder in den USA, zum Beispiel, meist gegen Andersgläubige oder Homosexuelle. Allerdings nie mit dem Ziel, bestehende Strukturen zu zerstören. Das tun tatsächlich nur die islamischen Extremisten. Aber kommen Sie bitte herein.« Ismet Tekin öffnet die Verbindungstür und weist ihnen mit einer Handbewegung den Weg ins Innere der Moschee.

Die Schuhe haben sie bereits im Vorraum ausgezogen, da man Allah nicht mit schmutzigen Füßen entgegentrete, wie sie der Imam aufgeklärt hat.

»Es geht ja nicht um einen Wettstreit, welche Religion die gewalttätigere ist, welche Schrecklicheres angerichtet hat. Denn das ist den drei Hauptreligionen gemeinsam: Bei allen ist Gewalt in den heiligen Schriften verankert und sie wurde – respektive wird – auch angewendet. Bis heute.«

Er lächelt erneut, ein untersetzter Mann mit dichtem Haar und erstaunlich weißem Bart, er trägt eine bequem aussehende Bundfaltenhose und ein weißes Hemd. Die filigrane Nickelbrille verrutscht andauernd, mit einer beiläufigen Bewegung der Fingerspitze schiebt er sie an ihren Platz zurück.

»›Islam‹ hat übrigens denselben Wortstamm wie ›Salam‹, was ›Friede‹ bedeutet«, erläutert er, während er Marisa und Bashir vorausgeht. »Denn das ist uns wichtig, den Schweizern zu zeigen, dass wir eine friedliche Religion sind. Deswegen veranstalten wir regelmäßig Führungen durch unsere Moschee. Wir wollen uns nicht abschotten, sondern allen offenstehen, den Gläubigen und den Interessierten. Unsere Freitagspredigten werden daher auf Türkisch, Arabisch und Deutsch gehalten. Damit alle sie verstehen.« Tekin bleibt im größten Raum der Moschee stehen. »Das ist der Gebetsraum.«

Sieht wie ein leer geräumtes Wohnzimmer aus, stellt Marisa fest.

Ein roter, mit orientalischen Ornamenten bestickter Teppich bedeckt den Boden, am Fenster steht eine Art Torbogen mit arabischen Schriftzeichen, in der Ecke eine schmale, einem Schiffsbug ähnelnde Kanzel. Das Bücherregal gleich neben der Tür ist mit Koranausgaben in verschiedenen Sprachen bestückt. Weiß-grün gestreifte Sonnenstoren, die halb heruntergelassen sind, erinnern daran, dass der Raum früher für andere Zwecke genutzt worden ist.

»Die Gebetsnische zeigt nach Mekka zur Kaaba, gibt also die *qibla*, die Gebetsrichtung an, von der *minbar*, der Kanzel, halten wir das Freitagsgebet, zu dem bis zu hundertfünfzig Gläubige erscheinen.«

»Nur Männer?«, will Marisa wissen.

»Für die ist das Freitagsgebet Pflicht. Für Frauen ist es freiwillig, sie beten in der Regel zu Hause. Zwei *rakat* normalerweise, Gebetsabschnitte, die von rituellen Verneigungen begleitet werden. In letzter Zeit kommen immer häufiger Frauen her und beten mit den Männern gemeinsam.«

Ismet Tekin reibt sich die Hände, die Erklärungen scheinen ihm Freude zu bereiten, doch vielleicht ist er auch nur erleichtert, dass sie die heiklen Gesprächsthemen hinter sich gelassen haben.

»Wir sind eigentlich hier, weil wir jemanden suchen«, sagt Bashir.

Der Imam blinzelt. »Sie suchen jemanden? Bei uns?«

»Drei junge Männer, die möglicherweise in dieser Moschee waren.«

»Möglicherweise?« Die eben noch leutselige Haltung des Mannes wird zunehmend misstrauisch.

»Wissen Sie, wer die drei sind?« Bashir streckt ihm das ausgedruckte Foto hin.

Tekin greift danach, nach einem einzigen Blick darauf wird seine Miene abweisend.

»Mit diesen Männern möchten wir auf gar keinen Fall in Verbindung gebracht werden«, erklärt er mit harter Stimme und gibt das Bild zurück.

»Also kennen Sie sie?«, hakt Marisa nach.

»Sie haben hier verkehrt, aber nachdem wir herausgefunden haben, was sie vorhaben, sahen wir uns gezwungen, ihnen ein Hausverbot zu erteilen. Und jetzt muss ich Sie bitten zu gehen.« Steif streckt er die Hand aus und weist zur Tür.

»Sagen Sie uns erst ihre Namen.« Als sich Bashir nicht von der Stelle rührt, packt ihn Ismet Tekin am Arm und schiebt ihn Richtung Ausgang.

»Herr Tekin, bitte.« Marisa lächelt gewinnend. »Die Mutter des einen Jungen macht sich große Sorgen …«

»Zu Recht!«

»Der Schweizer in der Mitte. Angeblich ist er aus Syrien zurückgekehrt …«

Der Imam, der Bashir mittlerweile bis zur Schwelle des Gebetsraums bugsiert hat, erstarrt und dreht sich dann langsam nach Marisa um. »Zurückgekehrt?«

»Alles deutet darauf hin, dass er sich in der Schweiz aufhält.«

»*Orospu cocugu!*« Ismet Tekins Gesicht verzieht sich voller Abscheu, sein Blick lodert. »Sie müssen ihn aufhalten, unbedingt! Der Mann ist eine tickende Zeitbombe, eine Gefahr für das ganze Land!«

22

Ihr staubiges Lehmbraun verdankt die Fassade den Jahrzehnten im Abgasdunst. Die Balkone des Wohnblocks klein wie Schuhschachteln, orangefarben gestreifte Sonnenstoren und Satellitenschüsseln, manche Bewohner versuchen der Tristesse mit Geranien in Eternitkisten entgegenzuwirken. Vergebens. Im Erdgeschoss befindet sich ein türkischer Lebensmittelladen, in riesige Netzsäcke verpackte Zwiebeln stapeln sich neben dem Eingang, entlang der Front reihen sich Kartons mit Gemüse und Früchten, davor Parkplätze für die Kundschaft. Das Gebäude liegt direkt an der Badenerstrasse, die quer durch Dietikon Richtung Zürich führt.

Nach Angaben des Imam wohnt die Familie Al-Shami hier in einer kleinen Vierzimmerwohnung, er hat sie früher hin und wieder besucht, man war befreundet. Mit Betonung auf »war«, denn jetzt wolle er absolut nichts mehr mit ihnen zu tun haben, wie Ismet Tekin Marisa und Bashir mit unverhohlener Wut erklärt hat. Mit ihrer radikalen Haltung brachten die Al-Shamis nicht nur seine Moschee in Verruf, sondern die gesamte muslimische Gemeinschaft. Der Kampf um Akzeptanz in der hiesigen Bevölkerung sei schwer genug, das Misstrauen riesig, ein einziger Querschläger reiche aus, um den mühsam erarbeiteten Ruf zu zerstören und die unter der Oberfläche lauernden Klischees zu bestätigen.

»Aber wir sind nicht alles Terroristen!«, hatte Tekin betont, ehe er Bashir die Namen von Muhammad und Abdelkarim Al-Shami, Erichs Begleitern auf dem Foto, und die Adresse der Familie verraten hat.

Der Eingang befindet sich auf der Rückseite des Wohnhauses, eine Glastür. Marisa schaut hoch, die Al-Shamis wohnen im ersten Stock. Beinahe alle Rollläden sind heruntergelassen, da wo sie es nicht sind, schützen Gardinen vor neugierigen Blicken.

Wie abweisend ein Haus wirken kann, denkt Marisa, während Bashir auf die entsprechende Klingel drückt.

Nichts rührt sich, selbst nachdem er den Knopf zwei weitere Male betätigt hat. Stattdessen öffnet sich über ihnen ein Fenster.

»Ja?«, ruft eine zittrige Stimme.

Marisa tritt einen Schritt zurück und legt den Kopf in den Nacken. Eine ältere Frau mit weiß gewelltem Haar schaut aus dem ersten Stock auf sie herab, sie trägt einen geblümten Morgenrock über einem Nachthemd.

»Wollen Sie zu den Arabern?«, erkundigt sie sich.

»Zur Familie Al-Shami.«

»Da können Sie lange klingeln.«

»Wieso?«

»Die sind weg.«

»Wissen Sie, wann sie wiederkommen?«

»Die kommen nicht wieder, hoffe ich. Ausgeschafft.«

»Ausgeschafft?«, wundert sich Marisa. »Also abgeschoben?«

»War auch höchste Zeit.«

»Haben sie das gesagt? Dass sie abgeschoben werden?«

Die Alte bewegt ihren Kiefer vor und zurück. Wahrscheinlich droht ihr das Gebiss aus dem Mund zu rutschen. Marisa verkneift sich ein Grinsen.

»Mit denen hatten wir nichts zu tun, die blieben ja immer für sich.«

Kann man ihnen nicht verübeln, denkt Marisa und fragt: »Können wir kurz rauf und mit Ihnen reden?«

Die Alte kneift die Augen zusammen. »Sind Sie von der Polizei?«

»Wir sind von einer Agentur und wollen herausfinden, was mit der Familie Al-Shami geschehen ist.«

»Ist aber nicht aufgeräumt.«

»Ist es bei uns auch nicht.« Marisa lächelt.

Die Frau glotzt sie ein paar Atemzüge lang ausdruckslos an, bevor ihr Kopf aus dem Fensterrahmen verschwindet und den Blick auf den hageren Mann im Unterhemd freigibt, der die ganze Zeit hinter ihr gestanden haben muss. Gleich darauf summt der Türöffner.

Die Alte wartet im Türrahmen, als Marisa und Bashir den ersten Stock erreichen, ihr Mann ist nirgendwo zu sehen. Die angelehnte Durchgangstür hinter ihr lässt Marisa jedoch vermuten, dass er das Gespräch vom Nebenzimmer aus belauscht. Etwas unschlüssig bleiben sie und Bashir im Hausflur stehen, denn Frau Zbinden, wie das Schild neben der Wohnungstür ihren Namen verrät, macht keine Anstalten, sie hereinzubitten.

»Ich bin ja froh, sind die endlich weg«, legt sie ohne Umschweife los und weist mit dem Kinn auf die Wohnung gegenüber. »Die ganze Zeit stank es nach Zwiebeln und Knoblauch, dauernd lief dieses arabische Geheule, das die Musik nennen. Und wenn man einen von denen im Treppenhaus antraf, grüßten sie kaum.«

»Einer von denen?«, hakt Bashir mit unbeeindruckter Miene nach. »Wie viele Leute haben denn da gewohnt?«

»Was weiß ich? Fünf oder sechs.«

»War da früher ein Schweizer dabei?«

»Kaum.«

»Ein blonder Bursche, damals etwa achtzehn Jahre alt.«

»Ist mir nicht aufgefallen. Mit ihren Bärten sahen die ja alle irgendwie gleich aus und die Frauen trugen diese Umhänge. Unmöglich, den Überblick zu behalten. Außerdem haben die ständig Gäste gehabt, da ist ein ewiges Kommen und Gehen gewesen, manchmal bis spätabends.«

»Bis spätnachts«, tönt es von nebenan.

»Und sie wurden abgeschoben, sagen Sie?«

Sie zögert. »Auf jeden Fall sind sie weg.«

»Also sind Sie sich nicht sicher wegen der Abschiebung?«

»Hauptsache, wir haben wieder unsere Ruhe«, erklärt sie trotzig.

»Seit wann sind sie fort?«

Frau Zbinden guckt an Bashir vorbei auf die gegenüberliegende Wohnungstür, als würde dort die Antwort stehen.

Sie hat das Licht angemacht und steht nun im matten Schein der Deckenlampe. Neben dem Eingang eine schwere Kommode, Mäntel und Jacken am Garderobenständer, einige ausgebreitete Plastiksäcke dienen als Unterlage für vier Paar ausgelatschte Schuhe, alle in bräunlichem Farbton. Es riecht nach Kaffee, stellt Marisa fest, und ein wenig säuerlich, ohne dass sie die Quelle benennen könnte.

»Noch nicht lange, ein paar Tage. Oder nicht, Kurt?«

»Vier Tage, vielleicht fünf«, ruft er aus dem Nebenzimmer. »Die haben sich davongemacht, mitten in der Nacht.«

»Mitten in der Nacht«, echot seine Frau.

»Das muss man sich mal vorstellen«, fügt Kurt Zbinden hinzu. »Zu einer Zeit, da rechtschaffene Leute ihre wohlverdiente Nachtruhe …«

»Die haben einfach ihre Taschen gepackt und sind abgehauen.« Frau Zbinden lässt die Unterlippe hängen, mit einem Mal wirkt sie ratlos.

»Die ganze Familie?«, fragt Marisa.

»Nun, ich habe denen natürlich nicht hinterhergeschnüffelt oder so. Nur als es in jener Nacht so lärmig wurde, stand ich kurz auf und linste durch den Türspion. Da ist ja wohl nichts dabei, oder?«

»Und?«

»Da waren der Vater, die Mutter und die Tochter. Die ist noch klein.«

»Was ist mit den Söhnen?«

Sie schnalzt missbilligend. »Die habe ich seit Ewigkeiten nicht mehr zu Gesicht bekommen.«

»Die jungen Männer waren also nicht hier?«

»Wenn ich es doch sage!« Empört starrt Frau Zbinden Marisa an, die Augen riesengroß und verschwommen hinter den dicken Brillengläsern.

»Haben Sie einen Streifenwagen gesehen?«

»Daran erinnere ich mich nicht.«

»Also doch keine Abschiebung.«

»Keine Polizei, Hedi«, präzisiert Kurt. »Aber ein Anruf. Man hört ja alles in dieser Hütte, jedes Geräusch, die Wände sind dünn wie Papier. Wenn da mitten in der Nacht ein Handy klingelt, denkt man, das Telefon läge im Nebenzimmer.«

»Ja, stellen Sie sich vor!« Frau Zbinden reißt die Augen auf. »Ein Anruf mitten in der Nacht.«

»Gleich darauf brach das Chaos aus«, fährt ihr Mann im Nebenzimmer fort. »Ein Heidenlärm. Eine halbe Stunde später ist das Pack weg gewesen.«

»Über alle Berge«, bestätigt Hedi Zbinden nickend. »Seither steht die Wohnung leer. In dem Dreckloch will ja keiner wohnen.«

»Ein Dreckloch«, wiederholt Herr Zbinden durch den Türspalt.

»Haben Sie einen Schlüssel zur Wohnung der Al-Shamis?«, fragt Marisa.

»Wieso sollten wir einen Schlüssel von denen haben?« Hedi Zbinden winkt genervt ab.

»Ich meine ja nur …«, beginnt Marisa, bricht aber den Satz ab, als sich Herr Zbinden aus dem Zimmer nebenan vernehmen lässt: »Natürlich haben wir keinen Schlüssel!«

»Geh einfach weiter«, flüstert Bashir und lenkt Marisa vom Wohnblock weg. »Sie schauen uns garantiert hinterher.«

»Ich kann ihre Blicke förmlich spüren«, pflichtet ihm Marisa bei.

Sie biegen um die Ecke, verlangsamen ihre Schritte und schlendern gemächlich an den Obst- und Gemüsekisten vorbei.

»Hast du eine Haarnadel dabei?«, erkundigt sich Bashir.

Erstaunt sucht Marisa in ihrer Handtasche.

»Haarklammer geht auch?«

Bashir nickt und streckt die Hand aus.

»Wozu brauchst du die?«, will sie wissen, doch anstelle einer Antwort besieht er sich die Auslage.

Er hebt eine Plastikschachtel mit Erdbeeren hoch, die mit einem lächerlich tiefen Preis beschriftet ist, stellt sie jedoch sofort wieder zurück, als er die weißlich grünen Früchte am Boden des Behälters entdeckt. Dann dreht er sich zu Marisa um. Verständnislos starrt sie ihn an.

»Ich glaube, wir haben lang genug gewartet«, meint er nach einer Weile und fordert seine Partnerin mit einer Handbewegung auf, ihm zu folgen. Gemächlich spazieren sie in die Richtung zurück, aus der sie gekommen sind.

Kurz darauf ein Blick zum Fenster im ersten Stock, hinter den Gardinen der Zbinden'schen Wohnung regt sich nichts. Mit raschen Schritten nähern sie sich dem Eingang, Bashir schiebt mit der Fußspitze die Werbebroschüren zur Seite, die er sich beim Verlassen des Gebäudes vom Stapel auf den Briefkästen gegriffen hat, um damit die Tür am Zufallen zu hindern, dann steigen sie so leise wie möglich zum Apartment der Al-Shamis hoch.

Der heikelste Punkt ihres Unterfangens. Das kleinste Geräusch könnte sie verraten und die neugierige Hedi Zbinden anlocken. Doch Bashir biegt geübt die Haarklammer auseinander, die ihm Marisa überlassen hat, und trotz des schummrigen Lichts im Treppenhaus hat er das altmodische Schloss nach zwei Versuchen geknackt.

In der Wohnung herrscht Chaos. Schranktüren sind aufgerissen, Schubladen herausgezerrt, auf dem Boden liegen Taschen und Kleidungsstücke. Ein blauer Plastikkanister steht auf dem Esstisch, daneben zwei Bunsenbrenner und ein paar bauchige Flaschen. Staubflusen huschen über das billige Laminat. In der Küche Scherben eines zerbrochenen Glases, der Kühlschrank ist nicht richtig geschlossen.

Als Bashir ihn aufmacht, schlägt ihm modriger Verwesungsgeruch entgegen, ein Fliegenschwarm schwirrt auf. Der Grund ist ein Fleischstück in einer Schale, es ist mit einer pelzigen Schimmelschicht überzogen. Rasch drückt er die Kühlschranktür zu. Bunte Magnete haften daran, aber keine Fotos oder Notizen, die hat die Familie wohl eingepackt. Einzig eine Kinderzeichnung ist in der Eile hinuntergefallen, Bashir hebt sie auf. Ein lachender Drache ist darauf zu sehen und ein kleines Mädchen, das ihn an der Leine führt. Behutsam legt er das Blatt auf den Küchentisch und öffnet das Fenster, um frische Luft hereinzulassen.

Im Elternschlafzimmer herrscht ebenfalls Durcheinander, aufgerissene Schranktüren auch hier, überall sind Kleider verstreut, als hätten die Al-Shamis in höchster Eile eine Auswahl treffen müssen, wohlwissend, dass sie nicht alles würden einpacken können.

»Was ist hier geschehen? Warum sind die Al-Shamis so überstürzt aufgebrochen?«, fragt Marisa halblaut.

»Eine drohende Razzia womöglich? Die Zbindens haben doch einen nächtlichen Anruf erwähnt.«

»Nur ist die Polizei nie aufgetaucht. Sonst hätten die beiden Alten garantiert davon berichtet.« Verwundert bleibt Marisa im Türrahmen des nächsten Raums stehen. »Komm mal her, Bashir.«

Bashir tritt neben sie und wirft einen Blick in das Zimmer. Zwei schmale Betten an jeder Wand, sonst ist der Raum leer. Kein Schrank, kein Schreibtisch, keine Poster, nichts, das an die beiden Burschen erinnert hätte.

»Sie haben nicht erwartet, dass die Jungs jemals zurückkehren«, sagt Marisa.

»Das sind Mutmaßungen«, widerspricht Bashir.

»Es sieht aber ganz danach aus. Im Übrigen haben sie alle persönlichen Sachen mitgenommen. Keine Fotos, keine Zeichnungen, alles weg.«

»Hm.« Bashir linst in den benachbarten Raum, der von rosafarbenen Einrichtungsgegenständen dominiert ist. Eindeutig ein Mädchenzimmer.

Der kleine Schreibtisch ist bis auf ein paar Farbstifte leer geräumt, in der Kommode finden sich nur noch vereinzelte T-Shirts und etwas Unterwäsche, im – natürlich rosafarbenen – Kleiderschrank baumeln drei Röckchen an Bügeln. Ein Filmplakat der *Eiskönigin* an der Wand, daneben lächelt Ariana Grande, auf dem größten Poster ist die Umayyaden-Moschee in Aleppo abgebildet, eine kitschige Aufnahme bei Sonnenuntergang.

Davon sind jetzt nur noch Trümmer übrig, denkt Bashir, zerstört in einem genauso unendlichen wie sinnlosen Krieg.

Auf dem Nachttisch beim Bett eine Lampe und ein Kinderbuch, die Pinnwand aus Kork darüber ist leer. Als sich Bashir nähert, fällt ihm auf, dass an den Nadeln noch winzige Papierfetzen hängen, als wären die Zeichnungen und Fotografien oder was immer hier gehangen haben mag in höchster Eile weggerissen worden. Er will sich gerade abwenden, als ihm die Ecke einer Postkarte auffällt, die unter dem rosafarben bezogenen Kissen hervorragt.

»Da hast du was vergessen«, murmelt er und zieht die Karte hervor.

Keine Postkarte, stellt er fest, sondern eine Fotografie. Sie zeigt die beiden Brüder Muhammad und Abdelkarim in ihrer gemeinsamen Kammer, die zu dem Zeitpunkt noch voll möbliert gewesen ist. Sie sitzen nebeneinander auf einem der beiden Betten und grinsen in die Kamera. Zwei gut aussehende Burschen, die zu alt sind für die Jungenzimmereinrichtung, die sie umgibt.

Selbst auf der nicht besonders gelungenen Aufnahme ist Muhammads Charisma zu spüren, er strahlt etwas Vertrauenswürdiges aus und wirkt älter und reifer, als er vermutlich ist. Der Dritte auf dem Bild ist Erich. Er steht am Fenster, draußen ist es dunkel. Eine Zigarette in der einen Hand, die andere hat er zur Faust geballt, er streckt sie im Triumph in die Höhe.

Immer diese lächerlichen Kämpferposen, denkt Bashir und erinnert sich an die Aufnahme vom Istanbuler Flughafen, auf der sich Erich wie nach einem hart errungenen Sieg gebärdet. Dabei haben sie es gerade mal geschafft, von Zürich nach Istanbul zu fliegen, das ist wahrlich keine Hexerei, nicht einmal für angehende Dschihadisten. Bashir steckt die Aufnahme ein, im selben Augenblick wird die Wohnung gegenüber aufgeschlossen, mit einem saugenden Geräusch schießt Zugluft durch den Spalt unter der Tür und lässt das spröde Holz erzittern.

Bashir und Marisa, die ihm ins Mädchenzimmer gefolgt ist, wechseln einen erschrockenen Blick und verharren wie erstarrt an Ort und Stelle.

Das offene Küchenfenster!, fährt es Bashir durch den Kopf, doch da springt die Falle bereits mit einem leisen Klicken aus dem Schloss und die Wohnungstür schwingt wie von Geisterhand auf.

Bashirs Lippen formen einen lautlosen Fluch, während er sich ins Zimmer zurückbewegt, ohne dabei den Eingang aus den Augen zu lassen. Als ein Schatten auf die Schwelle fällt, weist er Marisa mit einer knappen Handbewegung das nächstgelegene Versteck zu. Er selbst geht zu Boden und rutscht so schnell es geht unters Bett, bemüht, dabei kein verräterisches Geräusch zu verursachen.

»Kurt?«, hört er Hedi Zbinden rufen. »Das musst du dir ansehen.«

Der Laminatboden knarrt, als sie die Wohnung betritt, Bashir kann die zögerlichen Schritte ihres Mannes hören, mit denen er den Flur überquert. Er bleibt im Türrahmen stehen, derweil seine Frau bereits das Wohnzimmer erreicht hat.

»So ein Saustall«, flüstert sie, der befriedigte Unterton ist deutlich herauszuhören.

»Ich hab's immer gesagt«, pflichtet ihr Kurt Zbinden bei.

»So wie das hier aussieht, sind die weg. Für immer.«

Er brummt zustimmend.

»Diese Frau Al-Salami hat wohl nicht allzu häufig Staub gesaugt. Bleibt ja auch keine Zeit dazu, wenn man dauernd beten muss.«

»Al-Shami«, korrigiert ihr Mann.

»Wie auch immer.«

»Es riecht seltsam hier, faulig.«

»Das kommt von dem Zeug, das die immer gekocht hat. Den Geruch kriegst du nie mehr aus der Wohnung, Kurt.«

»Ist wohl eher etwas verdorben.«

Schritt für Schritt dringen die beiden weiter vor, Bashir kann bereits jenseits der Schwelle Hedi Zbindens braune Schuhe sehen. Offenbar war das Rentnerpaar im Begriff rauszugehen, als die Wohnungstür der Al-Shamis unerwartet aufgeschwungen ist.

»Wie kann man bloß so leben?« Ihre Stimme bebt vor Empörung.

»Etwas Sinnvolles haben die aber nicht zurückgelassen, so Zeug will ja keiner tragen.«

»Vielleicht finden wir beim Mädchen etwas. Die Kleine war jedenfalls ganz hübsch angezogen, findest du nicht?«

Kurt Zbinden schnalzt abfällig. »Zu viel Firlefanz für meinen Geschmack. Alles immer rosa und dann dieses goldene und silberne Glitzerzeugs ...«

»Araber mögen's halt gern kitschig. Elina könnte das gefallen. Sie ist jetzt acht, das kommt hin. Das Mädchen war etwa im selben Alter.«

»Wenn du meinst.« Murrend trottet er seiner Frau hinterher.

Unten geht die Eingangstür und Hedi Zbinden bleibt abrupt stehen. »Hast du die Tür nicht geschlossen?«

»Nein.«

»Was?«, fährt sie ihren Mann halblaut an. »Manchmal bist du echt ein Trottel, Kurt! Und wenn uns jemand sieht?«

»Ist ja gut, reg dich wieder ab.«

»Denkst du eigentlich überhaupt nicht mit? Beeil dich!«

»Ich mach ja schon.« Maulend schlurft der Alte davon, während seine Frau ins Nebenzimmer lugt. »Bevor uns die Nachbarn hier … Dieses Zimmer ist leer bis auf zwei Betten. Eigenartige Leute, ich hab's immer gesagt.« Sie gibt ein abschätziges Murmeln von sich, gleich darauf betritt sie das Kinderzimmer.

Wenn Bashir den Arm ausstrecken würde, könnte er ihre Schuhspitzen berühren. Er atmet flach.

»Kurt?«, ruft Hedi mit gedämpfter Stimme, doch ihr Mann gibt keine Antwort.

»Kurt? Ich schau mal im Kleiderschrank nach, ob ich was für Elina finde, okay?« Sie marschiert am Bett vorbei, Bashir spannt die Muskeln an.

In wenigen Sekunden wird Hedi Zbinden gellend aufschreien, weil ihr Marisa gegenüberstehen wird. Oder gegenüberknien. Denn selbst wenn Marisa nicht besonders groß gewachsen ist, in das Kindermöbelstück wird sie nur knapp hineingepasst haben. Aber auf die Schnelle hat sich kein besseres Versteck angeboten. Bashir hört, wie sich die Alte an der Schranktür zu schaffen macht.

»Der ist abgeschlossen, kann das sein?«, schimpft sie und rüttelt an den Griffen. »Man könnte fast meinen, jemand hielte die Tür von innen …«

»Wer sind Sie? Was tun Sie hier?« Kurt Zbindens Stimme aus der Diele, laut und empört. »Wenn Sie nicht sofort …«

Ein gurgelnder Laut ist zu hören, gefolgt von einem dumpfen Geräusch. Als wäre etwas Schweres zu Boden gefallen.

»Kurt?« Hedi hält inne, lauscht, sie lässt vom Schrank ab und trippelt mit schnellen Schritten aus dem Zimmer. »Schatz?«

Sie kommt bis zur Schwelle. Verblüfft beobachtet Bashir die zappelnden Bewegungen, die ihre Füße vollführen, ein Tanz zu lautloser Musik. Gleich darauf klatscht Blut auf das Laminat. Mit einem Röcheln sinkt Frau Zbinden am Türrahmen entlang zu Boden und kippt zur Seite, ein Brillenbügel bricht mit einem leisen Knacken, der untere Teil des Gebisses rutscht ihr halb aus dem Mund. Ein erkennendes Flackern in ihrem Blick, als sie Bashir unter dem Bett entdeckt, dann bricht das Licht in ihren Augen.

23

Es fühlt sich an, als stünden ihre Oberschenkel in Flammen. Ohne sich zu rühren, verharrt Marisa in gebeugter Position und lauscht auf die Geräusche aus der Wohnung. Gerade noch hat Hedi Zbinden an der Schranktür gerüttelt, die sie, ihre Fingernägel von innen in den Rahmen krallend, nur mit Mühe hat zuhalten können. Völlig unerwartet hat die Alte dann nach ihrem Mann gerufen und zu Marisas Erleichterung von ihrem Vorhaben abgelassen. Es folgten eine Reihe undefinierbarer Geräusche, irgendetwas Schweres muss hingefallen sein, seither herrscht Stille.

Ihr Instinkt sagt Marisa, dass etwas nicht stimmt, weshalb sie zögert, aus dem Schrank zu steigen. Die Luft ist stickig und es riecht abscheulich in dem Möbelstück, süßlich nach Sandelholz und Jasmin und etwas Künstlichem, das sie nicht zuordnen kann. Zum Knien sind ihre Beine zu lang und um zu kauern, ist der Grundriss zu schmal. Es ist ihr nichts anderes übrig geblieben, als sich mit gebeugtem Oberkörper in den Hohlraum zu quetschen.

Jetzt sind im Flur vor dem Kinderzimmer Schritte zu vernehmen, doch als Marisa genauer hinhört, wird ihr klar, dass es sich dabei weder um Hedi noch um Kurt Zbinden handeln kann, die beiden Alten bewegen sich deutlich langsamer. Die Person hat auch einen leichteren Gang als Bashir, der heute seine braunen Lederstiefel trägt. Das Geräusch stammt von Sneakers, das leise Quietschen der Gummisohlen auf dem Laminat verrät es ihr. Außerdem hätte ihr Partner sie garantiert aus dem Schrank befreit, wäre die Luft rein gewesen. Das lässt nur einen Schluss zu: Es muss sich eine weitere Person in der Wohnung aufhalten.

Marisa stockt der Atem, als sich die Schritte nähern. Ein junger Mann, sie kann seine Stimme hören, er spricht leise mit sich selbst, in einer Sprache, die sie nicht versteht.

»Verdammte Scheiße!«, presst er auf Deutsch hervor, er muss jetzt am Fenster stehen. »*La hawla wa-la quwata illa bi-llah.*«

Er wiederholt den Ausspruch mehrmals, die Tonlage mit einem Mal höher, kindlicher, der Bursche klingt verzweifelt.

Es gibt weder Macht noch Kraft außer bei Allah.

Marisa spricht nur ein paar Brocken Arabisch, Alltagsfloskeln in erster Linie. Als Flugbegleiterin ist sie oft in Ländern gewesen, in denen die Sprache gesprochen wird, einige Ausdrücke sind hängen geblieben. Der hier wird von Muslimen gebraucht, wenn ihnen ein Unglück zugestoßen ist oder sie sich in einer ausweglosen Situation befinden.

Der Fremde ist verstummt, hat sich aber noch nicht vom Fenster wegbewegt. Der Schmerz in Marisas Schenkeln wird unerträglich, sie strengt sich an, möglichst leise zu atmen, der Typ ist keinen Meter vom Schrank entfernt. Ganz langsam verlagert sie das Gewicht von einem Bein aufs andere, die Qualen lassen etwas nach. Vor Erleichterung hätte sie beinahe wohlig aufgeseufzt.

Draußen zieht der junge Mann die Nase hoch, es folgt ein schluchzendes Geräusch. Erst traut Marisa ihren Ohren nicht, doch dann ist sie sich sicher, dass er weint.

Ruckartig wendet er sich ab, Marisa hört das klebrige Schmatzen, das die Sohlen seiner Turnschuhe auf dem Boden verursachen. Er eilt zur Tür, zögert, dem harten Aufsetzen nach springt er in die Diele hinaus. Er stürmt durchs Wohnzimmer, bremst wieder ab und umrundet dort mit vorsichtigen Schritten ein weiteres Hindernis.

»*Khara!*«, zischt er deutlich hörbar. Scheiße.

Er macht sich im Wohnzimmer zu schaffen, ehe er das Apartment verlässt und die Treppe hinabrennt.

Erst als unten die Eingangstür ins Schloss fällt, wagt es Marisa, sich zu rühren. Vorsichtig drückt sie die Schranktür einen Spalt weit auf und blinzelt ins helle Licht, das durch das Fenster fällt. Sekundenlang lauscht sie in die Wohnung, doch alles bleibt still.

»Marisa?« Bashirs Stimme klingt seltsam bedrückt.

»Alles okay?«

Bashir gibt keine Antwort. Erst nach ein paar schweren Atemzügen setzt er an. »Hör mir gut zu, Marisa, du wappnest dich besser …«

Da hat sie bereits den zweiten Türflügel aufgestoßen und stolpert aus dem Schrank, beinahe fällt sie hin, weil ihre Beinmuskulatur kurz versagt. Suchend schaut sie sich nach Bashir um, ihr Blick wird jedoch von dem leblosen Körper auf der Schwelle angezogen. Schlagartig zieht sich das Blut aus ihren Extremitäten zurück, ihre Knie geben nach und mit einem kraftlosen Laut sinkt sie zu Boden, die Augen vor Entsetzen weit aufgerissen.

»Ich wollte dich warnen, es tut mir leid«, bringt Bashir mühsam hervor, der in der Zwischenzeit unter dem Fußende des Betts hervorgekrochen und zu ihr hingestürzt ist.

Marisa zittert am ganzen Körper, wie hypnotisiert starrt sie auf Hedi Zbinden, die klaffende Wunde an ihrem Hals. Überall ist Blut, an den Wänden, an der Tür, auf dem Boden breitet sich langsam eine Lache aus, die Bettdecke ist mit dunkelroten Spritzern übersät.

Das Gefühl, keine Luft mehr zu bekommen, sie öffnet den Mund, würgt, wedelt verzweifelt mit der Hand, ihr Gesicht wird heiß, während Bashir sie an sich drückt, ihr durchs Haar streicht.

»Atmen, du musst atmen«, flüstert er ihr immer wieder ins Ohr, bis sie endlich nach Luft schnappt, mit einem lauten Japsen wie jemand, der vor dem Ertrinken gerettet wird.

Keuchend lehnt sie sich an ihn, bis sie sich etwas beruhigt hat.

»Ich rufe jetzt die Polizei«, erklärt Bashir und holt sein Handy hervor.

»Warte«, macht Marisa, ihre Stimme bricht beim nachfolgenden Satz. »Wenn der Mörder erfährt, dass wir die einzigen Zeugen sind …«

»Wir haben ihn nicht gesehen. Ich lag unter dem Bett, du warst im Schrank.«

»Das weiß er aber nicht.«

»Wir können nicht einfach rausspazieren.«

»Bashir, wir müssen, sonst bringen wir uns nur weiter in Gefahr.« Die Angst schnürt ihr mit einem Mal die Kehle zu.

»Und wenn uns jemand gesehen hat, dann haben wir erst die Bullen am Hals und gleich darauf den Killer. Mein Wagen steht schon die ganze Zeit vor dem Laden, womöglich haben die sogar Überwachungskameras.«

»Ich habe einen Sohn, Bashir. Ich kann das Risiko nicht eingehen. Wenn der Täter uns ausfindig macht … Bitte!«

Bashir überlegt. »Was willst du tun?«

»Wir müssen erst einmal weg hier«, erklärt Marisa, sie fuchtelt fahrig herum. »Wenn er zurückkommt …«

»Ich glaube nicht, dass er das tut.«

»Bist du dir sicher?«

»Ziemlich sicher«, antwortet Bashir.

»Trotzdem müssen wir sofort raus aus der Wohnung.«

»Kannst du das verantworten?« Bashir rückt ein Stück von Marisa ab und sieht sie an.

Marisa überlegt angestrengt. »Wir benachrichtigen die Polizei von unterwegs.«

»Echt jetzt?«

»Genau genommen haben wir uns ja nichts zuschulden kommen lassen. Wir wollten doch nur mit den Al-Shamis reden.«

»Und sind in ihre Wohnung eingebrochen. Was nicht ganz unwesentlich ist.«

»Willst du das etwa der Polizei erzählen? Das würde bloß zu weiteren Fragen führen, wir würden uns innerhalb von Minuten in unseren eigenen Aussagen verheddern und gerieten über kurz oder lang in Erklärungsnot. Und dann wäre die Kacke erst recht am Dampfen.«

Er wirft einen Blick auf die Leiche, die drei Meter von ihnen entfernt liegt.

»Bashir, überleg doch.« Marisa legt ihm die Hand auf den Arm. »Wir sind sonst ernsthaft in Gefahr ... Luca zuliebe«, fügt sie nach einer Pause an.

Seufzend schaut Bashir auf. »Wir beseitigen alle Spuren, die wir hinterlassen haben. Die Bullen werden die Wohnung komplett auf den Kopf stellen. Wenn die unsere Fingerabdrücke finden ...«

»Danke«, wispert Marisa.

»Danach alarmieren wir die Polizei, am besten von einer Telefonzelle aus.«

Eine Viertelstunde später sind alle Gegenstände abgewischt, die sie vermutlich berührt haben.

Kurt Zbinden liegt mit durchgeschnittener Kehle im Flur, auch dort ist überall Blut. Sie müssen höllisch achtgeben, wohin sie treten, wenn sie keine Spuren hinterlassen wollen.

Wie in einem Schlachthaus!, ist es Marisa durch den Kopf gefahren, als sie Zbinden entdeckt hat, vom metallischen Geruch des Blutes ist ihr speiübel geworden. Benommen hat sie Bashirs Anweisungen befolgt und versucht, sich an alles zu erinnern, was sie angefasst hatte: Türklinken, Schubladengriffe, den Schrank im Kinderzimmer. Jetzt da dieser Teil beendet ist, spürt sie, wie der Eifer sie verlässt, der sie kurzfristig alles andere hat vergessen lassen, und der Angst weicht. Der Angst, sich nicht korrekt zu verhalten, sich womöglich sogar strafbar zu machen, das Gesetz zu brechen. Dahinter lauert allerdings noch eine andere, eine wesentlich stärkere: die Angst vor dem Mörder.

Gerade als Bashir die Wohnungstür hinter sich ins Schloss ziehen will, sind aus dem Stockwerk über ihnen Stimmen zu hören, jemand kommt die Treppe herunter. Bashir reagiert blitzschnell. Mit der Schuhspitze gibt er der Tür einen Stoß, sodass sie wieder aufschwingt, danach zieht er Marisa die Stufen hinab, steuert jedoch, anstatt auf den Eingang zu, direkt in den Kelleraufgang. Am Fuß der Treppe bleiben sie stehen. Marisa horcht angestrengt. Eine Frauenstimme ist zu vernehmen, sie redet Türkisch, was sie sagt, klingt nach Verwunderung. Der Mann, der mit ihr die Wohnung verlassen haben muss, wirkt desinteressiert, er brummt beschwichtigend, sie spricht im Gehen weiter, mit leicht trotzigem Unterton. Ihre Stimme wird lauter, sie ruft ihm etwas zu, doch ehe er antworten kann, stößt sie einen gellenden Schrei aus und dann noch einen, sie hört gar nicht mehr auf damit. Er rennt die Stufen zu ihr hinab und einen Augenblick später brüllt auch er entsetzt auf, sie wimmert und scheint zusammenzubrechen, aber er zerrt sie von der Wohnungstür weg, hektisch, schleppt die halb ohnmächtige Frau den Geräuschen nach hinauf, zurück in den oberen Stock.

»Jetzt!«, zischt Bashir.

Gemeinsam hasten Marisa und er den Aufgang hoch und stürzen ins Freie.

»Warte!«, ruft Marisa, kaum haben sie den Gehsteig erreicht. Verständnislos dreht sich Bashir nach ihr um.

Sie hat ihre Schritte verlangsamt und angespannt wartet er, bis sie aufgeholt hat. Er reagiert ungläubig, als sie sich bei ihm einhängt, mit der freien Hand umklammert sie seinen Oberarm und drosselt mit leichtem Druck seinen Drang weiterzurennen.

»Wir spazieren gemütlich zum Laden«, erklärt sie in gefasstem Ton. »Und anschließend steigen wir ganz ruhig in deinen Wagen. Denn so machen wir uns nicht verdächtig, mit etwas Glück erinnert sich niemand an uns. Nur wenn wir kopflos zum Parkplatz galoppieren und mit dröhnendem Motor davonrasen, können wir genauso gut dem Mörder unsere Visitenkarte zuschicken.«

Bashir startet den Wagen, setzt zurück und biegt bei der nächsten Abzweigung von der Hauptstraße ab. Zu seinem Ärger eine Dreißigerzone, die schnurgerade durch das Wohnquartier führt, er muss sich beherrschen, um nicht aufs Gas zu drücken. Langsam und mit pochendem Herzen lenkt er den BMW an den Mehrfamilienhäusern mit sandbrauner Fassade vorbei. Gepflegte Grünflächen zwischen den Gebäuden und riesige Bäume, doch das täuscht nicht darüber hinweg, dass die Gegend verwahrlost ist. In dem Moment, als er an der ersten Kreuzung den Blinker setzt, sind aus der Ferne Sirenen zu hören. Blaulicht flackert zwischen den Häuserzeilen hoch, im Rückspiegel sieht er kurz darauf die Bullen vorbeischießen, eine Ambulanz folgt mit etwas Abstand.

Zu spät, denkt Bashir und das mulmige Gefühl, das er schon die ganze Zeit über verspürt, verstärkt sich. Er wirft Marisa einen Blick zu, sie ist beängstigend bleich und hat noch kein Wort von sich gegeben, seit sie losgefahren sind.

Nach wie vor ist sich Bashir nicht sicher, ob sie das Richtige tun, ob sie nicht besser die Polizei selbst alarmiert und in der Wohnung auf die Beamten gewartet hätten. So laufen sie Gefahr, selbst unter Mordverdacht zu geraten, denn es gibt keine Garantie dafür, dass sie beim Verlassen des Wohnhauses niemand gesehen hat. Andererseits sind Marisas Argumente einleuchtend. Sie müssen nicht nur sich selbst und die Agentur, sondern vor allem Luca schützen.

Bashir biegt ab, vor ihnen taucht eine Brücke auf, die über einen schmalen Fluss führt. Die Reppisch, die Böschung ist mit Büschen und Bäumen bewachsen.

»Anhalten!«, fordert Marisa mit erstickter Stimme.

Sofort steuert Bashir den Wagen aufs Trottoir. Er hat ihn nicht einmal zum Stehen gebracht, als Marisa schon die Tür aufstößt und hinausstürzt. Mit gekrümmtem Oberkörper eilt sie auf den Abhang zu und verschwindet dort hinter einem Baumstamm. Würgegeräusche sind zu hören, als sich Bashir über den Beifahrersitz lehnt und die Tür zuzieht. Er fährt bis zur nächsten Parklücke, um nicht Gefahr zu laufen, von einer übereifrigen Politesse zurechtgewiesen zu werden. Denn eben hat er die Blutflecke auf seinem Hemd entdeckt. In der Hektik, mögliche Spuren in der Wohnung verschwinden zu lassen, hat er ganz vergessen, sein Äußeres zu überprüfen. Er klappt die Sonnenblende herunter und erschrickt, als er sich im Spiegel sieht. Leichenblass ist er, die Wangen eingefallen, die Augen versinken beinahe in den Höhlen.

Als hätte ich fünf Tage nicht geschlafen, denkt Bashir und drückt den Blendschutz wieder hoch.

Der Mord an den Zbindens hat ihn heftiger mitgenommen, als er sich eingestehen will. Der Wunsch nach einer Zigarette überfällt ihn, obwohl er gar nicht raucht. Er spürt, dass etwas in ihm in Aufruhr ist, aber sein Körper hat noch nicht entschieden, wie er darauf reagieren soll.

Ungeachtet der herrschenden Temperaturen kurbelt Bashir die Fenster auf beiden Seiten herunter, er hat das Gefühl, zu wenig Sauerstoff zu bekommen. Marisa steht immer noch hinter dem Baumstamm, Bashir kann nur ihren Hintern sehen, wenn sie sich nach vorn beugt. Er weiß, dass er jetzt aussteigen und ihr beistehen sollte, ihr die Haare halten müsste, während sie sich die Seele aus dem Leib kotzt. Denn das tut sie, er kann es deutlich hören. Doch er schafft es nicht, sich zu rühren. Es ist, als wäre er mit dem Sitz verwachsen, sein Körper tonnenschwer, es erscheint ihm unvorstellbar, ihn jemals wieder bewegen zu können. Bashir legt die Arme aufs Lenkrad und lässt die Stirn auf die Handgelenke sinken, er atmet tief ein und aus, doch die Bilder verschwinden nicht. Der seltsame Tanz, den Hedi Zbindens Füße aufgeführt haben, das Erkennen in ihrem Blick, ehe sie starb. Ihr Mann im Flur, das viele Blut überall.

Ein leises Knacken lässt ihn aufhorchen. Benommen richtet er sich auf, langt in seine Hosentasche und zieht die Fotografie hervor. Muhammad und Abdelkarim, beide grinsend, Erich in

Siegerpose vor dem Fenster. Bashir beugt sich über die Aufnahme, um sie genauer zu inspizieren, und begreift schlagartig, dass ihm bei der ersten flüchtigen Betrachtung ein wichtiges Detail entgangen ist.

Er steigt aus dem Wagen und geht wankend auf den Baum zu, sein Körper gehorcht ihm nur widerstrebend. Schwer atmend lehnt Marisa am Stamm, das Gesicht geisterhaft, blutleer.

»Wasser?« Bashir hält ihr die Flasche hin, die er aus dem Wagen mitgebracht hat.

Sie schraubt sie auf, spült sich den Mund, spuckt aus, trinkt einen Schluck.

»Verdammte Scheiße«, flüstert sie.

»Das war nicht vorauszusehen.«

»Die armen Leute. Sie konnten rein gar nichts dafür.«

»Ein Kollateralschaden.«

Marisa nimmt ein Papiertaschentuch aus der Packung, die sie mit den Fingern umklammert, und tupft Tränen und Schweiß weg.

»Ich habe mir während der vergangenen Monate so sehr gewünscht, dass wir wieder Aufträge erhalten. Möglichst spannende Fälle, aber auch die üblichen Sachen, Omas besuchen, Kinder hüten, mir wäre alles recht gewesen. Nie im Leben hätte ich allerdings gedacht …« Marisa bricht ab, ihre Lippen zittern.

Sanft zieht Bashir sie an sich und lässt sie an seiner Schulter weinen.

»Ich frage mich schon die ganze Zeit, was der Mörder in der Wohnung wollte«, sagt er, als sich Marisa beruhigt hat, seine Stimme klingt rau.

»Die Zbindens waren ihm auf jeden Fall im Weg.«

»Sie haben ihn wohl überrascht. Vermutlich wollte er verhindern, dass sie ihn wiedererkennen.«

»Wäre Hedi Zbinden nicht so neugierig gewesen, hätte es uns erwischt. An ihrer Stelle wären wir jetzt tot.«

Das hat sich Bashir noch gar nicht überlegt und die Erkenntnis erschüttert ihn derart, dass er eine ganze Weile kein Wort herausbringt.

»Ein Einbrecher war das ja kaum.« Marisa löst sich aus Bashirs Umarmung, damit sie ihn anschauen kann. »So mitten am Tag. Außerdem war die Wohnung praktisch leer geräumt.«

Bashir schüttelt den Kopf.

»Hast du sein Gesicht gesehen?«, will sie wissen.

»Nur seine Sneaker«, antwortet er leise. »Weiß waren die, eine Marke konnte ich nicht erkennen.«

»Das Problem ist, dass momentan alle jungen Männer mit weißen Turnschuhen herumlaufen.«

»Jung war er auf jeden Fall. Das verrieten seine Stimme und der federnde Gang. Könnte Erich Bodmer gewesen sein. Er hat sogar ein paar Sätze auf Arabisch gesagt.«

»›Es gibt weder Macht noch Kraft außer bei Allah.‹ Offenbar hat er Mist gebaut.«

»Kann man so sehen«, sagt Bashir trocken. »Ich habe übrigens noch etwas Beunruhigendes entdeckt.« Er zeigt Marisa das Foto, das unter dem Kissen versteckt gewesen ist, und tippt auf das Fenster.

Sie nimmt die Aufnahme in die Hand und studiert sie eingehend, dann schaut sie mit entschlossener Miene auf. »Wir müssen sofort in die Moschee zurück.«

»Morgen. Heute schaffe ich das nicht mehr.«

Marisa wirkt irritiert, beinahe aufgebracht und als ihr Bashir behutsam den Arm um die Schultern legt, versteift sie sich auf der Stelle.

»Lass uns erst einmal runterkommen, wir müssen uns erholen«, sagt er beschwichtigend und führt sie zum Wagen zurück. »Für einen Tag war das ziemlich happig, was wir erlebt haben.«

»Du hast recht«, erwidert sie endlich, doch erst als sie Bashirs BMW erreicht haben, spürt er, wie sie sich entspannt.

24

»*Off the record*«, sagt Kerstin Lohe und schaltet die Aufnahmefunktion ihres Handys aus.

Mit kleinen Schlucken trinkt Andrea Graf den Rest ihres Espressos, platziert die Tasse aufreizend langsam auf dem Unterteller, richtet den Löffel aus und sieht die Journalistin erst dann an.

Das Interview ist gut gelaufen, sie haben sich im *Certo* hinter dem Stauffacher verabredet, einem gemütlichen italienischen Restaurant mit alten Werbeplakaten und Fotografien an der Wand, in das sich nachmittags selten Gäste verirren. Die passende Umgebung, um der Journalistin diskret Fragen rund um ihre neuerdings ambivalente Haltung zu den Schweizer Waffenexporten zu beantworten. Doch die inoffiziellen Nachfragen am Ende eines Gesprächs kann sie nicht ausstehen. Denn obschon beide Parteien darin übereinstimmen, dass diese Antworten nicht für die Öffentlichkeit bestimmt sind – sie werden dennoch ausgesprochen und sind im Gedächtnis des Interviewers gespeichert, wohlwissend, wie kostbar solche Auskünfte unter Umständen sein können.

»Schieß los«, fordert Andrea ihre Gesprächspartnerin auf.

Von Kerstin hat sie nicht viel zu befürchten, das ist ihr bewusst, sie kennen sich von der Uni. Die Journalistin arbeitet für die Wochenzeitung, die von politischen Gegnern als »Parteiblatt« verschrien wird, als Sprachrohr der ehemaligen Parteiführung und Gerüchten zufolge von dieser finanziert. Ihr Vater ist entsprechenden Fragen immer ausgewichen, in den Medien und ihr gegenüber, aber mittlerweile ist Andrea davon überzeugt, dass an dem ganzen Gerede etwas dran sein muss. Wo Rauch ist, ist auch Feuer. Und wo Geld ist, ist der Hunger nach Macht. Andererseits hat Andrea schon miterlebt, wie Parteimitglieder von der Postille systematisch fertiggemacht worden sind und die vermeintliche Hörigkeit der Journalisten urplötzlich in bissige Kommentare und vernichtende Artikel umgeschlagen hat. Meist gegenüber Leuten, die der Parteilinie nicht treu ergeben waren oder der Redaktion aus anderen Gründen nicht gepasst haben.

Sie muss vorsichtig sein, das ist ihr bewusst, während Kerstin etwas zu lange zögert, ehe sie zur Sache kommt.

»Mir wurde zugetragen …«

»Zugetragen?« Andrea lehnt sich zurück, schlägt die Beine übereinander, der sarkastische Ton ist bewusst gewählt.

»Nun …« Kerstin spielt mit dem Stiel ihres Kaffeelöffels.

»Was?«

»Eine heikle Angelegenheit.«

»Sie wird nicht weniger heikel, je länger du um das Thema herumeierst.«

Kerstin atmet tief aus. »Es ist so, ich habe eine anonyme Mail erhalten.«

Mit einer ungeduldigen Geste fordert Andrea ihre Gesprächspartnerin auf fortzufahren.

»Ausnahmsweise nicht die üblichen Beschimpfungen …«

»Davon gehe ich aus. *Get to the point.*«

Kerstin schweigt, hebt dann den Blick und sieht sie verunsichert an.

»Sonst stehe ich auf und gehe.« Gereizt langt Andrea nach ihrer Handtasche, einem gesteppten Modell von Chanel in Beige mit Schulterriemen.

»Warte!«, sagt Kerstin, als sie tatsächlich Anstalten macht aufzustehen.

Der scharfe Ton lässt Andrea sofort innehalten.

»Der Schreiber behauptet, du hättest diese Jamila gekannt.«

»Wen?« Beinahe wäre sie zusammengezuckt, Andreas Puls schnellt in die Höhe, doch sie lässt sich nichts anmerken.

»Diese Influencerin, Bloggerin, was weiß ich? Türkischer Nachname.«

»Nie von ihr gehört.«

»Nun, sie wurde letztes Jahr brutal ermordet und in den Zürichsee geworfen.«

Andrea gibt vor, sich vage zu erinnern. Ihre Miene erhellt sich, sie öffnet die Lippen spaltbreit. »Ach so, die!«

»Kanntest du sie tatsächlich?«

»Natürlich nicht. Woher auch? Ich habe keinerlei Kontakte zur Bloggerszene. Zu Türken noch viel weniger.«

»Der Schreiber beschuldigt dich allerdings, du würdest wichtige Details zu ihrem Tod zurückhalten.«

Andrea lächelt verächtlich, der Puls schlägt hart in ihrem Hals. »Einer dieser Spinner, die solltest du doch mittlerweile kennen. Der will sich bloß wichtigmachen mit seinen angeblichen Informationen.«

Kerstin lässt den Löffel um die eigene Achse drehen. »Er klingt sehr überzeugend.«

»Ignorier ihn. Aber falls er sich wieder meldet, informier mich bitte. Das ist Verleumdung.«

»Okay.« Kerstin ist nicht überzeugt.

»Schick mir den Text zum Gegenlesen.« Andrea deutet auf Kerstins Handy und schultert ihre Chanel-Tasche. »Und vergiss die Mail.«

Mit raschen Schritten geht Andrea Graf Richtung Stauffacher. Kaum ist sie außer Sichtweite des *Certo*, greift sie zum Handy.

»Du verdammtes Arschloch, ich bringe dich um!«, schreit sie, das Telefon zittert in ihrer Hand.

»Was immer du der kleinen Redaktionsnutte erzählt hast, du wirst beim Gegenlesen all deine linken Ideen und Träumereien rausstreichen.«

»Dann bleibt inhaltlich nichts übrig.«

»Eben. So funktioniert Rechtspopulismus.«

Andrea lässt die Hand mit dem Telefon sinken und starrt auf den Turm der St. Jakobskirche. Viertel nach drei. Sie hält das Smartphone wieder ans Ohr.

»Vergiss es, Dominik. Diesmal mache ich nicht mit. Ich mache überhaupt nicht mehr mit.« Sie hält inne. »Und noch etwas: Fick dich!«

25

Fluchend rührt Ben den Dünger in das Gefäß mit warmem Wasser ein. Sein Plan ist in die Hose gegangen, aber so richtig, weshalb er improvisieren musste. Er stellt die Schale mit der Flüssigkeit auf das wackelige Holzregal, das er in einem Abstellraum gefunden hat. Das Gemisch muss eine Weile ruhen, damit sich der Kalk absetzt, erst dann darf er die Lösung abschöpfen. Die muss anschließend erhitzt werden, bis sie trüb wird, so hat die Anleitung im Video gelautet, danach filtriert man das Ganze und lässt es wieder stehen, diesmal an einem kühlen Ort.

Missmutig schaut Ben zu dem kleinen Kühlschrank, den er aus einem der Kellerabteile geklaut und in den Luftschutzraum geschleppt hat. Das Gerät brummt viel zu laut, der Kompressor stottert zeitweise. Zwar ist die Gefahr, entdeckt zu werden, relativ gering. Der Keller wird von den Hausbewohnern nur selten aufgesucht und so staubig, wie es hier drin gewesen ist, als er überstürzt seinen Arbeitsplatz eingerichtet hat, hat sich seit Jahren niemand mehr in den unterirdischen Bunker verirrt. Außerdem verriegelt er jedes Mal die massive Stahlbetontür, wenn er den Raum betritt oder verlässt, abschließen lässt sie sich ärgerlicherweise nicht. Seine Konzentration leidet unter der Furcht aufzufliegen, die permanente Wachsamkeit zermürbt ihn, ein Restrisiko bleibt.

Eine Notlösung, die Ausstattung des Raums ist rudimentär, doch falls er bis zum 19. April bereit sein will, muss er damit klarkommen. Und die Deadline wird er um jeden Preis einhalten, denn wenigstens dieses eine Mal will er nicht als Versager dastehen. Nicht vor ihnen und schon gar nicht vor Abu Tahir.

Trotz des Zeitdrucks ist es Ben gelungen, das Notwendigste zusammenzutragen. Bunsenbrenner, die kolbenartigen Flaschen, Messzylinder und Kristallisationsschalen fand er für wenig Geld im Internet, die Chemikalien wie Schwefelsäure und das Pooldesinfektionsmittel mit dem hohen Wasserstoffperoxidanteil konnte er problemlos in der Apotheke beziehungsweise im Baumarkt beschaffen. Anderes, wie den Stickstoffdünger, musste er klauen, da er mit dem Kauf als Privatperson womöglich zu viel Aufmerksamkeit erregt hätte. In EU-Ländern muss man sich beim Erwerb von Düngemittel mit hohem Ammoniumnitrat- oder Kaliumnitratanteil ausweisen, in der Schweiz hingegen sind sie frei erhältlich. Bei größeren Mengen kann es jedoch passieren, dass der Verkäufer die Behörden alarmiert. Dieses Risiko wollte Ben nicht eingehen.

Er inspiziert die Schale mit dem aufgelösten Granulat, Schweißtropfen laufen ihm übers Gesicht. Wenn er die Anweisungen korrekt weiterbefolgt, kristallisiert sich schon bald reines Ammoniumnitrat aus der Flüssigkeit heraus. Sollte es zumindest. Eine riesige Herausforderung für Ben, für diese Aufgabe muss er über sich hinauswachsen. Keiner da, der ihm hilft oder ihn korrigiert, wenn er Fehler macht. Und gerade Fehler darf er sich keine leisten, dazu ist die Angelegenheit viel zu heikel, jeder Irrtum fatal, jeder Mitwisser wäre eine zusätzliche Gefahr. Er ist komplett auf sich allein gestellt. Die Anleitungen aus dem Internet müssen ausreichen, um seinen Plan in die Tat umzusetzen.

Mittlerweile hat er realisiert, dass sie ihm viel zu wenig Informationen mitgegeben haben, das Wissen muss er sich auf eigene Faust aneignen. Das erfüllt ihn gleichzeitig mit Furcht und Stolz. Er wird ihnen beweisen, dass man sich auf ihn verlassen kann. Deswegen experimentiert er mit verschiedenen Formeln, deswegen das eingehende Studium der Tutorials. Er zwingt sich, exakt zu arbeiten, selbst wenn die Zeit drängt.

Während der Kalk in der Brühe absinkt, nutzt Ben die Gelegenheit, um aufs Klo zu gehen, seine Blase drückt schon länger. Ein weiterer Nachteil des Provisoriums, es gibt keine Toilette im Bunker und in die WG kann er nicht, weil er seinen beiden

Mitbewohnern erzählt hat, er habe den Job im Supermarkt bekommen. Damit sie sich nicht wundern, wo er tagsüber abbleibt.

Wäre alles kein Problem gewesen, hätte das mit der vorgesehenen Lösung geklappt. Die anonyme Warnung vor einer Polizeirazzia hat die Al-Shamis wie erwartet in helle Panik versetzt, sie wussten, dass sie vom Geheimdienst beobachtet werden, und sind noch in derselben Nacht abgetaucht. Doch dann mussten die beiden neugierigen Alten vorhin unbedingt in die verlassene Wohnung einbrechen, wo er bereits begonnen hatte, sein Labor aufzubauen. Glücklicherweise hatte er sein Messer dabei und konnte das Material retten. Aber wegen der beiden Rentner muss er nun in diesem fensterlosen Verlies arbeiten und zum Pinkeln in die Waschküche am anderen Ende des Gangs.

Nachdem er sich im Waschbecken erleichtert hat, zieht Ben den Reißverschluss seiner Hose hoch und dreht den Wasserhahn auf. Er muss wie immer lange spülen, bis der scharfe Harngeruch verschwindet. Als er das Wasser abdreht, hört er Schritte auf der Treppe, sie sind ganz nah. Rasch beugt er sich über einen der herumstehenden Waschpulverkartons und kratzt sich am Hinterkopf, eine Sekunde später steht Vlora im Türrahmen.

»Wieso bist du nicht bei der Arbeit?«, will sie wissen und lässt eine blaue IKEA-Tasche mit Schmutzwäsche auf den Boden plumpsen.

»War nichts zu tun«, antwortet Ben und bemüht sich, nicht zu erröten.

»Und da haben die dich nach Hause geschickt?«

»Ja.«

»Gleich in der ersten Woche? Toller Chef!« Spöttisch schürzt sie die Lippen.

Ben spart sich eine Antwort und will sich an Vlora vorbei zum Durchgang drängen.

»Es stinkt hier drin, findest du nicht?«

Ben schnuppert und zuckt mit den Schultern.

»Eindeutig nach Pisse.«

»Ich rieche nichts.«

»Hm.« Vlora mustert ihn skeptisch. »Was wolltest du eigentlich? Die Maschine läuft nicht und Wäsche hast du auch keine dabei.«

»Ich habe überprüft, ob noch genügend Waschmittel da ist. Sonst hätte ich morgen aus dem Supermarkt welches mitgebracht.«

»Bewahren wir oben auf, solltest du in der Zwischenzeit eigentlich wissen.« Sie deutet auf den mit weißem Pulver gefüllten Joghurtbecher, der aus der Tasche ragt. »Die Leute klauen sonst immer.«

»Ah, stimmt«, sagt Ben matt und macht, dass er rauskommt.

26

Das Gefühl zu ersticken. Andrea Graf beendet den Anruf, wirft das Handy auf den Akazienholztisch, hastet in die Küche und schenkt sich ein Glas Rotwein ein. Trinkt in großen Schlucken und holt dann keuchend Luft. Erleichterung durchströmt sie mit jedem Atemzug, aber sie weiß, wie trügerisch dieser Moment ist, wie kurz er anhält. Jetzt gerade ist sie bloß froh, dass sie Dominik Schwendener hat abwimmeln können. Andrea ist sich bewusst, dass er ihre Entscheidung unter keinen Umständen akzeptieren wird, einen solchen Verstoß gegen ihre Abmachung kann er unmöglich hinnehmen. Nach ihrem Telefongespräch am Nachmittag muss er vor Wut gekocht haben, immerhin das hat sie erreicht. Viel mehr leider nicht. Sie ist überzeugt, dass er sich bereits den nächsten hinterhältigen Coup ausdenkt, um sie auf Kurs zu bringen. Und diesmal wird die Sache für sie noch bedrohlicher werden, daran besteht kein Zweifel, sie bewegt sich jetzt schon auf dünnem Eis.

Das inoffizielle Nachhaken von Kerstin Lohe wegen Jamilas Tod hat Andrea in Panik versetzt, nur mit äußerster Beherrschung ist es ihr gelungen, vor der Journalistin unbeeindruckt zu wirken. Eine Machtdemonstration Schwendeners, damit sie nicht vergisst, wie sehr sie ihm ausgeliefert ist. Ihr ist endgültig klar geworden, dass er vor nichts zurückschrecken wird, um sie gefügig zu halten.

Andrea spürt, wie sich der Wein in ihrem Körper breitmacht, ihr wird angenehm warm. Viel Zeit bleibt ihr nicht, um sich eine Strategie zurechtzulegen, entgegenzusetzen hat sie Schwendener ohnehin herzlich wenig. Ungeachtet ihrer Ankündigung, bei ihrem gemeinsamen Deal nicht mehr mitmachen zu wollen, hat er sie nach wie vor fest in der Hand. Egal wie übel sie ihn beschimpft, wie störrisch sie sich seinen Anweisungen verweigert. Solange er im Besitz des Mantels und vor allem der

Prepaidhandys mit den verräterischen Nachrichten ist, sitzt er am längeren Hebel, daran gibt es nichts zu rütteln.

Andreas einziger Vorteil ist, dass er auf sie angewiesen ist, ohne sie kann er seine Pläne nicht umsetzen, allein wegen ihr steht er am Steuer der mächtigsten Partei des Landes. Wenn auch nur unsichtbar im Schatten. Ohne sie ist er bloß ein Berater, ein guter zwar, aber eben nicht mehr. Und ein zweites Mal wird sich ihm keine derart günstige Gelegenheit bieten, um ins Zentrum der Macht vorzudringen. Das wissen sie beide.

Die Frage ist, ob es Andrea gelingt, diesen mageren Trumpf zu ihren Gunsten auszuspielen.

Sie löscht das Licht und wartet, bis sich ihre Augen an die Dunkelheit gewöhnt haben. Schwendener hat sie noch einmal angerufen, gerade eben, wollte vorbeikommen, »um in aller Ruhe zu reden und so«. Als sie strikt ablehnte, bestand er wütend darauf, doch Andrea gab nicht nach. Sie hat ihre Tage als Argument angeführt, worauf er argwöhnisch reagiert, dann jedoch zähneknirschend von seinem Vorhaben abgelassen hat.

Andrea nimmt einen weiteren Schluck Wein. Zu Beginn ihres unseligen Arrangements hat er regelmäßig versucht, mit ihr zu schlafen. Das sei Teil des Deals, hat er betont. Schreckliche Abende waren das. Andrea schaudert allein beim Gedanken an seine stets kalten Hände, mit denen er sie begrapschte, seine knochigen Finger, die später in ihr herumfuhrwerkten, als gälte es, ein verstopftes Abwasserrohr von Unrat zu befreien. Glücklicherweise führte ihre eisige Miene bei ihm fast immer zu Erektionsproblemen, sodass er auf halber Strecke aufgeben musste. Die tödliche Verachtung, mit der sie ihn danach bestrafte, und ihre bissigen Bemerkungen über sein Unvermögen schüchterten ihn immerhin so sehr ein, dass er eine Zeit lang von erneuten Versuchen absah.

So kann es unmöglich weitergehen, denkt Andrea. Immer mehr fühlt es sich für sie an, als müsste sie ersticken, sobald Dominik Schwendener in ihrer Nähe ist. Es ist, als würde er allen Sauerstoff aus der Luft saugen, sodass nichts mehr für sie übrig bleibt.

Sie streift die Schuhe ab und durchquert den Essbereich ihrer Loftwohnung. Das Nussbaumparkett fühlt sich unter ihren Sohlen warm an, die Dunkelheit ist tröstlich. Der Wein beruhigt sie und macht sie zuversichtlicher, als ihre Situation es erlaubt. An der Fensterfront bleibt Andrea stehen, weit unten der nächtliche Zürichsee, vor dem Wohnhaus die Begegnungszone mit den beiden Bänken, auf denen nie jemand sitzt, LED-Lampen beleuchten den akkurat gestutzten Rasen. Dichtes Buschwerk grenzt das Grundstück zur einen Seite ab, sie hat ihren weißen Range Rover Evoque vor der Garageneinfahrt geparkt.

Ganz kurz wünscht sie sich, Matthias wäre hier. Früher zumindest hätte er ihr zugehört, zu Beginn ihrer Karriere hat er sie stets bei wichtigen Entscheidungen beraten. Das ist lange her. Bevor sie sich anzuöden begannen und ihre Ehe zur Farce wurde, während sie nach außen den Schein für die Medien und die Wählerschaft zu bewahren versuchten. Manchmal fragt sie sich, wo er ist, was mit ihm geschehen ist. Verspekuliert hat er sich, das war offensichtlich, hat Dutzende von Wohnsiedlungen im Mittelland hingeklotzt, wo keiner wohnen will, dann hat er Geld veruntreut, eine nigerianische Zuhälterin mit einer Riesensumme übers Ohr gehauen. Seither ist er abgetaucht, die Nigerianer suchen immer noch nach ihm, nimmt Andrea an. Sonst hätte er es bestimmt in die Schlagzeilen geschafft. Bei solchen Vergeltungsaktionen kommen die Gesuchten selten glimpflich davon.

Verwundert stellt Andrea fest, wie gleichgültig sie der Gedanke an Matthias lässt. Natürlich hat sie ihn als vermisst gemeldet, als er verschwunden blieb, was ihr als Ehefrau viel Mitleid und als Politikerin einige Bonuspunkte eingebracht hat, doch bislang verlief die polizeiliche Fahndung erfolglos. Die Ermittler ließen durchblicken, dass Matthias mit der ergaunerten Summe im Ausland abgetaucht sein könnte, angesichts des zerrütteten Zustands ihrer Ehe sei es aber durchaus möglich, dass er mit einer anderen Frau durchgebrannt sei.

Selbst das berührt Andrea nicht im Geringsten. Sie schiebt die Gedanken an Matthias von sich, sie hat Wichtigeres zu tun, als sich um den Verbleib ihres Gatten zu sorgen.

Sie leert den Wein und geht zurück in die Küche, schaltet das Licht ein und schenkt sich nach. Mit einem Seufzen lehnt sie sich an den Kühlschrank, der Korkzapfen, den sie zwischen den Fingern dreht, hilft ihr beim Nachdenken.

Ideal wäre, sie würde etwas finden, womit sie Schwendener ebenfalls erpressen könnte. Doch dazu müsste sie seine Vergangenheit durchforsten, mit aktuellen und ehemaligen Weggefährten reden, ein unglaublicher Zeitaufwand. Jeder hat seine kleinen schmutzigen Geheimnisse, das weiß sie nach all den Jahren in der Politik, man braucht nur einen ausgeprägten Spürsinn und etwas Geduld, um sie aufzuspüren. Ein Ausrutscher im Suff, ein sexueller Übergriff, das wäre die einfachste Lösung für ihr Problem, damit zwingt man heutzutage Männer ohne Weiteres in die Knie. Die Sympathien liegen dabei immer bei den Opfern, den echten und den vermeintlichen, selbst später, wenn sich die Vorwürfe als haltlos herausstellen. Ein irreparabler Schaden für den Betroffenen, so etwas bleibt für immer kleben, damit ruiniert man Karrieren. Nötigenfalls würde sie auch etwas springen lassen, um einer Sekretärin oder einer freiwilligen Wahlkampfhelferin das Erinnern zu erleichtern. Hauptsache, der Druck ist groß genug, um Schwendener einen Rückzieher machen zu lassen. Nur so wird sie ihn los. Mit einem Gleichgewicht des Schreckens wie damals im Kalten Krieg.

Energisch drückt Andrea den Korken zurück in den Flaschenhals und greift nach dem Glas. Selbstverständlich kann sie sich nicht selbst um die Angelegenheit kümmern, dazu ist sie zu prominent. Und Dominik Schwendener zu unterschätzen wäre ein fataler Fehler, der ihr nicht ein zweites Mal unterlaufen wird. Für einen Profi wie ihn wäre es ein Kinderspiel, die Spur zu ihr zurückzuverfolgen. Nein, den Vorwurf muss ein glaubwürdiges Opfer äußern, dem keinerlei Verbindung zu ihr nachgewiesen werden kann.

Ein Gedankenblitz, Andrea stutzt, ihre Miene hellt sich auf. Ihr ist gerade eingefallen, an wen sie diese heikle Aufgabe delegieren könnte. Zwar ist ihr letztes Treffen wenig erfreulich verlaufen, doch nachdem die zwei Detektive – oder welche Berufsbezeichnung auch immer sie sich zugelegt haben – ihr vermutlich das Leben gerettet haben, will sie sich nun erkenntlich zeigen. Denn Geld können die beiden gebrauchen, der Gedanke hat sich schon bei ihrem ersten und bislang einzigen Besuch in der *Agentur für unliebsame Angelegenheiten* aufgedrängt. Und Aufträge. Selbstständige klagen ja selbst ein Jahr nach Ausbruch der Krise über mangelnde Beschäftigungsmöglichkeiten.

Zufrieden hebt Andrea das Glas. Der Wein ist von einem dunklen Rot, scheint beinahe schwarz, aber wenn sie ihn gegen das Deckenlicht hält, leuchtet er von der Mitte heraus wie ein Rubin. Manchmal wirken Probleme nur so lange unüberwindbar, bis man sie in Angriff nimmt. Und der ist nach wie vor die beste Verteidigung. Schwendener mag ein Profi sein, sie ist jedoch mit allen Wassern gewaschen, Skrupel kennen sie beide keine. Sie kehrt zur Fensterfront zurück und wirft einen Blick auf den See. Ein hell erleuchtetes Schiff pflügt durch die Wellen, leichter Regen fällt. Andrea lächelt und prostet ihrem Spiegelbild zu.

27

Keuchend starrt er in die Dunkelheit, sein Puls rast. Wieder hat ihn ein Albtraum aus dem Schlaf gerissen, wieder hat er geschrien. Die Erinnerungen holen ihn nachts ein, manchmal verschwommen und ungenau, verwoben mit Traumfetzen, dann wieder so glasklar und real, dass er den metallischen Geruch des Bluts selbst nach dem Erwachen wahrnimmt und die Schreie noch lange in seinem Kopf nachhallen.

Ben greift nach dem Handy, das auf dem Boden neben der Matratze liegt, sein T-Shirt ist durchgeschwitzt. Vier Uhr morgens.

Er legt sich wieder hin, doch sein Geist befindet sich nach wie vor in Aufruhr. Ruhelos wälzt er sich hin und her, es ist aussichtslos, er findet keinen Schlaf mehr. Wieder sieht er das Blut vor sich, flehend erhobene Hände und grauenhaft verstümmelte Körper. Tagsüber gelingt es ihm, die Bilder zu verdrängen, nachts dagegen wirken sie erschreckend echt, die Realität wird durchlässig, die Toten werden lebendig und stehen in stiller Anklage vor ihm. Ein endloser Reigen ausdrucksloser Gesichter, die Münder verstummt, die Augen starr.

Nur, was können Tote einem Lebenden schon antun?, ruft sich Ben zur Räson, wenn ihn die Panik erfasst, wenn er sich vor lauter Angst kaum mehr traut, die Lider zu schließen.

Gerade Angst kann er sich aber nicht leisten, er hat eine Mission, sie zählen auf ihn. Ihm allein trauen sie diese Aufgabe zu, das erfüllt ihn mit unbeschreiblichem Stolz. Denn er ist der Auserwählte. Er hat das Gebot empfangen.

Abu Tahir hat schnell erkannt, dass er nicht für den Krieg gemacht ist.

Allein der Gedanke an seinen Bruder beruhigt Ben. Er verschränkt die Arme hinter dem Kopf und schaut an die Decke, sein Herz schlägt jetzt wieder in normalem Takt.

Abu Tahir ist das Beste, was ihm passiert ist. Er hat nicht nur

Bens Fähigkeiten erkannt, er hat *ihn* erkannt, mit allen guten und schlechten Seiten. Vor ihm hatte er keine Geheimnisse. Es war, als wäre er aus Glas, durch das sein Freund und Mentor in Bens Innerstes zu sehen vermochte. Und er lachte ihn trotzdem nicht aus oder erniedrigte ihn, hat ihn nicht verstoßen, wie ihm das in seinem Leben oft widerfahren ist. Vielmehr ließ er ihn Liebe spüren, eine wärmende, behütende, unschuldige Liebe, die Ben so noch nie erlebt hatte.

Seine Hände, die Bens Kopf umfassten, seine Stirn an seiner Stirn, die beschwörenden Worte, wenn er ihm die Richtung wies, ihm eindringlich zuredete, wenn er aufgeben wollte. Worte, so leise geraunt, als gäbe es nur sie zwei auf der Welt. In glücklicheren Zeiten ist das gewesen, als man ihnen immer wieder eingetrichtert hat, dass es eine Zukunft gebe, eine strahlende sogar. Das war, bevor Ben die Risse in der Fassade entdeckte und die leeren Versprechungen durchschaute. Und trotzdem weitermachte. Blindlings und gottesfürchtig, weil zu glauben so viel einfacher ist als zu zweifeln.

Tröstende Worte sind es plötzlich geworden, Worte, die ihn bei der Stange hielten, wenn er es kaum mehr ertrug, weil ihn die Bilder verfolgten, die grauenhaften Szenen ihm den Schlaf raubten. Worte, die ihm Mut machten, wenn er beinahe wahnsinnig wurde.

Abu Tahir. Wäre er hier, seine Angst würde auf der Stelle verfliegen, allein durch seine Anwesenheit. Sein Bruder, sein Lehrer, sein Freund. Ohne ihn wäre er nichts, ein Niemand, verloren in dieser Welt.

In seinem Ohr hört er immer noch seine raue Stimme, die so harsch klingen konnte, wenn sie Befehle gab, und dann wieder samtweich, wenn sie Ben bat durchzuhalten. Wenn sie von der Aufgabe sprach, für die sie ihn auserkoren hatten.

Die Brüder fielen ihm sofort auf, als er sie zum ersten Mal in der Moschee sah. Muhammad, der ältere, und Abdelkarim, der jüngere. Der eine groß gewachsen, mit breiten Schultern. Ein markantes Gesicht, das in einem Moment etwas Verschmitztes, Jungenhaftes ausstrahlen konnte, im nächsten Stolz und Erhabenheit. Helle bernsteinfarbene Augen, der Bart dicht und gepflegt. Ben registrierte, wie die Frauen in der Moschee Muhammad verstohlen musterten, wie sie tuschelten. Die jüngeren kicherten, die im heiratsfähigen Alter schauten ihm sehnsüchtig hinterher, selbst wenn ihre Mienen stoisch blieben.

Abdelkarim hingegen war fast noch ein Kind, pickelige Haut, ein knochiger Körperbau, die Bewegungen fahrig. Auffallend waren die strahlend grünen Augen und die für sein Alter ungewöhnliche Ernsthaftigkeit, er lächelte selten. Beim Gebet sprach er die Worte des Imam mit Inbrunst nach, die *rakat* vollführte er gewissenhaft, nach dem Gottesdienst stand er oft stillschweigend bei den älteren Männern und hörte ihren Streitgesprächen konzentriert zu oder zog sich mit dem Koran in einen der Nebenräume der Moschee zurück.

Irgendwann würde er wie sein Bruder ein gut aussehender Mann werden, das erkannte Ben, es war einzig eine Frage der Zeit. Dass die Zeit andere Pläne mit Abdelkarim hatte, ahnte er damals noch nicht.

Die Familie Al-Shami war erst vor Kurzem nach Dietikon gezogen, wohnte jedoch bereits seit einigen Jahren in der Schweiz. Die Brüder kamen manchmal allein, meist aber in Begleitung ihres Vaters, sie sprachen beinahe perfekt Hochdeutsch, wenn auch keine Mundart.

Abdelkarim und Ben waren ungefähr im selben Alter, Muhammad war ein paar Jahre älter. Ben bewunderte die Brüder aus der Ferne, sie waren so anders als er, als kämen sie von einem fremden Stern. Selbstsicher in allem, was sie taten, junge Männer, die sich vermutlich nicht dauernd hinterfragten so wie er, die sich allein durch ihr Auftreten Respekt verschafften. Sie erschienen ihm unerreichbar, gehörten einer anderen Liga an, er passte nicht ansatzweise zu ihnen. Niemals hätte er sich getraut, einen der Brüder anzusprechen, eine lächerliche Idee, sie hätten ihn garantiert verspottet, wie es seine Mitschüler tagtäglich taten.

Es war im Juni, Ben erinnert sich genau, am *eid al-fitr*, dem Fest des Fastenbrechens am Ende des Ramadans, als Muhammad nach dem Gebet auf ihn zukam.

»*As-salamu 'alaikum.*«

»*Wa 'alaikumu as-salam*«, antwortete Ben verblüfft und das Blut schoss ihm ins Gesicht.

»Bruder, ich sehe dich oft hier«, sagte Muhammad. »Allahs Wort scheint dir viel zu bedeuten, *salla 'llahu 'alayhi wa-sallam.*«

»Gott segne ihn und schenke ihm Heil«, wiederholte Ben murmelnd und nickte zur Bestätigung, während er kaum glauben konnte, dass er Muhammad aufgefallen war. Mehr noch, dass der ihn offenbar schon länger beobachtete.

»Gut, dass es junge Männer wie dich gibt, *allah ysalmak*. Männer, die unsere Religion ernst nehmen. Das unterscheidet dich von so vielen anderen, die keine Ahnung haben, die das Wort Allahs nicht respektieren.«

Vielleicht waren es der gemeinsame Glaube und die vertraute Umgebung der Moschee, die Ben von Kindesbeinen an kannte und in der er sich aufgehobener fühlte als in der Schule. Womöglich waren es aber auch Muhammads attraktive Erscheinung und seine einnehmende Art, die Ben seine Schüchternheit vergessen ließen.

Auf jeden Fall hörte er sich mit fester Stimme antworten. »Mein Vater hat mich schon als kleines Kind hierher mitgenommen.«

»*Barak allah walduk.* Allah segne deinen Vater. Eine weise Entscheidung. Liest du den Koran?«

»Ich habe vor einiger Zeit damit begonnen.«

»Gut.« Muhammad betrachtete ihn nachdenklich. »Das ist gut.«

»Aber es ist nicht einfach.«

»Nein, das ist es nicht. Doch der Lohn für deine Bemühungen wird reicher sein, als du es dir jetzt vielleicht vorstellen kannst. Es wird dich näher zu Allah bringen, *salla 'llahu 'alayhi wa-sallam.*«

»Ich hoffe es sehr«, sagte Ben.

»Woher kommt deine Familie?«

»Bosnien.«

»Wir sind aus Syrien.« Muhammad warf einen Blick auf seine Uhr. »Ich muss los, Bruder, wir sehen uns.« Er drückte Ben an sich und verabschiedete sich mit drei Küssen. »Spätestens nächsten Freitag zum *salat al-gum'a.*«

»Bis zum Freitagsgebet, *inschallah.*«

Der junge Mann schenkte ihm ein warmes Lächeln, das Ben mitten ins Herz traf. Dass er ihn »Bruder« genannt hatte, hatte sich wie eine innige Umarmung angefühlt.

28

»Da.« Bashir tippt mit der Fingerspitze auf das Foto und zögernd nimmt Ismet Tekin es entgegen.

Nach einem knappen Blick auf das Bild reicht er es ihm zurück. »Ich verstehe nicht, weshalb Sie deswegen schon wieder zu mir kommen«, meint er gereizt. »Ich habe Ihnen doch gestern schon gesagt, dass das die Al-Shami-Brüder sind, Muhammad und Abdelkarim, der Dritte ist Erich Bodmer.«

»Nein, schauen Sie genauer hin. Da spiegelt sich jemand in der Fensterscheibe.«

Der Imam greift erneut nach der Fotografie, schiebt die Brille hoch und hält sich die Aufnahme dicht vor die Augen. Sein Atem geht schwer, als er den Kopf ratlos hebt. »Da sind die Umrisse eines Menschen, so viel ist klar. Ein Mann vermutlich, der Fotograf, er hält ein Smartphone in den Händen. Mehr kann ich nicht erkennen.«

»Sie wissen also nicht, wer das sein könnte?«

»Dazu müsste die Person deutlicher zu sehen sein, das Gesicht ist zur Hälfte vom Handy verdeckt. Außerdem ist die Spiegelung ziemlich unscharf. Zwar ist das Licht im Zimmer eingeschaltet, aber der Mann steht im Türrahmen und verschwindet fast im Dunkeln.«

»Ich habe eine Idee«, mischt sich Marisa ein.

Sie nimmt Tekin das Foto aus der Hand und legt es auf das Schuhregal im Eingangsbereich der Moschee. Dann holt sie ihr Mobiltelefon hervor und fotografiert das Bild ab.

»Was machst du da?«, will Bashir wissen.

»Wozu hat man all die Filter auf dem Smartphone installiert? Mit etwas Glück sind die auch zu anderem gut, als nur um Gesichtsfalten verschwinden zu lassen.« Konzentriert tippt sie auf dem Display herum, bevor sie dem Imam das Gerät reicht. »Mehr Helligkeit, die Kontraste deutlicher eingestellt und die Konturen verschärft. Können Sie jetzt mehr erkennen?«

Der Imam studiert die Aufnahme erneut, diesmal zieht er scharf die Luft ein. »Das ist eindeutig Skander.«

»Skander?« Marisa greift nach dem Smartphone und besieht sich den jungen Mann im Türrahmen.

»Eigentlich Aleksander, Aleksander Hasani. Seine Eltern stammen aus Bosnien, der Vater, Vladan, ist oft hier, kommt beinahe zu jedem Freitagsgebet. Früher hat er den Jungen immer mitgenommen, das war aber bevor …« Ismet Tekin hält inne, presst die Lippen zusammen. »Es tut mir leid, es hätte mir gleich einfallen müssen. Skander gehörte immer zu den Unscheinbaren. Die Al-Shami-Brüder, Erich, die standen im Mittelpunkt. Ich habe versucht gegenzulenken, wollte die jungen Männer davon überzeugen, dass sie sich auf dem falschen Weg befinden, einem verzerrten Bild des Islams folgen, doch es war vergebens.«

»Was meinen Sie damit?« Marisa löst den Blick von ihrem Handy, auf dem ein dicklicher Bursche in schwarzer Kleidung zu erkennen ist.

»Wenn die Radikalisierung einmal zu weit fortgeschritten ist, wird es sehr schwierig, die Betroffenen zur Vernunft zu bringen. Was man auch sagt, wie man auch argumentiert, es wird sofort dahingehend verstanden, dass man nicht gläubig ist, nicht dem wahren Islam folgt, das Wort Allahs nicht richtig versteht.«

»Eine Gehirnwäsche?«

»Ja, leider. Gerade Jugendliche sind besonders anfällig für solche Ideologien. Ich glaube, das lässt sich wesentlich besser bei einem Tee besprechen.« Tekin öffnet die Tür ins Innere der Moschee und Bashir und Marisa streifen wie gestern ihre Schuhe ab.

»Und Sie haben wirklich nichts bemerkt?«, hakt Marisa nach, während Ismet Tekin kurz darauf drei winzige Gläser auf einem Tablett bereitstellt und zur Teekanne greift, die auf einem schlichten silbernen Samowar steht.

»Nein, so unwahrscheinlich es klingen mag. Zu Beginn habe ich mich sogar gefreut, dass Skander endlich Anschluss gefunden hat«, antwortet der Imam. »Er ist ein scheuer, sensibler Junge, müssen Sie wissen, unauffällig, einer, der leicht übersehen wird. Obwohl er oft mit seinem Vater in der Moschee gewesen ist, hatte er hier keine Freunde. Er mied den Kontakt zu Gleichaltrigen geradezu, hatte ich den Eindruck, er besuchte keine unserer Jugendveranstaltungen, nahm nicht an den Ausflügen und Dart-Abenden teil. Als er plötzlich begann, mit den Al-Shamis zu verkehren, dachte ich, der Umgang täte ihm gut. Ich sah sie manchmal am Dönerstand, abends gingen sie zusammen aus. Soviel ich weiß, war er des Öfteren bei den Al-Shamis eingeladen.«

Er hält inne und Bashir kann Marisa gerade noch einen warnenden Blick zuwerfen.

»Ihr habt doch gestern nach der Familie gefragt. Habt ihr sie angetroffen?«

»Nein, war niemand da. Wir versuchen es heute noch einmal«, erklärt Bashir, während Marisa beim Gedanken an die beiden Leichen sofort wieder schlecht wird.

Sie versucht, die Bilder zu verdrängen, es gelingt ihr nicht.

Tekin nickt, als hätte er diese Antwort erwartet, und fährt fort. »Sie waren total verschieden. Hier der etwas linkische, eigenbrötlerische Skander, dort die attraktiven und beliebten Al-Shami-Jungs. Die Freundschaft ließ Skander jedoch sichtlich aufleben, er wurde – zu Beginn zumindest – zugänglicher, selbstbewusster. Mit einem Mal zeigte er reges Interesse am Islam und beteiligte sich nach dem Gebet an den Diskussionen der älteren Männer. Aber schon bald merkte ich, dass er immer häufiger widersprach, er betonte, dass der Koran streng ausgelegt werden müsse, moderne Interpretationen verurteilte er. Das Wort Allahs sei nicht verhandelbar, sagte er, nur nach ihm solle gelebt werden. Mit der Zeit wurde er sogar überheblich, er ließ die Meinungen der Älteren nicht gelten, redete vom ›wahren‹ Islam, die Art, wie wir unsere Religion leben, war ihm zu lasch, ging ihm zu wenig weit. Ich versuchte, ihm aufzuzeigen, wie man einen weltlichen Lebensstil mit einem religiösen unter einen Hut bringt, dass man mit den tatsächlich existierenden Widersprüchen leben lernen kann. Er wollte jedoch nichts davon hören, wurde schnell wütend, wenn ich seine Ansichten nicht teilte. Die Mitglieder unserer Gemeinschaft seien *kuffar*, Ungläubige, schrie er mich einmal im Streit an, er war außer sich. Da wurde mir schlagartig klar, was mit ihm geschah.«

Vorsichtig stellt Ismet Tekin das Tablett mit den Teegläsern auf der Tischplatte ab. Er hat sie in ein kleines Zimmer gleich neben dem großen Gebetsraum geführt, es ist kärglich eingerichtet, an den Wänden hängen Plakate mit arabischen Schriftzeichen, in einer Ecke steht eine elektronische Dart-Maschine, ein mannshoher Kasten, das dazugehörige Kabel ist nicht eingesteckt und liegt ordentlich zusammengerollt auf dem Boden.

»Gelang es Ihnen nicht, ihn zu einer Abkehr vom radikalen Gedankengut zu bewegen?« Marisa betrachtet das amphorenförmige Glas, die filigrane Randverzierung und nimmt einen kleinen Schluck vom dampfenden Tee, er schmeckt nach Minze und ist zuckersüß. Ihr aufgewühlter Magen beruhigt sich etwas.

»Wie gesagt, Überzeugungsversuche funktionieren leider nicht, wenn die Radikalisierung bereits fortgeschritten ist. Ich hatte keine Ahnung, dass ihn die Al-Shamis systematisch indoktriniert haben.«

»Wie kann das sein? Die Jungs kamen doch regelmäßig hierher.«

»Das ist ein schleichender Prozess. Anfänglich fanden es alle großartig, wie sich Skander plötzlich in die Gemeinschaft einbrachte, dass er sich für Religion zu interessieren begann, nach den Gesetzen des Islams lebte. Die Jungs verbrachten angeblich jede freie Minute zusammen, beteten gemeinsam, trieben Sport, spielten Games. Doch dann kam eines Tages

Skanders Vater zu mir, weil er anfing, sich Sorgen zu machen. Sein Sohn betete fünfmal täglich, er wusch sich viel zu häufig. Wenn er ihn darauf ansprach, wurde er zornig. Als wir die Zeichen endlich zu lesen vermochten, war es längst zu spät.«

»Das klingt, als wäre Skander ein völlig willenloser junger Mann«, bemerkt Bashir.

»Um den Willen geht es in dieser Phase nur am Rand. Muhammad ist ein unglaublich charismatischer Mann, selbst auf den Fotos ist das deutlich zu erkennen. Darüber hinaus sieht er gut aus und kann sehr überzeugend sein. Skander erschien mir früher immer als orientierungslos und einsam, ein Außenseiter. Mit den Al-Shamis befreundet zu sein war für ihn ein sozialer Aufstieg. Da war jedoch mehr. Skander war nicht nur angetan von Muhammad, ich befürchte, er war ihm komplett verfallen. Leichtes Spiel für einen geübten Rekrutierer, wie Muhammad einer war und vermutlich immer noch ist. Dieser Fakt wurde mir leider viel zu spät zugetragen, selbstverständlich habe ich den Brüdern sofort Hausverbot erteilt. Aber da war ihnen Skander – und übrigens auch Erich – bereits hörig.«

Marisa nimmt das Teeglas in die Hand und wärmt ihre Finger daran. »Ist es tatsächlich so einfach?«

»Sie sprechen von der Radikalisierung?«

Marisa bejaht.

Ismet Tekins Blick wandert zur Dart-Maschine und verharrt dort. »In vielen Fällen schon. Jugendliche in Skanders Alter sind besonders empfänglich für den Salafismus, eine ultrakonservative Auslegung des Korans.«

»Müsste man nicht davon ausgehen, dass bei dieser Altersklasse eher moderne Ideen auf fruchtbaren Boden fallen würden?«

Der Imam zieht endlich einen Stuhl heran und setzt sich, er schlürft etwas Tee und schüttelt langsam den Kopf. »Eben nicht. Die strenge Auslegung lässt kaum Spielraum für Interpretationen und was in der Heiligen Schrift nicht passt, wird von den geistigen Führern kurzerhand passend gemacht. Es sind feste Strukturen und Klarheit, nach denen sich junge Menschen wie Skander insgeheim sehnen. Daran können sie sich festhalten, die strikten Regeln geben ihnen vor, was richtig und was falsch ist. In einer immer verwirrenderen Welt ist das der willkommene Leitfaden, dem sie blindlings folgen.«

»Das heißt, sie geben jegliche Verantwortung ab. Jede Entscheidung wird ihnen abgenommen, da alles im Koran festgelegt ist«, schlussfolgert Marisa und Tekin bestätigt dies zögerlich.

»Man könnte von Bequemlichkeit sprechen, aber das trifft es erstens nicht genau, zweitens geht es zu wenig weit. Es ist ein Weg, sein Leben einer höheren Macht in die Hand zu legen, wenn Sie verstehen, was ich meine. Der Individualismus, diese gerade in der westlichen Welt hochgepriesene Errungenschaft, wird beinahe komplett aufgehoben. Dafür wird man Teil einer Gemeinschaft, die einem Geborgenheit spendet, ein Zusammengehörigkeitsgefühl, und die jede Frage – auf eine sehr simple Weise – beantwortet. Genau danach suchen Jugendliche unbewusst, die sich ihrer Identität unsicher sind, die vielleicht Probleme mit ihrem Selbstwertgefühl haben, unzufrieden sind und sich von der Gesellschaft ausgeschlossen fühlen.«

»Weshalb ausgeschlossen?«

»Viele von ihnen haben einen Migrationshintergrund und sind zwischen den Kulturen hin- und hergerissen, ohne irgendwo dazuzugehören. Das führt zu persönlichen Krisen, weil man weder im ursprünglichen Herkunftsland noch in der neuen Heimat gesellschaftlich akzeptiert ist. Hinzu kommen oft Probleme am Arbeitsplatz, überhaupt eine Stelle zu finden ist für manche schwierig oder sogar unmöglich. Das trägt zum Gefühl bei, außen vor zu sein. Manche politischen Parteien befeuern dieses Dilemma mit ihrer unreflektierten Stigmatisierung ganzer ethnischer Bevölkerungsgruppen zusätzlich.«

Ismet Tekin hält mit einem entschuldigenden Lächeln inne.

»Aber das hatten wir ja schon«, fährt er schließlich fort. »Es tut mir leid, wenn ich Sie mit derart vielen Informationen bombardiere. Doch als Imam ist mir das Wohlergehen unseres Nachwuchses ein wichtiges Anliegen. Es ist meine Aufgabe, die Jungen vor radikalem Gedankengut zu schützen. Wenn man dabei versagt, so wie ich bei Skander, Erich und den Al-Shamis versagt habe, trifft einen das hart. Sehr hart.« Er fährt sich durch den schlohweißen Bart und fixiert sein Teeglas.

»Das heißt, es gibt Vorzeichen, die einen Jugendlichen radikal werden lassen?«, fragt Marisa.

»Jede Radikalisierung verläuft anders, es gibt natürlich auch junge Menschen, die alle genannten Bedingungen erfüllen und trotzdem nicht radikal werden. Unter gewissen Voraussetzungen ist das Risiko einfach erhöht. Ein zerrüttetes Elternhaus zum Beispiel. Wenn Jugendliche zu wenig Zuneigung und Beachtung erhalten. Verblüffend vielen von ihnen fehlt eine starke Vaterfigur. Weil entweder der Vater abgehauen oder nicht am Nachwuchs interessiert oder eine tiefe Verbindung aus anderen Gründen nicht möglich ist.«

»Und die Radikalisierung beginnt, indem man sich von allen anderen distanziert?«, will Bashir wissen.

»Richtig. Salafisten nutzen das oftmals unklare Gefühl der Unzufriedenheit bei Jugendlichen und lenken es in eine bestimmte Richtung, an einen Ort, wo es nur noch eine einzige und außerdem sehr eingeschränkte Weltanschauung gibt. Dazu gehört, dass man sich von der Gesellschaft abgrenzt. Plötzlich gibt es ein ›Wir‹ und ein ›Die‹. Die *umma*, die Gemeinschaft der Gläubigen, gegen die Ungläubigen, die *kuffar*. Außenstehende werden dämonisiert und personifizieren das Böse, sie werden mit entwürdigenden und respektlosen Äußerungen bedacht und beschimpft, bis die Jugendlichen sie nicht mehr als echte Menschen wahrnehmen, sondern als seelenlose Hüllen, als Tiere sogar. In einem nächsten Schritt wird den Neuzugängen der Hass, den die ganze Welt angeblich auf die Muslime ver-

175

spürt, vor Augen geführt. Durch Videos aus Kriegsgebieten, wo Städte zerbombt und Muslime getötet werden, während die Überlebenden flüchten müssen. Der Fokus liegt dabei auf Frauen und Kindern. Aber auch auf Zeitungsberichten und Fernsehbeiträgen, in denen der Islam kritisiert wird.«

Marisa nickt stumm.

»So wird den Jugendlichen suggeriert, die Muslime weltweit befänden sich in einer permanenten Bedrohungslage und Selbstverteidigung wäre der einzige Weg, sich davon zu befreien. Was wiederum später die Rechtfertigung für Gewalt liefert.« Mit einem Seufzen lehnt sich Tekin zurück. »Jetzt habe ich Ihnen wohl mehr erzählt, als Sie wissen wollten.«

Marisa verneint. »Was ist mit Erich?«

»Bei Erich liegt die Sache etwas anders. Ich weiß nicht genau, wo er Muhammad kennengelernt hat, ich vermute, im Fitnessstudio. Beide trainierten regelmäßig und mit einer unglaublichen Verbissenheit, sie zeigten gern ihre Muskeln und waren stolz auf ihre gestählten Körper. Als Erich zum ersten Mal die Moschee besuchte, waren die Al-Shamis und Skander schon einige Monate befreundet. Ich spürte sofort, dass mit ihm etwas nicht stimmt. Zwar kommt er aus gutem Haus, wurde jedoch von seinen Eltern vernachlässigt, was er mir später in einem Gespräch bestätigt hat. Er gierte geradezu nach Aufmerksamkeit und Zuneigung, saugte alles in sich auf. Die Gebete praktizierte er mit einer Inbrunst, die mich und etliche weitere Moscheebesucher befremdete, es war, als würde er versuchen, verlorene Zeit aufzuholen. Gleichzeitig schien es mir, als wollte er damit zeigen, dass er gläubiger war als alle anderen, der bessere Muslim. Als wäre Glaube ein Wettbewerb. Und trotz allem sah ich ihn nie im Koran lesen, er sprach praktisch kein Arabisch. Er hatte etwas ...« Ismet Tekin überlegt. »Etwas Unkontrolliertes an sich, eine Wildheit, die mich zutiefst erschreckte.«

Bashir räuspert sich. »Zu welchem Zeitpunkt haben Sie den jungen Männern ein Hausverbot erteilt?«

»In dem Moment, als mir klar wurde, dass sie sich radikalisierten und ich sie nicht mehr erreichte. Sie hörten sich nicht einmal mehr an, was ich ihnen zu sagen hatte. Aber da hatte ich mich längst mit Skander überworfen.«

»Aus welchem Grund?«

Tekin schließt kurz die Augen. »Ein Streit, wie so oft in den letzten Wochen, in denen er hier verkehrte. Wir gerieten andauernd aneinander. Allerdings war es diesmal eine besonders heftige Auseinandersetzung. Danach ließ er sich nicht mehr in der Moschee blicken.«

»Worum ging es?«, will Marisa wissen.

»Er verkündete, er wolle nach Syrien reisen, um den verfolgten Brüdern und Schwestern beizustehen.«

»Was haben Sie erwidert?«

»Ich habe ihn einen ›Vollidioten‹ genannt.«

29

Bens Handflächen sind feucht, seine Finger zittern, als er das Feuerzeug mit einem Daumenschnippen betätigt. Der erste Versuch und er weiß, dass dabei eine Menge schiefgehen kann. Er hat die Videos gesehen, die sensationslüsternen Presseberichte von misslungenen Experimenten gelesen, die Aufnahmen von verkohlten Gliedmaßen und fatalen Gesichtsverbrennungen haben sich ihm eingeprägt. Deswegen hat er sich nicht nur haargenau an die Anweisungen gehalten, er hat auch das Endresultat mehrmals überprüft, bis er sich hundertprozentig sicher war, dass ihm kein Fehler unterlaufen ist.

Hingekauert hält er die Flamme an das Ende der Zündschnur, die er absichtlich lang gelassen hat. Mit einem Knistern fängt die Lunte Feuer, Funken sprühen. Ben springt auf und rennt so schnell er kann auf den dicken Buchenstamm zu, den er sich zuvor als Deckung ausgesucht hat. Er wirft sich in die Bodensenke zwischen den mächtigen Wurzeln, robbt an den Baum heran und späht erwartungsvoll zur Plastikflasche, die von hier aus kaum mehr zu erkennen ist. Liegen gelassener Abfall, würde ein zufälliger Spaziergänger denken. Um genau das zu vermeiden, hat Ben einen abgelegenen Ort für das Experiment ausgesucht, weit entfernt von Joggingrouten und Fahrradwegen.

Die Zündschnur lodert immer noch, dann verschwindet die Flamme im Inneren der Flasche. Ben hält den Atem an, zwei, drei Wimpernschläge lang geschieht gar nichts. Vorsichtig reckt er den Kopf, um besser sehen zu können, im selben Moment reißt die Explosion die Flasche mit einem ohrenbetäubenden Knall in Stücke. Plastikteile werden in alle Richtungen geschleudert, eine Rauchwolke steigt auf.

Nicht schlecht, stellt Ben zufrieden fest. Fürs erste Mal.

Noch ist die Sprengwirkung zu schwach, das wird er anpassen. Die Flasche wird er mit einem Metallrohr aus dem

Baumarkt ersetzen, das auf beiden Seiten mit Gewinden verschlossen werden kann.

Entgegen dem Vorschlag von Abu Tahir hat er kein Triacetontriperoxid genommen, kurz TATP, das gern von Terroristen für Anschläge verwendet und »Mutter des Satans« genannt wird. Eine hochexplosive Mischung, die etwa achtzig Prozent der Wirkung von TNT entfaltet. Nach dem gründlichen Studium des Instruktionsvideos hat Ben entschieden, sich auf andere Möglichkeiten zu konzentrieren, seine rudimentären Kenntnisse reichen zum Bau dieser Bombenart nicht aus. Außerdem ist die Handhabung des fertigen Sprengstoffs brandgefährlich, bereits leichte Erschütterungen genügen, um ihn explodieren zu lassen.

Daher wird er das Pooldesinfektionsmittel und die Schwefelsäure wieder entsorgen, Vloras Nagellackentferner zurücklegen. Der Dünger, respektive das daraus gewonnene Ammoniumnitrat, genügt ihm, das Pulver ist leichter zu handhaben als TATP und reicht für seine Zwecke aus. Dass etliche Rezepturen Mineralöl als zweiten Bestandteil aufführen, hat Ben anfänglich Kopfzerbrechen bereitet, bis er irgendwo gelesen hat, dass man auch Rapsöl verwenden kann. Und das gibt es in jedem Supermarkt, sogar in Bioqualität.

Er grinst, während er eilig die größten Plastikstücke zusammensucht. Der Druck der Explosion hat die Flasche komplett zerfetzt. Keine Aufmerksamkeit erregen, das ist die oberste Maxime, und keine Spuren hinterlassen. Denn der Knall muss weitherum zu hören gewesen sein.

Das Haar am Türrahmen fehlt erneut, als er nach Hause kommt, bei genauerem Hinsehen entdeckt Ben es auf dem Spannteppich. Er hebt es auf, betritt sein Zimmer, schließt die Tür und lässt sich aufs Bett fallen. Das euphorische Gefühl in seiner Brust verschlägt ihm fast den Atem, eine unbändige Freude, die er nur mit Mühe zurückhalten kann. Am liebsten würde er gleich wieder aufspringen und jubelnd durch den Raum tanzen, stattdessen reckt er bloß eine Faust in die Luft und öffnet den Mund zu einem stummen Schrei.

Er hat sich eben selbst bewiesen, dass er alles andere als ein Versager ist. Der Drang, einen seiner Brüder anzurufen und von seinem erfolgreichen ersten Versuch zu berichten, überwältigt ihn fast, doch er tut es nicht, natürlich nicht. Kein Kontakt, lautet der strikte Befehl, die geplante Aktion darf unter keinen Umständen gefährdet werden.

Und dennoch wünscht sich Ben in diesem Moment nichts sehnlicher, als seinen Erfolg mit jemandem zu teilen. Er braucht jetzt jemanden, der ihn lobt, der ihm gut zuredet, der ihm versichert, dass er es schafft. Jemand, der an ihn glaubt. Nur da ist niemand, Ben ist allein und der Einzige, der tatsächlich an ihn glaubt, ist er selbst.

Draußen vor der Tür sind Schritte zu hören. Ben lässt seine erhobene Faust sinken, geräuschlos stützt er sich auf dem einen Ellenbogen auf. Kurz nach Mittag, normalerweise ist um diese Zeit niemand in der Wohnung. Fatih und Nico sind bei der Arbeit, deswegen hatte Ben auch keine Bedenken, sich nach seiner Rückkehr kurz auf dem Bett auszuruhen und seinen Triumph auszukosten. Und Vlora …

Was macht eigentlich Vlora beruflich?, fragt sich Ben. Vermutlich hat sie irgendwann davon erzählt, er hat jedoch nicht richtig zugehört, weil ihn grundsätzlich nichts interessiert, was sie tut oder sagt.

Dass er sie gar nicht hat reinkommen hören, fällt ihm erst jetzt auf, als sich die Schritte entfernen und kurz darauf die Tür ins Schloss fällt. Wenn sie ihn darauf ansprechen sollte, wird er einfach behaupten, er sei über Mittag kurz zu Hause gewesen, weil er etwas vergessen habe.

Die bevorstehende Aufgabe macht ihn nervös. Was er bis anhin geschafft hat, ist – bei näherer Betrachtung – Kinderkram. Das Internet ist voller Videos von Halbstarken, die selbst gebastelte Bomben hochgehen lassen. Was Ben jetzt in Angriff nehmen muss, ist das Zusammensetzen eines wesentlich potenteren Sprengkörpers. Einer, der ihn in die Nachrichten bringen wird.

Leise pfeifend eilt er die Treppe hinab in den Keller und geht an der Waschküche vorbei zum Bunker. Mit einer kraftvollen Bewegung entriegelt er die massive Tür und zieht sie auf, als er spürt, dass sich noch jemand im Vorraum befindet. Blitzschnell dreht er sich um. Vlora steht im Durchgang zu diesem hintersten Teil des Kellers, in der Hand hält sie die Flasche mit dem Nagellackentferner.

Sie muss sich in einem der Abteile versteckt haben, fährt es Ben durch den Kopf, sonst hätte ich sie gesehen.

Dieser Gedanke erschreckt ihn weit weniger als der darauffolgende: Sie hat gewusst, dass er hier auftauchen würde.

»Das habe ich gefunden«, sagt Vlora und wedelt mit dem Fläschchen.

Das leise Gurren in ihrer Stimme lässt Ben die Genugtuung erkennen, sie muss ihm auf die Schliche gekommen sein.

»In deinem Zimmer, Ben.«

»Keine Ahnung, wie das Teil da hingelangt ist.«

»Lass den Blödsinn, wir wissen beide, um was es hier geht.«

Bens Herz setzt einen Schlag aus. »Worum denn?«

Vlora lacht leise. »Spiel jetzt bloß nicht den Unschuldigen. Mir machst du nichts vor.«

»Ich mache niemandem etwas vor.« Ben wird abwechselnd heiß und kalt, er bemüht sich, eine unbeeindruckte Miene aufzusetzen. Was ihm nur bedingt gelingt.

Sie schnalzt mehrmals, als hätte sie es mit einem uneinsichtigen Kind zu tun, und kommt näher. »Meinst du, ich weiß nicht, was du im Luftschutzraum treibst?«

Ben reißt die Augen auf, seine Gedanken wirbeln durcheinander, er bringt kein Wort heraus.

»Darf ich es mir anschauen?« Vlora steht jetzt direkt vor ihm.

»Das … das geht nicht«, stammelt er.

»Mach dich nicht lächerlich, natürlich geht das.«

»Nein.« Ben hat seine Stimme wiedergefunden, breitbeinig stellt er sich vor die halb geöffnete Tür und versperrt Vlora die Sicht auf den Tisch mit dem Bunsenbrenner, den Messzylindern und den bauchigen Flaschen.

»Komm schon, ich erzähl es auch keinem weiter.«

»Das geht echt nicht, Vlora.«

»Dann sage ich es den Jungs.«

»Tu das bitte nicht.« Ben spürt, wie ihm der Schweiß das T-Shirt an den Rücken klebt.

Wegen ihr ist sein ganzes Vorhaben plötzlich in Gefahr. Ihm wird klar, dass er nichts bei sich trägt, das sich als Waffe verwenden ließe. Wenn er Vlora zum Schweigen bringen will, muss er das mit bloßen Händen tun.

Sie zieht eine unbeeindruckte Schnute. »Was bleibt mir anderes übrig? Entweder du zeigst mir jetzt sofort dein perverses Geheimnis oder …«

»Perverses … was?«

Vlora legt den Kopf schief und fragt in mitleidigem Ton: »Glaubst du tatsächlich, ich hätte nichts bemerkt?«

»Ich … ich weiß nicht …«

»Ach, Ben, Ben, Ben. Ich sehe, wie du Fatih anstarrst.«

»Was?« Vor Erleichterung hätte Ben beinahe aufgelacht.

Vlora verdreht die Augen. »Fatih, mein Lover. Ich weiß, dass du ihn anglotzt.«

»Ich glotze ihn nicht an«, verteidigt er sich und ist froh um die düstere Kellerbeleuchtung, das Blut schießt ihm jäh ins Gesicht.

»Doch, tust du.« Ihre Augen verengen sich zu schmalen Schlitzen. »Und ich habe nachgedacht und mich gefragt: Wozu braucht einer wie Ben Nagellackentferner?«

Abwartend sieht Vlora ihn an, er ist jedoch zu überrumpelt, um darauf zu reagieren.

»Muss *ich* es dir sagen?«

»Ja bitte.«

»Um Nagellack zu entfernen!«

»Ach.«

»Du verkleidest dich da drin als Frau, habe ich recht? Und dann ziehst du los und verkaufst dich an irgendwelche Typen. Ich habe letztens gehört, wie du dich nachts rausgeschlichen hast.«

Fassungslos schüttelt Ben den Kopf. »Nein, das tue ich nicht.«

Im nächsten Augenblick bereut er seine Antwort. Solange Vlora glaubt, er wäre nachts als Transe unterwegs, ist sein Plan nicht gefährdet.

»So verdienst du auch dein Geld. Denn rate mal, wo ich noch war.« Erwartungsvoll zieht Vlora die Brauen hoch, ihre Augen funkeln vor Mitteilungsdrang.

»Wo denn?«

»In dem Coop, wo du angeblich einen Job bekommen hast. Seebach, oder?«

»Die Filiale liegt nicht direkt im Zentrum«, sagt Ben hastig.

Er hat eine kleine Zweigstelle als fiktiven Arbeitsort angegeben, die mitten in einem Wohnquartier liegt, weit genug von Schwamendingen entfernt, damit keiner seiner beiden Mitbewohner auf die brillante Idee verfallen könnte, ihn bei der Arbeit zu besuchen.

»Ich weiß«, erwidert Vlora. »Ich war da. Der Filialleiter hat mir höchstpersönlich bestätigt, dass er in letzter Zeit niemanden angestellt hat. Und garantiert keinen Ben.«

30

Fuck! Ein tonloser Fluch, er muss sich mit aller Macht beherrschen, um nicht mit der Faust gegen den Schrank zu hämmern.

Stattdessen tigert Ben in seinem Zimmer auf und ab und überlegt fieberhaft, wie er auf schnellstem Weg zu einem neuen Versteck gelangt. Denn dass Vlora den Mund halten wird, kann er vergessen. Sobald Fatih und Nico nach Hause kommen, wird sie ihnen brühwarm vom Luftschutzkeller berichten und womit er angeblich sein Geld verdient. Er sieht ihre sensationslüsterne Miene immer noch vor sich, während sie vergebens versucht hat, an seiner Schulter vorbei einen Blick in den Bunker zu erhaschen. Höchstwahrscheinlich hat sie den beiden bereits WhatsApp-Nachrichten geschrieben, um sie auf die sensationelle Enthüllung vorzubereiten. Ben geht auf den Transenstrich! Die Chance, etwas Aufmerksamkeit zu kriegen, wird sie nicht ungenutzt verstreichen lassen, endlich steht sie für einen Moment im Mittelpunkt.

Sollen sie halt glauben, dass er sein Geld als Stricher verdient, so lächerlich das auch klingt. Nichts könnte Ben derzeit weniger kümmern. Dass er unmöglich hierbleiben kann, bereitet ihm wesentlich mehr Sorgen. Vorhin hat er Vlora nur mit Mühe davon abhalten können, sein Versteck zu betreten. Doch sobald seine Mitbewohner die Neuigkeit vernommen haben, werden sie vermutlich gemeinsam in den Keller hinabrennen, um den Raum zu inspizieren. Die Zeit drängt, in ein paar Stunden fliegt ihm sein Geheimnis um die Ohren. Und damit sein Plan, sein Auftrag. Falls sich bis dahin keine Alternative aufgetan hat.

Überleg, verdammt noch mal!, feuert sich Ben an, als er spürt, wie die Verzweiflung in ihm aufsteigt und seine Gedanken lähmt.

Davon darf er sich auf gar keinen Fall beirren lassen, er muss die Angst beiseiteschieben. Schließlich haben sie ihm das beigebracht. In der Gruppe ist ihm das ohne Weiteres gelungen. Vom gemeinsamen Gebet und flammenden Reden aufgepeitscht, hat ihn das euphorische *allahu-akbar*-Gebrüll stets mit den anderen jungen Männern zu einem einzigen Krieger verschmelzen lassen, der keine Furcht verspürte und blindlings in die Gefahr rannte. Adrenalin, das durch die Venen pumpt, das Denken ausgesetzt, nur noch Befehlen gehorchend.

Das funktioniert hier nicht, er ist auf sich allein gestellt, einzig die Erinnerung an Abu Tahir verleiht ihm Mut, beruhigt ihn. Schnaufend bleibt er am Fenster stehen. Die Straße vor dem Wohnblock ist leer, nur zwei Schüler gehen nebeneinander auf einen Hauseingang zu. Eine grau-schwarz getigerte Katze flitzt über die Grünfläche. Mit einem Mal weiß Ben, was er zu tun hat.

Nachdem er die ganzen Apparaturen aus dem Keller geräumt und notdürftig in einem der Abteile verstaut hatte, durchsuchte er einen Holzverschlag nach dem anderen, bis er auf eine Umzugskiste stieß, in der sich Frauenkleider befanden. Hastig hat er die Kleider in den Bunker getragen und dort ins Regal gestopft.

Das muss reichen, denkt Ben.

Ob sich Fatih und die anderen davon täuschen lassen, ist fraglich, die Kleidungsstücke sehen überhaupt nicht nach Transe und auch nicht nach Strich aus, aber auf die Schnelle hat er keine bessere Lösung gefunden.

Das eigentliche Problem ist damit nicht gelöst. Ben braucht schleunigst einen neuen Raum, in dem er seine Experimente weiterführen kann, das Ablenkungsmanöver hat ihn wertvolle Zeit gekostet.

Allerdings fehlt ihm dazu die Kohle. Was eine weitere Herausforderung darstellt. In Syrien sind sie für seinen Lebensunterhalt aufgekommen, Unterkunft, Essen, alles war gratis. Seit er zurück ist, hat er erst ein Mal am Bankomaten Geld abgehoben. Die Kreditkarte ist verräterisch, er setzt sie nur im äußersten Notfall ein. Zwar ist er sparsam gewesen, die Zimmermiete, Beiträge an die Gemeinschaftskasse der WG und die Gerätschaften haben aber einen Großteil der abgehobenen Summe aufgefressen. Was übrig geblieben ist, reicht noch für wenige Tage, wenn er sparsam damit umgeht. Keinesfalls jedoch, um eine neue Bleibe zu bezahlen, und sei es nur für kurze Zeit.

Mit einem mulmigen Gefühl langt er in seine Hosentasche und überprüft, ob er die Karte bei sich trägt, dann geht er rauf in die Wohnung und packt den Rucksack. Obwohl es hochriskant ist – es bleibt ihm nichts anderes übrig, als sich erneut zu exponieren.

Zehn Minuten später steigt er in die Straßenbahn. Auch diesmal achtet er darauf, eine möglichst große Distanz zu seinem Aufenthaltsort einzuhalten. Unterwegs wirft er immer wieder einen Blick auf den Zettel, den er mitgenommen hat, seine Lippen formen stumm die Zahlenabfolge, die darauf steht.

Genau wie damals, als er die Telefonnummer hat auswendig lernen müssen. Die Passkontrolle am Istanbuler Flughafen verlief problemlos, obschon Ben Blut schwitzte, als der Beamte kritisch seine Dokumente prüfte. Zwar hatten sie sich wie Touristen gekleidet und die Bärte abrasiert, um keinen Verdacht zu erregen, doch man konnte nie wissen. Die Türkei war für viele Dschihadreisende der erste Anlaufpunkt auf dem Weg nach Syrien und viele wurden bereits dort abgefangen.

Nachdem er ihn eingehend studiert hatte, reichte ihm der Beamte den Pass zurück und wünschte ihm in gebrochenem Englisch einen schönen Aufenthalt. Ben rang sich ein Lächeln ab, bedankte sich und schnappte sich den Ausweis, danach hastete er zu den Gepäckbändern, wo die anderen ungeduldig auf ihn warteten. Muhammad, Abdelkarim, dieser seltsame Erich. Ben konnte ihn nicht leiden, der Bursche war einen Tick zu erpicht darauf, in den Kampf zu ziehen, er konnte es kaum erwarten, eine Waffe in die Hand zu nehmen und loszuballern, davon sprach er die ganze Zeit. Wie er die Ungläubigen eigenhändig niedermähen würde, schlachten, vernichten.

Doch sie waren nun Brüder, angetreten, um den verfolgten Mitstreitern beizustehen, vereint gegen die Übermacht des Assad-Regimes zu kämpfen, gegen die Amerikaner oder wer immer der Feind war. So genau wusste Ben das nicht, die Lage in Syrien war unübersichtlich. Er wusste jedoch, er würde andere Leute treffen. Leute, die ihn mochten und die für ihn bereits jetzt wie eine Familie waren. Muhammad hatte ihm ein paar Telefonnummern ausgehändigt und in den vergangenen Wochen hatte sich Ben rege mit den Brüdern vor Ort ausgetauscht, sie freuten sich, dass er unterwegs war, das versicherten sie ihm immer wieder.

Er würde keine ermutigende Situation antreffen, das war Ben klar. Mossul und Rakka fielen innerhalb dreier Monate und der Traum des Kalifats war brutal zerbrochen. 2017 verlor der Islamische Staat beinahe sein komplettes Territorium in Syrien und im Irak, ein Gebiet so groß wie Großbritannien. Acht Millionen Menschen lebten damals unter seiner Herrschaft. Zwar war der IS besiegt, zerstört war er aber noch lange nicht. Die Brüder teilten sich in kleine Zellen auf und zogen sich in die Wüste zurück, dort kontrollierten sie wichtige Durchgangsstraßen und erhoben Zölle, organisierten nach Guerillataktik Anschläge und verbreiteten Angst und Schrecken. Gleichzeitig sorgten sie für die lokale Bevölkerung, kümmerten sich um die Wasserversorgung und Elektrizität. Die Menschen sollten merken, dass es ihnen besser gehen würde, wenn der IS dereinst wieder an die Macht käme.

Das war es, was Ben so faszinierte. Der IS war wendig, kaum zu vernichten. Mit seinem Zerfall, den territorialen Verlusten hatten die Führer gerechnet und entsprechend vorgesorgt, wichtige Kaderleute waren in Sicherheit gebracht, Millionenbeträge zur Seite geschafft worden. Zurzeit bestand er zwar nur aus einer vehement geschrumpften, wenig schlagkräftigen Truppe, doch wie die berühmte Rose von Jericho, die vertrocknete Strohkugel, die bei Regen ihre Zweige ausbreitet und aufblüht, würde auch der IS wieder zum Leben erwachen.

Der angekündigte Abzug der amerikanischen Truppen gab Anlass zur Hoffnung. Und in den schlecht bewachten kurdischen Gefängnissen im Norden saßen Tausende von Kämpfern, darunter unzählige Brüder und Schwestern aus dem Ausland, die in ihren Heimatländern unerwünscht waren. Viele von ihnen nutzten die miserablen Haftbedingungen und den schwelenden Hass auf die Kriegsgegner, um Allahs Wort zu verbreiten und neue Anhänger zu rekrutieren. Der IS gewann jeden Tag etwas mehr an Kraft und schon bald würde er sich wie Phönix aus der Asche erheben. Und Ben würde Teil davon sein, er würde mithelfen, die verlorene Macht wiederaufzubauen. Dieser Gedanke erfüllte ihn mit Stolz und unbändiger Freude.

Vom Flughafen nahmen sie den Bus bis zum Taksim-Platz mitten in Istanbul und sofort begab sich Muhammad mit Ben zu einer Telefonzelle, um die Nummer anzurufen, die er während des Flugs auswendig gelernt hatte. Ein bisschen kam sich Ben vor wie in einem Agentenfilm, die vor dem Abflug erhaltenen Instruktionen waren aufregend und geheimnisvoll. Nach dem kurzen Gespräch teilte Muhammad den anderen mit, dass sie sich noch etwas gedulden müssten. Sie suchten sich ein billiges Hotel, wo der Rezeptionist gegen einen stolzen Betrag davon absah, ihre Passnummern zu registrieren, und in den folgenden Tagen verhielten sie sich wie gewöhnliche Touristen.

Gemeinsam besichtigten sie die Hagia Sophia und andere Sehenswürdigkeiten, aßen in den Restaurants des Beyoglu-Viertels, ließen sich im Cemberlitas-Hamam in der Nähe der Konstantinsäule massieren. Einzig den Besuch einer Moschee hatte ihnen die Stimme am Telefon untersagt, sie durften unter keinen Umständen auffallen. Daher beteten sie in ihren Hotelzimmern auf im Souk erstandenen Teppichen. Ben machte die Warterei ungeduldig, die Tage in Istanbul erschienen ihm endlos, er wollte endlich aufbrechen. Es zog ihn mit aller Macht nach Syrien, wo er seine Brüder kennenlernen und sein Leben eine neue Wendung nehmen würde, eine vielversprechende Wendung, davon war er überzeugt.

Muhammad kaufte sich ein billiges Mobiltelefon, von dem aus er nach fünf Tagen die Nummer erneut anrief. Diesmal wurden sie angewiesen, ihre Handys auszuschalten, sogar die SIM-Karten mussten sie herausnehmen, um dann noch am selben Tag eine Busfahrt nach Nizip zu buchen, eine sechzehnstündige Reise quer durch den asiatischen Teil der Türkei, sie kamen morgens um vier an. Eine Stadt mit hunderttausend Einwohnern mitten im Wüstengebiet, nur dreißig Kilometer von der syrischen Grenze entfernt. Die Stimme am Telefon hatte ihnen gesagt, sie sollten – zu Fuß, keinesfalls mit dem Taxi! – zum südlichen Rand des Sehitler-Parks gehen, dort befinde sich ein Fußballfeld und gleich daneben ein Toilettenhäuschen. An dieser Stelle hole man sie ab.

Trotz des luxuriösen Busses waren sie zerschlagen von der langen Fahrt, vor Aufregung und Vorfreude hatte keiner von ihnen ein Auge zugetan. Erschöpft ließen sie ihre Rucksäcke und Taschen auf den Rasen fallen, Erich und Abdelkarim legten sich hin und schliefen binnen Sekunden ein.

Der Park war genau genommen nur ein grüner Streifen zwischen zwei Straßenfluchten, lichter Baumbestand, die Stämme wuchsen in exakt abgemessenen Abständen, dazwischen Spazierwege, ein Spielplatz, die Lampen waren um diese Tageszeit aus. Gegenüber reihten sich Wohnhäuser, kleine Läden dazwischen, die Gegend am Stadtrand wirkte wenig belebt.

»Hast du Angst?«, fragte Muhammad und setzte sich neben Ben auf den Boden.

Die Luft war feucht und kühl, Kondenswasser perlte von ihrem Gepäck.

Ben verneinte.

»Allah wird dich beschützen«, sagte Muhammad.

Ben schaute besorgt auf. »Kommst du nicht mit?«

»Doch, natürlich«, antwortete er, seine Stimme klang mit einem Mal bedrückt. So hatte Ben den sonst so selbstbewussten, zielstrebigen Mann noch nie erlebt. »Natürlich komme ich mit.«

»Du hörst dich eigenartig an.«

»Der Gottesstaat liegt am Boden. Es ist unerlässlich, dass wir alle dahin gehen und helfen, ihn zu neuer Größe aufzubauen.«

»Du hast gesagt, du seist dort gewesen.«

»Als es das Kalifat noch gegeben hat, ja, ich habe ein paar Jahre dort gelebt, habe gekämpft.«

»Und dann?«

»Sie haben mich nach Hause geschickt.«

»Weshalb?«

»Um das Kalifat von dort aus zu unterstützen.«

»Bruder, was heißt das konkret? Um gegen die *kuffar* vorzugehen?«

»Nein.«

»Hast du Anschläge geplant?«

Muhammad zögerte. »Nein, meine Aufgabe war eine andere.«

»Sag schon, Bruder, was ist los mit dir?«

Muhammad wandte den Kopf und sah Ben direkt an. »Ich musste Leute wie dich überzeugen, nach Syrien zu reisen.«

»Ich bin dir sehr dankbar, dass du es getan hast.«

»Bedank dich nicht bei mir, bedank dich bei Allah. Er hat dir den Weg gewiesen, *salla 'llahu 'alayhi wa-sallam.*«

»Gott segne ihn und schenke ihm Heil«, wiederholte Ben. »Bedeutet das, dass du noch andere Brüder überzeugt hast?«

»Einige, ja.«

»Wie viele?«

»Ich weiß es nicht, zehn, zwölf vielleicht.«

»*Barak allah fik!* Möge Allah dich segnen!«

»*Subhan allah.* Allah sei gepriesen.«

»Und du bist selbst nie mit?«

»Das ist das erste Mal, dass ich zurückkehre.«

»Wieso ausgerechnet diesmal?«

Muhammad hielt inne, ehe er mit gesenkter Stimme antwortete. »Der Nachrichtendienst des Bundes beobachtet meine Familie schon lange. Aber dann gab es plötzlich Anzeichen dafür, dass sich die Überwachung verstärkte. Vermutlich hat uns Ismet Tekin nach unserem Zerwürfnis gemeldet. Mein Vater meinte, es sei besser für mich, von der Bildfläche zu verschwinden.«

»Ich bin froh, dass du dabei bist.«

»Danke, Bruder.« Muhammad rückte näher und legte den Arm um Bens Schulter.

Ben schloss die Lider und lehnte sich an ihn, spürte Muhammads Körper an seinem, ein Gefühl der Geborgenheit, er ließ sich fallen. Es fühlt sich an wie Nachhausekommen, dachte er, als sich ein Motorengeräusch näherte. Ein kurzes Hupen ließ Ben die Augen öffnen.

Am Paradeplatz steigt er um, das Achter-Tram bringt ihn direkt zum Helvetiaplatz im Kreis 4. Trotz der Cafés und der Nähe zum Volkshaus mit seinem Restaurant ist der Platz an diesem bewölkten Nachmittag nicht besonders belebt. Ben setzt sich auf den Brunnen mit dem breiten Rand, auf dem früher Fische geschuppt wurden, dienstags und freitags ist hier immer noch Markt. Direkt gegenüber befindet sich die *Bank*, die ehemalige Filiale eines Geldinstituts, die zum Trendlokal umfunktioniert wurde. Jetzt ist Geduld gefragt, er muss sein Opfer umsichtig auswählen, alles muss ganz natürlich wirken, auf gar keinen Fall darf jemand Verdacht schöpfen.

Ben zieht die dicken Winterhandschuhe über, die er mitgebracht hat, und als eine Mutter mit Kinderwagen das Lokal verlässt, hält er den Atem an. Zu seinem Leidwesen überquert sie die Straße und bleibt an der Tramhaltestelle stehen. Ben entspannt sich wieder. Drei weitere Leute verlassen das Restaurant, sechs andere überqueren den Platz, doch keiner von ihnen verlangsamt seine Schritte an der Längsseite des Gebäudes. Erst beim nächsten Gast, der hinaustritt, hat er Glück. Eine junge Frau mit dunkel glänzendem Haar und grüner Strickjacke, eine überdimensionierte Tasche hängt über ihrer Schulter, das Portemonnaie hält sie bereits in der Hand. Zielstrebig steuert sie um die Hausecke und bleibt vor der Nische in der Wand stehen, klappt ihre Geldbörse auf und entnimmt ihr eine Plastikkarte.

Ben gleitet vom Brunnenrand, geht auf die Frau zu und verharrt mit etwas Abstand hinter ihr. Sie tippt gerade ihre Kennzahl auf der Tastatur des Bankomaten ein, kurz darauf erscheint die Karte im dafür vorgesehenen Schlitz und die Klappe unter dem Bildschirm öffnet sich mit einem blechernen Geräusch.

Ben räuspert sich, er will sie keinesfalls erschrecken. Prompt dreht sie sich um, die Banknoten immer noch in der Hand.

»Könntest du mir vielleicht helfen?«, fragt er mit zerknirschter Miene. »Ich brauche jemanden, der Geld für mich abhebt.«

Misstrauisch mustert sie ihn und setzt bereits zu einer ablehnenden Antwort an, als Ben die beiden behandschuhten Fäuste in die Höhe streckt.

»Hausbrand«, erklärt er und lächelt schicksalsergeben. »Schlicht unmöglich, so einen Code einzugeben.«

Sie zögert erst, dann nickt sie mitfühlend und streckt die Hand aus. »Gib schon her.«

»Steckt in meiner Jacke.« Er dreht sich zur Seite, sodass sie Zugang zur Tasche hat.

Sobald sie die Karte in den Schlitz geschoben hat, diktiert er ihr die Zahlenfolge, die er unterwegs auswendig gelernt hat, doch gleich darauf sieht er zu seinem Entsetzen, wie sie die Stirn runzelt, sich vorbeugt und den Kopf schüttelt.

»Die Karte ist gesperrt, steht auf der Anzeige«, sagt sie in bedauerndem Ton, im nächsten Moment macht ihm ein Klicken aus dem Inneren des Automaten klar, dass die Karte eingezogen wurde.

»Verdammte Scheiße!«, rutscht es ihm heraus.

Entsetzt weicht die Frau zurück, da sie den Ausdruck in seinem Gesicht registriert, Ben erkennt die Furcht in ihren Augen.

»Entschuldigung«, beeilt er sich zu sagen und zwingt sich zu einem Lächeln, sie hastet jedoch ohne Abschied davon.

»Danke trotzdem!«, ruft er ihr hinterher und sie hebt flüchtig die Hand.

Fluchend wendet er sich ab. Wie soll er jetzt ohne Kreditkarte an das dringend benötigte Geld kommen? Wenigstens ist er von der Kamera beim Eingeben des Zahlencodes nicht erfasst worden, diese Vorsichtsmaßnahme hat sich schon beim ersten Mal bewährt.

Grübelnd geht er zum Brunnen zurück und hört auf einmal hinter sich eine Stimme.

»Bruder? Bist du es?«

Als hätte man ihm einen Stromstoß versetzt, wirbelt Ben herum. Sein Herz setzt einen Schlag aus, denn ein schmächtiger Bursche humpelt ihm mit freudigem Strahlen und ausgebreiteten Armen entgegen.

»Du bist es tatsächlich, Abu …«

»Halt die Klappe, Ronny!«, zischt Ben, schlagartig erfasst ihn eiskalte Wut.

»Das kümmert hier keinen«, erwidert Ronny leichthin und fällt Ben um den Hals. »*Allahu akbar!* Bruder, dass ich dich hier treffe!«

Energisch löst sich Ben aus der Umarmung, sie ist ihm mehr als unangenehm. Das Letzte, was er jetzt gebrauchen kann, ist eine nervtötende Klette wie Ronny. Der ist einen Kopf kleiner als Ben, fahle, ins Gräuliche tendierende Haut, noch immer plagen ihn Mitesser. Die Stirn niedrig, die Augen stehen zu nah beisammen. Gehetzt huscht sein Blick umher, nirgendwo verharrt er lange.

Ronny war fünfzehn, als er aufgebrochen ist, ein Kind fast

noch. Trotzdem wusste er, was er tat. Vermutlich nicht, worauf genau er sich einließ, doch es war der unbedingte Wille, seinem Leben einen Sinn zu geben, im Namen Allahs zu kämpfen und den unterdrückten Schwestern und Brüdern zu helfen, der ihn nach Syrien hat reisen lassen. Gepaart mit dem Hunger nach Ruhm und Macht, beseelt von einem unerschütterlichen Glauben. Genau wie Ben.

Er muss nun knapp zwanzig sein, rechnet Ben nach, ein zwanzigjähriger Greis.

Der Gang leicht gebeugt, wegen der Kriegsverletzungen bewegt er sich steif und unsicher. Nur vage erinnert sich Ben daran, was Ronny widerfahren ist. Er hat auf der Notfallstation zu viele Brüder gesehen, die einen brüllend vor Schmerz, blutüberströmt mit abgetrennten Gliedmaßen oder mit klaffenden Wunden die anderen, manche lagen ganz blass und still auf den Tragen, für unzählige kam jede Hilfe zu spät. Die Bilder überlappen sich, er kann sie kaum auseinanderhalten, ein endloser Albtraum. Eine Granate, fällt ihm ein, sie hat Ronnys linkes Bein zerfetzt, ein andermal ist er angeschossen worden, irgendetwas ist mit der Lunge gewesen. Von den psychischen Schäden gar nicht zu sprechen. Der Bursche ist ein Wrack.

»Bruder, was für eine Freude! Allah hat uns wieder zusammengeführt, *salla 'llahu 'alayhi wa-sallam*.« Verzückt grinsend glotzt Ronny zu ihm hoch.

Ben verspürt den unbändigen Drang, ihm den schwachsinnigen Ausdruck aus dem Gesicht zu schlagen.

»Ich muss weiter«, sagt er kühl und streckt Ronny zum Abschied die Hand hin.

»Hast du sie nicht alle, Bruder? Da sehen wir uns nach all den Jahren endlich wieder und du lässt mich einfach stehen?«, empört er sich, packt Ben am Jackenärmel und zieht ihn zur *Bank* hin. »Komm, ich lade dich ein. Du musst mir unbedingt erzählen, wie es dir ergangen ist.«

»Ronny, sorry, ich habe echt keine Zeit.«

»Keine Zeit für einen Kaffee mit einem alten Freund, Bruder?«

Ben hätte ihm nur zu gern gesagt, dass sie nie Freunde gewesen sind. Im Gegenteil. Ronny ist ihm stets zuwider gewesen, seine leutselige und vertrauensvolle Art hat ihn mit Abscheu erfüllt. In dieser Hinsicht hat Ronny sich kaum verändert. Es ist, als würde jegliche Ablehnung an ihm abperlen, er scheint nicht zu bemerken, wenn ihn einer nicht ausstehen kann. Wie ein junger Hund, der immer wieder treuherzig angerannt kommt, obschon man ihn beschimpft und mit Füßen tritt.

»Ich habe zu tun«, erwidert Ben schroff und Ronny hält ruckartig inne.

Beinahe glaubt Ben, mitverfolgen zu können, wie die Information durch das bisschen Verstand sickert, das Ronny zur Verfügung steht. Sein Mund klappt leicht auf, der Blick wird erst stumpf, dann euphorisch.

Mit einem verschwörerischen Nicken rückt er schließlich näher und flüstert: »Planst du etwas?«

»Nein, natürlich nicht«, wehrt Ben ab.

Doch Ronny hört schon nicht mehr hin. »Das ist voll abgefahren, Alter, du bist der King. Komm, Bruder, erzähl mir davon!«

»Da gibt es nichts zu erzählen.«

Wissend zwinkert Ronny Ben zu. »Schon klar, soll ja eine Überraschung werden.«

»Ich muss los.« Ben wendet sich ab.

»Lass mich helfen, Bruder, bitte. Ich möchte so gern … Ich kann mich nützlich machen, echt.«

»Vergiss es.«

»Du kannst jederzeit auf mich zählen!«, ruft Ronny ihm hinterher. »Ich kann dir alles besorgen, was du brauchst.«

Abrupt bleibt Ben stehen und dreht sich langsam um. »Auch eine Unterkunft?«

31

Ben betrachtet die Minze in seinem Teeglas, winzige Sauerstoff-
bläschen kleben an den Blättern, hin und wieder löst sich eines
davon und schwebt gemächlich an die Wasseroberfläche. Sie
haben sich die hinterste Ecke des Lokals ausgesucht, um sich
ungestört unterhalten zu können.

»Meine Mutter hat sicher nichts dagegen«, meint Ronny
eifrig und umklammert mit der Hand die Cola-Flasche, aus der
er eben einen großen Schluck genommen hat. Ein Glas brauche
er nicht, hat er der Kellnerin erklärt. »Sie benutzt das Zimmer
als Lagerraum, weil es im Haus keinen Dachboden gibt. Wenn
wir da ein paar Sachen rausräumen …«

»Du wohnst bei deiner Mutter?«, unterbricht Ben seinen
Redefluss.

Peinlich berührt starrt Ronny auf das Etikett, nach zwei
Atemzügen zuckt sein Blick weg, seine Augäpfel kommen tatsächlich nie zur Ruhe. »Bruder, wo sonst hätte ich unterkrie-
chen sollen? Ich hatte kein Geld und es ist verdammt schwierig,
einen Job zu finden. Gerade nach so was.«

»Warst du im Knast?«

»Nee, Bruder, zehn Monate auf Bewährung, *al-hamdu
lillah*, Allah sei Dank! Ich habe denen erzählt, ich hätte Güter
und Medikamente verteilt, humanitäre Hilfe, so Sachen halt.
Keine Kampfhandlungen. Das haben die mir voll geglaubt.«
Er grinst spitzbübisch. »Mussten sie auch, denn wer soll mir
das Gegenteil beweisen? Ist ja von hier aus gar nicht möglich, Nachforschungen anzustellen, jetzt sowieso, wo alles in
Trümmern liegt. Außerdem war ich bei der Ausreise minder-
jährig.«

»Wie hast du es in die Schweiz zurückgeschafft?«

Erneut setzt Ronny die Flasche an, trinkt gierig. Sein hüp-
fender Kehlkopf und vor allem das dabei entstehende Glucksen
zerren an Bens Nerven.

Nach einer Ewigkeit, wie es Ben erscheint, stellt der Bursche das Getränk ab, er rülpst und beginnt zu erzählen.

»Nachdem unser Versteck in der Wüste aufgeflogen ist, sind wir in den Osten geflüchtet, nach Baghuz. Das ist etwa sechs Autostunden entfernt, liegt direkt am Euphrat und nah an der irakischen Grenze.«

»Da war ich auch.«

»Ich habe dich nie gesehen.«

Ben zuckt mit den Schultern. »Ich war im Spital eingeteilt. Als Ambulanzfahrer.«

»Ah.« Mit offenem Mund starrt Ronny ihn an, es dauert offensichtlich einen Moment, bis er sich wieder daran erinnert, was er eigentlich hat erzählen wollen. »Auf jeden Fall war Daniel dabei und Thomas, die tunesischen Jungs, ein paar von den Ostblocktypen. Wir versteckten uns in einem Tunnel unter der Stadt und harrten da aus, Bruder, im Dunkeln, wie die Ratten. Warteten, worauf, wusste keiner so recht, niemand hatte einen Plan. Nach einigen Monaten hieß es: Großoffensive. Die Amerikaner würden zusammen mit der SFD ...«

»SDF, Syrian Democratic Forces, unter kurdischer Führung«, korrigiert Ben.

»Von mir aus. Die holten Zivilisten raus und IS-Kämpfer wie uns. Lastwagen voller Leute, ganze Konvois. Da herrschte pures Chaos, alle waren in Panik ...« Ronny bricht ab. »Ich meine, wir setzten uns schon zur Wehr, gegen die Übermacht hatten wir jedoch keine Chance.«

Ben taxiert ihn mit einem unergründlichen Blick. »Wohin haben sie euch gebracht?«

»In ein kurdisches Gefangenenlager im Norden, war total überfüllt. Tausende von Leuten in abgefuckten Zelten, die Aufseher komplett überfordert. Nach wenigen Wochen gab es Aufstände. Wir nutzten die Chance und hauten ab. Ein Deutscher hatte einen Schlepper organisiert und ich hatte noch etwas Geld übrig, du weißt schon.«

Raubgut, gestohlen und zusammengerafft nach Überfällen, aus zerbombten Wohnungen getragen, Opfern abgenommen, bevor sie massakriert wurden, ergänzt Ben in Gedanken.

»Das war weniger cool. Der Typ sperrte uns in einen leeren Wassertank und fuhr mit seinem Lastwagen los. Es war unvorstellbar heiß da drin, ein Dutzend Männer, vielleicht mehr, du hast fast keine Luft gekriegt. Durst hatten wir auch, wir sind beinahe verreckt. Doch Allah hielt seine schützende Hand über uns.«

»*Subhan allah*«, macht Ben automatisch. Gepriesen sei Allah.

»An der türkischen Grenze haben sie uns dann blöderweise erwischt. Wir wurden alle in verschiedene Gefängnisse gebracht, nach einigen Monaten haben sie mich in die Schweiz abgeschoben. Wegen meinem Alter oder so.«

»Krass.« Ben ist aufrichtig beeindruckt.

Als sie sich zum letzten Mal gesehen haben, hat er Ronny kaum Überlebenschancen eingeräumt. Der kleine Kerl stellt sich jedoch als zäher heraus, als er angenommen hat. Wahrscheinlich hat er aber einfach Glück gehabt.

»Ich kriege jetzt eine Psychotherapie und muss mich regelmäßig bei der Sozialtante melden. Die haben Angst, dass ich rückfällig werde.« Ronny grinst erneut und packt Bens Handgelenk. »Und du, erzähl, Bruder! Wie ist es dir ergangen?«

»Lass uns erst mit deiner Mutter reden«, sagt Ben und schiebt Ronnys Hand weg. »Ist eh eine lange Geschichte, ich erzähl sie dir, wenn wir mehr Zeit haben.«

Das Zimmer ist ansprechend, würde man es gründlich entrümpeln, es befindet sich in einem verlotterten Wohnhaus in Albisrieden. Sogar eine separate Garage für sein nicht existierendes Auto wäre vorhanden, wie Ben von Ronny erfährt. Nie ausgepackte Umzugskisten, Schlitten, Skier und verrostete Fahrräder lagern darin, ein guter Ort, um sein Labor einzurichten.

Das Problem ist Ronnys Mutter. Eine misstrauische Frau mit teigigem Gesicht, sie trägt ein geblümtes Kleid aus Synthetik, dazu Filzpantoffeln und scheint wenig erfreut über den unangemeldeten Besuch, nachdem Ronny Ben direkt nach ihrem Cafébesuch zu sich nach Hause eingeladen hat.

»Ronny, du hättest wirklich etwas sagen können«, tadelt sie ihren Sohn. »Ich habe nichts da, um Gäste zu bewirten.«

Ihre Hände stecken in gelben Gummihandschuhen, sie ist gerade im Begriff, das Bad zu schrubben.

Ronnys Mutter braucht nur wenige Minuten, um Ben zu überzeugen, dass er unter keinen Umständen mit ihr unter einem Dach leben will. Sosehr die Frau auch über die viele Arbeit und den Haushalt jammert, den sie ganz allein schmeißen muss – ihrer Neugier tut das keinen Abbruch. Sie stellt ihm unzählige Fragen zu seiner Familie und der Arbeit im Supermarkt und beobachtet ihn dabei die ganze Zeit über argwöhnisch. Vermutlich versucht sie, ihren Sohn vor weiterem Ungemach zu schützen. Nach dem, was ihm widerfahren ist, kann er ihr das nicht verübeln. Dass sich Ronny und Ben von der Schule her kennen, nimmt sie ihrem Sohn ohnehin nicht ab, das beweist der zweifelnde Zug um ihren Mund, der während des ganzen Gesprächs nie komplett verschwindet.

Sie sei alleinerziehend, erklärt sie ungefragt, Ronnys Vater sei nach der Geburt abgehauen, sie habe nie mehr von ihm gehört, er habe keinen Rappen Unterhalt bezahlt.

»Der verdammte Bastard!«, stößt sie hervor und es klingt mehr als nur verbittert. »Für Ronny wäre es natürlich schön, jemanden zu haben, der sich mit ihm abgibt«, meint sie, als wäre ihr Sohn ein verspieltes Haustier. »Er ist oft einsam, Freunde hat er ja keine, seit …« Sie bricht ab und seufzt ungehalten. »Da versucht man, seinen Kindern das Beste auf den Weg mitzugeben, und dann ziehen sie los und stellen weiß der Kuckuck was an.«

Ben meidet ihren Blick und betrachtet das schmutzige Geschirr, das sich im Waschbecken stapelt, eine Pfanne mit eingetrockneten Essensresten steht auf dem Herd.

»Vielleicht könnten Sie Ihren Vorgesetzten fragen, ob er eine freie Stelle hat?« Hoffnungsvoll sieht Ronnys Mutter Ben an. »Er hat seit Monaten keine Arbeit und lungert dauernd zu Hause herum. Bevor er wieder auf dumme Gedanken kommt.«

»Ich sehe, was sich machen lässt«, lügt Ben, während er fieberhaft überlegt, wie er schleunigst von hier verschwinden kann.

Unter diesen Bedingungen seinen Plan durchzuziehen ist unmöglich, über kurz oder lang würde Ronnys Mutter herausfinden, was Ben vorhat, sie scheint keine Frau zu sein, die mit dem Begriff »Privatsphäre« viel anfangen kann.

»Ich besichtige erst noch ein paar weitere Zimmer«, erwidert Ben. »Und melde mich, spätestens in ein paar Tagen.«

Noch ehe er den Satz beenden kann, klappt Ronnys Unterkiefer herunter, fassungslos starrt er Ben an. Er hat die Lüge durchschaut.

Eigentlich erstaunlich, denkt Ben und glaubt, einen feuchten Schimmer in Ronnys Augen zu erkennen.

»Tun Sie das«, erwidert seine Mutter. »Wie gesagt, für Ronny wäre es ein Segen, wenn er endlich jemanden hätte …«

Der Rest des Satzes ist nicht mehr zu hören, denn Ronny stürmt in sein Zimmer und schlägt die Tür hinter sich zu.

Einmal mehr läuft Ben in seinem Zimmer auf und ab. Seine Geldquelle ist abrupt versiegt und mit der Wohnungssuche ist er keinen Schritt weiter. Wertvolle Zeit, mit sinnlosen Aktionen vergeudet. Er muss sich dringend etwas einfallen lassen, denn der festgelegte Termin rückt immer näher. Montag, der 19. April. Der Countdown läuft.

Kurz steigt Panik in ihm auf. Kohle und Unterkunft, beides ist notwendig, um seinen Plan zu verwirklichen, beides keine einfach zu lösenden Probleme. Er hat nicht die geringste Ahnung, wie er die Herausforderungen angehen soll. Allein beim Gedanken daran packt ihn die Verzweiflung.

Eins nach dem anderen, ermahnt er sich zur Ruhe und zündet sich eine Zigarette an. Zuerst Kohle, die ist wichtiger, dann die Unterkunft.

Immerhin sind die Instruktionen im Internet so akkurat gewesen, dass es mit der Gewinnung von Ammoniumnitrat auf Anhieb geklappt hat. Allerdings hat er nicht genügend Dünger mitgenommen, um eine Bombe mit Durchschlagskraft herzustellen, weshalb er noch einmal zum Bauernhof fahren muss.

Eins nach dem anderen, sagt sich Ben erneut. Nicht in Panik geraten. Strategisch vorgehen. Kohle. Unterkunft. Dünger.

Er öffnet den Schrank, schiebt die Hand unter den T-Shirt-Stapel, bis seine Finger das Smartphone ertasten. Er setzt die SIM-Karte ein, die er die ganze Zeit im Portemonnaie herumgetragen hat, und startet das Gerät. Der Akku ist noch beinahe voll.

Unter anderen Umständen wäre er in die Stadt gefahren und hätte die Nachricht möglichst weit entfernt von seinem Wohnort abgesetzt, doch dazu fehlt ihm jetzt die Zeit. Er wird ohnehin nicht mehr lange hier wohnen. Nachdem er die Nachricht abgeschickt hat, steckt Ben das Handy ein. Wie erwartet, dauert es keine zwei Minuten, bis das Telefon einen eingehenden Anruf vermeldet.

32

Annelies Bodmer ist komplett aufgelöst, als ihr Mann Marisa und Bashir ins Wohnzimmer führt. In sich zusammengesunken sitzt sie auf dem Sofa und starrt auf das Smartphone, das sie mit beiden Händen umklammert.

»Erich hat sich per SMS gemeldet«, sagt sie, ohne aufzublicken.

»Was hat er geschrieben?« Marisa lässt sich auf der Armlehne eines Sessels nieder und streckt die Hand nach dem Telefon aus.

Widerstrebend reicht ihr Frau Bodmer das Gerät.

Mum & Dad, brauche dringend 10 000 Franken, steht auf dem Display, abgesendet heute, kurz nach fünf Uhr nachmittags. *Bitte nicht aufs Konto überweisen. Schicke Anweisungen zur Übergabe später. LG Erich.*

»Was haben Sie geantwortet?«, will Marisa wissen.

»Ich habe sofort versucht, ihn anzurufen, doch er hat nicht abgenommen. Darum habe ich ihm geschrieben, er solle nach Hause kommen, damit wir über alles reden können.«

»Und?«

»Er hat gemeint, er traue sich wegen des Geheimdienstes nicht, uns zu besuchen. Die Übergabe müsse an einem anderen Ort stattfinden.«

»Wieso will er nicht, dass Sie das Geld überweisen?«

»Er hat wohl gemerkt, dass wir die Karte gesperrt haben. Wir wollten ihn so zwingen, Kontakt zu uns aufzunehmen.«

»Ist die Polizei informiert?«, unterbricht Bashir sie.

»Wir wollen ihn sehen«, erklärt Paul Bodmer. »Wenn sie ihn erst verhaftet haben, verschwindet er vermutlich für längere Zeit hinter Gittern.«

»Er ist ein gefährlicher Kriegsverbrecher, vergessen Sie das nicht.«

»Er ist mein Sohn.«

Bashir und Marisa wechseln einen raschen Blick.

»Was gedenken Sie zu tun?«, erkundigt sich Bashir.

Erichs Vater hebt leicht die Schultern. »Natürlich geben wir ihm das Geld.«

Bashir überlegt kurz. »Die Polizei zu verständigen wäre sicher klüger, weil ...«

»Das ist keine Option!« Herr Bodmer hat nicht laut gesprochen, doch seine Stimme klingt so schneidend, dass Bashir verblüfft die Brauen hebt.

»Womöglich finanzieren Sie mit Ihrem Geld einen Anschlag.«

»Sie dramatisieren, Herr Berisha.«

Bashir holt tief Luft. »Dann vereinbaren Sie die Übergabe wenigstens an einem gut einsehbaren Ort. Ein weiter Platz, zum Beispiel.«

Sofort nimmt Frau Bodmer Marisa das Smartphone aus der Hand und tippt eine Nachricht ein. Die Antwort erhält sie nur wenige Sekunden später.

»Einundzwanzig Uhr am Central«, liest Erichs Mutter laut vor.

Bashir verzieht das Gesicht. »Viel zu wenig Übersicht, dort fahren sechs verschiedene Tramlinien durch plus der Einunddreißiger-Bus, ringsum herrscht Autoverkehr. Schlagen Sie ihm den Sechseläutenplatz vor, da ist es wesentlich ruhiger. Vor dem Opernhaus.«

Annelies Bodmer wirkt verunsichert, während sie Bashirs Vorschlag eingibt, kurz darauf berichtet sie, dass Erich einverstanden sei.

Bashir wirft einen Blick auf die Wanduhr, eine rostbraune Metallplatte, auf der die Zeitanzeige in Worten geschrieben steht. *Achtzehn Uhr dreiundzwanzig.* Ihnen bleiben etwas mehr als zweieinhalb Stunden.

»Haben wir überhaupt so viel Bargeld im Haus?«, wendet sich Frau Bodmer an ihren Mann, das erste Mal, dass Bashir die beiden miteinander kommunizieren sieht.

»Oben im Tresor sollte …«

»Stellen Sie Forderungen«, unterbricht Bashir ihn.

Irritiert hält Paul Bodmer inne. »Was meinen Sie damit?«

»Offensichtlich steckt Erich in einer Notlage, er steht unter Druck.«

»Wie kommen Sie darauf?«

»Er könnte wesentlich mehr Geld von Ihnen verlangen und Sie würden, ohne mit der Wimper zu zucken, bezahlen. Aber er fordert bloß einen relativ bescheidenen Betrag. Eine Summe, die Sie vermutlich immer zu Hause haben oder andernfalls problemlos besorgen könnten. Das weiß er. Dass er die erste Nachricht kurz nach fünf geschickt hat, die Geldübergabe jedoch schon vier Stunden später stattfinden soll, verdeutlicht, wie sehr es ihm eilt.«

Herr Bodmer reibt sich das Kinn, aufmerksam hat er sich Bashirs Ausführungen angehört. »Ich verstehe immer noch nicht ganz, worauf Sie hinauswollen.«

»Sie wollen doch mit ihm reden«, erklärt Marisa. »Teilen Sie ihm das mit.«

»Betonen Sie, dass Sie ihm sonst das Geld nicht übergeben«, ergänzt Bashir, worauf Frau Bodmer, die bereits zu tippen begonnen hat, erschrocken zu ihm aufschaut. »Sie sind in der stärkeren Position, nutzen Sie die ruhig aus.« Er nickt ihr aufmunternd zu. »Erich will etwas von Ihnen, nicht umgekehrt.«

»Ist das nicht Erpressung?«

»Und wenn schon!«, fällt ihr Mann ihr ins Wort. »Herr Berisha hat recht. Erich soll sich endlich erklären, ewig kann er ja nicht so weitermachen.«

Annelies Bodmer zögert, ehe sie weiterschreibt, entschlossen drückt sie schließlich die Spitze ihres Zeigefingers auf den Bildschirm und schickt die Nachricht ab.

Diesmal dauert es, bis die Antwort eintrifft.

»Zehntausend Franken. Neun Uhr, Sechseläutenplatz. Auf

weitere Bedingungen gehe ich nicht ein«, liest Frau Bodmer vor und schaut ihren Mann ratlos an.

Das Handy vermeldet eine weitere eingehende Message.

Annelies Bodmer beugt sich wieder über das Display. »Er schreibt: *Bitte, Mum. Ist echt ein Notfall.*«

»Ich hole das Geld«, sagt ihr Gatte.

»Für die Übergabe sollen wir einen Plastiksack verwenden.«

»Ein Plastiksack? Das ist doch lächerlich! Zehntausend Franken sind gerade mal eine Handvoll Noten. Die finden problemlos in einem Umschlag Platz.«

»Tu, was er sagt, Paul, bitte.«

Kopfschüttelnd verlässt Erichs Vater das Wohnzimmer.

Es herrscht lichte Dunkelheit auf dem Sechseläutenplatz, als Erichs Eltern zehn Minuten vor der vereinbarten Zeit ihre Position einnehmen. Die Lichtkegel der wenigen Laternen lassen den Quarz weißlich schimmern, fast könnte man meinen, auf einer Eisfläche zu stehen. Schemenhaft zeichnen sich im Halbdunkel Flaneure ab, die zu zweit oder in kleinen Gruppen über den Platz spazieren, das Bellevue mit seinen Tramhaltestellen und dem denkmalgeschützten Pavillon am anderen Ende leuchtet neongrell. Ein Lachen hallt zu ihnen herüber, jemand zündet sich eine Zigarette an, das Gesicht für Sekundenbruchteile von der flackernden Flamme beschienen.

Eine Plastiktüte hat sich im Haushalt der Bodmers nicht auftreiben lassen, weswegen Paul Bodmer nun eine Papiertragetasche von Cartier in der Hand hält, in der zehn lose Tausendernoten stecken.

Marisa hat einen der Stühle, die als spontane Sitzgelegenheiten herumstehen, in die Nähe eines Baums gezogen und sich gesetzt. Bashir lehnt etwas entfernt an der Hauswand der Brasserie *Schiller*, einem französischen Lokal der gehobenen Preisklasse. Leicht ist es nicht, sich auf dem Platz zu verstecken, seine unverstellte Weite lässt das nur schwerlich zu. Für die Übergabe ist das ein Vorteil. Erichs Eltern sind vor dem hell erleuchteten Opernhaus deutlich auszumachen und auch Erich wird es sein, wenn er auf die vereinbarte Stelle zugeht. Keine Bäume in der Nähe, keine Hindernisse. Erichs Weg führt entweder über die offene Fläche oder – was wahrscheinlicher ist – der Bursche wählt die wesentlich diskretere Schillerstrasse zwischen Opernhaus und *NZZ*-Gebäude, um sich dem Ort der Übergabe zu nähern.

Die Bodmers sind mit Bashir und Marisa übereingekommen, dass die Ermittler ihrem Sohn unauffällig folgen, sobald er das Geld an sich genommen hat. Um herauszufinden, wo er untergekommen ist, damit sie ihn aufsuchen und zur Rede stellen können.

Bashir schaut auf die Uhr, zwei Minuten vor neun. Erichs Anweisungen waren eindeutig. Die Plastiktüte mit dem Geld muss linksseitig des Opernhauses zuoberst auf der breiten Treppe deponiert werden, gleich neben der ersten Laterne. Die Eltern sollen danach vor dem Eingang des Konzertlokals warten. Die Stelle ist clever gewählt, muss Bashir zugeben, abseits der üblichen Spazierrouten und dank der Beleuchtung gut einsehbar. Das einzige Problem ist, dass sich Paul Bodmer bislang nicht vom Fleck gerührt hat. Mit der Tragetasche in der Hand steht er da und starrt auf den Platz, reglos wie eine Statue.

Was hat er vor?, fragt sich Bashir besorgt und blickt erneut auf die Uhr. Punkt neun.

Marisa macht sich mit einem leisen Hüsteln bemerkbar, sie rollt die Augen, als sich Bashir nach ihr umsieht, und tippt auf ihr Handgelenk. Nur zu gern würde er eingreifen und das Geld wie vereinbart platzieren, damit würde er sich allerdings zwangsläufig verraten. Er räuspert sich, Herr Bodmer reagiert nicht, beim zweiten Räuspern wendet seine Frau ganz leicht den Kopf. Bashir deutet mit dem Kinn auf die Stelle auf der Treppe, sie dreht sich jedoch wieder weg, als hätte sie seinen Hinweis nicht wahrgenommen.

Verärgert stößt Bashir die Luft aus. Erich muss sich bereits in der Nähe aufhalten, vermutlich beobachtet er seine Eltern und versichert sich, dass sie tatsächlich allein erschienen sind und nicht unerwartet eine Polizeitruppe den Platz stürmt.

Nichts rührt sich. Leute schlendern vorbei, sie strömen aus den umliegenden Restaurants, den Kinos, vertreten sich die Beine oder steuern auf den nahe gelegenen Bahnhof Stadelhofen zu. Kaum jemand ist allein unterwegs, keiner verlangsamt seine Schritte. Bashir geht vor dem Eingang des Restaurants auf und ab und biegt dann wie zufällig um die Hausecke, um sich an der Längsseite des Gebäudes gegen die Wand fallen zu lassen, direkt gegenüber der Laterne, unter der längst die Tüte mit dem Geld platziert sein sollte. Doch die Bodmers stehen wie festgefroren da und Bashir wird klar, dass sie sich auf dem Weg hierhin abgesprochen haben. Sie wollen Erich zwingen, das Geld direkt bei ihnen abzuholen. Bashir kann es ihnen nicht verübeln. Annelies Bodmer will ihn nach der langen Zeit unbedingt sehen, ihn umarmen, ein paar Worte mit ihm wechseln, das würde jeder Mutter in dieser Situation so ergehen.

Wachsam lässt Bashir seinen Blick über den Platz schweifen. Es ist mittlerweile fünf nach neun. Bodmers haben sich nicht von der Stelle gerührt, sie halten sich an den Händen fest und schauen angestrengt in die Dunkelheit. Scheinbar entspannt sitzt Marisa auf ihrem Stuhl und betrachtet verzückt die Lichter der Seepromenade, Bashir weiß aber, dass sie genauso auf Draht ist wie er und jede noch so winzige Bewegung in der Umgebung registriert. Nur von Erich keine Spur. Wenn sie Pech haben, hat er sich längst aus dem Staub gemacht.

Paul Bodmer dreht den Kopf, sucht Augenkontakt. Bashir bedeutet ihm mit einer unauffälligen Geste, die Stellung zu halten und auf keinen Fall jetzt schon aufzugeben. Ganz kurz begehrt Erichs Vater auf, er wirkt genervt, dann überlegt er es sich offenbar anders und schaut wieder geradeaus. Beherrscht, Bashir kann sehen, wie seine Kieferknochen kurz hervortreten.

Ein paar Frauen um die vierzig verlassen die Brasserie, sie sind teuer und geschmackvoll angezogen, schwatzend bleiben sie vor dem Eingang stehen und beratschlagen, wo sie noch hinwollen. Die Namen einiger Bars fallen, am Ende einigt man sich auf das *Rive Gauche* im Hotel *Baur au Lac*, nur wenige Gehminuten vom Bellevue entfernt. Aus dem Augenwinkel beobachtet Bashir die Gruppe, während sie an ihm vorbeispaziert, eine süßliche Wolke unterschiedlichster Parfüms weht in seine Richtung. Zwei Frauen haben sich eingehakt, die anderen gehen nebeneinander, bei den herrschenden Lichtverhältnissen sind ihre Silhouetten kaum auseinanderzuhalten.

»Eigentlich wollte ich doch den Kellner zum Dessert!«, ruft eine der beiden, die vorauslaufen, worauf alle laut auflachen, anzügliche Bemerkungen fallen, es wird frivol gegackert, sodass Bashir beinahe den empörten Ausruf einer der Frauen überhört hätte.

»He, was soll das?«

Alarmiert nimmt er die Gruppe ins Visier. Ein Schatten löst sich aus dem Pulk, der Typ im schwarzen Kapuzenpulli muss dicht neben den Frauen gewesen sein, mit schnellen Schritten bewegt er sich jetzt direkt auf die Bodmers zu.

»Vorsicht!«, schreit Marisa, die Warnung kommt jedoch zu spät.

Erich stürzt zu seinen Eltern hin, schnappt sich die Cartier-Tüte und rennt davon. Paul Bodmer entfährt ein überraschter Laut. Er hat sich den Griff der Tragtasche als Vorsichtsmaßnahme ums Handgelenk gelegt, ruckartig wird er durch die Bewegung nach vorn gezerrt, dabei reißt der Papierhenkel und Herr Bodmer stürzt zu Boden.

Während sich Annelies Bodmer mit einem besorgten Aufschrei über ihren Mann beugt, nimmt Bashir die Verfolgung auf. Erich hat etwas Vorsprung, er sprintet quer über den Sechseläutenplatz und beabsichtigt wohl, in Richtung Bahnhof abzuhauen. Doch kaum nähert er sich dem Rand des Platzes, tritt

Marisa aus dem Schatten und schneidet ihm kurzerhand den Weg ab. Mit einem wüsten Fluch wechselt er den Kurs und hält nun auf das Bellevue zu.

Bashir holt rasch auf, dabei stellt er verwundert fest, dass Erich nicht besonders sportlich wirkt – aber er trägt weiße Sneaker. Der Kerl stürmt auf eine Horde Jugendlicher zu, die an der Tramhaltestation herumlungern. Anstatt auszuweichen, formieren sie sich zu einer Front, als sie seiner gewahr werden, die Kinne vorgeschoben, herausfordernd die Blicke. Einer der Jungs hält Erich an der Kapuze fest, als er den Wall zu durchbrechen versucht, worauf er fast das Gleichgewicht verliert, ehe er sich losreißen kann. Mit Wucht stößt er den Jungen vor die Brust, sodass der zurücktaumelt und hinfällt. Seine Begleiter beschimpfen ihn lautstark, einer setzt Erich nach, gibt jedoch nach wenigen Metern auf. Blindlings hastet der Bursche weiter, beinahe stürzt er über den Rand der Plattform, die Glocke eines einfahrenden Trams schrillt anhaltend. Er kann sich gerade noch auf die gegenüberliegende Seite der Haltestelle retten, bevor die Straßenbahn mit kreischenden Bremsen zum Stehen kommt.

Keuchend verlangsamt Bashir sein Tempo, das Tram schneidet ihm den Weg ab. Durch die hell erleuchteten Fenster des Waggons sieht er Erich zur Quaibrücke flüchten. Er läuft die Bahn entlang, prescht vor der Fahrerkabine auf die andere Seite der Plattform und dann quer über die Kreuzung. Das Lichtsignal steht auf Rot, Autos hupen, ein Velofahrer flucht, aber Bashir lässt sich nicht beirren.

Erich hat die Brücke bereits erreicht und Bashir setzt zu einem Spurt an. Der Junge bewegt sich schwerfällig, Bashir kann seinen pfeifenden Atem deutlich hören, als er ihn einholt. Er packt ihn am Arm, doch Erich fährt unerwartet flink herum und Bashir kann dem vorschnellenden Ellenbogen gerade noch ausweichen. Erst jetzt erkennt er, dass der Junge unter der hochgeschlagenen Kapuze eine Skimaske trägt, nur seine Augen sind zu sehen. Bashir rammt seinem Gegner die Faust in den Magen und Erich klappt mit einem Stöhnen zusammen. Bashir schnappt sich die henkellose Tüte und reißt sie dem jungen Mann aus der Hand. Überraschend schnell ist der jedoch wieder auf den Beinen und klammert sich keuchend an die Tragetasche. Sekundenlang zerren beide daran, bis Erich – im verzweifelten Versuch, die Tasche wieder in seinen Besitz zu bringen – jäh den Arm hochwirft, worauf das Papier ratschend reißt. Mit einem flatternden Geräusch wirbeln die zehn Tausendernoten durch die Luft und schweben lautlos auf die Wasseroberfläche hinab.

»Fuck!« Erich stürzt an die Brüstung und starrt fassungslos auf die kräftige Strömung, die die Scheine sofort wegträgt, helle Rechtecke mit violetter Zeichnung, die schaukelnd unter der Brücke verschwinden.

Mit einem Schritt ist Bashir bei ihm und ergreift seinen Arm. Wie aus einem Albtraum erwacht, starrt Erich ihn an und Bashir erkennt die Verzweiflung in seinem Blick. Selbst wenn der junge Mann auf der Stelle in die etwa fünf Grad kalte Limmat gesprungen wäre, wäre die Chance, die Geldscheine zu erwischen, verschwindend gering gewesen. Außerdem hätten sich seine Kleider innerhalb von Sekunden mit Wasser vollgesogen und wären zu einer tödlichen Gefahr geworden. Wie ein geübter Schwimmer sieht sein Gegenüber nämlich nicht aus. Beinahe empfindet Bashir Mitleid mit dem Burschen. Eine winzige Unachtsamkeit, die er sich nicht hätte leisten dürfen. Der Fausthieb kommt unerwartet und trifft Bashirs Nase. Knorpel knirscht, benommen taumelt er zurück und Erich reißt sich los. Ehe Bashir sich versieht, rammt ihm sein Gegner ein Knie in die Weichteile, mit einem Stöhnen knickt Bashir ein, das Blut tropft ihm über Mund und Kinn und tatenlos muss er zusehen, wie Erich zum gegenüberliegenden Ende der Brücke hetzt und dort mit den dunklen Baumschatten des Stadthausquais verschmilzt.

33

Bens Herz hämmert, als er am Central ins Tram steigt, Schweiß läuft ihm über den Rücken, die Knöchel seiner rechten Hand schmerzen immer noch vom Fausthieb. Am liebsten wäre er umgekehrt und hätte den Idioten geohrfeigt, mit seiner bescheuerten Aktion hat er Bens Plan ruiniert. Engstirnig und selbstgerecht war er schon immer, das weiß Ben, aber dass er so kaltherzig ist und seinen Sohn in einer Notlage im Stich lässt, hätte er nicht von ihm gedacht.

»Verdammte Scheiße«, murmelt er und massiert die geschundene Hand.

Wie soll er jetzt ohne Geld an eine neue Bleibe kommen? Dumpf starrt Ben vor sich hin, seine Aufgabe erscheint ihm plötzlich unlösbar, womöglich ist er der Herausforderung doch nicht gewachsen, die hochgeschraubten Erwartungen drohen ihn zu erdrücken. Er wird wieder versagen, dessen ist er sich sicher, wie immer in seinem Leben.

Die Verantwortung lastet tonnenschwer auf ihm. Er müsste schon viel weiter sein mit seinen Experimenten, um die Dosierung richtig hinzukriegen und die erwünschte Wirkung zu erzielen. Widrige Umstände bremsen ihn jedoch aus, es ist, als hätte *schaitan* seine Hände im Spiel, der Teufel höchstpersönlich.

Ben schließt die Augen, betet leise. »*La-ilaha-ill-allah wahdahu laa sharika lah, lahu'l-mulk wa lahu'l-hamd wa huwa 'ala kulli shay'in qadir.*«

Als er aufschaut, wirft ihm die ältere Frau, die im Viererabteil nebenan sitzt, einen verächtlichen Blick zu. Glühende Wut wallt in ihm auf und aufgebracht starrt er zurück, was sie verängstigt zusammenzucken lässt. Sofort steht sie auf, ohne ihn aus den Augen zu lassen, wackelt zum Ausstieg und verlässt an der nächsten Haltestelle die Straßenbahn.

Kohle. Unterkunft. Dünger.

Die Reihenfolge muss er nun ändern, das wird Ben klar. Einer Eingebung folgend, langt er nach seinem Handy. Sekundenlang zögert er, doch er hat keine Wahl. Er öffnet den App-Store und tippt auf die orangegelbe Maske auf schwarzem Grund. Dieselbe App, die er damals auf Geheiß seines Vaters hat löschen müssen. In einem anderen Leben ist das gewesen, für Ben fühlt es sich an, als wären seither Jahrzehnte verstrichen. Während die App heruntergeladen wird, sieht er das Gesicht seines Vaters vor sich und sein Herz zieht sich vor Trauer und Schmerz jäh zusammen. So unerwartet und heftig kommt diese Regung, dass er nach Luft japst. Die Erinnerung treibt ihm die Tränen in die Augen, entschlossen wischt er sie weg.

Sein Vater ist nicht wütend geworden, auch wenn sich Ben im Nachhinein wünscht, er hätte getobt, ihn angeschrien, beleidigt, ihn vielleicht sogar geschlagen oder aus der Wohnung geworfen. Alles wäre weniger schlimm gewesen als dieser resignierte Ausdruck, die unverkennbare Enttäuschung, die tonlose Aufforderung, die App auf der Stelle zu löschen. Sein Sohn hat versagt, das machte die väterliche Miene deutlich, er hatte große Hoffnungen in ihn gesetzt, herausgekommen ist ein Debakel. Erst die ganzen Einbrüche und Diebstähle, nun das. Von da an war Ben für seinen Vater Luft, er wechselte zwar hin und wieder ein paar belanglose Worte mit ihm, er nahm seinen Sohn jedoch nicht mehr wirklich wahr, interessierte sich nicht für ihn. Nicht einmal dann, als Ben begann, den Koran zu lesen, immer gläubiger wurde und die Regeln wesentlich strikter befolgte als alle anderen. Nicht einmal an dem Tag, als Ben seine Syrienreise angekündigt hat.

Mit einer ungeheuerlichen Willensanstrengung schiebt Ben die Trauer beiseite, er darf sich keine Sentimentalitäten erlauben. Seine Eltern sind *kuffar* und die sind zu verachten. So hat man es ihm eingetrichtert, immer wieder. Irgendwann hat er es geglaubt. Sie waren so überzeugend, dass er sich von der Euphorie mitreißen ließ. Endlich hat er irgendwo dazugehört, wurde respektiert, hatte Freunde. Sich dem Islamischen Staat anzuschließen war, wie in ein warmes weiches Nest zu fallen, er fühlte sich geborgen und verspürte beinahe einen Hauch von rauer Romantik. Die Filme, die sie ihm zeigten, vermittelten zumindest genau dieses Gefühl: junge Männer, die gemeinsam im Fluss badeten, zusammen beteten, im Sonnenuntergang in den Kampf zogen, Verletzte retteten. Eine unzerstörbare Brüderschaft, idyllische Bilder untermalt von heroischer Orchestermusik oder Gebetsgesängen. Sie standen für das Gute ein, das Richtige, für Allah. Für Ben fühlte es sich an, als hätte er ein Zuhause gefunden, eine Welt, in der er aufgehoben war und die ihn respektierte.

Doch seit er auf sich selbst gestellt ist, allein entscheiden muss, hat er bemerkt, dass ihm dieses Gefühl Stück für Stück abhandenkommt. Dafür wird seine Verwirrung laufend größer.

Ben öffnet die App und registriert sich mit falschem Namen. Im Netz sucht er nach einem Foto von jemandem, der ihm ähnlich sieht, lädt es als Profilbild hoch und speichert die eingegebenen Daten. Aus Erfahrung weiß er, dass er jetzt nur abwarten muss.

Das Tram hält an und kurz entschlossen steigt er aus. Ziellos läuft er durch die Gegend und kontrolliert regelmäßig die eingehenden Mitteilungen auf seinem Handy.

Der Hunger treibt ihn schließlich zum nächsten Dönerstand. Ben bestellt einen Falafel, dazu eine Cola und während er isst, checkt er immer wieder sein Handy, das laufend neue Anfragen vermeldet. Anfragen von Männern, die ihn treffen wollen, es ist kurz nach halb elf. Nachts erwacht die Lust. Er ist Frischfleisch, das ist Ben bewusst, neu auf der App und sehr jung. Noch ist keiner dabei, der sich für seine Zwecke eignet.

Er sieht von seinem Stehtisch hoch, fühlt sich beobachtet. Aufmerksam schaut er sich um. Es herrscht kaum noch Verkehr, ein Paar eilt vorbei, drei Frauen warten im Neonschein der Haltestelle. In den umliegenden Läden ist das Licht heruntergedreht, die Leuchtreklame der Apotheke neben ihm spiegelt sich grün in einer der Schaufensterscheiben. Eingehend rastert Ben die dunkleren Ecken, die Hauseingänge, die Gässchen zwischen den Wohnblocks, doch ihm fällt nichts Verdächtiges auf.

Sein Handy zeigt ihm eine weitere eingehende Nachricht an, Ben tippt auf die neu installierte App und liest.

Na, fit?, schreibt ein älterer Mann.

Sein Profiltext besagt, dass er neununddreißig ist, nach einem Blick auf seine Bilder weiß Ben, dass er lügt. Vierundfünfzig wäre passender.

Yep. Du?, antwortet er sofort und zündet sich eine Zigarette an.

Horny.

Ich auch.

Komm zu mir.

Wo wohnst du denn?

Der Mann gibt eine Adresse im Englischviertel an. Schicke Gegend. Ben öffnet die Kartenfunktion und besieht sich das Gebäude mit Street View. Mehrfamilienhaus, vier Stockwerke, Balkone, pompöser Baustil.

Wo muss ich klingeln?

Der Mann nennt seinen Namen und nachdem er kurz nachgeschaut hat, bricht Ben den Chat ab. Der Typ wohnt nicht allein, im Telefonbuch ist ein Doppelname eingetragen, außerdem wären selbst acht Parteien in einem Wohnhaus zu wenig. Die Leute kennen sich, Ben würde auffallen.

Was ist? Bist unterwegs?, hakt der Mann ungeduldig nach.

Ben blockiert ihn, indem er das Verbotssymbol am oberen Rand des Bildschirms anklickt.

Die beiden nächsten Männer sind viel zu jung, nur wenig älter als er, anstelle einer Begrüßung schicken sie unaufgefordert Bilder ihrer erigierten Geschlechtsteile. Dann meldet sich einer, der in Altstetten wohnt, in einem Hochhaus, wie er Ben auf Nachfrage verrät.

214

Sympathisches Lächeln, schreibt der Mann. *Wäre echt schön, dich zu treffen.*

Den Fotos nach stimmt sogar das angegebene Alter von sechsunddreißig Jahren, ein unscheinbarer Typ mit einem melancholischen Gesichtsausdruck. Doch das ist es nicht, was Ben bewegt, ihm zu antworten. Instinktiv spürt er die Einsamkeit und die Verzweiflung des Mannes, selbst auf virtuellem Weg, vielleicht, weil ihm dieser Zustand selbst so vertraut ist.

Komm einfach vorbei, meldet sich der Mann, ehe Ben seine Nachricht abschicken kann.

Er schnippt den Zigarettenstummel auf den Gehsteig, tritt ihn mit dem Schuhabsatz aus, überquert die Straße und steigt in die nächste Straßenbahn.

34

Ben schaltet den Motor aus und lässt Nicos Wagen im Leerlauf auf die Scheune zurollen. Nieselregen fällt, Wolkenbänder ziehen über den Nachthimmel und verdecken immer wieder die Mondsichel. Vage zeichnen sich in der Dunkelheit die Umrisse des Bauernhofs ab. Das Dach schimmert matt, als wäre es von einer hauchdünnen Schneeschicht bedeckt.

Geräuschlos öffnet Ben die Tür des schwarzen Audi und lauscht in die Stille. Von irgendwoher ist das Schnauben von Kühen zu vernehmen, im Wald hinter ihm krächzt zweimal ein Käuzchen, bevor es verstummt.

Konzentrier dich!, ermahnt sich Ben, doch seine Gedanken kommen nicht zur Ruhe, wie ein aufgescheuchter Vogelschwarm flattern sie in seinem Kopf herum, sein Herz schlägt immer noch hart und schnell.

Marc sieht tatsächlich aus wie sechsunddreißig, sein Äußeres entspricht den Bildern, die er in der App verwendet. Melancholisch, aber aufrichtig, der Kerl mit einem Hang zum Selbstmitleid, wie Ben schnell herausgefunden hat. Kaum hatte er die Zweizimmerwohnung betreten, offerierte Marc ihm ein Bier, das er freundlich ablehnte und sich stattdessen für ein Glas Wasser entschied. Unauffällig sah er sich um. Ein geradezu winziges Apartment, nüchtern eingerichtet, im ersten Stock eines Wohnblocks in Altstetten.

Nachdem Marc ihn ins Wohnzimmer gebeten hatte, betrachtete er Ben prüfend, schien jedoch die Diskrepanz zwischen Profilbild und Realität nicht zu bemerken. Oder er war so verzweifelt, dass sie ihn nicht kümmerte. Sie setzten sich aufs Sofa und tauschten Floskeln über das Wetter und die Krise aus, bis sich die Nervosität etwas legte. Wie Ben geahnt hatte, war der Mann tatsächlich einsam, nach eigenen Angaben pflegte er kaum soziale Kontakte. Marc erzählte ihm, dass er als Chef de Service in einem Hotel im Stadtzentrum arbeite, und betonte, wie schwierig es sei, bei den unregelmäßigen Arbeitszeiten Beziehungen zu pflegen. Der letzte Partner habe ihn vor sechs Jahren verlassen, kurz nachdem sie begonnen hätten, eine gemeinsame Wohnung zu suchen, seither sei er Single. Die Frustration hatte sich in seine Mundwinkel eingegraben, selbst wenn Marc lächelte, was nur selten vorkam, wirkte er bedrückt. Niemand wolle sich heutzutage noch festlegen, jeder sei stets auf dem Sprung. Gerade wegen dieser Apps hegten alle die Hoffnung, hinter der nächsten Wegbiegung warte etwas Besseres, man habe permanent das Gefühl, etwas zu verpassen.

Ben nickte stumm, er sagte nicht viel. Doch innerlich frohlockte er, er wusste, dass er mit Marc die richtige Wahl getroffen hatte, die Lage der Wohnung war perfekt, hier, in diesem anonymen Hochhaus am Rand der Stadt, würde er niemandem auffallen.

»Nun«, sagte Marc und stellte seine Bierflasche auf den Salontisch, es klang abschließend und gleichzeitig nach dem Beginn von etwas Neuem. Abwartend sah er Ben an.

»Ich muss dann wohl«, erwiderte Ben hastig, der instinktiv ahnte, was nun folgte.

Marc reagierte enttäuscht.

»So habe ich das nicht gemeint«, beeilte sich Ben zu erklären. »Aber ich muss früh raus.«

»Ich verstehe«, erwiderte Marc kühl. »Das sagen sie immer.«

»Wir könnten uns wiedersehen. Morgen Abend, zum Beispiel.«

»Willst du das denn überhaupt?«

»Ja klar.«

Marc musterte ihn zweifelnd.

»Ich find dich voll sympathisch.«

Ein angedeutetes Lächeln kroch in Marcs verzagtes Gesicht.

»Echt«, beteuerte Ben und erhob sich. »Lass uns morgen Abend weiterreden.«

»Okay, um acht? Wieder hier?«

»Passt.«

Das Lächeln wurde breiter und ehe sich Ben versah, war Marc aufgesprungen und legte ihm impulsiv die Arme um den Nacken. Erschrocken wich Ben zurück und sein Verehrer stolperte mit ihm mit, bis er das Fenster in seinem Rücken spürte. Marc rückte näher und küsste ihn auf den Mund. Blanke Wut packte Ben, sein erster Gedanke war, den Mann auf den Boden zu schleudern, ihn zu schlagen, zu bespucken, auf sein Gesicht einzutreten. Doch irgendetwas hinderte ihn daran. Er ließ es geschehen, warum, wusste er selbst nicht. Er beging *zina*, Unzucht, fuhr ihm durch den Kopf, und mehr noch: *liwat*. Was mit dem Tod bestraft wird. Das steht zwar nirgendwo im Koran, das hätte Ben gewusst, die Richter in Syrien hatten sich jedoch stets auf die Hadithe berufen, mündliche Überlieferungen von Aussagen des Propheten, wenn sie ihre Urteile gefällt hatten.

Ben fährt sich übers Gesicht. Schuldig und beschmutzt, so fühlt er sich, es ist, als würde ihn innerlich etwas ganz langsam zerreißen. Er hat etwas Unrechtes getan, das ist ihm bewusst, gleichzeitig hat es sich gut angefühlt, sehr gut. Noch immer spürt er Marcs Lippen auf seinen, das Gewicht seiner Arme auf den Schultern, die eine Hand, die nach unten glitt und durch die Hose Bens Schwanz ergriff, kräftig und fordernd, der Geruch des fremden Körpers erregte ihn. Um ein Haar hätte er sich fallen lassen, sich der Lust hingegeben, das Blut ist ihm mit einer solchen Wucht in den Unterleib geschossen, dass ihm schwindelig geworden ist.

Ya ayyuha alladina amanu sta'nu bi-s-sabri wa-s-salati inna allaha ma'a s-sabirin, betet er stumm. Oh, ihr, die ihr glaubt, sucht Hilfe in Standhaftigkeit und im Gebet, denn Allah ist mit den Standhaften.

Wie oft hat er Allah schon angefleht, dieses Verlangen aus ihm herauszureißen! In tiefster Verzweiflung warf er sich auf die Knie, betete voller Inbrunst, dass die verbotene Lust vergehe, fastete, um sich von allem Bösen zu reinigen, kasteite sich selbst, indem er nächtelang auf Schlaf verzichtete. Genützt hat es nichts, Allah hat seine Gebete nicht erhört. Das quälende Begehren ist geblieben, der dunkle Dämon hat sich in ihm eingenistet, ein stetig wachsendes Geschwür, ein Parasit, der ihn von innen auffrisst.

Ben mahnt sich zur Konzentration. Er hat ein Ziel und darf sich nicht ablenken lassen.

Mit einer gemurmelten Entschuldigung hat er sich losgerissen und ist aus Marcs Wohnung gestürmt. Das hätte er nicht tun sollen, das war ein Fehler, so viel ist ihm klar, er braucht Marc und noch viel mehr braucht er dieses Apartment.

Er zündet sich eine Zigarette an, das Risiko ist ihm bewusst, aber wenn er jetzt nicht auf der Stelle eine raucht, dreht er durch. Dass sich etwas, das von weisen Männern als komplett falsch und sündhaft verurteilt wird, so richtig anfühlen kann, verstört ihn zutiefst.

Kurz schließt er die Augen, zieht den Rauch tief in die Lunge, dann wirft er den glühenden Stummel ins hohe Gras am Wegrand und steigt aus.

Mann, reiß dich zusammen! Am liebsten hätte er die Wagentür zugeknallt und gegen irgendetwas getreten.

Stattdessen nähert er sich vorsichtig der Scheune, das Tor steht spaltbreit offen und Ben huscht hinein. Diesmal reicht ein Eimer nicht, er braucht größere Mengen an Dünger. Mit dem Handy leuchtet er ins Dunkel. Der Schuppen ist aufgeräumt, Landwirtschaftsmaschinen reihen sich aneinander, der Traktor, ein Mähdrescher, zwei Transportanhänger. Der Heuwender sieht wie ein schlafendes Rieseninsekt aus. An der Wand hängen Gerätschaften an einem Halter, Heugabeln, Hacken, Rechen und Ähnliches, die Säcke mit dem Dünger liegen zuhinterst, ordentlich aufgeschichtet zu einem schulterhohen Stapel.

Fünfzig Kilo, steht auf der Verpackung. Das sollte reichen, denkt Ben, während er versucht, die oberste Einheit herunterzuzerren. Sie ist schwerer als gedacht und lässt sich nur zentimeterweise bewegen, seine Finger rutschen immer wieder ab. Schließlich packt er einen Zipfel der Plastikumhüllung und stößt sich mit seinem ganzen Gewicht vom Stapel ab, bis ihm der Dünger mit einem knirschenden Geräusch entgegenrutscht. Blitzschnell wirft sich Ben dem Sack entgegen und stoppt ihn mit dem Oberkörper. Mit einem Ruck hievt er das Düngemittel auf seine Schulter und stapft zum Scheunentor. Gerade als er es weiter aufstoßen will, damit er mit seiner Last problemlos durch den Spalt passt, bemerkt er, dass jemand vor dem Wagen steht. Vor Schreck wäre Ben beinahe ein Schrei entfahren, bestürzt stolpert er ein paar Schritte zurück.

Eindeutig der Bauer, er hat ihm zwar den Rücken zugedreht, Ben erkennt ihn jedoch anhand des gedrungenen Körperbaus. So leise wie möglich lässt er den Düngersack zu Boden gleiten, durchquert die Scheune und löst eine Spitzhacke aus dem Gerätehalter. Danach positioniert er sich seitlich des offenen Torflügels, von wo aus er den Bauern sehen kann, packt den Stiel des Werkzeugs mit beiden Händen, holt aus und lässt den Pickel niedersausen. Vom Geräusch aufgeschreckt, fährt der Bauer herum. Mit ein paar schnellen Schritten ist er beim Scheunentor, doch da hat Ben bereits zum zweiten Mal ausgeholt.

Er drückt aufs Gaspedal und rast den Hang hoch, die Reifen quietschen in den Kurven, sein Atem geht stoßweise. Viel zu schnell brettert er durch Seebach, an gelb blinkenden Lichtsignalen vorbei, ohne das Tempo zu drosseln. Erst als er Schwamendingen erreicht, beruhigt sich sein Puls etwas, er lenkt Nicos Audi durch die Quartierstraßen und bringt den Wagen vor dem Wohnhaus zum Stehen. Seine Hände sind schweißnass, er wischt sich mit dem Ärmel seiner Kapuzenjacke übers Gesicht, es dauert einen Moment, bis er wieder klar denken kann.

Den Bauern hat er nur niedergeschlagen, hofft er zumindest, er hat den Pickel umgedreht und ihn mit dem Stiel getroffen.

Unwillig stöhnt er auf, seine ohnehin schwierige Situation ist gerade noch einen Zacken komplizierter geworden. Andererseits kommt er seinem Ziel immer näher, viel fehlt nicht mehr. Unter keinen Umständen darf er jetzt die Nerven verlieren.

Ein Auto fährt von hinten an ihm vorbei und bremst weiter vorn ab. Ben nestelt seine Zigarettenpackung hervor, steckt sich einen Glimmstängel an und steigt aus. Alles, was er braucht, ist der Laptop in seinem Zimmer, ein paar Kleider wären nicht schlecht und natürlich die Apparaturen im Keller. Er wird die Sachen zusammen mit dem Dünger irgendwo in der Nähe von Marcs Wohnung verstecken und den Wagen noch vor dem Morgengrauen zurückbringen, so der Plan. Dass der Bauer ihn in der dunklen Scheune erkannt hat, ist höchst unwahrscheinlich, aber wenn er sich das Kennzeichen gemerkt hat, dauert es nicht lange, bis die Polizei hier auftaucht und beginnt, Fragen zu stellen.

Ben umrundet den Audi und öffnet den Kofferraum, damit er das nachher nicht mit vollen Armen tun muss. Der Anblick des Düngersacks löst ein erwartungsfrohes Kribbeln in ihm aus. In derselben Sekunde wird eine Wagentür zugeschlagen, gleich darauf vernimmt er das Klacken hoher Absätze. Ohne sich umzuwenden, greift er nach dem Kofferraumdeckel und zieht ihn herunter, doch da steht Vlora bereits neben ihm.

»Ben, Ben, Ben«, gurrt sie leise, während er erstarrt.

Vlora ist beschwipst, er kann den Alkohol in ihrem Atem riechen.

»Eine heimliche Spritzfahrt mit Nicos Auto? Du Schlitzohr, das hätte ich dir nie zugetraut.«

»Geh ins Bett, Vlora. Es ist schon spät.« Rasch drückt Ben den Deckel ganz zu und ringt um Fassung.

»Zu Fatih, hm? Würdest wohl gern mit?«

»Halt einfach die Klappe.«

»Ben, sag mal …« Sie schwankt und hält sich an seinem Arm fest. »Ein Absacker im *Sektor 11*.« Sie kichert. »Oder zwei oder drei, hab vergessen mitzuzählen. Auf jeden Fall einer zu viel. Solltest du dir auch mal gönnen, Alter, würd dich etwas lockerer machen. Aber nein, wie konnte ich das vergessen?« Mit einer theatralischen Geste schlägt sie sich die Hand vor den Mund. »Du trinkst ja keinen Alkohol! Wegen Allah und dem ganzen Kram.«

Unauffällig versucht Ben, Vlora vom Wagen wegzudrängen, doch sie langt überraschend nach vorn und der Kofferraumdeckel schwingt hoch. Verdutzt glotzt sie auf den Sack.

»Wozu brauchst du so viel Dünger?« Sie wirkt aufrichtig erstaunt. »Eröffnest du eine Gärtnerei, oder was?«

Stumm schließt Ben den Deckel wieder.

»Oder hast du was ganz anderes vor?« Vloras Augen weiten sich. »Ich habe diesen Film gesehen, da haben diese Typen aus Dünger Sprengstoff ... Nur das waren Araber, Ben! Ist es das, was du vorhast? Alter, lügst du uns deshalb an? Der Job, den es nicht gibt, deine Familie, wo alle tot oder irgendwo weit weg sind ...« Sie verschluckt sich, hustet, fängt sich wieder. »Wir haben uns übrigens den Keller angeschaut.« Ihr Blick ist voller Hohn. »Diese Kleider, echt ... Nie und nimmer zieht eine Transe so was an, mich kannst du nicht täuschen. Nicht einmal meine Oma würde in den Klamotten rumlaufen!« Sie torkelt ein paar Schritte rückwärts und deutet mit dem Zeigefinger triumphierend auf Ben. »Ich weiß, was du vorhast! Du willst eine Bombe bauen, Alter, wie so ein richtiger Terrorist.«

Ben hebt die Hände. »Okay, okay, du hast mich durchschaut.«

»Natürlich habe ich dich durchschaut, Ben, ich wusste von Anfang an, dass mit dir etwas nicht stimmt.«

»Ein Friedensangebot. Du hältst die Klappe ...«

»*You wish!*«

»... und ich zeige dir, wie man eine Bombe herstellt.«

»Echt?« Verblüfft hält sie inne und zieht die Nase kraus. »Wow! Das würdest du tun?«

»Ja klar. Geht ganz einfach. Stell dir vor, was die Jungs für Augen machen werden, wenn du mit einer selbst gebastelten Bombe aufkreuzt.«

»Die wären sprachlos!« Vlora gluckst. »Das würden die mir nie zutrauen, die halten mich sowieso für bekloppt.«

»Magst du mitkommen? Ich helfe dir.«

»Eh, Mann! Worauf warten wir noch?«

»Unten im Keller.« Mit einem Lächeln geht Ben auf sie zu, legt ihr die Hand auf die Schulter und steuert Vlora bestimmt zum Hauseingang.

35

»Hast du die Nachrichten geschaut? Auf allen Kanälen wird vom Mord an den Zbindens berichtet.« Marisa blickt von ihrem Handy auf und Bashirs Hände krampfen sich um das Lenkrad. Seine Nase ist nach dem nächtlichen Zusammentreffen mit Erich geschwollen, weshalb er durch den Mund atmet. Was ihn verschnupft klingen lässt.

»Überwachungskameras werden übrigens nirgendwo erwähnt. Doch eine Frau in einem benachbarten Wohnblock hat einen jungen Mann mit einer blutbespritzten Jacke aus dem Haus stürmen sehen, er hatte einen offenbar schweren Rucksack dabei und weiße Sneaker an den Füßen. Er ist mit einem schwarzen Auto geflohen, die Marke hat sie angeblich nicht erkannt. Sie war es, die die Polizei als Erste alarmiert hat, deswegen waren die so schnell vor Ort.«

»Die Polizei hat ihn zur Fahndung ausgeschrieben, steht im *Tages-Anzeiger*«, erwidert Bashir mit belegter Stimme. »Aber sie ermitteln weiterhin in alle Richtungen. Das bedeutet wohl, dass sie noch keine eindeutigen Spuren gefunden haben.«

»Ich hoffe nur, wir haben unsere gründlich verwischt.«

»Das hoffe ich auch.«

Marisa starrt auf die Straße, sturzbachartig prasselt Regen auf die Windschutzscheibe. »Haben wir das Richtige getan?«

»Ja«, antwortet Bashir nach kurzem Überlegen. »Natürlich müssten wir uns melden, selbst wenn wir nicht mit hundertprozentiger Sicherheit bezeugen können, dass Erich der Täter ist.«

»Womöglich würde ihn die Polizei mit unseren Angaben ausfindig machen«, gibt Marisa zu bedenken.

»Vermutlich schon. Aber es geht jetzt darum, uns und vor allem Luca zu schützen. Die Entführung letztes Jahr hat den Jungen ziemlich mitgenommen. Noch einmal möchte ich ihn nicht einer solchen Gefahr aussetzen.«

Marisa legt ihm die Hand auf den Arm, während sie über die Landstraße fahren, die Schlieren mit Dietikon verbindet.

Bashir dreht das Radio an, ein Lokalsender bringt gerade Nachrichten.

»… in der Nähe von Zürich-Affoltern wurde letzte Nacht ein Landwirt von einem Dieb niedergeschlagen, offenbar wurde ein Sack Dünger entwendet. Der Mann erlitt dabei leichte Kopfverletzungen, vom Täter fehlt jede Spur. – In den USA hat …«

»Wer stiehlt schon Dünger?« Amüsiert runzelt Bashir die Stirn.

»Ein begeisterter Hobbygärtner vielleicht.«

Er deutet ein Lächeln an, während die Wetteraussichten für die kommenden Tage verlesen werden.

»Übrigens – Andrea Graf hat sich gemeldet«, informiert Marisa ihn.

»Die Politikerin? Die wir letztes Jahr …?«

»Genau die.«

»Was will sie von uns?«

»Sie hat gestern Abend spät angerufen und eine Nachricht hinterlassen. Ein Auftrag, es sei dringend. Mehr hat sie nicht gesagt.«

»Wir haben keine freien Kapazitäten.«

»Das war auch meine erste Reaktion.«

»Aber?«

»Wir brauchen mehr Einnahmen, Bashir, wir sind längst nicht über den Berg. Das Honorar der Bodmers reicht nicht annähernd aus, um die Ausfälle der letzten Monate zu kompensieren.«

Bashir erwidert nichts und konzentriert sich auf die nasse Straße. Eine Zeit lang sind im Inneren des BMW nur die Regengeräusche und das Quietschen der Scheibenwischer zu hören.

»Ruf sie zurück und frag, was sie will.«

225

»Zu Befehl, Chef.«

Bashir wirft Marisa einen schnellen Seitenblick zu. »So habe ich das nicht gemeint.«

Grinsend holt Marisa ihr Handy hervor und wählt Andrea Grafs Nummer.

»Sympathischer Tonfall«, meint sie fünf Minuten später. »Da klingt im Vergleich jeder preußische General wie ein Achtsamkeitscoach.«

»Was hat sie gesagt?«

»Wir sollen einen Backgroundcheck machen. Dominik Schwendener heißt der Typ, ein Politberater.«

»Ist das nicht ihr eigener Politberater?«

»Kann sein.«

Bashir runzelt die Stirn. »Was hat sie vor?«

»Keine Ahnung. Wir sollen uns umhören, hat sie gemeint, auf Gerüchte und Unregelmäßigkeiten achten. Sexuelle Belästigung, Zerwürfnisse mit Klienten, plötzliche Kündigungen von Mitarbeiterinnen, anhängige Klagen, solche Sachen.«

»Das klingt nach einer heiklen Angelegenheit. Da müssen wir enorm diskret vorgehen, wenn wir uns nicht die Finger verbrennen wollen.«

Marisa nickt zustimmend. »Ich habe den Verdacht, dass sie ihm etwas anhängen will.«

»Wozu denn? Wenn sie ihn loswerden will, kann sie doch einfach die Zusammenarbeit beenden.«

»Sollte man denken. Aber wer weiß, was da hinter den Kulissen läuft. Sie ist knallhart, dieser Frau traue ich alles zu.«

»Sie ist Politikerin, dazu eine rechtspopulistische. Die gehen über Leichen.« Bashir setzt den Blinker und biegt in die Quartierstraße ein.

Zum zweiten Mal in kurzer Zeit haben sie in Dietikon zu tun. Mit aller Macht verdrängt er den Gedanken an die Zbindens, die nur wenige Hundert Meter Luftlinie von hier ermordet worden sind, und fährt auf den Parkplatz vor dem fünfstöckigen Plattenbau. Buchsackerstrasse, die Hasanis wohnen direkt an der Bahnlinie.

»Ich schau mal, was ich heute Abend rausfinden kann«, meint Marisa.

»Wenn ich Zeit habe, helfe ich dir dabei.«

»Wenn du Zeit hast?« Mit einem süffisanten Lächeln legt sie den Kopf schief und fixiert Bashir. »Wieso solltest du keine Zeit haben?«

Bashir spürt, wie ihm die Röte ins Gesicht schießt, schaltet den Motor aus und zieht den Schlüssel ab. »So unwahrscheinlich es klingt, auch ich habe ein Privatleben.«

»Ich hatte bisher eher den Eindruck, du würdest unter massiven Bindungsängsten leiden.«

»Von ›leiden‹ kann keine Rede sein«, berichtigt Bashir mit trotzigem Unterton.

»Du hast also tatsächlich jemanden getroffen, der damit umgehen kann, dass du dich nach der ersten Nacht verdünnisierst?«

Er presst die Lippen zusammen.

»Willst du darüber reden?«

»Ganz sicher nicht.«

»Wie ist ihr Name?«

»Keine Ahnung.« Bashir öffnet die Wagentür und steigt aus.

Marisa muss sich sputen, um nicht den Anschluss zu verlieren, so entschlossen stapft er auf den Hauseingang zu.

»Was heißt das: ›Keine Ahnung‹?«, will sie außer Atem wissen, sobald sie ihn eingeholt hat.

»Welches von den beiden Wörtern verstehst du nicht?«

»Hast du gestern wegen ihr so fertig ausgesehen?«

Ohne auf Marisas Fragen einzugehen, drückt Bashir auf die Klingel.

Die Hasanis wohnen im vierten Stock, ein schmuckloses Apartment mit vergilbten Wänden. Ein ausgetretener Läufer im Flur, es riecht süßlich nach Raumerfrischer, irgendwoher klingt orientalische Musik. Das Wohnzimmer, in das Marisa und Bashir geführt werden, ist so karg eingerichtet, als wäre die Familie gerade erst eingezogen. Das Sofa abgewetzt, die Möbel billig, ein fadenscheiniger Wandteppich hängt hinter dem Esstisch. Im Fernsehen läuft ein Musikvideo, grobkörnige Bilder, dumpf der Ton. Die Sängerin trägt zu viel Make-up, sie ist in wallende Tücher gehüllt, ihre Haut scheint hell durch den Stoff.

Azira Hasani trägt eine Burka. Sie ist eine klein gewachsene Frau, die sich mit trippelnden Schritten bewegt. Jetzt kocht sie in der Küche Tee, während ihr Mann, Vladan, ein gutmütig wirkender Kerl mit dichtem grauen Bart, sie beide bittet, Platz zu nehmen, und dann ratlos mitten im Raum verharrt. Zögernd dreht er sich um, greift nach der Fernbedienung und dreht die Lautstärke leiser. Sein Blick bleibt am Bildschirm kleben, schließlich wendet er sich mit einem Lächeln wieder Marisa und Bashir zu.

»Seit fünfzehn Jahren ich arbeiten bei Sprüngli. Ich Haustechniker«, erklärt Hasani in gebrochenem Deutsch, stolz wippt er dazu auf den Zehenspitzen.

Marisa schiebt anerkennend die Unterlippe vor.

»Guter Job. Ich sehr glücklich.«

»Die *Luxemburgerli* von Sprüngli sind klasse«, bemerkt sie.

»Ja.« Der Vokal gedehnt, vage, er lächelt weiter. »Verwaltung hier gut, sehr gut, wir sehr zufrieden.«

Nach dem ausführlichen Gespräch in der Moschee hat der Imam sie gewarnt, Vladan reagiere verstockt und zeitweise sogar aggressiv auf Nachfragen nach seinem Sohn. Wenn sie Informationen erhalten wollten, sei es vermutlich klüger, ihn nicht gleich zu Beginn auf Skander anzusprechen. Worauf Marisa an der Haustür angegeben hat, sie würden im Auftrag der Verwaltung eine Umfrage zur Zufriedenheit der Bewohner durchführen. Auf die Schnelle ist ihr nichts Besseres eingefal-

228

len und Bashir war keine große Hilfe, nach ihren neugierigen Fragen zu seinem Liebesleben hat er sich in Schweigen gehüllt.

Doch davon lässt sich Marisa nicht beirren, hartnäckig, wie sie ist, wird sie herausfinden, was es mit seiner namenlosen neuen Bekannten auf sich hat. Und irgendwie wird sie es auch schaffen, auf Skander zu sprechen zu kommen, sie weiß nur noch nicht, wie.

»*Izvinite!*«, ruft Frau Hasani in entschuldigendem Ton und senkt zum Ausdruck ihres Bedauerns den Kopf, während sie mit einem Tablett hereinwieselt.

Teegläser, Zucker und ein Krug mit Milch stehen darauf.

»Keine Ursache«, beruhigt Marisa sie und kämpft gleichzeitig gegen ihr schlechtes Gewissen an. Mit ihrer Lüge hat sie das Paar nicht nur in Aufregung versetzt, sein steifes Verhalten gegenüber den vermeintlichen Verwaltungsangestellten könnte auch die Nachfrage nach Skander erschweren.

»Lassen Sie sich Zeit«, fügt sie hinzu, in der Hoffnung, die Situation so etwas zu entspannen. »Wir sind nicht in Eile.«

Frau Hasani bedenkt Marisa mit einem unergründlichen Blick, bevor sie das Servierbrett auf dem Tisch abstellt. Sie gibt ihrem Mann ein paar geflüsterte Anweisungen, dann verschwindet sie wieder.

»Wie Sie eben erwähnt haben, sind Sie zufrieden mit Ihrer Wohnung?«, hakt Bashir nach, der sein Tablet hervorgeholt hat.

Vladan Hasani, der gerade den Anweisungen seiner Frau Folge leistet und nach einem Teeglas greift, nickt mit Nachdruck. »Sehr zufrieden. Schöne Wohnung, wir schon lange hier. Seit einundzwanzig Jahren. Immer gut, keine Probleme.«

»Wann wurden die Wände zuletzt gestrichen?«, wirft Marisa ein und spürt, wie Bashir neben ihr auf dem Sofa kaum merklich seine Position verändert.

Kein Mensch würde sich bei einer Verwaltungsumfrage danach erkundigen, das ist ihr klar. Aber Hasanis Überangepasstheit und sein Dauerlächeln reizen sie, sie verspürt den Drang, ihn herauszufordern.

»Gestrichen?«

»Neue Farbe.«

»Keine neue Farbe, immer so.« Er betrachtet die Wand hinter dem Sofa, vollführt eine schlenkernde Kopfbewegung und schnalzt dazu. »Immer so.«

Was soll man tun?, übersetzt Marisa seine Reaktion.

Herr Hasani würde sich niemals beklagen und vermutlich nicht einmal sein Recht einfordern, wenn die Mauern seiner Wohnung Risse bekämen. Marisa kennt sich aus. Nicht nur ihre Eltern sind eingewandert, auch die meisten ihrer Nachbarn haben keinen Stammbaum, der sich bis zu Wilhelm Tell zurückverfolgen lässt. Manchmal ist sie entsetzt, wie duckmäuserisch sich Immigranten verhalten. Nur nicht auffallen, bloß nicht anecken, den einheimischen Bewohnern des Hauses, die sie zweifelsohne mit Argusaugen beobachten, auf gar keinen Fall Anlass zu Beschwerden geben.

»Wie viele Menschen leben in diesem Haushalt?«

Vladan Hasani zögert kurz. »Drei.«

»Sie und Ihre Frau. Und wer noch?«

»Rasima, sie meine Tochter.«

»Wo ist sie?«

»Sie Zimmer. Sie immer Computer.« Er lacht.

Marisa nickt wissend. »Nur drei Leute?«

»Drei Leute, ja.«

Einen Wimpernschlag lang wird sein Blick trüb, Marisa registriert es dennoch.

Abrupt wendet er sich ab und verteilt endlich die Teegläser auf dem Tisch.

»Darf ich mich kurz umsehen, während mein Kollege Ihnen weitere Fragen stellt?« Ohne eine Antwort abzuwarten, steht Marisa auf.

Herr Hasani bejaht etwas überrumpelt, sieht Bashir fragend

an und setzt sich dann ebenfalls in Bewegung. Er holt Marisa ein, als sie in den Flur biegt.

»Hier vorne Küche«, erklärt er hastig, drängt sich an ihr vorbei und lenkt sie in die entsprechende Richtung.

Azira Hasani arrangiert gerade Kekse auf einem Teller, sie schaut auf, als sie den Raum betreten, und hält mitten in der Bewegung inne. Kurz treffen sich ihre Blicke erneut, Frau Hasani senkt den ihren umgehend und kümmert sich wieder um das Gebäck.

Sie fürchtet sich, denkt Marisa. Mit einem Mal ahnt sie, weshalb ihr Mann ihr gefolgt und nicht mit Bashir im Wohnzimmer geblieben ist. Er hat Angst, dass sie ihr etwas verrät, was nicht für Außenstehende bestimmt ist.

»Alles okay?«, wendet sie sich an Azira Hasani, worauf die den Kopf hebt.

Falsch, korrigiert sich Marisa in Gedanken, als sie den Ausdruck in ihren Augen bemerkt. Sie fürchtet sich nicht. Sie leidet.

»Meine Frau okay«, wirft Vladan Hasani etwas zu eifrig ein. »Sie gern kochen.«

»Sie wirkt etwas bedrückt.«

»Sie okay. Immer kochen.« Er lacht schon wieder, diesmal klingt es noch aufgesetzter als vorhin.

Ich würde gern ihr Gesicht sehen, denkt Marisa. Ihre Miene würde mir womöglich verraten, was in ihr vorgeht, vielleicht würde sie sogar mit mir reden, wenn ihr Mann uns kurz allein lassen würde. Aber solange er direkt neben mir steht, sagt sie garantiert kein Wort.

»Hier Bad!«, ruft er und wartet im Türrahmen, bis ihm Marisa folgt.

Er deutet auf ein winziges Badezimmer mit Toilette und Dusche, die Wände sind altrosa gekachelt.

»Und auf der anderen Seite?«

»Andere Seite Schlafzimmer«, erklärt er in abschließendem Ton.

»Würde ich auch gern besichtigen.« Auffordernd deutet Marisa auf die geschlossene Tür am gegenüberliegenden Ende des Flurs.

»Nichts speziell.« Er lächelt, doch Marisa erkennt, dass er nervös wird.

»Ich muss mir einen Überblick verschaffen.« Ohne eine Erwiderung abzuwarten, marschiert sie quer durch die Wohnung und öffnet die Tür.

Herr Hasani hat die Wahrheit gesagt. Ein Doppelbett, ein Schrank aus Sperrholz, Teppiche am Boden. Dieser Raum ist ebenso rudimentär eingerichtet.

Der Gang verzweigt sich vor dem Elternschlafzimmer, am jeweiligen Ende befinden sich weitere geschlossene Türen.

Das Reich der verschlossenen Türen, fährt es Marisa durch den Kopf.

»Welches Zimmer gehört Rasima?«, erkundigt sie sich bei Vladan Hasani, der nun deutlich angespannt hinter ihr steht.

»Rasima hier.« Er deutet nach links.

»Hallo, Rasima!«, ruft Marisa, aber sie erhält keine Antwort. Sie wendet sich um. »Und was ist rechts?«

»Sie müssen alles kontrollieren?« Misstrauisch betrachtet er sie.

Marisa setzt ein bedauerndes Gesicht auf. »Leider ja, Herr Hasani.«

»Sie gesagt Umfrage.«

»Dazu gehört, dass wir den Zustand der Wohnung kontrollieren.« Langsam wandert ein Schweißtropfen über Marisas Rücken, sie lässt sich jedoch nicht beirren. »Wie ich eben gesehen habe, wäre eine neue Küchenkombination dringend notwendig. Das leiten wir an die Verwaltung weiter.«

»Küche?«

»Die Einrichtung ist uralt. Seit wann benutzen Sie sie?«

»Ich …«

»Ich frage Ihre Frau, sie kennt sich da vermutlich besser aus.«

»Ja …«

Erleichtert erkennt Marisa, dass es ihr gelungen ist, Vladan Hasani aus dem Konzept zu bringen, nun hat sie wieder die Oberhand. Das gilt es auszunutzen.

»Lassen Sie uns später darüber reden«, erklärt sie beiläufig, steuert auf die letzte verschlossene Tür zu und drückt die Klinke hinunter, ehe Herr Hasani sie daran hindern kann.

Umzugskisten stapeln sich an der einen Wand, in der Mitte steht ein Wäscheständer, an dem Unterhosen hängen. Von einer Garderobenstange baumeln zerknitterte Hemden, gleich neben dem Eingang ein aufgeklapptes Bügelbrett. Die Hasanis benutzen den vierten Raum ihrer Wohnung als Rumpelkammer und Wäschezimmer. Von Skander keine Spur, sein Vater hat bislang noch kein Wort über ihn verloren. Vielmehr hat er so getan, als gäbe es ihn überhaupt nicht. Als gehörte er nicht zur Familie.

Marisa kehrt ins Wohnzimmer zurück, Vladan Hasani folgt ihr dicht auf den Fersen, sie nimmt dem verdutzten Bashir das Tablet aus der Hand und studiert die Bildschirmanzeige mit gerunzelter Stirn. Dass das Display die Google-Startseite zeigt und Bashir *Dominik Schwendener* in die Suchzeile eingegeben hat, braucht Skanders Vater nicht zu wissen.

»Nach unseren Angaben wohnen hier vier Personen, Herr Hasani. Sie sagen aber, nur drei.«

»Wir nur drei. Kleine Familie.«

Sein zuckender Kehlkopf verrät Marisa, wie sehr er sich von ihr in die Ecke gedrängt fühlt.

»Hier steht vier.« Abwartend fixiert sie ihn.

Plötzlich wird es still in der Wohnung. Selbst Azira Hasani hat aufgehört, in der Küche herumzuhantieren, einzig aus dem Fernseher dudelt leise Musik.

»Darf ich?«, verlangt Vladan Hasani und streckt die Hand nach dem Tablet aus.

»Diese Unterlagen sind vertraulich, leider kann ich die Ihnen nicht einfach so aushändigen.« Ein weiterer Schweißtropfen zuckelt über Marisas Rücken. Ihr bleibt nicht mehr viel Zeit, das kann sie dem Gesichtsausdruck ihres Gegenübers ablesen.

»Wieso nicht? Das ist meine Wohnung!«

Allmählich wird er richtig misstrauisch und mehr noch: wütend.

Eilig macht Marisa weiter. »Hier steht, dass neben Rasima auch noch ein Aleksander in dieser Wohnung …«

Vladan Hasanis Miene verhärtet sich. »Er nicht mehr hier.«

»Seit wann?«

»Er weg, für immer. Wir sind drei. Eine Familie, drei Leute.«

»Wo ist er?« Marisa lässt nicht locker.

»Was ist für eine komische Umfrage?« Herr Hasani tritt auf Marisa zu, doch sie bleibt ungerührt stehen.

»Ich möchte wissen, wo er ist«, beharrt sie.

»Wieso wollen Sie wissen? Sie überhaupt nicht Verwaltung, oder?« Drohend baut er sich vor ihr auf. »Heute Sonntag!«

Jetzt rinnt ihr der Schweiß über den Rücken, aber sie hält seinem Blick stand. »Wo ist Ihr Sohn, Herr Hasani? Ist er zurück aus Syrien?«

»Woher …?« Er ringt um Fassung, sein Gesicht wird ganz fahl. »Sie Zeitung? Sie Zeitung!« Er stößt einen bosnischen Fluch aus und hebt die Faust. »Sie lügen! Sie schreiben falsche Sachen, alles nicht wahr!«

»Beruhigen Sie sich, Herr Hasani«, kommt Bashir Marisa zu Hilfe. »Wir wollen bloß …«

Klirrend zerspringt in der Küche ein Teller auf dem Boden, ein unterdrücktes Schluchzen ist zu hören. Am anderen Ende des Flurs wird eine Tür aufgerissen, gleich darauf flitzt ein dunkler Schatten am Wohnzimmer vorbei.

»Mama«, hört Marisa die tröstende Stimme einer jungen Frau.

Ein paar Sekunden lang bleibt es seltsam still, Stoff raschelt, dann entfährt Azira Hasani ein hoher, lang gezogener Laut.

Vladan Hasani ist erstarrt, als seine Frau nebenan aufgeschluchzt hat, bei ihrem Aufschrei fährt er zusammen und verlagert angriffsbereit wie ein Boxer sein Gewicht von einem Bein aufs andere. Sein Kiefer ist vorgeschoben, der eben noch behäbig und gutmütig wirkende Mann erscheint plötzlich sehr bedrohlich.

»Sie gehen jetzt besser«, sagt Rasima, die unvermittelt im Türrahmen steht. »Sie haben schon genügend Aufruhr in unser Heim gebracht.«

Sie trägt ebenfalls eine Burka, einzig die blitzenden Augen verraten ihre Wut.

»Bitte, es ist wichtig«, startet Marisa einen letzten Versuch. »Erich Bodmer ist aus Syrien zurückgekehrt und offensichtlich außer Kontrolle. Wir versuchen, ihn zu finden, ehe er weitere schreckliche Dinge anrichtet. Selbst wenn Skander noch in Syrien ist, könnte er uns womöglich einen Hinweis …«

Rasima sieht Marisa kühl an. »Skander ist tot. Und jetzt lassen Sie uns in Ruhe bitte.«

Marisa zuckt zusammen. Konsterniert schaut sie die junge Frau an, der Tränen in die Augen schießen, die aber den Blick nicht abwendet.

Bashir setzt sich in Bewegung und Marisa folgt ihm mit etwas Abstand.

»Es tut uns leid«, flüstert sie Rasima halblaut zu. »Wirklich. Wir haben nicht gewusst … Auf gar keinen Fall wollten wir Ihre Eltern in Bedrängnis bringen. Und Sie auch nicht. Dafür möchte ich mich entschuldigen.«

Rasima zeigt keine Reaktion, wortlos wendet sie sich ab und verschwindet in der Küche.

36

Geduckt war er durch das Maisfeld gerannt, eine Reisetasche an die Brust gepresst, der Rucksack war bei jedem Schritt gegen sein Kreuz geschlagen, Blätter hatten ihm ins Gesicht gepeitscht. Irgendwoher klangen aufgeregte Stimmen, weit entfernt bellte ein Hund. Unbeirrt hastete Ben weiter, bahnte sich keuchend einen Weg durch die dicht wachsenden Pflanzen, bis nur mehr das Rascheln der Blätter zu hören war und er vor sich die Lichtkegel von Taschenlampen entdeckte, die zwischen den mannshohen Stauden hin und her wanderten. Ben hielt kurz an, stieß einen leisen Pfiff aus und nachdem er eine Antwort erhalten hatte, trabte er erleichtert grinsend weiter, auf die Lichter zu.

Ein in der Dunkelheit kaum sichtbares Loch im Zaun, der Fahrer des Wagens hatte ihnen die ungefähre Position angezeigt, nachdem er sie auf der Landstraße mitten im Nirgendwo hatte aussteigen lassen, um sich danach schleunigst aus dem Staub zu machen. Sie befanden sich einen knappen Kilometer von der Grenze entfernt, den Rest mussten sie zu Fuß zurücklegen.

Atemlos erreichte Ben seine Brüder. Sie umarmten sich stumm, dankten Allah, dass er sie sicher nach Syrien geleitet hatte. Erich warf sich auf die Knie und küsste den Boden, was die anderen irritiert zur Kenntnis nahmen, dann setzten sie sich wie vereinbart an den Wegrand und warteten. Man würde sie hier abholen, hatte der Fahrer gesagt, sie sollten Geduld haben.

Einen Steinwurf entfernt befand sich eine Siedlung, ein halbes Dutzend karger Steinhäuser, die im Mondlicht milchig schimmerten.

»Wir haben es beinahe geschafft«, sagte Muhammad.

»Ich kann es kaum erwarten, eine Kalaschnikow in die Hände zu kriegen!«, rief Erich, seine Augen funkelten. »Und die *kuffar* niederzumähen.« Er machte ballernde Maschinen-gewehrgeräusche, während er mit einer unsichtbaren Waffe auf die Umgebung zielte.

»Erst kriegst du eine Ausbildung«, erinnerte ihn Muhammad ruhig.

»Allah wird uns helfen, Assads Kämpfer zu vernichten und dem Kalifat zu neuem Glanz zu verhelfen!«, proklamierte der Bursche aufgekratzt.

Selbst wenn Ben Erichs Euphorie nicht ganz zu teilen vermochte – auch er war aufgeregt. Sie waren in Syrien angelangt, wo ein neues Leben auf sie wartete. Gemeinsam mit den Brüdern und Schwestern würden sie den Islamischen Staat wieder-aufbauen, ihm zu seiner alten Stärke verhelfen.

»Ihr müsst neue Namen annehmen«, erklärte Muhammad unvermittelt, seine Stimme klang feierlich. »Unsere alten gehören zu einem anderen Leben, einem Leben, das wir für immer hinter uns gelassen haben.«

Ben wusste, dass sich Dschihadisten arabisch klingende Namen gaben, wenn sie dem IS beitraten, manche verbrannten sogar ihre Pässe, um den Bruch mit der Vergangenheit unumkehrbar zu machen.

»Ich zum Beispiel heiße Abu Tahir«, sagte Muhammad. »So habe ich schon damals geheißen, als ich dem Kalifat gedient habe, die Brüder nennen mich heute noch so.«

»Ich bin Abu el-Hassan.« Abdelkarim hob die Hand, wie immer sprach er wenig.

»In dem Fall soll mein Name Abu Salman sein«, erklärte Erich.

»Häng noch ›al-Swissri‹ an, dann wissen gleich alle, woher du kommst«, schlug Muhammad vor.

»Abu Salman al-Swissri«, wiederholte Erich voller Pathos und grinste breit.

»Und ich heiße ab jetzt Abu Rasim al-Bosni«, beendete Ben die Runde.

»Wieso nicht al-Swissri?«, wollte Erich in lauerndem Ton wissen. »Du bist doch in der Schweiz geboren.«

Ben senkte den Kopf. »Weil ich da nicht dazugehöre. Ich bin immer ›der Bosnier‹. Selbst nachdem ich mein ganzes Leben da verbracht habe, fühle ich mich nicht vollständig akzeptiert.«

»In Bosnien aber schon?«

»Nein, dort auch nicht, man nennt mich überall ›švajcarac‹, den ›Schweizer‹. Doch mein Blut ist nun mal bosnisch, da kann mir keiner was.«

»Ich habe immer gemeint, ›švajcarac‹ hieße ›Schwuchtel‹ auf Bosnisch.«

»Fick dich, Abu Salman al-Swissri!«

Erich grinste hämisch, doch ehe er einen weiteren Seitenhieb platzieren konnte, fuhr Muhammad dazwischen.

»Lasst für einmal die Gehässigkeiten, ihr Streithähne, und freut euch lieber, dass wir heil in Syrien angekommen sind! Lasst uns Allah danken!«

Gehorsam erhoben sie sich, priesen Allah und fielen sich in die Arme. Danach holten sie die mitgebrachten Wasserflaschen hervor, setzten sich unter den nächsten Baum, eine abgestorbene Aleppokiefer, tranken und malten sich in einem angeregten Gespräch die ruhmreiche Zukunft aus.

Ein sanftes Meckern weckte Ben. Er öffnete die Augen und richtete sich mühsam auf. Sein Rücken schmerzte vom harten Boden, der Nacken war steif, er fühlte sich wie gerädert. Die Sonne war eben erst aufgegangen, es war bereits brütend heiß. Eine Herde Ziegen spazierte an ihnen vorbei, neugierig musterten die Tiere sie, reckten schnuppernd ihre Nasen. Der Bauer allerdings würdigte sie keines Blickes, auch die verhüllte Frau, die vor einer der Hütten erschreckend magere Hühner fütterte, verzog keine Miene.

Wahrscheinlich haben sie schon zu viele Dschihadisten gesehen, dachte Ben. Junge Männer wie sie, die im Begriff waren, voller Stolz und Überzeugung in den Heiligen Krieg zu ziehen, bereit, im Namen Allahs zu kämpfen und womöglich ihr Leben zu lassen.

Leiser Zweifel stieg in Ben auf, er verdrängte ihn jedoch sofort. Darin war er mittlerweile geübt. Ein neues Leben wartete auf ihn, mit Brüdern und Schwestern, die seine Ankunft kaum erwarten konnten, das hatten sie ihm in unzähligen Nachrichten geschrieben. Endlich würde er irgendwo dazugehören, willkommener Teil einer Gemeinschaft sein.

Die Al-Shamis hatten ihm immer wieder Videos von der Ausbildung gezeigt. Junge Männer, die sich von Brücken abseilten, Kinder aus lichterloh brennenden Häusern befreiten und sich im Nahkampf übten. Heroische Kerle voller Abenteuerlust, die nichts fürchteten und dennoch herzlich waren zu ihren Brüdern. So wollte Ben auch werden, ein Held, strotzend vor Männlichkeit, einer, der Menschen in Not rettete und zu dem alle aufsahen. Einer, der sich seiner selbst sicher war und sich nicht andauernd zu hinterfragen brauchte. Damit würde er – so hoffte er inständig – die beunruhigende Stimme in seinem Inneren zum Verstummen bringen, diese Stimme, die so voller Begehren war und ihn in eine ganz andere Richtung lockte.

Ben nahm einen Schluck aus der Plastikflasche, die neben seinen Rucksack gerollt war, sie war beinahe leer. Die Gegend war dürr und karg, eine Wüstenlandschaft breitete sich vor ihm aus und die Hitze wurde von Minute zu Minute unerträglicher.

Aus der Ferne drang Motorengeräusch. Verwundert kniff Ben die Augen zusammen, doch er hatte sich nicht getäuscht. Am Horizont stieg eine Staubwolke auf. Rasch weckte er seine Begleiter und gemeinsam beobachteten sie, wie sich ein weißer Toyota Hilux in halsbrecherischem Tempo näherte, der Staub, den er aufwirbelte, ließ den Bauern und seine Ziegenherde erst zu verschwommenen Umrissen verblassen, bevor er sie ganz verschluckte.

Etwas Majestätisches ging von diesem Fahrzeug aus, fand

Ben und sein Herz klopfte vor Vorfreude. Endlich würde er richtige IS-Kämpfer kennenlernen, das war alles kein Traum, das neue Leben, es war nur noch eine Autofahrt entfernt.

»Eine Kalaschnikow«, stellte Erich fest, als sie eingestiegen waren.

Der Fahrer, ein rothaariger Kerl namens Abu Omar al-Irlandi, nickte anerkennend.

»Darf ich mal anfassen?«, fragte Erich auf Englisch.

Der Ire nickte erneut und Erich nahm die Waffe an sich, setzte sich wieder auf die Rückbank und verzog bewundernd die Mundwinkel, während er sie in den Händen wog, als würde er ihr Gewicht prüfen. Anschließend strich er behutsam mit den Fingern über den Gewehrlauf, berührte den Schaft aus Holz. Im nächsten Moment erklang ein blechernes Klicken.

»Hey!«, rief der Ire. »Klapp den Sicherungshebel sofort wieder hoch!«

Erich grinste dämlich, zielte aus dem Fenster, den Zeigefinger am Abzug. Ben zog den Kopf ein und hielt sich in Erwartung eines Schusses die Ohren zu.

»Fuck!«, brüllte der Rothaarige. »Spinnst du? Hast du mich nicht gehört? Klapp das Ding hoch, auf der Stelle!«

Widerwillig befolgte Erich die Anweisungen und schob den Sicherungshebel wieder in die Ausgangsposition. Der Ire bremste ab, sprang aus dem Wagen, riss die Hintertür auf und zerrte Erich das Gewehr aus der Hand. Dann holte er aus. Erich entfuhr ein verblüffter Aufschrei, als die Faust seine Nase traf, gleich darauf schoss Blut über seine Lippen und tropfte von seinem Kinn.

Wütend setzte sich der Fahrer wieder hin, ignorierte Muhammads beschwichtigende Einwürfe und drückte aufs Gaspedal.

Ben hatte keine Ahnung, wohin der Fahrer sie fuhr. Sie waren bereits zwei Stunden unterwegs, als er endlich von der Hauptstraße abbog. Nach einigen Kilometern auf einem holprigen Pfad hielt er auf ein kleines Dorf zu. Leuchtend rot ging die Sonne unter, ringsum war nur Wüste, ein gigantisches Nichts. Vor einem mehrstöckigen Haus brachte der Ire den Toyota zum Stehen, die Mauern auf der rechten Seite waren teilweise weggebrochen und gaben den Blick frei auf die Wohnungen, geborstene Fensterscheiben überall, die Möbel unter einer dicken Staubschicht, auch auf der Straße lag Schutt.

Ein Bombenangriff, dachte Ben. Davon war in den pathetischen Propagandavideos nichts zu sehen gewesen.

»Was passiert jetzt?«, wollte Erich wissen, der keinerlei Ressentiments gegen den Fahrer zu hegen schien.

»Von hier werdet ihr in ein Trainingslager gebracht«, sagte der Mann kurz angebunden. »Aber erst in ein paar Tagen.«

Ratlos blieben sie kurz darauf im Eingangsbereich des Gebäudes stehen. Den langen Gängen und der Vielzahl von Zimmern nach eine ehemalige Schule, alles war dabei zu zerfallen, an einer Mauer hing eine Uhr, die längst stehen geblieben war, eine breite Treppe führte zu den oberen Stockwerken.

Aus dem Untergeschoss stieg ein verführerischer Duft nach Couscous zu ihnen hoch und Ben wurde schlagartig bewusst, wie hungrig er war, wie lange er nichts mehr gegessen hatte.

Gemeinsam mit Abdelkarim machte er sich auf die Suche nach einer Toilette, sie fanden sie neben den Duschräumen am Ende des Korridors. Schwarzer Schimmel wucherte in den Ecken, der Boden glitschig, die Mehrzahl der Toiletten war verstopft. Es stank bestialisch nach Fäulnis und Fäkalien. Die Räumlichkeiten mussten seit Wochen nicht mehr gereinigt worden sein.

Zu Hause hatte sich das ganz anders angehört. Die Brüder und Schwestern schwärmten von geradezu idealen Lebensbedingungen, von eigenen Wohnungen, der Islamische Staat versorge einen mit allem, was man bräuchte, Not gebe es keine, sie hätten sogar ein geregeltes Einkommen.

Wir befinden uns auf einem Zwischenhalt, tröstete sich Ben. Waren sie erst an ihrem Ziel angekommen, würde alles besser werden.

»Da seid ihr ja!«, rief ein korpulenter Mann mit Schnauzbart, als sie zu Muhammad und Erich zurückgekehrt waren und schaudernd von den hygienischen Zuständen berichteten. Winkend eilte er auf sie zu, schloss jeden von ihnen wie einen alten Bekannten in die Arme und drückte ihnen feuchte Küsse auf die Wangen. Muhammad umarmte er etwas länger, die beiden Männer sahen sich in die Augen und nickten sich zu, als würden sie ein Geheimnis teilen.

Der Kerl roch nach Schweiß und Tabak. Er war der Kommandant des Lagers, wie Ben bald erfuhr.

Der Kommandant wies sie an, erst das Gepäck aufzunehmen und sich einen Schlafplatz auf einer der drei benutzbaren Etagen zu suchen.

Voller Erwartung stiegen Ben und seine Begleiter die Treppe hoch. Zu ihrer Überraschung waren überall dünne Matten auf dem Boden ausgerollt, die meisten waren besetzt. Junge Männer lagen darauf, teils dösend, manche glotzten sie teilnahmslos an, andere starrten an die Decke.

»Da vorne, wo die Amerikaner alles wegbombardiert haben, gibt es noch freie Schlafplätze«, sagte ein unglaublich junger Typ, der sie als Einziger begrüßte, und wies auf die klaffende Lücke in der Wand, durch die der benachbarte Häuserblock zu erkennen war. Abendlicht färbte die ebenfalls von Bombeneinschlägen versehrte Mauer bläulich. »Schweizer?«, schob er nach, ehe sie sich bedanken konnten, und bedachte Muhammad und Abdelkarim mit zweifelndem Blick. »Ich habe euch vorhin zugehört und gedacht …«

»Ja, wir kommen aus der Schweiz«, bestätigte Erich, stellte sich vor und schüttelte dem Kerlchen, das ihm knapp bis zur Brust reichte, die Hand.

Der ist höchstens sechzehn und sieht aus wie zwölf, dachte

Ben, während sich der Kleine als Ronny vorstellte, Ronny aus Albisrieden.

Sie hatten sich gerade eingerichtet, als sich Ronny unaufgefordert zu ihnen gesellte, er hatte seine eigene Matte mitgebracht und rollte sie direkt neben Bens Schlafplatz aus.

»Schweizerdeutsch lindert das Heimweh«, erklärte er, während er es sich bequem machte, und keiner brachte es übers Herz, den Kleinen abzuweisen.

Wenig später informierte sie ein Kämpfer in grüner Militäruniform, dass sie sich im Büro des Kommandanten melden müssten, sie sollten ihm folgen.

Einer der Räume im Erdgeschoss, die intakt geblieben waren, war zu einer Art Büro umfunktioniert worden, eine schwarze IS-Flagge hing an der Wand.

Mittlerweile sprach und las Ben ziemlich gut Arabisch, er hätte jedoch auch so gewusst, was auf dem Banner stand: *La-ilaha-ill-allah*, es gibt keinen Gott außer Gott. Der erste Teil des Glaubensbekenntnisses.

Darunter war das Siegel des Propheten zu sehen und der zweite Teil der Aussage: *muhammadun rasul allah*, Mohammed ist der Gesandte Gottes.

Flagge und Organisation waren in der Schweiz verboten, doch das spielte hier keine Rolle.

Der Kommandant bat sie, Handys, Pässe und Kreditkarten abzugeben. Er schob alles dem jungen Mann in Uniform hin, der sie hierhergeführt hatte und neben seinem Tisch wartete. Sofort wickelte der Bursche Klebeband um je ein Handy und den dazugehörigen Pass und verstaute die Päckchen in einer Schachtel, mit der er verschwand, sobald er fertig war.

»Wann beginnt die Ausbildung?«, fragte Erich, sein Gesicht glühte vor Eifer, seit sie ins Büro gebracht worden waren.

»Demnächst«, sagte der Kommandant vage und fuhr sich seufzend über die Stirn. »Der IS ist zurzeit überall unter Beschuss. Wir haben wichtige Stellungen wie Mossul im Irak verloren. Palmyra mussten wir im März nach langen Gefechten mit den syrischen Streitkräften und den Russen räumen und die Koalition hat uns auch aus Rakka vertrieben. Wir befinden uns in einer ziemlich ausweglosen Situation.« Der Versuch zu lächeln verzog sein Gesicht zu einer erbärmlichen Grimasse. »Wir brauchen jeden einzelnen Mann, wenn wir überleben wollen.«

»Deswegen sind wir hier«, betonte Erich und richtete sich kerzengerade auf. »Um für die Brüder und Schwestern einzustehen, um zu kämpfen und den IS wieder groß zu machen.«

In der spärlichen Bürobeleuchtung wirkt sein Grinsen irr, stellte Ben fest.

»Und natürlich werden wir die *kuffar* abschlachten, jeden Einzelnen von ihnen, wir werden sie alle niedermetzeln.«

»Gut, Bruder, das höre ich gern«, meinte der Kommandant anerkennend.

Doch als er gleich darauf eine Kladde heranzog und sie umständlich öffnete, war ihm die Erschöpfung deutlich anzusehen.

»Ich muss eure Personalien aufnehmen«, erklärte er. »Nennt mir eure Namen, die alten bitte, und wer im Todesfall zu unterrichten ist. Und wo ihr euch gern einsetzen lassen würdet.«

»Was steht zur Auswahl?« Erich versuchte, auf die aufgeschlagene Seite zu linsen.

»Drei Optionen«, erklärte der Kommandant. »Kämpfer, Logistiker oder Märtyrer.«

»Ich habe mich für Märtyrer entschieden«, bemerkte eine jugendliche Stimme hinter ihnen.

Wie auf Kommando hatten sie sich umgedreht und Ronny angestarrt, der im Türrahmen gelehnt und stolz gelächelt hatte.

37

Helles Licht fällt durch den Spalt zwischen den Vorhängen, es ist bereits früher Nachmittag, als Ben endlich erwacht. Er braucht ein paar Sekunden, bis er sich erinnert, wo er sich befindet. Ein Blick aufs Handy, keine Nachrichten. In der Wohngemeinschaft vermisst ihn also keiner. Gähnend streckt er seine Glieder, er fühlt sich ausgeruht und voller Tatendrang. Erleichtert auch, weil er einige schwerwiegende Probleme gelöst hat.

Beschwingt steht er auf, tapst zum Fenster und schiebt die Gardinen zur Seite, der Himmel ist bedeckt, aber es regnet nicht mehr. Die Aussicht ist neu für ihn, Wohnblöcke, wohin er guckt, die Zufahrtswege menschenleer. Hier wird er garantiert niemandem auffallen. Vierundzwanzig Stunden bleiben ihm bis zu seinem großen Moment, das sollte reichen.

Nachdem er geduscht hat, kehrt Ben ins Schlafzimmer zurück und stellt sich auf den Rand des Teppichs, den er mitgebracht und bereits in der Nacht gen Mekka ausgerichtet hat. Konzentriert schließt er die Augen und hebt die flach ausgestreckten Handflächen, bis die Daumen beinahe die Ohren berühren.

»*Allahu akbar*«, beginnt Ben sein *fajr*, ein verspätetes Morgengebet, das für alle gläubigen Moslems *fard* ist, Pflicht. Die restlichen Gebete, *zuhr*, *asr*, *maghrib* und *ischa*, muss er bis zum Einbruch der Dunkelheit nachgeholt haben, ausnahmsweise zeitlich verschoben. Doch Allah wird es verstehen, Ben hat bis in die frühen Morgenstunden zu tun gehabt und musste sich anschließend von den Strapazen erholen.

»*Subhanaka allahumma wa bihamdika wa tabarakasmuka wa ta'ala dschaduka wa la-ilaha ghairuk*«, fährt er fort, indem er die rechte Hand auf die linke legt, dann sinkt er auf die Knie.

Nach dem Gebet begibt er sich in die Küche, das Apartment ist tatsächlich winzig, für sein Vorhaben jedoch perfekt. Das Becken steht im Kühlschrank. Zufrieden stellt er fest, dass sich eine beachtliche Menge Ammoniumnitrat aus der Lösung herauskristallisiert hat. Er hat gleich in der Nacht die erste Mischung angesetzt, allerdings reicht das Resultat bei Weitem nicht aus. Aber an Nachschub mangelt es nicht, der Sack mit dem Dünger ist noch beinahe voll.

Er öffnet einen Küchenschrank nach dem anderen, bis er eine angebrochene Packung Kekse findet, er stopft sich ein paar davon in den Mund und durchsucht danach die Wohnung nach einem Autoschlüssel. Er findet ihn in einer Jacke, die an der Garderobe hängt. Als sich Ben an ihr zu schaffen macht, steigt ihm ein fremdes Parfüm in die Nase, ein würzig herber Geruch. Unvermittelt spürt er Marcs Lippen wieder auf seinen, es fühlt sich so real an, dass er zusammenzuckt. Mit pochendem Herzen weicht er zurück, als wäre der Stoff glühend heiß, und verharrt, plötzlich unschlüssig, in der Diele. Dann schiebt Ben die Erinnerung mit Nachdruck von sich und kehrt in die Küche zurück.

Behutsam schüttet er das über Nacht gewonnene und mittlerweile getrocknete Ammoniumnitrat auf eine Zeitung, faltet sie vorsichtig zusammen und lässt das Pulver durch die entstandene Rinne in ein massives Metallrohr rieseln, dessen unteres Ende mit einem Gewinde verschlossen ist.

Das Radio läuft, Ben hört kaum auf die Musik. Die Situation in der vergangenen Nacht hat ihn an den Rand des Ertragbaren gebracht, der Druck war mit einem Mal immens geworden, die seit geraumer Zeit schwelenden Zweifel haben ihn fast erdrückt. Kurz erwog er, alles hinzuschmeißen. Doch Allah, den er in seiner Not anrief, stand ihm bei und verlieh ihm Mut. So nah war er, dass Ben seine Kraft spüren konnte, mit der er ihm die Hand führte. Einen Notfall vorschiebend, hat er danach Marc aus dem Bett geklingelt.

Ben horcht auf. Eben hat die Radiosprecherin ein Interview mit der Politikerin Andrea Graf angekündigt. Er erinnert sich, die Frau im Fernsehen gesehen zu haben, offenbar besteht für sie kein Anlass, Waffenexporte zu beschränken. Schweizer Waffen, mit denen Brüder und Schwestern in Syrien getötet werden. Sturmgewehre, Pistolen, Handgranaten aus hiesiger Produktion werden auf Online-Schwarzmärkten feilgeboten und haben schon vielen Gotteskriegern das Leben gekostet. Ben spürt Wut aufwallen und atmet tief durch, ehe er nach der Flasche Rapsöl langt, die er bereitgestellt hat. Langsam schraubt er den Deckel ab, während er Andrea Graf zuhört.

»… es gibt Kontrollorgane, die verhindern, dass unsere Waffen in Kriegsgebiete gelangen«, erklärt sie gerade.

»Es hat sich jedoch längst herausgestellt, dass diese Kontrollen überhaupt nicht effizient sind, Frau Graf«, hält ihr die Radiomoderatorin entgegen. »Woher rührt Ihr plötzlicher Meinungsumschwung? Vor wenigen Tagen klang es von Ihrer Seite noch so, als würden Sie Restriktionen gutheißen. Sie haben sogar öffentlich über eine Umstrukturierung von Rüstungsfirmen nachgedacht. Hat Sie die Waffenlobby umgestimmt?«

»Natürlich nicht«, gibt Andrea Graf empört zurück. »Ich bin keine dieser Lobbymarionetten. Die findet man eher beim Freisinn.«

»In dem Fall …«, setzt die Interviewerin zu einer Relativierung an.

Doch die Graf lässt sie nicht zu Wort kommen. »Die Sache ist die: Ich habe mich noch einmal gründlich mit der Thematik auseinandergesetzt und bin zu dem Schluss gelangt, dass die Idee der Linken zwar ganz nett ist, nur leider überhaupt nicht umsetzbar. Wie immer, wenn die Linken etwas anreißen.«

»Vor wenigen Tagen aber …«

»Eine Umstrukturierung ergibt keinen Sinn, davon bin ich mittlerweile überzeugt.«

»Also wollen Sie weiterhin riskieren, dass Schweizer Waffen in Krieg führenden Ländern auftauchen?«

»Wir haben sehr strenge Bestimmungen …«

»Sie weichen mir aus, Frau Graf.«

»Ich weiche Ihnen überhaupt nicht aus.«

»Dann geben Sie mir bitte eine klare Antwort. Soll die Schweiz die Bestimmungen für den Waffenverkauf verschärfen?«

»Wir reden hier von unzähligen Arbeitsplätzen ...«

»Frau Graf! Gesetze verschärfen. Ja oder Nein?«

Andrea Graf hält inne, schließlich sagt sie: »Nein, auf gar keinen Fall.«

Aufmerksam ist Ben dem Gespräch gefolgt, dabei ist ihm spontan eine Idee gekommen, eine brillante, wie er findet. Ein leises Lächeln umspielt seine Lippen, als er das Metallrohr in die Hand nimmt und vorsichtig Öl hineinträufeln lässt. Abu Tahir würde stolz auf ihn sein.

Manchmal wünscht sich Ben, er wäre in Syrien besser ausgebildet worden, gerade im Umgang mit explosiven Materialien. Dann liefe er jetzt nicht Gefahr, bei der kleinsten Unachtsamkeit samt seinen Basteleien in die Luft zu fliegen. Klar, ein Bombenanschlag ist effizient, damit kann man mit einem Schlag unzählige *kuffar* vernichten, so richtig heroisch wirkt jedoch nur ein Attentat mit Schusswaffen oder ein Lastwagen, mit dem man in eine Menschenmenge hineinrast. Bilder, die schon unzählige Brüder zu Legenden gemacht haben, während bei Explosionen einzig das verheerende Resultat gezeigt werden kann.

Doch die Ausbildung im Zwischenlager ist rudimentär gewesen und hatte überhaupt nichts mit den beeindruckenden Videos zu tun, die Ben bei den Al-Shamis gesehen hat. Niemand seilte sich von Brücken ab, weil es in der Gegend schlicht keine gab, das Sportprogramm bestand aus halbherzigen Joggingversuchen, manchmal mussten sie im Sand herumrobben, aber das nur, wenn es nicht zu heiß war. Dazu morgendliche Rumpfbeugen und Liegestützen, das war's. Die Waffenausbildung beschränkte sich in erster Linie aufs Zerlegen und Zusammensetzen von Kalaschnikows. Eines Morgens wurden sie in die

Wüste gefahren und mussten ein paar Schüsse auf aufgetürmte Konservendosen abgeben, danach fand der Kommandant, sie seien bereit für die Front, der erste Einsatz wurde gleich für den nächsten Tag festgelegt. Sehr zu Erichs Freude, der es kaum erwarten konnte loszuballern.

Spätestens da realisierte Ben, wozu der Islamische Staat sie brauchte. Nicht beim Wiederaufbau sollten sie helfen, auf sie wartete keine ruhmreiche Zukunft, das war nie vorgesehen gewesen, nicht für sie. Sie waren bloß Kanonenfutter, wertlose dumme junge Männer, die man bei der nächsten Terroraktion opferte, mit der der IS Angst und Schrecken in der Region verbreitete.

Wäre Abu Tahir nicht gewesen, Ben hätte sich womöglich schon in dieser ersten Woche auf den Heimweg gemacht. Doch sein Mentor beschwor ihn inständig, auf sein Herz zu hören und zu bleiben. Allah habe einen Plan, davon sei er überzeugt, er würde Ben seinen Platz schon zuweisen.

»Und auch ich möchte, dass du hierbleibst«, betonte Abu Tahir am Schluss seiner Überzeugungsrede. »Es würde mir viel bedeuten.«

Zweifelnd runzelte Ben die Stirn. »Echt?«

»Bruder, du bist mir sehr ans Herz gewachsen in den letzten Monaten. Ohne dich würde ich es hier kaum aushalten.«

Abu Tahir sah ihm fest in die Augen und etwas in Ben wurde ganz weich und gefügig.

»Okay?«, wollte Abu Tahir wissen.

»Okay«, erwiderte Ben und sie umarmten sich innig.

Von da an hielt sich Ben häufig in Abu Tahirs Nähe auf, der sich nur selten an den Übungen beteiligte, sondern – vermutlich aufgrund seiner früheren Tätigkeiten – das Vertrauen des Kommandanten genoss und rasch zu dessen rechter Hand aufstieg.

Der erste Einsatz war so verstörend gewesen, dass sich Ben wochenlang nicht davon erholt hatte. Mit einem Mal verstand er die Männer im Lager, die apathisch auf ihren Matratzen lagen und nichts anderes taten, als tagelang an die Decke zu starren.

Das Gespräch mit Andrea Graf ist beendet, aus dem Radio dudelt wieder Musik, Katy Perry. Schwer atmend beugt sich Ben über den Tisch, Schweiß rinnt ihm über die Stirn. Seine Finger zittern, während er den Zünder anbringt. Als es ihm gelungen ist, schraubt er behutsam das fehlende Gewinde auf das Ende des Metallrohrs. Danach platziert er das Konstrukt auf der Arbeitsfläche und betrachtet es eine Weile. Seine erste richtige Bombe.

Stolz wallt in ihm auf, er hat es geschafft, ganz allein, ohne fremde Hilfe.

Im Kühlschrank findet er eine angebrochene Flasche Orangensaft, er setzt sie an und trinkt, lehnt sich dann an die Arbeitsplatte und schließt kurz die Augen. Er versucht, die Bilder zu verdrängen, doch so einfach ist das nicht. Dieser erste Einsatz, der so viel Leid verursacht hat. Wie in seinen Albträumen sieht er sich in das Dorf hineinrennen, blindlings um sich schießend und insgeheim hoffend, dabei niemanden zu treffen. Ein heißer Tag, einer mehr, die Sonne brennt, der Schweiß läuft ihm unter der Uniform über den Körper. Alles ist trocken und staubig, die Bilder haben einen leichten Gelbstich, sind überbelichtet wie Schnappschüsse. Ben sieht sich innehalten, hinter einem Brunnen in Deckung gehen, die Bewohner des Dorfes wehren sich so gut sie können. In einiger Entfernung sieht er Erich, der mit seinem Gewehrlauf einem Mann den Schädel einschlägt, blindlings um sich schießt, sieht die weinenden Frauen und Kinder, die er mit der Kalaschnikow im Anschlag vor sich hertreibt. Ben kann ihr Flehen hören, die panischen Gebete, hört die ratternden Schüsse und die Stille danach. Er sieht Brüder, die in Häuser eindringen und alles niedermetzeln, was sich ihnen in den Weg stellt, sieht sie kurz darauf schwer beladen aus den Eingängen heraustreten, Schmuck, Bargeld, Küchengeräte, Stereoanlagen, Vorräte, nichts Brauchbares wird zurückgelassen, während aus den Fenstern die Schreie der Frauen dringen, die sie am Leben gelassen haben, vorerst zumindest.

Und er sieht Abdelkarim, wie er ihm zuruft, er habe Durst, er hole ihnen etwas zu trinken. Ben sieht immer noch das Grinsen auf seinem unschuldigen Jungengesicht, sieht ihn in den Laden hineinstürmen, ein kleines Geschäft mit hellblauer Markise, Kisten mit Orangen und Datteln vor dem Schaufenster, daneben zwei Tischchen, ein Stuhl ist etwas weggerückt, ein anderer umgefallen. Die brennende Zigarette in einem Aschenbecher, ein Rauchfaden steigt auf, der Kaffee halb ausgetrunken. Ben macht einen Schritt auf den Laden zu. Gleich darauf bebt die Erde, mit einem Klirren birst die Scheibe, Orangen fliegen durch die Luft.

Eine Handgranate, hat ihm Abu Tahir später erklärt, das Gesicht vor Trauer ganz grau.

»Mein Bruder ist ein Held.«

38

Sie ist ausgerüstet: ein Becher mit dampfendem Kaffee, zwei belegte Brötchen, das Handy geladen, ein Roman von Elena Ferrante liegt auf dem Beifahrersitz. Ihren roten Renault Modus hat Marisa ein paar Schritte vom Plattenbau entfernt in einer Seitenstraße abgestellt, von wo aus sie nicht nur die Parkplatzeinfahrt, sondern auch den Hauseingang im Auge behalten kann.

Nach ihrem gründlich misslungenen Besuch bei der bosnischen Familie am Vormittag haben Marisa und Bashir im Internet nach Spuren von Skander Hasani gesucht, außer ein paar veralteten Schulfotos allerdings nichts Brauchbares gefunden. Sie gehen davon aus, dass er sich – wie die meisten Dschihadisten – einen arabischen Namen zugelegt hat. Ohne den zu kennen, ist es für sie schier unmöglich, etwas über Skanders Verbleib herauszufinden.

Nachforschungen in diesem Bereich sind grundsätzlich schwierig, zu viele junge Männer sind im Kampf für den IS bereits gefallen. Zwar gibt es unzählige und vor allem endlose Auflistungen, doch es ist anzunehmen, dass selbst die unvollständig sind.

Da sie auf der Stelle traten, überprüften sie kurz Dominik Schwendener, fanden jedoch nichts Skandalöses über ihn heraus. Auf den ersten Blick hatte der Mann eine weiße Weste.

Oft entdecke man aber erst bei genauerem Hinsehen Bruchstellen oder Ungereimtheiten in einer Biografie, meinte Bashir und erklärte sich bereit, sich vor einem abendlichen Besuch bei seiner Mutter eingehend um den Backgroundcheck zu kümmern. Derweil soll Marisa allein versuchen, mit Rasima oder Frau Hasani ins Gespräch zu kommen. Wenn sie klären wollen, was mit Skander geschehen ist und ob das allenfalls etwas mit Erich zu tun hat, führt kein Weg an den Hasanis vorbei, darin sind sich Bashir und Marisa einig. Obschon sie sich in der

Wohnung der Hasanis beinahe übergriffig verhalten hat und ihre stümperhafte Maskerade am Ende aufgeflogen ist, ist sie zweifelsfrei die geeignetere Person für diese Aufgabe. Als Mann ist Bashir klar im Nachteil, da sich Rasima oder ihre Mutter höchstwahrscheinlich nur einer Frau anvertrauen würden – falls überhaupt.

Marisa kurbelt das Fenster hinunter, um frische Luft hereinzulassen, früher Nachmittag, im Radio läuft ein Interview mit Andrea Graf. Sie schaut zum Wohnhaus hinüber, während sie dem Gespräch mit einem Ohr folgt. Seit sie hier steht, ist niemand aus der Eingangstür gekommen. Tagsüber scheint es wie ausgestorben.

Am Morgen hat Marisa Wäsche gewaschen und Staub gesaugt, der Haushalt erledigt sich nun mal nicht von allein, dann war sie im Hauptbahnhof einkaufen und bezahlte online ihre Rechnungen. Danach, Luca war den ganzen Tag bei seiner Oma und sie befand sich bereits auf der Autobahn nach Dietikon, hatte sie die Nummer der Hasanis gewählt, den Anruf aber abgebrochen, sobald sich Rasima gemeldet hatte.

Sie sind zu Hause, denkt Marisa und atmet erleichtert auf, als der Talk mit Andrea Graf endet. Der Auftrag der Politikerin bereitet ihr Unbehagen, sie wird den Verdacht einfach nicht los, dass die Graf mit dem Ermittlungsresultat, falls Bashir überhaupt etwas herausfindet, Unsauberes vorhat. Welche Leichen Schwendener auch immer in seinem Keller vergraben hat – wenn sie tatsächlich auf etwas Anrüchiges stoßen, müssen sich Bashir und sie genau überlegen, welche Informationen sie weiterleiten wollen und welche sie besser unter Verschluss halten. Andrea Graf ist eine landesweit bekannte Persönlichkeit und wenn sie nicht von vornherein umsichtig handeln, laufen sie Gefahr, dass im Fall eines Skandals etwas auf sie zurückfällt oder sie gar selbst in den Schlagzeilen landen. Die rechte Politikerin macht auf Marisa nicht den Eindruck einer Auftraggeberin, die sich schützend vor ihre Quellen stellt.

Die Moderatorin verabschiedet ihren Gast und weist auf weitere Sendungen im Verlauf des Tages hin, danach läuft ein Song von Katy Perry. Marisa beugt sich vor und dreht den Ton lauter. Als sie wieder aufschaut, huscht eine verhüllte Gestalt aus dem Hauseingang. Die Burka verunmöglicht es Marisa festzustellen, wer unter dem Umhang steckt, auch die große cognacfarbene Handtasche, die an ihrem Arm baumelt, lässt keine Rückschlüsse auf die Besitzerin zu. Zwar sprechen die Statur, die Art, sich zu bewegen, und das entschiedene Tempo für Rasima, aber es könnte genauso gut jemand anders sein, vermutlich sind die Hasanis nicht die einzige muslimische Familie, die in diesem Wohnblock lebt.

Marisa zieht Bashirs Baseballmütze, die sie sich ausgeliehen hat, um ihre bronzefarbenen Locken zu verstecken, tiefer ins Gesicht. Derweil die Frau am Wagen vorbeieilt, wägt Marisa fieberhaft ab. Folgt sie ihr und es stellt sich heraus, dass es sich bei der Person nicht um Rasima handelt, hätte sie den Hasanis die Gelegenheit gegeben, das Haus von ihr unbemerkt zu verlassen. Bleibt sie auf ihrem Wachposten und die vermummte Gestalt ist tatsächlich Rasima, verpasst sie eine günstige Gesprächsgelegenheit und muss am nächsten Tag erneut herkommen.

Marisa entfährt ein leiser Fluch, jetzt wünscht sie sich, Bashir hätte sie begleitet. Mann hin oder her. Kurz entschlossen leert sie ihren mittlerweile lauwarmen Kaffee, drückt die Wagentür auf und folgt der schwarz vermummten Gestalt, die Richtung Bahnhof gelaufen ist und bereits die rund hundert Meter entfernte Unterführung erreicht hat.

Marisa beschleunigt ihre Schritte. Atemlos eilt sie die Stufen hinab, der Bahnhof befindet sich auf der anderen Seite der Gleise. Sie hastet durch den beklemmend schmalen, von Neonröhren erhellten Tunnel und verharrt am Fuß des Treppenschachts, der nach oben führt. Soeben hat die Frau den Bahnsteig erreicht, der Stoff ihrer Burka flattert im Fahrtwind des einfahrenden Zugs. Marisa rennt die Stufen hoch. Die S-Bahn hält gerade an, als sie auf der Plattform eintrifft, zischend öffnen sich die Türen. Die vermummte Gestalt wartet vor einem der hinteren Einstiege, bis die wenigen Passagiere die Bahn verlassen haben, und verschwindet im Zug. Ohne lange zu überlegen, springt Marisa in den nächsten Waggon. Ein Blick auf den Bildschirm im Eingangsbereich, das Ziel heißt »Zürich«. Dass sie kein gültiges Billett hat, fällt Marisa erst ein, als die S-Bahn anfährt. Glücklicherweise sind Kontrollen auf diesen Strecken selten. Gemessen läuft sie nach hinten und rastert dabei die Passagiere. Da die Abteile doppelstöckig sind, muss sie zwei Etagen absuchen, doch von der Burkaträgerin fehlt jede Spur.

Nachdem sie das Zugende erreicht hat, macht Marisa kehrt, es gibt nur eine Möglichkeit, wo die Frau verschwunden sein kann. Schwankend kämpft sich Marisa zurück und hält sich hin und wieder an einem Sitz fest, um das Gleichgewicht nicht zu verlieren. Die Bahn jagt derweil der Limmat entlang und endlich findet Marisa die einzige Toilette im ganzen Zug. Eine erstaunlich geräumige Kabine, das weiß sie aus eigener Erfahrung, mit einer futuristisch anmutenden Schiebetür.

Die werden sich gesagt haben, wenn schon nur ein Klo, dann wenigstens ein richtig großes, denkt Marisa.

Wie erwartet ist abgeschlossen. Ohne zu zögern, klopft sie an und als sich nichts tut, gleich noch einmal, diesmal mit mehr Nachdruck.

Das Schloss wird entriegelt, die Anzeige über der Klinke rutscht von Rot auf Grün, die Tür gleitet auf.

Zu Marisas Verblüffung streckt eine modern gekleidete junge Frau den Kopf heraus und keift: »Geht's noch? Was soll der Stress?« Im nächsten Moment verfinstert sich die Miene der Frau. »Sie schon wieder?«, fährt sie Marisa an und zerrt am Griff, um die Tür wieder zu schließen. »Lassen Sie mich verdammt noch mal in Ruhe!«

Erst jetzt geht Marisa ein Licht auf. Blitzschnell stellt sie einen Fuß in den Rahmen, gleitet mit einer geschmeidigen Bewegung durch den Spalt ins Innere der Kabine und schiebt dabei die überrumpelte Rasima vor sich her. Sie schließt ab und wendet sich der jungen Frau zu.

»Was soll der Scheiß?«, kreischt Rasima.

»Soll ich deinen Eltern ein Foto von dir schicken?«

Ehe sich Rasima versieht, zückt Marisa ihr Handy und drückt ab.

»Sind Sie verrückt?«, schreit die junge Frau und versucht, Marisa das Telefon zu entwinden.

Sie wehrt sich mit der freien Hand. »Beruhige dich, Rasima. Ich will nur mit dir reden.«

»Wieso machen Sie dann Fotos von mir?« Rasima streckt den Arm nach Marisas Smartphone aus, das sie hoch über ihren Kopf hält.

Energisch schiebt Marisa sie von sich. »Hör auf damit, das ist lächerlich.«

Schnaufend stützt sich die junge Bosnierin auf dem Waschbeckenrand ab und wirft Marisa einen hasserfüllten Blick zu. »Was wollen Sie von mir?«

»Wir müssen über Skander reden.«

»Ich muss gar nichts!«

»Wenn du mir verrätst, was mit deinem Bruder geschehen ist, lösche ich das Foto. Versprochen.«

Rasima senkt den Kopf. »Er ist tot, das habe ich Ihnen doch gestern schon gesagt!«

»Wie ist er gestorben?«

»Er wurde …« Reglos verharrt sie in dieser Stellung.

Für Marisa sieht es so aus, als würde ein unsichtbarer Schlag Rasimas Körper in der Mitte knicken, so unerwartet klappt sie zusammen. Sie sinkt zu Boden und schlägt die Hände vors Gesicht.

Marisa kauert sich nieder und hält sie fest, während sie wimmert.

»Was ist mit ihm passiert?«, will Marisa wissen, nachdem sich Rasima etwas gefasst hat.

Die junge Frau schnappt nach Luft, wischt die Tränen weg, dann drückt sie Marisa von sich und rappelt sich auf. In Kauerstellung lässt sie sich gegen die Wand neben dem WC fallen, die Hände zwischen den Knien.

Nachdem sie aufgestanden ist und ihre Kleidung in Ordnung gebracht hat, schaut Marisa sie abwartend an.

Rasima ist hübsch, selbst wenn ihr Gesicht gerade unvorteilhaft gerötet ist. Sie ist achtzehn, höchstens neunzehn. Die schwarzen Haare fallen ihr offen über die Schultern, pinkfarben geschminkte Lippen, die Tränen haben Kajal und Wimperntusche verschmiert. Enge zerrissene Jeans, ein schwarzes Oberteil, das etwas zu kurz ist und einen Streifen Bauch freigibt, der schwarze Stoffzipfel, der aus der Handtasche ragt, verrät, wo die Burka gelandet ist.

Ihre Aufmachung überrascht Marisa nicht, sie hat das auf den Flügen von Dubai oder Muskat in die Schweiz schon oft beobachtet. Vermummte Frauen, die gleich nach dem Abheben des Flugzeugs auf der Toilette verschwinden und nach einiger Zeit perfekt geschminkt und westlich gekleidet herauskommen, schöne Frauen, die nach ihrer Verwandlung in hohen Schuhen und mit wiegenden Hüften an ihre Plätze zurückkehren, während sich ihre Männer Whisky auf Eis servieren lassen und dabei beteuern, Allah könne nicht in Flugzeuge hineinsehen.

»Was ist mit Skander geschehen?«, wiederholt Marisa ihre Frage.

Anstelle einer Antwort holt Rasima ihr Handy hervor und beginnt, darauf herumzutippen.

Marisa will sie schon zurechtweisen, als ihr die junge Frau das Telefon hinstreckt. Ein Video auf YouTube, ein Hochhaus, die Straße staubig, eine Stadt in der Wüste. Leute stehen im Halbkreis und Männerstimmen skandieren etwas, das Marisa nicht versteht. Erst als sie genauer hinhört, erkennt sie den Wortlaut.

»*Allahu akbar!*«, ruft die Menge immer wieder, sie ist euphorisiert, man jubelt und klatscht in die Hände.

Abrupt schwenkt die Handykamera nach oben, zwölf Stockwerke, vielleicht mehr, eine wackelige Aufnahme. Auf dem Dach des Hochhauses ist ein bärtiger Mann zu erkennen, er hebt pathetisch die Hände, worauf die Menge johlt. Die Kamera zoomt die Szene näher heran. Eine Horde junger Männer taucht aus dem Hintergrund auf, Kindergesichter, die sich hinter schütteren Bärten verstecken, triumphierend erhobene Fäuste, die Kalaschnikows hängen locker an den schmalen Schultern. Ein weiterer Mann wird nach vorn geschoben, man hat ihm einen schwarzen Sack über den Kopf gestülpt, er steckt in Zivilkleidung, ein kurzes Hemd, sandfarbene Cargohose. Die Menge tobt, die *allahu-akbar*-Rufe werden lauter.

Das Bild kippt, kurz streift die Kamera lachende Gesichter in Großaufnahme, Autos am Straßenrand und aufgehäufte Steine am Boden, dann richtet sich der Fokus wieder auf die Szene auf dem Hochhaus. Der Mann mit dem Sack über dem Kopf wird zum Rand des Dachs geschoben, der Bärtige mit den pathetischen Gesten deklamiert arabische Verse. Eine Urteilsverkündung eindeutig, die rund um die beiden Männer stehende Gruppe ist verstummt und lauscht konzentriert.

Nachdem der Richter seine Rede beendet hat, bricht wieder *allahu-akbar*-Gebrüll aus, ekstatisch jetzt, zwei Typen reißen die Arme des Verurteilten hoch. Was folgt, lässt Marisa entsetzt nach Luft schnappen. Ohne Vorwarnung wird der Mann über die Dachkante gestoßen, ein Schrei ist zu hören, die Kamera folgt seinem Fall, bis er auf dem Asphalt aufschlägt.

Unscharf jetzt die Aufnahme, bevor sich der Fokus anpasst. Als der Mann wieder deutlich zu erkennen ist, liegt er auf dem Bauch in einer Blutlache, der Sack ist von seinem Kopf gerutscht, das Haar verschwitzt. Er lebt noch, röchelnd versucht er zu atmen, seine Beine sind grotesk verrenkt, Blut läuft ihm übers Gesicht. Ein Arm unter seinem Körper, der andere ausgestreckt. Als wenn er um Gnade bitten wollte. Seine Finger bewegen sich ganz leicht. Der erste Stein trifft ihn am Rücken. Gleich darauf wirft jemand den zweiten, mit einem dumpfen Geräusch prallt er gegen seine Schulter, der dritte wird ihm an die Stirn geschmettert.

»Aufhören!«, ruft Marisa und Rasima stoppt das Video.

Voller Grauen sieht Marisa die junge Frau an, jemand hämmert unablässig gegen die Toilettentür, sie bekommt es erst mit, nachdem das Rauschen in ihren Ohren abgeflaut ist.

»Das ist ja grässlich«, keucht sie. »Unmenschlich. Wie kann man jemandem so etwas antun?«

Rasima zuckt mit den Schultern. »Sie wollten wissen, was mit Skander passiert ist. Jetzt wissen Sie es.«

»Und du bist dir sicher, dass dieser Mann dein Bruder ist?«

Die junge Frau nickt und deutet auf das eingefrorene Bild, der Titel des Videos ist am oberen Rand zu lesen. »*Abu Rasim al-Bosni*. Das war sein Name als Gotteskrieger.«

»Aber sein Gesicht ist kaum zu erkennen.«

Rasima weist auf ein Detail, das Marisa nicht aufgefallen ist. »Das habe ich ihm geschenkt. Bevor er abgereist ist.«

»Weswegen haben sie ihn hingerichtet?«

»Ich verstehe kein Arabisch. Doch mein Vater sagt, er sei ein Spion gewesen. Er habe Informationen über den IS gesammelt und sie haben es rausgefunden.«

Bestürzt starrt Marisa auf den blutüberströmten Mann.

»Er ist ein Held«, sagt Rasima leise und steckt das Handy wieder ein.

39

Mit zusammengepressten Lippen rast Andrea Graf in ihrem Range Rover Evoque auf den Bucheggplatz zu, sie steht kurz davor zu explodieren. Das Radiointerview ist großartig gelaufen, die ersten Reaktionen auf Twitter sind geradezu enthusiastisch, etliche Parteimitglieder haben ihr schon per SMS gratuliert, ehe sie das Studio überhaupt verlassen hat. Wütend macht sie einzig, dass sie nicht ihre eigene Meinung vertreten hat, sondern diejenige von Dominik Schwendener. Mit einem weiteren niederträchtigen Schachzug ist es ihm gelungen, die Macht über sie zurückzugewinnen, etwas, was sie sich auf gar keinen Fall gefallen lassen wird.

Beinahe hätte Andrea die beiden Fußgänger übersehen, die überraschend vor ihr auf die Straße treten, mit voller Wucht steigt sie auf die Bremse und zwingt den Wagen mit kreischenden Reifen zum Stillstand. Vorwurfsvolle Blicke, Andrea haut mit der Faust auf die Hupe, als Antwort werden ihr zwei Mittelfinger entgegengestreckt. Sie muss sich beherrschen, um nicht auszusteigen und auf die beiden Typen loszugehen.

Sie atmet tief ein und drückt aufs Gaspedal, setzt den Blinker und biegt rechts ab, die Straße führt durch Wipkingen zum Limmatplatz hinab.

Als sich ihr Puls etwas beruhigt hat, weist Andrea das iPhone an, die *Agentur für unliebsame Angelegenheiten* anzurufen. Sie muss wissen, ob die zwei Ermittler bereits auf einen dunklen Fleck in Schwendeners Lebenslauf gestoßen sind, ein anrüchiges Detail, das sich, falls erforderlich auch aufgebauscht, als Druckmittel verwenden ließe. Die Option, das gewünschte Ergebnis nötigenfalls mit einer diskreten Spende zu erreichen, hat sie der Greco und Berisha noch gar nicht unterbreitet. Das Risiko ist gigantisch, sie will sich gar nicht vorstellen, was geschehen würde, wenn die Presse Wind davon bekäme. Deswegen wird sie die beiden erst in den Notfallplan einweihen, falls in der Vergangenheit ihres Beraters nichts Skandalöses auftauchen sollte.

»Berisha«, meldet sich der Ermittler nach dem zweiten Rufzeichen.

»Graf hier. Haben Sie schon etwas gefunden?«

»Nicht wirklich.«

»Was heißt das?«

»Es gibt da eine kleine Unstimmigkeit im Vorfeld einer Abstimmung, die Ihre Partei dann haushoch verloren hat.«

»Konzentrieren Sie sich aufs Wesentliche, Berisha. Wenn mich Ihre politische Meinung interessieren würde …«

»Es geht in erster Linie um den Grund, weshalb Ihre Partei die Abstimmung verloren hat.«

»Was wollen Sie mir damit sagen?«

»Schwendener stand in engem Kontakt mit einigen Lobbyisten.«

»Das ist Teil seines Jobs.«

»Es gibt vage Anzeichen, dass er gegen gewisse Privilegien die Partei wissentlich falsch beraten hat.«

Vor Verblüffung bleibt Andrea die Luft weg. »Bestechung? Hat sich dieses Schwein bestechen lassen?«

Berisha zögert. »Es handelt sich um eine extrem heikle Sachlage. Ein gut dotiertes Verwaltungsratsmandat und ein Urlaub auf den Seychellen sind im Spiel. Was wie zusammenhängt, erschließt sich mir noch nicht ganz.«

»Aber Sie haben etwas gegen ihn in der Hand.« Andreas Gedanken überschlagen sich. Ist die Lösung für ihr Problem womöglich einfacher, als sie angenommen hat?

»Für diese Schlussfolgerung ist es zu früh. Seine reinweiße Weste ist jedoch nicht ganz so rein, wie sie von Weitem aussieht.«

»Ich kann es kaum erwarten, ihm die Details unter die Nase zu reiben.«

»Warten Sie damit.«

»Weshalb?«

»Noch fehlen etliche Beweise. Zum jetzigen Zeitpunkt sprechen wir bloß von Verdachtsmomenten.«

»Und wenn …«

Berisha schnalzt kaum vernehmbar. »Wenn Sie ihn zu früh damit konfrontieren, könnte sich das Ganze als Rohrkrepierer erweisen. Weitere Nachforschungen wüsste Schwendener garantiert zu verhindern, außerdem könnte er wichtige Beweise verschwinden lassen.«

»Dann beeilen Sie sich gefälligst!«

Berisha lacht trocken. »Was haben Sie eigentlich vor?«

Andrea glaubt, sich verhört zu haben. »Was?«

»Wozu brauchen Sie diese Informationen?«

»Das geht Sie nichts an. Ihr Auftrag ist die Beschaffung der Details.«

»Es geht auch um den Ruf unserer Agentur.«

»Bleiben Sie dran, Berisha.« Verärgert beendet Andrea den Anruf.

Was kümmert sie der abgehalfterte Laden der beiden Loser? Hier geht es einzig darum, Schwendener loszuwerden.

Plötzlich erinnert sie sich, vor nicht allzu langer Zeit einen Bericht über Auftragsmörder gelesen zu haben, sie verwirft den Gedanken aber sofort wieder. Das wäre doch zu dramatisch, außerdem gibt es trotz aller Aversion eine Seite in ihr, die an diesem Machtgerangel viel zu lange einen gewissen, möglicherweise perversen Gefallen gefunden hat. Dieser endlose Kampf, bei dem man an einem Tag siegt und am nächsten unterliegt, ist mit ihrem Alltag als Politikerin vergleichbar. Und bis heute Vormittag hat es so ausgesehen, als würde sie schlussendlich als Gewinnerin aus diesem zunehmend verbissenen Zweikampf hervorgehen. Sie hat die Rechnung jedoch ohne Schwendener gemacht.

Das Smartphone vermeldet einen neuen Anruf und Andrea betätigt die Freisprechanlage.

Wenn man vom Teufel spricht, fährt es ihr durch den Kopf,

als Schwendeners näselnde Stimme aus dem Lautsprecher dringt.

»Andrea, Chérie, herzliche Gratulation zu diesem gelungenen Gespräch. Wunderbar, wie du endlich wieder voll und ganz die Parteilinie vertrittst. Die Fraktion ist ganz aus dem Häuschen.«

»Was willst du?«

»Gerade hat mich eine Interviewanfrage des *Blick* erreicht, vielleicht kommst du ja an der Dufourstrasse vorbei, sonst ruf bitte die Redaktion an. Am Abend wirst du im Kongresshaus zu einer Podiumsveranstaltung erwartet. Achtung, Amnesty International ist auch dort, sie schicken diesen bissigen Scharfmacher, den …«

»Ammacher. Daniel Ammacher.«

»Genau den! Sieh dich also vor, geh vorher noch einmal alle Argumente durch, der Typ ist immer perfekt vorbereitet.«

»Wessen Blut ist am Mantel?«

Einen Moment lang herrscht Stille, schließlich vernimmt Andrea ein leises Lachen.

»Ich weiß nicht, wovon du sprichst.«

»Das weißt du sehr wohl, du Arschloch.«

»Aber, aber, Andrea, dein Tonfall irritiert mich etwas. Wir beiden hatten doch so eine hübsche kleine Abmachung, nicht wahr? Und dann hattest du von einem Tag auf den anderen das Gefühl, du müsstest dich nicht mehr an unsere Vereinbarung halten. Was mich äußerst betrübt hat.«

»Hör auf mit dem Herumgesülze! Wessen Blut klebt an meinem Mantel?«

»Ich weiß es nicht, Andrea, woher auch? Ich weiß nur, dass man gestern in der Werfthalle des *Pier7* einen Mantel gefunden hat. Exakt dasselbe Modell, das du an jenem Abend getragen hast, als man die arme Jamila erschlagen aus dem Zürichsee gefischt hat. Und stell dir vor, der *Pier7* liegt ganz in der Nähe des Fundorts der Leiche. Zufälle gibt's …«

»Wessen Blut, Dominik?«

»Nun, die Polizei wird die Blutspritzer ganz genau untersuchen, nehme ich an. Die Forensik heutzutage ist ja sehr zuverlässig. Mehr kann ich dir nicht sagen, du wirst das Resultat jedoch bald erfahren.«

»Solche Mäntel gibt es zu Dutzenden.«

»Liebe Andrea, Chanel als ›Dutzendware‹ zu bezeichnen, ist schon etwas gewagt, nicht?«

»Es führt keine Spur zu mir.« Andrea hält inne. »Außer, du hast die Telefone …?«

»Natürlich nicht, man soll nicht alle Asse auf einmal ausspielen. Wer weiß, wozu die Prepaidhandys mit den verräterischen Nachrichten noch gut sein könnten?«

»Du kannst es dir gar nicht leisten, mich der Polizei auszuliefern, Dominik. Wer sonst gewährt dir einen so ungehinderten Zugang zur Macht?«

Schwendener gluckst. »Forensik, Chérie. Ich kenn mich da ja nicht aus, aber sehr wahrscheinlich finden sich am Mantel Hautschuppen der einstigen Besitzerin.«

»Also hast du doch *meinen* Mantel dort deponiert?«

»Wer weiß, Andrea, wer weiß? Wenn ich es dir verraten würde, würdest du womöglich dieses lustige Spiel nicht mehr mitspielen. Und das wäre jammerschade, nicht?«

Mit einer wüsten Beschimpfung wirft Andrea Schwendener aus der Leitung und bremst brüsk ab, als sie in die Langstrasse einbiegt. Der Verkehr kommt hier nur schrittweise voran und Andrea fragt sich genervt, wieso all diese Leute am Sonntag nicht einfach zu Hause bleiben können und stattdessen mitten am Nachmittag die Straßen verstopfen. Eine junge Frau stürmt auf die Fahrbahn, schwarzes Top und enge zerrissene Jeans, ohne auf den Verkehr zu achten, streift sie an der Kühlerhaube des Range Rover vorbei. Andrea drückt erneut auf die Hupe, worauf die junge Frau zusammenfährt. Wie in Trance wendet sie sich um, die Lippen pink, das Make-up verschmiert, als hätte sie geweint. Sie sieht Andrea direkt in die Augen, sekundenlang. Erschrocken weicht Andrea in ihrem Sitz zurück, es kommt ihr vor, als blickte sie in einen dunklen Abgrund.

40

Scharf zieht Bashir die Luft ein, er berührt das Display des Tablets und das Bild friert ein. Sekundenlang starrt er auf die grauenvolle Szene, dann lehnt er sich auf dem Sofa zurück, den Blick ins Leere gerichtet.

»Hier endet Skanders Spur«, sagt Marisa, die sich geweigert hat, sich das Video ein zweites Mal anzuschauen.

Stattdessen hat sie sich ans Fenster gestellt und die vorbeifahrenden Züge beobachtet, während Bashir Skanders brutale Hinrichtung verfolgt hat.

»Ist er es wirklich?«

»Seine Schwester sagt Ja.«

»Man kann ihn kaum identifizieren. Erst hat er den Sack über dem Kopf, anschließend ist sein Gesicht blutüberströmt.«

»Aber er trägt diesen Kupferreif ums Handgelenk. Den hat ihm Rasima vor der Abreise geschenkt.«

Widerwillig beugt sich Bashir vor und spult zu einem Ausschnitt zurück, auf dem die Hand des Mannes zu sehen ist. Tatsächlich ist der Armschmuck deutlich zu erkennen. Er klickt das Video weg und tippt auf dem Bildschirm herum.

»Was machst du jetzt?«

»Ich suche nach weiteren Aufnahmen von Abu Rasim al-Bosni. Mit etwas Glück entdecke ich ein brauchbares Foto von ihm.«

Marisa zögert, doch schließlich setzt sie sich neben Bashir, die Hände um die Teetasse geklammert, als wäre ihr eiskalt. Japanischer Sencha mit Kirschblüten.

»Der Typ hat sich nicht gern ablichten lassen. Auf die Schnelle findet sich nur diese eine Aufnahme von ihm.« Er dreht das Tablet zu Marisa hin, damit sie sich das Foto genauer anschauen kann.

Vier junge Männer in Uniform, jeder hat ein Gewehr umgehängt. Skander steht ganz am Rand, als hätte er vermeiden wollen, dass ihn die Kamera erfasst. In der Mitte wieder Erich, er hat die Jacke abgestreift und trägt ein weißes T-Shirt, wie auf der Aufnahme vom Istanbuler Flughafen streckt er die Fäuste triumphierend in die Höhe. Flankiert wird er von den Al-Shami-Brüdern.

»Guck, da stehen ihre arabischen Namen.« Marisa weist auf den Text unter dem Bild hin.

»Der erste Google-Link führt zum Instagram-Profil von Abu Salman al-Swissri.« Bashir aktiviert die entsprechende Verknüpfung, worauf sich eine neue Seite auf dem Display öffnet. »Das wäre eindeutig Erich Bodmer.«

Er scrollt durch die Fotos, auf jedem einzelnen ist Erich zu sehen. Manchmal mit Waffen, dann wieder grinsend mit Kameraden, posierend in der Wüste, auf staubigen Straßen, vor Ruinen.

»Eine endlose Nabelschau«, bemerkt Bashir.

»Zurück!«, ruft Marisa so unvermittelt, dass er zusammenzuckt.

Wie elektrisiert richtet sie sich auf und lehnt sich über das Display.

Langsam bewegt Bashir den Cursor wieder nach oben, bis Marisa ihm die Hand auf den Arm legt. Die Aufnahme zeigt Erich oben ohne, seine Hände lasziv hinter dem Kopf verschränkt. Wassertropfen perlen über den muskulösen Körper, um seine Hüften hat er ein arabisch anmutendes Tuch geschlungen. Im Gespräch haben sowohl Bettina als auch Ismet Tekin erwähnt, dass Erich hart trainiert hat. Die Aufnahmen liefern den beeindruckenden Beweis. Nichts erinnert mehr an den schlaksigen Jungen auf der Fotografie, die ihnen seine Mutter ausgehändigt hat.

»Sexy Erich frisch geduscht, ist es das, was du …«

»Da!« Marisa berührt den Bildschirm. »Sieh dir das an.«

»Die Tattoos auf der Innenseite beider Oberarme?«

»Ja. Fällt dir etwas auf?«

»Arabisch, nehme ich an.« Mit schräg gelegtem Kopf studiert Bashir die eintätowierten Schriftzeichen. »Aber darauf willst du kaum hinaus.«

»Ich bin mir nicht sicher. Wir müssen uns noch einmal das Video anschauen.«

»Echt jetzt?«

»Wir haben keine Wahl.«

Ohne weiter nachzufragen, startet Bashir das Video.

Der zweite Durchlauf ist noch unangenehmer als der erste, denkt er, weil man genau weiß, was geschehen wird.

Als die Szene läuft, in der Skander zur Dachkante gedrängt wird, langt Marisa nach vorn, wartet zwei Sekunden und stoppt den Film.

»Da! Siehst du?« Sie deutet auf Skander, dem zwei Männer gerade die Arme hochreißen.

Verschwommen sind die Tattoos auf der unteren Seite seiner Oberarme zu erkennen, blau gewellte Linien, die unmöglich zu entziffern sind.

Sofort vergleicht Bashir die eintätowierten Zeichen mit denjenigen auf dem Foto und wiegt zweifelnd den Schädel.

»Okay, die Tattoos sehen tatsächlich ähnlich aus. Andererseits haben viele Männer solche, es könnte sich um irgendwen handeln. Von Skander wissen wir nicht, ob er …«

Ehe er den Satz beenden kann, hat sich Marisa ihr Handy vom Salontisch geschnappt und durchsucht ihre Kontaktliste.

»Auf gar keinen Fall«, erklärt sie Bashir ein paar Minuten später. »Ihr Bruder sei ein strenggläubiger Muslim gewesen, sagt Rasima, der seine Religion sehr ernst genommen habe. Sie habe ein paarmal mit ihm über dieses Thema diskutiert, weil sie mit dem Gedanken gespielt habe, sich ein Tattoo stechen zu lassen. Zwar stehe im Koran nichts, das eine Tätowierung explizit verbiete. Dafür aber, dass der Körper eine Leihgabe von Allah sei, für die man Sorge tragen müsse. Alles, was die natürliche Beschaffenheit verändere, sei nicht erlaubt. Deshalb ist sie überzeugt, dass er sich nie im Leben hätte tätowieren lassen.«

»Dann kann der Hingerichtete unmöglich Skander sein«, schlussfolgert Bashir.

»Wir müssen auf der Stelle die Hasanis anrufen.« Aufgeregt greift Marisa erneut zu ihrem Smartphone.

Bashir hält sie davon ab. »Warte, bis wir uns ganz sicher sind.« Er besieht sich das Bild aus der Nähe. »Man müsste die Schrift entziffern können, um Erich eindeutig zu identifizieren. Doch die Aufnahme ist unscharf und verwackelt.«

Marisa schiebt ihn zur Seite, hält das Handy über das Display und drückt ab.

»Das hat schon einmal geklappt«, meint sie und beginnt, das Foto zu bearbeiten.

Dass der Filmer die Szene auf dem Dach herangezoomt hat, ist hilfreich. Nach einer Weile streckt sie Bashir, der sich in der Zwischenzeit am Tablet zu schaffen gemacht hat, das iPhone hin.

»Könnte tatsächlich dasselbe Tattoo sein«, murmelt er nach einem Abgleich. »Ich sende die beiden Bilder sofort an Tekin. Womöglich kann er bestätigen, dass es sich um den gleichen Text handelt.«

Marisa nickt zustimmend. »Dabei kann er die Inschrift gleich für uns übersetzen.«

Bashir lädt beide Fotos auf sein eigenes Handy und schickt sie ab, dann nimmt er wieder das Tablet zur Hand. »Während du das Bild bearbeitet hast, habe ich ein wenig recherchiert und die arabischen Namen unserer Dschihadisten durch die Suchmaschine laufen lassen. Der eine Al-Shami-Junge, der sich ›Abu el-Hassan‹ genannt hat, ist vor mehr als drei Jahren bei einer Handgranatenexplosion in einem kleinen Dorf in der Badia-Wüste umgekommen. Abu Tahir, der ältere der beiden, wurde bei der Eroberung der letzten IS-Bastion Baghuz schwer verletzt festgenommen und war eine Zeit lang in einem Gefangenenlager im Nordosten Syriens interniert, ein Camp namens Ain Issa. Beim Einmarsch der Türken konnte er fliehen, wo er sich momentan aufhält, ist nicht bekannt. Abu Rasim al-Bosni, also Skander Hasani, wurde wegen Unzucht hingerichtet, von Erich Bodmer aka Abu Salman al-Swissri fehlt jede Spur, über seinen Verbleib herrscht Uneinigkeit. Wobei wir nach dem neusten Erkenntnisstand die beiden letzten Namen austauschen können. Erich hingerichtet, Skander abgetaucht. Einigen Quellen zufolge gilt er als verschollen, manche vermuten ihn in einem Gefangenenlager, wiederum andere sind überzeugt, er sei in seine Heimat zurückgekehrt. In die Schweiz also.«

Ungläubig schüttelt Marisa den Kopf. »Was hast du eben gesagt?«

»Erich sei vielleicht in seine Heimat zurück…«

»Nein, nein, davor. Weshalb wurde Skander hingerichtet?«

»Im Internet steht, wegen Unzucht.«

»Rasima sagt etwas anderes. Er sei ein Spion gewesen.«

»Klingt definitiv heldenhafter.«

»Sie spricht aber kein Arabisch, ihr Vater hat das für sie übersetzt.«

Bashir runzelt die Stirn. »In dem Fall brauchen wir eine Übersetzung der Anklage, die der Richter vom Dach schreit. Den genauen Wortlaut.«

Er klickt auf das Video, das immer noch das Standbild des Verurteilten mit ausgestreckten Armen zeigt, und gibt eine E-Mail-Adresse in das aufpoppende Fenster ein.

Danach schreibt er ein paar Zeilen ins Textfeld, bevor er die Nachricht abschickt. »Der arme Imam. Ich musste ihn vorwarnen, das Video ist keine leichte Kost.«

Marisa nimmt einen Schluck Tee, beinahe gleichzeitig vermeldet Bashirs Smartphone eine eingehende Message.

Bashir öffnet sie und liest aufmerksam. »Der Mann ist schnell. Die Tätowierungen auf den beiden Aufnahmen sehen seiner Ansicht nach identisch aus. Auf jeden Fall haben sie denselben Inhalt. Auf dem linken Arm steht …«, er kneift die Augen zusammen, während er versucht, die Worte zu entziffern. »*La-ilaha-ill-allah.* Oder so. Das bedeutet: ›Es gibt keinen Gott außer Gott‹. Rechts ist *muhammadun rasul allah* eintätowiert. ›Mohammed ist der Gesandte Gottes‹. Das sind, so schreibt Ismet Tekin, die beiden ersten Glaubensbekenntnisse im Islam, wie sie übrigens auch auf der Flagge des Islamischen Staats stehen.«

»In dem Fall handelt es sich bei dem Hingerichteten um Erich Bodmer?«

»Hundertprozentig sicher können wir nicht sein, das muss erst professionell überprüft werden. Skander Hasani ist es aber auf keinen Fall.« Bashir stöhnt. »Verdammt, mir hätte viel eher ein Licht aufgehen müssen. Schon bei der Verfolgungsjagd am Bellevue ist mir aufgefallen, dass der Typ nicht besonders sportlich ist und eine ganz andere Statur als Erich hat.«

»Das hätte nichts geändert, außer natürlich für die Bodmers«, meint Marisa abwesend, während sie mit den Fingern über das Display ihres Smartphones streicht.

»Wir sollten sie informieren.«

»Hm.« Marisa hat in der Zwischenzeit Erichs Instagram-Account auf ihrem eigenen Handy geöffnet und studiert erneut die Fotos. Stirnrunzelnd hält sie inne und lässt das Telefon mit einem Ausruf des Erstaunens sinken. Dann beugt sie sich über das Tablet, das Bashir immer noch in den Händen hält.

»Fahr etwas zurück, nur ein paar Sekunden«, fordert sie ihn auf und deutet auf das Standbild, wo der Verurteilte immer noch mit ausgestreckten Armen zu sehen ist.

»Wozu?«

»Ich muss etwas überprüfen.«

Bashir bewegt den roten Punkt am unteren Rand des Bildschirms ein winziges Stück nach links und lässt die Aufnahme laufen.

Marisa presst die Lippen zusammen.

»Was?«

»Man kann nichts erkennen.«

»Worauf bist du aus?«

»Auf seinen linken Unterarm.«

»Dort trägt er das Armband.«

»Ich glaube, ich weiß auch, wieso.«

Verständnislos schaut Bashir Marisa an, bis sie ihm ihr Handy mit den Instagram-Fotos unter die Nase hält und auf Erichs Handgelenk deutet. Ein weiteres Tattoo ist dort zu erkennen. Zwei Löwen, die einen von einem Stern beschienenen Reif halten, der untere Teil ist blau-weiß gestreift, im oberen sind drei Buchstaben zu entziffern.

»Das Logo des FCZ«, stellt Bashir fest.

»Unter dem Armband versteckt.«

»Es gibt diesen kurzen Moment …« Ohne den Satz zu beenden, lässt Bashir den Film weiterlaufen und stoppt ihn erst ganz am Ende, als der Verurteilte bereits vom Hochhaus gestürzt ist und schwer verletzt auf der Straße liegt.

»Da, siehst du?« Bashir vergrößert den Ausschnitt. »Hier streckt er den Arm aus, seine Finger bewegen sich leicht …«

Aufgeregt deutet Marisa auf das Display. »Und das Armband ist verrutscht. Man kann das Tattoo auf der Innenseite des Handgelenks erkennen.«

»Eindeutig das FCZ-Logo. Der Hingerichtete ist tatsächlich Erich Bodmer.«

»Jetzt rufe ich aber Rasima an!«

»Und die Bodmers bitte.«

Marisa nickt und hält sich das Handy ans Ohr, während sie immer noch auf die bemitleidenswerte Gestalt mit dem ausgestreckten Arm starrt. »Doch aus welchem Grund will man uns glauben machen, dass der Verurteilte Abu Rasim al-Bosni ist?«

41

Die Bombe hatte ein Loch in die Stadt gerissen, ihrer von Narben übersäten Haut eine weitere Wunde zugefügt. Wieder bebte der Boden, wurden Häuser erschüttert, verloren Dutzende von Menschen ihr Leben. Die Wucht der Druckwelle hatte ganze Familien von den Straßen gefegt und Autos durch die Luft geschleudert, Mauern stürzten ein und Fensterscheiben barsten. Diese Stille danach, die Ben mittlerweile so gut kannte, als wäre die Welt kurzzeitig taub geworden. Dieses fassungslose Innehalten, bevor die Schreie einsetzten.

Es war immer das Gleiche. Sie sprangen auf, hetzten durch neonhelle Gänge, rannten Treppen hinab, rasten unverzüglich los, mit Blaulicht zum Ort des Einschlags. Die Stadt stand unter Dauerbeschuss, man musste Tag und Nacht mit Fliegerangriffen rechnen.

Baghuz, die letzte Bastion des Islamischen Staats, das Kalifat längst gefallen, die einstigen Hochburgen in Trümmern, dem Erdboden gleichgemacht. Zurückgedrängt in einige wenige Viertel, wehrten sich die Brüder und Schwestern mit dem letzten Rest Kampfgeist, der ihnen geblieben war. Doch das Ende war spürbar, selbst für diejenigen, die sich die Niederlage nicht eingestehen wollten.

Die zwischen den Häuserzeilen aufsteigende Rauchwolke war schon von Weitem zu erkennen. Ben klammerte die Hände ums Lenkrad, drückte aufs Gas und steuerte den Ambulanzwagen geschickt zwischen Schlaglöchern und herabgestürzten Mauerbrocken hindurch, über die von Schutt bedeckte Straße. Noch ganz benommen, eilten Menschen aus den Häusern, um zu sehen, welchen Stadtteil es diesmal getroffen hatte, froh, dass es nicht ihr eigener war. Kinder rannten auf den Krater zu, den die Bombe mitten ins Wohnviertel geschlagen hatte, alte Frauen lehnten mit leeren Gesichtern in den Fenstern.

Ben sprang aus dem Wagen und schaute sich die Zerstörung

an. Dichte Staubwolken vernebelten ihm die Sicht. Es sah aus, als wäre der Boden aufgeplatzt und die Gedärme der Stadt herausgerissen worden, drei Wohnhäuser waren beinahe gänzlich zerstört, überall lagen Verletzte und Tote, Mauerstücke und Glassplitter.

Zügig stellten die Sanitäter Bahren bereit, sie verständigten sich mit knappen Anweisungen, ein eingespieltes Team. Es galt, schnellstmöglich diejenigen Opfer zu finden, bei denen eine Chance auf Rettung bestand. Erst die Brüder, dann die Zivilisten. Diejenigen, die schrien, ließen sie liegen, sie würden höchstwahrscheinlich überleben. Wem bei der Explosion ein Bein oder Arm abgerissen worden war, wurde ebenfalls ignoriert, der Platz im Spital war knapp, die Ausstattung rudimentär, die wenigen Ärzte heillos überfordert. Für Amputationen oder komplizierte Operationen fehlte die Infrastruktur, jederzeit konnte die nächste Bombe fallen und für weitere Schwerverletzte sorgen.

Abu Tahir hatte schon beim ersten Einsatz an der Front bemerkt, dass Ben kein Kämpfer war. Als die SDF, die Syrian Democratic Forces, immer näher rückten und der Wüstenort nicht mehr sicher war, waren sie nach Baghuz geflohen. Eine Kleinstadt ganz im Osten des Landes, direkt am Euphrat und nah an der irakischen Grenze. Ihre Einheit besetzte das Spital, um die medizinische Versorgung für die Brüder und Schwestern zu gewährleisten, derweil sich andere Truppen darum kümmerten, ganze Stadtteile zu verminen und unterirdische Gänge anzulegen, die sowohl zur Flucht als auch als Versteck dienten. Abu Tahir, der das Kommando innehatte, hatte Ben als Ambulanzfahrer eingeteilt.

»Diese Aufgabe passt besser zu dir, Bruder, als der Kampf an der Front«, hatte er gesagt. »Hier kannst du dich bewähren und zeigen, was du draufhast.«

Ben wäre ihm vor Erleichterung beinahe um den Hals gefallen.

»Los!«, schrien die Brüder, nachdem sie die Verletzten eingeladen hatten, und schlugen die Türen des Ambulanzwagens zu. »Abfahrt!«

Sobald sie die Opfer des Bombenanschlags ins Spital geschafft hatten, würden sie hierher zurückkehren. Mit vier oder fünf Fahrten rechnete Ben, noch lagen etliche Verwundete herum und wurden von den Ortsansässigen notdürftig versorgt.

Er drehte den Schlüssel und legte den Gang ein. Inzwischen war er ein geübter Fahrer, der sich in den engen Gassen der Stadt ausgezeichnet zurechtfand. Eine wichtige und sinnvolle Aufgabe, endlich hatte Ben das Gefühl, wirklich gebraucht zu werden, trotz allem das Richtige getan zu haben.

Er lenkte den Wagen an den sandfarbenen Gebäuden der Wüstenstadt vorbei. Seit Monaten dauerte der Kampf an, verzweifelt verteidigten sich die Brüder und Schwestern gegen die Übermacht der SDF, die von den Amerikanern unterstützt wurde, sie waren am Ende ihrer Kräfte. Vermutlich würde ihnen nichts anderes übrig bleiben, als sich zu ergeben. Strafen oder gar Gerichtsverfahren waren unwahrscheinlich, viel eher würde man sie in irgendwelche Gefangenenlager im kurdischen Herrschaftsgebiet im Norden verfrachten, wie Ben von Brüdern gehört hatte, die bereits früher festgenommen worden waren. Getrennt nach Geschlechtern, aber alle an demselben Ort.

Die Kurden seien heillos überfordert, hieß es, es gab Zehntausende von Gefangenen und die Lager waren nur schlecht bewacht. Außerdem hatten die Amerikaner erst kürzlich angekündigt, sich zurückziehen zu wollen. Damit würden sie ihre Verbündeten ohne Unterstützung zurücklassen, derweil sich die Türken längst für diesen Fall bereithielten, um nach dem Abzug der Amerikaner in die von den Kurden neu eroberten Grenzgebiete einzumarschieren. Sie wollten verhindern, dass sich dort ein kurdischer Staat formierte, zusätzlich befanden sich in dieser Region wichtige Ölquellen. Chaos und Zerstörung würden die Folgen sein. Genau, was der Islamische Staat nach dieser desaströsen Niederlage brauchte, um wieder auf die Beine zu kommen. Instabilität und eine vom Krieg gebeutelte Bevölkerung bilden den idealen Nährboden für radikales Gedankengut. Es war nur eine Frage der Zeit, bis sich die Brüder und Schwestern von der Niederlage erholten und neu gruppierten. Die Rose von Jericho, der Phönix aus der Asche. Sie waren gut organisiert, sie waren beseelt vom Gedanken, den Gottesstaat wiederaufleben zu lassen. Über kurz oder lang würden sie gewinnen, Allah war auf ihrer Seite.

Ben lächelte, er war zuversichtlich, dass es weitergehen würde, selbst wenn es gegenwärtig gar nicht danach aussah. Er hatte das Fenster heruntergekurbelt und ein heißer Wüstenwind fuhr in seinen Bart, der ihm fast bis zur Brust reichte. Auf das Motorengeräusch wurde er erst aufmerksam, als es beinahe zu spät war. Im ersten Moment war es vom Rumpeln übertönt worden, das der Ambulanzwagen auf der unebenen Straße verursachte. Als Ben es endlich hörte und gleich darauf die Fliegerstaffel der amerikanischen Luftwaffe am Horizont entdeckte, riss er das Steuer jäh herum und preschte mit dem Fahrzeug in die nächste Seitengasse, bei Angriffen der Amerikaner zählte jede Sekunde.

Assads Flugzeuge waren so veraltet, dass sie nur tagsüber und bei schönem Wetter angreifen konnten, die F-15 der Amis kannten jedoch keine derartigen Beschränkungen, sie waren schnell und präzise, tauchten aus dem Nichts auf, richteten verheerende Schäden an und verschwanden genauso rasch wieder.

Wütend polterten die Sanitäter gegen die Verbindungswand, doch Ben ließ sich nicht beirren und raste durch das gespenstisch leere Viertel, während die Kampfflugzeuge über sie hinwegdonnerten. Der Boden bebte, als die erste Bombe einschlug, Lehm bröckelte auf das Wagendach und in Sekundenschnelle wucherten ganze Netze von Rissen über die Hauswände. Stellenweise sank die Straße um mehrere Zentimeter ab, Bruchstellen klafften auf. Mit zusammengebissenen Zähnen versuchte Ben auszuweichen, wobei der Wagen immer wieder durchgerüttelt wurde. Am Ende der Gasse drückte er aufs Gas, bog scharf ab, brauste über einen verlassenen Marktplatz und dann zwischen zwei Hausruinen hindurch. Die Reifen holperten über den beschädigten Untergrund, das Fahrzeug schwankte bedenklich und Ben sah sich gezwungen, das Tempo zu drosseln.

Die Gegner konzentrierten sich zurzeit auf das Tunnelsystem, das sie systematisch zerstörten. Manchmal aber bombardierten sie einfach blindlings und nahmen Kollateralschäden in Kauf, weshalb der Teil der Bevölkerung, der nicht bereits auf eigene Faust geflohen war, nach und nach evakuiert wurde. Ein weiteres Zeichen dafür, dass die endgültige Übernahme der Stadt und damit die Kapitulation des IS kurz bevorstand. Im Spital waren sie zwar relativ sicher, Ben ahnte jedoch, dass die alliierten Streitkräfte im Bestreben, den hinterletzten IS-Kämpfer dingfest zu machen, selbst vor einem Angriff auf das Krankenhaus nicht zurückschrecken würden.

Der Wagen schlingerte in der Kurve, gelber Sand stob auf und Steine prasselten gegen die Unterseite des Ambulanzwagens. Bens Hände krampften sich um das Lenkrad, als er endlich die Einfahrt des Hospitals entdeckte, er gab Gas und in dem Augenblick, da er vor dem Gebäude abbremste, erschütterten weitere Bombenabwürfe die Stadt. Sofort stieß Ben die Tür auf, rutschte vom Sitz und als er zurückschaute, stieg ein halbes Dutzend neuer Rauchsäulen in den gleißend hellen Mittagshimmel.

Seine Hände zitterten immer noch, als er wenig später mit einer Fanta zurückkehrte, sich eine Zigarette anzündete und sich gegen die Fahrertür des Ambulanzwagens fallen ließ. Sie war heiß und staubbedeckt, doch das kümmerte ihn nicht. Sobald die Sanitäter die Verletzten auf der Notfallstation abgeliefert hatten, würden sie wieder losfahren, nach den erneuten Angriffen hatten sie mehr als genug zu tun. Dass man niemals alle retten konnte, daran hatte sich Ben gewöhnt und doch fuhr er nachts immer wieder hoch, weil ihn Albträume plagten. Die fürchterlichen Eindrücke hatten sich tief eingeprägt. Die Toten und Verstümmelten, die unter Bauschutt begrabenen Kinder, die wie mit Mehl bestäubten Leichen in den eingestürzten Häusern, vor Grauen und Leid aufschreiende Mütter, sie alle verfolgten ihn, sobald er die Augen schloss.

»Abu Rasim al-Bosni«, sagte eine Stimme neben ihm und Ben zuckte zusammen. »Hast du Feuer?«

Erich streckte ihm die Zigarette unter die Nase, er musste gerade von einem Einsatz zurückgekommen sein, die Kalaschnikow hing an einem Riemen über seiner Schulter, sein Gesicht war vor Enthusiasmus gerötet und glänzte vor Schweiß. Dunkle Flecke auch auf der Uniform, er roch säuerlich. Ben tastete seine Hosentasche nach dem Feuerzeug ab.

Sie sahen sich kaum noch. Zwar schliefen sie beide im Untergeschoss des Spitals, allerdings in verschiedenen Bunkern, ihr Kontakt beschränkte sich auf Floskeln. Mittlerweile hatte Ben überhaupt keinen Draht mehr zu Erich. Die einzige Verbindung zwischen ihnen war Abu Tahir, der ihr gemeinsamer Vorgesetzter war.

»Weißt du, wo ich den Chef finde?«, fragte Erich.

»Auf der Notfallstation.«

Erich nahm das Feuerzeug entgegen, das ihm Ben reichte, zündete sich die Zigarette an und bedachte ihn mit einem eigentümlichen Blick. »Du weißt immer, wo er ist, nicht?«

»Wir sind in derselben Einheit.«

»Manche sagen, nicht nur das.«

»Manche reden viel, wenn der Tag lang ist.«

»Hm«, machte Erich und wandte sich ab.

Als er den Eingang des Krankenhauses erreicht hatte, drehte er sich um, schob seine Zunge in die Wangentasche, sodass sich ihre Spitze unter der Haut abzeichnete, und bewegte sie auf und ab.

Ben blickte ihn ungerührt an, bis Erich grinsend weiterging. Kaum war er außer Sichtweite, schnappte Ben wütend nach Luft. Immer diese anzüglichen Bemerkungen und Gesten!

Nicht, dass sich zwischen Abu Tahir und ihm etwas abspielte, das *haram* war, verboten, oder gar unzüchtig, *liwat*. Trotzdem war es nicht zum ersten Mal, dass Erich einen diesbezüglichen Kommentar hatte fallen lassen.

Dabei bemühte sich Ben stets darum, sich nichts anmerken zu lassen. Dieses Verlangen, das in manchen Momenten so heftig war, dass es ihm fast den Atem verschlug, das sich anfühlte, als hätte ihm jemand eine Faust in den Magen gerammt, hatte er in den hintersten Winkel seines Herzens verbannt. Er hatte gehofft, dass die Dschihadreise, der Anschluss an den IS und der Kontakt zu den Brüdern ihn ablenken würden, dass sein Verlangen erlöschen und die unheilvoll lockende Stimme in ihm verstummen würde. Was zu Beginn tatsächlich funktioniert hatte, Ben war unvorstellbar erleichtert gewesen. Doch bereits nach kurzer Zeit hatte sich die Sehnsucht wieder gemeldet, noch lockender, noch heimtückischer als zuvor.

Die Arbeit als Fahrer half Ben, diesen Ruf zu ignorieren. Solange er mit der Rettung Verletzter beschäftigt war, kam er nicht auf abwegige Gedanken, dazu fehlte schlicht die Zeit. Erst abends wurde es heikel, wenn er mit den Brüdern an den Euphrat hinunterlief und sie die Kleider abstreiften, um splitternackt in die kühlen Fluten zu springen. Wenn sie, überglücklich, nach den heftigen Kämpfen noch am Leben zu sein, ausgelassen miteinander rangen, sich gegenseitig unter Wasser drückten, sich umarmten. Oder morgens, wenn er gemeinsam mit ihnen unter der Dusche stand. Wie sehr er sich beherrschen musste, um nicht zu lange auf eine bestimmte Stelle zu starren. Ben versuchte dann, seinen Blick möglichst unbeteiligt herumschweifen zu lassen. Je mehr er sich jedoch anstrengte, desto eigenartiger und verkrampfter benahm er sich, schon manch ein Bruder hatte irritiert auf seine betont leutseligen Äußerungen reagiert. Glücklicherweise kümmerte sich keiner wirklich um ihn, als Fahrer hatte er eine besondere Position, war außerhalb der Gruppenhierarchie. Ben hegte den stillen Verdacht, dass genau dies Abu Tahirs Absicht gewesen war, als er ihn zum Fahrer ernannt hatte.

Einzig Erich ließ nicht locker, er nutzte jede Gelegenheit, um zu sticheln, immer wieder machte er obszöne Anspielungen. Doch solange er Erich keinen konkreten Beweis für seine Verdächtigungen lieferte, hatte er nichts zu befürchten, das war Ben bewusst. Alles andere wollte er sich lieber nicht ausmalen, denn beim IS stand auf *liwat* die Todesstrafe.

Die Sanitäter kehrten zurück, sie wirkten erschöpft, obwohl erst Mittag war. Ben stieg in die Führerkabine, startete den Motor und während er die Ambulanz wieder zurück zum Ort der Zerstörung steuerte, dachte er weiter über Erich nach.

Er fühlte sich von ihm beobachtet, spürte seinen Neid, vermutlich weil er Abu Tahir nahestand und viel Zeit mit ihm verbrachte. Dass Erich ihm etwas Anrüchiges anhängen könnte, um ihn bei Abu Tahir in Ungnade fallen zu lassen, traute Ben ihm nicht zu, dazu fehlte ihm die Raffinesse. Und ein triftiger Grund. Trotzdem musste er auf der Hut sein, er bewegte sich auf heiklem Terrain. Er musste Erich im Auge behalten, der Kerl war unberechenbar.

Erich trainierte hart und stählte seinen Körper im improvisierten Gym, das er zusammen mit ein paar ähnlich sportbegeisterten Brüdern in einer stillgelegten Abteilung des Krankenhauses eingerichtet hatte. Gegenüber Gegnern galt er als unerbittlich und gnadenlos. Ben hatte die entsetzlichen Videoaufnahmen auf YouTube gesehen. Erich, der mit abgetrennten Köpfen posierte, der Menschen folterte und auf grauenvolle Weise tötete, ganze Familien niedermetzelte. Es schien ihm, als hätte dieser endlose Krieg das Schlechteste in Erich zum Vorschein gebracht, ein blutrünstiges Monster ohne Gewissen und Moral, das womöglich sein ganzes bisheriges Leben lang nur darauf gelauert hatte, endlich ausbrechen zu können. Wie eine abgestorbene Haut hatte Erich seine gutbürgerliche Vergangenheit abgestreift. Und damit seine Menschlichkeit.

Anweisungen missachtete er grundsätzlich, was ihm immer wieder Rüffel einbrachte, ihn aber wenig kümmerte. Die Brüder waren zu erschöpft von den jahrelangen Strapazen, um ihre Forderungen durchzusetzen, um die Disziplin in den Einheiten aufrechtzuerhalten. Endzeitstimmung machte sich breit und einst wichtige Regeln und Gesetze bröckelten unter den anhaltenden Attacken der gegnerischen Übermacht.

Der Einzige, dem Erich überhaupt noch Achtung entgegenbrachte, war Abu Tahir. War der Truppenkommandant in der Nähe, gab er sich mit einem Mal nicht mehr angeberisch und großmäulig, sondern verhielt sich beinahe unterwürfig, wie Ben beobachtet hatte, seinen Anweisungen folgte er ohne Widerspruch. Es war offensichtlich, dass er sich bemühte, Abu Tahir zu gefallen und seine Aufmerksamkeit auf sich zu ziehen. Mit falscher Bescheidenheit erzählte er dem Ranghöheren von seinen Heldentaten, den schwer errungenen Erfolgen, den dabei vernichteten Feinden.

Als bettelte er um Anerkennung, dachte Ben, während er den Wagen durch die Ruinen der Stadt lenkte. Wie ein Sohn, der um die Liebe seines Vaters buhlt.

42

Mit äußerster Vorsicht hebt Ben den Rucksack an und trägt ihn bis zur Wohnungstür. Er zieht die Jacke über, setzt sich eine von Marcs Baseballmützen auf und tritt in den Flur hinaus.

Kurz nach neun Uhr abends, es ist dunkel, das Auto steht direkt vor dem Eingang des Wohnblocks. Ein silberner Peugeot 206, den er aus Sicherheitsgründen erst vor zehn Minuten aus der Tiefgarage gefahren hat. Behutsam platziert er den Rucksack auf dem Beifahrersitz, geht um den Wagen herum und hält irritiert inne. Schon wieder dieses Gefühl, beobachtet zu werden. Ben sieht sich um, alles ist still, in der nur von vereinzelten Straßenlaternen erhellten Umgebung kann er niemanden ausmachen. Zögernd legt er die Hand an den Heckklappengriff, versichert sich, dass sich tatsächlich niemand in der Nähe befindet, und öffnet den Kofferraum. Dabei hält er den Deckel fest, damit er nicht ganz hochschwingt. Er schaudert, als der Schein der Vordachbeleuchtung das Innere des Stauraums erhellt. Beherzt greift er nach der Militärdecke, die er zusammengerollt und ganz an den Rand geschoben hat.

Sorgfältig drapiert er danach die Decke um den Rucksack, um ihn so vor Erschütterungen zu schützen und zu verhindern, dass er während der Fahrt herumrutscht. Ben weiß nicht, ob das wirklich notwendig ist, im Internet hat er kaum Anweisungen zum Transport gefunden. Aber er will kein Risiko eingehen. Wesentlich einfacher war es hingegen, den Ablauf der Parade in Erfahrung zu bringen. Am heutigen Sonntagnachmittag hat der traditionelle Kinderumzug stattgefunden, bei dem bis zu dreitausend Kinder in historischen Kostümen durch die Stadt gezogen sind, begleitet von Hunderten von jugendlichen Musikern. Doch die Veranstaltung im Vorfeld des eigentlichen Ereignisses interessiert ihn nicht. Bens Fokus liegt auf dem morgigen Montag. Sechseläuten. Sein großer Tag.

Beim Gedanken daran schnellt sein Puls in die Höhe, unbändige Vorfreude erfasst ihn. Trotz des Zeitdrucks und der unvorhergesehenen Zwischenfälle ist er gut vorbereitet, er ist mit allem pünktlich fertig geworden, so wie er es geplant hat. Abu Tahir würde stolz auf ihn sein. Alle würden stolz auf ihn sein. Wie ein Lauffeuer würde sich die Nachricht in den Gefangenenlagern ausbreiten, voller Ehrfurcht würden die Brüder und Schwestern seinen Namen aussprechen, von nun an würden ihn alle kennen: Abu Rasim al-Bosni. Kein Mensch käme nach diesem Montag noch auf die Idee, ihn als »Versager« zu bezeichnen.

Ben biegt in die Badenerstrasse ein, die Altstetten mit Zürich verbindet, am Sonntagabend herrscht kaum Verkehr. Er fährt am Letzigrund vorbei, dem Heimstadion der beiden Zürcher Fußballklubs GC und FCZ, kurz nach dem Lochergut setzt er den Blinker und fährt Richtung See. Tagsüber ist die Innenstadt wegen des Umzugs gesperrt gewesen, doch mittlerweile ist die Strecke wieder frei befahrbar.

Er macht das Radio an, ein Schlager erklingt. Rasch wechselt Ben den Sender, Marcs Musikgeschmack unterscheidet sich deutlich von seinem. Er findet etwas elektronisch Blubberndes und dreht die Lautstärke auf. Rechts jetzt das nächtliche Seebecken, golden flimmernde Lichter an den Ufern, hell strahlend das Opernhaus. Die desaströse Geldübergabe kommt Ben in den Sinn, als er sich dem Konzertlokal nähert, er drückt aufs Gaspedal und braust daran vorbei, stadtauswärts.

Die alliierten Streitmächte belagerten die Stadt seit Tagen und setzten den eingekesselten IS-Kriegern mit Artilleriefeuern zu, unablässig bombardierten amerikanische Kampfflieger das besetzte Gebiet. Gleichzeitig wurden Zivilisten evakuiert, aus Baghuz selbst, aber auch aus den umliegenden Siedlungen, Tausende von Menschen flohen auf eigene Faust. Die verminten Gebiete waren aufwendig gesäubert worden, die letzten Einheiten des IS in alle Stadtteile versprengt. Unzählige Brüder waren bei den Stämmen im Wüstengebiet untergetaucht, übrig geblieben waren in erster Linie ausländische Islamisten. Viele von den Frauen flüchteten mit den Kindern, manche versuchten, sich als Einheimische zu tarnen und auf einen der vielen Transportlastwagen zu gelangen, die die Zivilbevölkerung in endlosen Konvois aus der Stadt karrten.

Wie Ben gehört hatte, versteckten sich immer noch etwa fünftausend Männer in den teils zerbombten unterirdischen Tunneln, bereit, bis zum bitteren Ende zu kämpfen. Doch auch sie würde man über kurz oder lang aus ihren Verstecken treiben, wenn sie nicht schon vorher bei einem der Angriffe von Geröll erschlagen wurden oder in den einstürzenden Gängen erstickten oder verdursteten. Die meisten Brüder und Schwestern aber waren in die Zeltstädte außerhalb der Stadt geflohen, wo sie sich verzweifelt zur Wehr setzten.

Der Angriff auf das Spital erfolgte an einem frühen Sonntagmorgen, ohne Vorwarnung. An das bedrohliche Motorengeräusch der Fliegerstaffeln hatte man sich gewöhnt. Als an diesem Tag die IS-Kämpfer, die auf dem Dach übernachtet hatten, nach den Angreifern Ausschau hielten, stellten sie jedoch entsetzt fest, dass die Kampfjets nicht wie sonst Richtung Zeltlager oder zu den Quartieren flogen, wo sie die Tunnels vermuteten, sondern direkt auf sie zuhielten. Um Alarm zu schlagen, blieb keine Zeit, die meisten warfen sich zu Boden und beteten zu Allah, während die F-15 über das Krankenhaus hinwegdonnerten. Sekunden später detonierten die Bomben. Innerhalb kürzester Zeit stürzte der Westflügel in sich zusammen und riss Dutzende von Kämpfern und Patienten in den Tod.

Ben war gerade vor die Notfallstation des Krankenhauses gefahren, damit die Sanitäter weitere Verletzte ausladen konnten, als die Attacke begann. Ungeachtet der Gefahr sprang er aus dem Wagen und rannte in das Gebäude hinein, fand Abu Tahir allerdings nicht in seiner Kommandozentrale vor, die der im

Empfangsbereich der chirurgischen Abteilung hatte aufbauen lassen.

»Abu Tahir!«, schrie Ben und hastete durch die Station, öffnete eine Tür nach der anderen, während das Gebäude immer wieder von Explosionen erschüttert wurde. Patienten flehten ihn um Hilfe an, wachsfahle Gesichter, vor Panik verzerrt, Betten und Apparaturen rollten herum und standen kreuz und quer in den Krankenzimmern. Schwerverletzte versuchten, aus eigener Kraft aufzustehen, andere waren von der Wucht der Einschläge auf den Boden geschleudert oder von herabstürzenden Mauerblöcken erschlagen worden.

Ben hetzte weiter, bis ihn ein weiteres Beben hinwarf. Scheiben splitterten, Möbel schossen durch die Flure und aus den Tiefen des Bauwerks erklang ein aufgebrachtes Grollen. Mit ohrenbetäubendem Lärm brach ein Stück des Mitteltrakts ein, der Korridor war plötzlich erfüllt von beißendem Staub und herumschwirrenden Papierfetzen. Bens Augen brannten, er konnte kaum atmen, erst als er sein T-Shirt über die Nase zog, bekam er wieder etwas Luft. Im nächsten Moment flog etwas in rasender Geschwindigkeit auf ihn zu und ihm wurde schwarz vor Augen.

»Muhammad!«, krächzte er, als er wieder zu sich kam, seine Kehle war ausgetrocknet, ein dumpfer Schmerz pochte in seinem Schädel.

Stöhnend rappelte sich Ben auf und wankte durch den dichten Nebel auf das grelle Licht zu, das nun vom anderen Ende des Korridors hereinschien. An der Bruchstelle verharrte er und schaute auf den Trümmerhaufen in der Tiefe. Die Bomben hatten fast den gesamten Mitteltrakt zerstört, einzig eine schmale Säule war stehen geblieben, die seitlichen Mauern beinahe gänzlich weggerissen, Spitalbetten und Büromöbel waren zu erkennen und Menschen, die sich wie in Trance umschauten.

Blut tropfte von Bens Stirn, er bemerkte es erst jetzt. Unter seinen Lidern klebten Staubpartikel und als er sich die immer noch brennenden Augen rieb, fühlte es sich an, als würde seine Netzhaut aufgeschürft. Tränen liefen ihm übers Gesicht. Mit einem Mal fühlte er sich todmüde, erschöpft von einem endlosen Kampf, und hätte ihn nicht die Sorge um Abu Tahir umgetrieben, hätte er sich einfach hingelegt und wäre vermutlich sofort eingeschlafen.

Die Sonne schien hell, die Luftangriffe hatten ausgesetzt, nur noch das Knirschen und Scheuern der Betonbrocken und des Schutts war zu vernehmen, die noch nicht zum Stillstand gekommen waren und weiter verrutschten, von überallher dumpfe Hilferufe, jemand schrie.

Ben wandte sich ab und hätte um ein Haar das erstickte Röcheln überhört, das aus einem der Büroräume drang. Rasch stieß er die Tür auf. Das Zimmer sah aus, als hätte ein Tornado darin gewütet. Umgekippte Schränke, Akten und Ordner waren im ganzen Raum verstreut, Stühle zersplittert, der Schreibtisch stand quer. Eine feine Puderschicht bedeckte alles, dichter Staub trübte die Sicht. In der Wand klaffte ein Loch, das den Blick freigab auf die Durchfahrtsstraße hinter dem Krankenhaus, auseinandergebrochene Mauerbrocken überall. Es dauerte ein paar Sekunden, bis Ben entdeckte, dass unter einem der Bruchstücke jemand begraben lag. Er stürzte zu der Stelle hin, doch erst als er neben dem Mann auf die Knie fiel, erkannte er in ihm Abu Tahir.

»*Ya allah!*«

Muhammads Gesicht war blutüberströmt, sein Atem ging pfeifend, der untere Teil des Körpers verschwand unter dem Betonblock. Unter Aufbietung all seiner Kräfte zerrte Ben das Hindernis weg, es erschien ihm tonnenschwer.

Entsetzt zuckte er zusammen, als Muhammads Beine zum Vorschein kamen. Das eine war grotesk verdreht, beim anderen stach etwas Helles durch die Uniformhose, das Ben erst beim genauen Hinsehen als einen gebrochenen Knochen identifizierte, nass glänzendes Blut färbte den Stoff dunkel.

»Abu Rasim al-Bosni«, stöhnte Abu Tahir, die Erleichterung war ihm anzuhören.

»Ich bin hier.« Ben grinste schwach, während ihm die Tränen in die Augen schossen.

Als Muhammad tastend nach seiner Hand suchte, ergriff er sie und drückte seine Lippen darauf.

»Halt durch, ich hole Hilfe«, sagte er mit erstickter Stimme und wollte schon aufspringen, doch Abu Tahir hielt ihn mit einem bestimmten Schnalzen davon ab.

»Hör zu«, setzte er an, es fiel ihm schwer zu sprechen, Ben konnte seine Worte kaum verstehen. »Sie haben für morgen einen Waffenstillstand angekündigt.«

Sein Kommandant hielt inne, schluckte. Mit zitternden Fingern nestelte Ben ein Taschentuch hervor und bemühte sich, ihm das Blut aus dem Gesicht zu wischen, verschmierte es dabei jedoch nur noch mehr.

»Damit sie die Zivilisten evakuieren können«, brachte Abu Tahir schließlich hervor. »Sie werden auch das Krankenhaus räumen und alle Patienten in Sicherheit bringen.« Erschöpft sank sein Kopf zurück, er schloss die Augen. »Wir sind besiegt, Bruder.« Er atmete tief ein. »Doch nur für einen kurzen Moment. Allah ist auf unserer Seite, *salla 'llahu 'alayhi wa-sallam*. Wir werden uns erholen und wieder zu Kräften kommen, schon bald.«

»*Inschallah.*«

»*Inschallah.*« Abu Tahir blickte Ben vielsagend an. »Es ist so weit, Abu Rasim al-Bosni. Wir haben oft davon gesprochen.«

»Ich soll zurück?«

»Alles, was du wissen musst, findest du im Internet.«

»Aber …«

»Ich glaube an dich.«

Wild schwirrten Gegenargumente durch Bens Kopf, er

kriegte jedoch keines davon zu fassen. Stattdessen spürte er, wie ihm die Tränen jetzt über die Wangen liefen, sein Herz drohte zu zerreißen. Es kam ihm vor, als würde er verstoßen. Aus dem Zuhause, zu dem ihm der IS geworden war, von den Brüdern, die seine Familie waren, von Abu Tahir, seinem Mentor, seinem Freund. Dem Menschen, der ihn gelehrt hatte, einen Sinn in seinem Leben zu sehen.

»Und nun geh, Abu Rasim al-Bosni«, flüsterte der. »*Bismillah ar-rahman ar-rahim.*«

Ben senkte den Kopf, er wusste instinktiv, dass Abu Tahir nicht mit sich verhandeln lassen würde, er hatte gerade einen Befehl erhalten, eine ehrenvolle Aufgabe, ein Gebot.

Überrascht schaute er auf, als er plötzlich die Hand seines Bruders an der Wange spürte.

»Rasiere dir den Bart ab und zieh dir ein Patientenhemd an. Danach legst du dich in eines der Betten und wartest, bis sie kommen. Sie dürfen dich nicht bei mir finden.«

»Nimm das«, stieß Ben mit tränenerstickter Stimme hervor und streifte den Kupferreif von seinem Handgelenk.

»Nein, deine Schwester hat ihn dir geschenkt.«

»Jetzt schenke ich ihn dir. Und eines Tages, wenn wir uns wiedersehen, gibst du ihn mir zurück.« Ben legte das Schmuckstück in Abu Tahirs Hand und schloss behutsam dessen Finger darum.

Ein schmerzverzerrtes Lächeln erhellte Abu Tahirs Gesicht, als er die freie Hand ausstreckte und Ben über die Wange strich. »*Fi amanillah*, Bruder.«

»*Fi amanillah.*« Möge Gott dich beschützen.

Ben schaltet den Motor aus und hört noch das elektronische Stück zu Ende, dann zieht er den Schlüssel ab und steigt aus. Er hat den Wagen etwas entfernt von der Überbauung geparkt und geht das letzte Stück zu Fuß. Ein Betonklotz mit beeindruckenden Fensterfronten, vor dem Wohnhaus eine beleuchtete

Grünanlage mit Parkbänken. Die Sicht auf den Zürichsee ist von hier aus atemberaubend, selbst nachts. Doch Ben geht gerade jeglicher Sinn für Schönheit ab. Geräuschlos bewegt er sich vorwärts, hält sich im Schatten der Bäume, die das Grundstück abgrenzen. Der weiße Range Rover Evoque ist vor einer der Garagen geparkt. Andrea Grafs Wagen, das hat er über Instagram herausgefunden. Ben bleibt stehen und lässt den Rucksack behutsam zu Boden gleiten.

43

»Du siehst müde aus«, bemerkt Marisa, kaum hat sie sich in Bashirs BMW gesetzt.

Den leicht stichelnden Ton hört Bashir zwar nach wie vor heraus, in erster Linie klingt sie jedoch besorgt, aufrichtig besorgt. Was ihn zu seiner eigenen Verblüffung rührt. Er kann sich nicht erinnern, wann es zum letzten Mal jemanden gekümmert hat, wie es ihm geht.

»Diese Ermittlungen belasten uns wohl beide«, brummt er, während er den Motor startet, worauf sich Marisa mit einem maliziösen Lächeln zu ihm hindreht.

»Das schon. Aber mir machst du nichts vor, Bashir. Bei dir sind es eindeutig nicht nur die Ermittlungen, die dich aussehen lassen, als wäre eine Gnuherde auf der Flucht über dich hinweggetrampelt.«

»Gnuherde? Deine Vergleiche werden immer bizarrer.«

»Ich habe gestern mit Luca Tierfilme gucken müssen.« Sie mustert ihn aufmerksam. »Etwas hat sich verändert, du bist seit ein paar Tagen anders. Eigentlich exakt, seit du …«

»Ich möchte nicht darüber reden.«

»Aha!«

»Was, ›aha‹?«

»Du warst wieder bei ihr, du dünstest das aus.«

»Ach, hör doch auf.«

»Die Pheromone, Bashir. Eine Frau registriert so was automatisch.«

»So ein Blödsinn!«

»Du riechst nach Sex!«

Kopfschüttelnd schaltet Bashir das Radio ein – die Goombay Dance Band besingt die *Sun of Jamaica* –, steuert den Wagen über die gekieste Auffahrt zum gerade aufschwingenden Tor, das das Bodmer'sche Anwesen zur Straße hin absichert.

Natürlich hat Marisa wieder einmal den richtigen Riecher,

im wahrsten Sinn des Wortes. Nach dem ersten Treffen mit der mysteriösen Frau ist Bashir am Vorabend wie zufällig an der *Toro*-Bar vorbeigefahren, gleich nachdem er nach seiner Mutter geschaut hat. Sie hält sich gut, wirkt gelöster, trotz der nach wie vor angespannten Situation. Zwar hat er den alten Mann nie in der Wohnung angetroffen, seine Spuren sind dennoch unübersehbar. Über kurz oder lang wird er wieder bei ihr einziehen, seine Mutter hat entsprechende Andeutungen fallen lassen. Wie er selbst damit umgehen soll, ist Bashir allerdings noch unklar. Die Vorstellung, sonntags gemeinsam mit dem Alten am Tisch sitzen zu müssen, einen auf glückliche Familie zu machen und dem Frieden zuliebe so zu tun, als wäre nichts gewesen, erfüllt ihn mit Widerwillen.

Der Umweg über die *Toro*-Bar hingegen hat sich gelohnt, die Frau ist erneut an der Theke gestanden. Wieder ist er ihr gefolgt, ist wieder zu ihr in die Wohnung, wieder haben sie kein Wort gewechselt, bevor sie übereinander hergefallen sind. Noch nie hat Bashir so etwas erlebt, ihre Begegnungen haben etwas Wildes und Verbotenes, gleichzeitig sind sie voller Leidenschaft, von einer unbändigen Lust geprägt. Er hat keine Ahnung, wohin das führen soll. Allein der Gedanke an das nächste Aufeinandertreffen erregt ihn jedoch so sehr, dass sich seine Jeans plötzlich zu eng anfühlt.

Der Song versinkt in künstlichem Wellenrauschen und die Sprecherin berichtet kurz vom Kinderumzug, der am Vortag stattgefunden hat. Im Anschluss interviewt sie einen Experten, der Auskunft darüber gibt, auf welche Weise die Brenndauer des Bööggs mit der Qualität des Sommers zusammenhängt.

»Je schneller der Kopf des Schneemanns explodiert, desto wärmer der Sommer, so die Faustregel«, erklärt der Mann mit wichtiger Stimme. »Im Durchschnitt dauert das fünfzehn Minuten und fünfzig Sekunden, doch es gibt da große Unterschiede. 1956 waren es knapp vier, 2016 über dreiundvierzig Minuten, bis der Kerl in die Luft geflogen ist.«

»Danach wird die Glut des verbrannten Scheiterhaufens genutzt und die Bevölkerung veranstaltet das wohl größte Grillfest der Schweiz, das ›Volkswurstbraten‹«, wirft die Moderatorin ein.

»Richtig. Die Tradition des Sechseläutens reicht übrigens bis ins 16. Jahrhundert zurück. Man feierte damit nicht nur die Tagundnachtgleiche, sondern auch, dass der Arbeitsschluss an dem Tag um eine Stunde nach hinten verlegt wurde, von fünf auf sechs Uhr.«

»Länger arbeiten, natürlich hat man das in Zürich gefeiert«, bemerkt Marisa spöttisch.

»Jede Zunft veranstaltet an diesem Tag ein Bankett für ihre Mitglieder ...«

»Dekadente Gelage, die unter Ausschluss der Öffentlichkeit stattfinden. Begleitet von einem kollektiven, von der Stadt abgesegneten Besäufnis, zu dem erwachsene Männer weiße Kniestrümpfe, Samtschühchen und Uniformen tragen, die aus dem Fundus eines französischen Kostümfilms stammen könnten.«

»... außerdem wird jedes Jahr ein Gastkanton eingeladen, heuer ist es der Kanton Uri.«

»Und zu den diesjährigen Ehrengästen gehört die Parteipräsidentin Andrea Graf«, ergänzt die Sprecherin, bevor wieder Musik einsetzt.

Bashir fährt vom Zürichberg über die Susenbergstrasse Richtung Rigiblick und anschließend durch die Quartiere Unterstrass und Wipkingen.

»Was, wenn er nicht antwortet?«, will Marisa nach einer Weile wissen.

»Dann haben wir Pech gehabt. Aber einen Versuch ist es wert.« Konzentriert sieht Bashir auf die Straße, während er über den Escher-Wyss-Platz kurvt. »Hoffen wir, dass Skander Hasani Erichs Handy überhaupt einschaltet.«

»Und wenn er nicht auf Paul Bodmers Nachricht reagiert?«

»Dann können wir nur hoffen, dass er das Telefon nicht sofort wieder ausmacht. Ich kenne da Möglichkeiten …«

»Legale?«

Bashir wirft Marisa einen belustigten Blick zu. »Wenn es lange genug sendet, schaffen wir es womöglich, Skander zu lokalisieren.«

»Für meinen Geschmack sind das eindeutig zu viele Wenns.«

»Wir haben keine anderen Möglichkeiten, wenn … um seinen Aufenthaltsort ausfindig zu machen.«

»Der junge Mann ist enorm gefährlich, das sollten wir nicht vergessen.«

»Ich weiß«, erwidert Bashir ernst.

Wieder hat er die beiden Leichen des alten Pärchens vor sich und sein Magen zieht sich zusammen.

Sie hatten die Bodmers am Sonntag nicht erreicht, weshalb sie ihnen die traurige Nachricht erst am heutigen Morgen haben überbringen können. Annelies Bodmer reagierte ungläubig und weigerte sich zu akzeptieren, dass es sich bei dem Hingerichteten um ihren Sohn handelte. Aufgebracht und fahrig führte sie ein Gegenargument nach dem anderen an, bis Marisa auf die Tätowierungen hinwies und den Fotobeweis erbrachte. Schlagartig verstummte Frau Bodmer und starrte minutenlang auf das Standbild des Videos, das sie ihr zwangsläufig hatten zeigen müssen. Schließlich erhob sie sich wortlos und verschwand im oberen Stock, ohne wieder zurückzukommen. Bemerkenswert fand Marisa, dass sie während der ganzen Zeit kein einziges Mal den Kontakt zu ihrem Mann gesucht hatte. Kein Blick, keine Berührung, nichts. Wie es aussah, schaffte es nicht einmal der Tod ihres gemeinsamen Sohns, eine Brücke über den tiefen Graben zu schlagen, der zwischen den Eheleuten aufklaffte.

Paul Bodmer war sichtlich erschüttert, kurz standen Tränen in seinen Augen, er fasste sich jedoch schnell wieder. Den Abgang seiner Frau nahm er mit einem angedeuteten Nicken zur

Kenntnis. Ein beherrschter Mann, das war Marisa schon bei ihrem allerersten Treffen aufgefallen.

»Manchmal frage ich mich, ob ich nicht zu hart zu ihm gewesen bin«, sagte er wie zu sich selbst, nachdem in der oberen Etage eine Tür ins Schloss gefallen war.

»Ich befürchte, seine Reise nach Syrien hat viel mit der Familiensituation zu tun«, antwortete Marisa unbedacht.

Herrn Bodmers Gesichtszüge verhärteten sich.

»Selbstverständlich nicht nur«, beeilte sich Marisa, ihn zu beschwichtigen. »Aber wir haben mit einigen Leuten geredet, die ihn gekannt haben. Sie meinten, Sie hätten ihn nie richtig wahrgenommen und seine Mutter habe ihn ignoriert, er habe sich vernachlässigt und verloren gefühlt. Angeblich war er dem Erwartungsdruck nicht gewachsen.«

Überrascht schaute er sie an, offensichtlich war ihm der Gedanke selbst noch nie gekommen.

»Ich habe meinen Sohn sehr wohl wahrgenommen«, rechtfertigte er sich in überzeugtem Ton. »Es ist falsch, was diese Leute behaupten, eine Unterstellung. Doch wie jeder andere Familienvater habe ich meine Verpflichtungen, Arbeit und ein geschäftliches Umfeld, das ich pflegen muss. Da muss die Familie manchmal hintenanstehen, das ist leider so.« Er hielt inne, Trauer umflorte seine Augen. »Erich ist nie ein besonders robuster Junge gewesen. Ich habe ihn so streng behandelt, um ihn abzuhärten. Ich wollte vermeiden, dass er ein Schwächling wird, die haben es schwer in dieser Welt.«

Das haben Sie ja prima hingekriegt, dachte Marisa, hielt jedoch diesmal die Klappe.

»Wenn ich gewusst hätte ...« Paul Bodmer brach ab und senkte den Kopf.

Ein paar Sekunden lang herrschte Stille, dann schaute er ruckartig auf, die Augen weit aufgerissen.

»Und wer gibt sich sonst als Erich aus? Schickt uns Nachrichten, benutzt seine Kreditkarte?«

»Wir haben einen Verdacht, müssen uns aber erst noch …«, setzte Marisa zu einer Antwort an, doch Bodmer fiel ihr grimmig ins Wort.

»Wieso hat der Kerl Handy und Kreditkarte meines Sohns? Hat er etwa auch mit der Hinrichtung zu tun?« Seine Stimme war stetig lauter geworden, der sonst so kühle Paul Bodmer wirkte mit einem Mal zutiefst aufgewühlt. »Ist er hier? In der Schweiz?« Immer wieder fuhr er sich durchs Haar, sein Blick irrlichterte durch den Salon. »Natürlich ist er hier, er hat mir vor dem Opernhaus die Tasche mit dem Geld entrissen. Ganz klar, er muss im Land sein, nicht?«

Marisa bestätigte seine Vermutung. »Wir gehen davon …«

»Auf gar keinen Fall dürfen Sie jetzt schon die Polizei einschalten!«

»Wir wissen nicht einmal …«

»Dann tun Sie etwas, verdammt noch mal!« Paul Bodmer war aufgesprungen, er brüllte jetzt. »Was sitzen Sie noch untätig herum?«

In dieser Gefühlslage kennt er sich aus, fuhr es Marisa durch den Kopf. Leute anschreien kann er, das ist bekanntes Terrain für ihn, sicherer Grund. Die Trauer ist es nicht.

»Jetzt beruhigen wir uns erst einmal«, sagte Bashir unbeeindruckt.

Verdattert hielt Herr Bodmer inne. Kurz sah es so aus, als wollte er sich auf ihn stürzen, stattdessen strich er sich erneut durch die Frisur und holte tief Atem.

»Sie schicken jetzt eine Nachricht an Erichs Handy. Schreiben Sie, dass Sie es sich überlegt haben und ihm die zehntausend Franken gern geben würden.«

»Sind Sie verrückt? Ich denke nicht im Traum daran, diesem verlogenen …«

»Es geht nicht ums Geld«, erklärte Bashir ruhig. »Wenn er das Telefon einschaltet, gelingt es uns vielleicht, das Gerät zu lokalisieren.«

»Und wenn nicht?«

»Dann nicht.«

Marisa unterdrückte ein Grinsen.

»Und wenn doch?«

»Dann wissen wir, wo sich der Typ aufhält.«

Paul Bodmer schaute Bashir abwägend an, schließlich nickte er. »Okay, okay. Nicht die dümmste Idee. Und nachher sehen wir weiter, oder?«

Bashir deutete seine Zustimmung mit einer knappen Kinnbewegung an. »Genau. Nachher sehen wir weiter.«

Das Einrichten der Ortungssoftware benötigt nur wenige Klicks, entsprechende Angebote finden sich massenweise im Internet. Bashir hat sich auf einen Sessel in der Agentur gefläzt, während Marisa in der Küche Tee für sie beide aufgießt. Mandel-Karamell-Schwarztee, die weihnachtlich anmutende Geschmacksrichtung passt zum nasskalten Wetter.

Bashir ist sehr wohl bewusst, dass eine Handyüberwachung ohne Zustimmung des Besitzers nicht rechtmäßig ist und er sich damit strafbar macht. Wie es sich verhält, wenn der eigentliche Geräteinhaber nicht mehr lebt, hat er auf die Schnelle zwar nicht herausgefunden, er geht jedoch davon aus, dass er sich in einem Graubereich bewegt. Ohnehin fehlt ihm die Zeit, um sich um solche Details zu kümmern, je eher sie Skanders Aufenthaltsort herausfinden, desto besser. Das bisherige Verhalten des Burschen deutet darauf hin, dass er unter großem Druck steht. Die Frage ist nur, weshalb.

»Hast du eigentlich jemals darüber nachgedacht, was dieser Skander in der Wohnung der Zbindens gesucht hat?«, unterbricht Marisa Bashirs Überlegungen.

Verwundert schaut er von seinem Tablet hoch, auf dem er gerade die Spyware installiert hat. »Skander hat nach seiner Rückkehr aus Syrien dringend einen Unterschlupf gebraucht, so habe ich mir das erklärt. Die Al-Shamis aus der Wohnung zu vertreiben war vermutlich kein großes Kunststück. Der Imam hat ja darauf hingewiesen, dass sie offenbar systematisch junge Männer indoktriniert und für den Dschihad rekrutiert haben. Ein anonymer Anruf, eine angedrohte Polizeirazzia, das müsste gereicht haben, damit sie verschwinden.«

Marisa schiebt ihre Brille zurecht und konzentriert sich auf das Display ihres Handys. »Erinnerst du dich an die Wohnung?«

»Wie könnte ich die vergessen?«

»Ich meine nicht die beiden Leichen. Aber ich habe mich vorhin plötzlich an ein Detail erinnert. Als wir reinkamen, standen doch zwei Bunsenbrenner und ein paar Flaschen auf dem Esstisch. Wie in einem Chemielabor. Daneben ein blauer Kanister …«

»Pooldesinfektionsmittel. Das ist mir auch aufgefallen.«

»Ich habe mich gefragt, wozu die Al-Shamis so etwas in einem Wohnhaus ohne Swimmingpool brauchen. Zur Reinigung des Badezimmers vermutlich nicht.«

»Du wirst es mir gleich verraten.«

Marisa wirft ihm einen strafenden Blick über den Brillenrand zu. »Nach den grässlichen Ereignissen in dem Apartment war ich komplett von der Rolle, deswegen bin ich mir nicht ganz sicher. Aber ich glaube, das Zeug war weg, als wir uns rausgeschlichen haben.«

Bashir schließt die Augen, wiegt den Kopf. »Ich habe echt zu wenig darauf geachtet.«

Marisa nickt, als hätte sie diese Antwort erwartet. »Ich bin mir ziemlich sicher. Es kann Zufall sein und vielleicht ist es wirklich etwas weit hergeholt, ich habe jedoch kurz nachgeschaut, was man mit Pooldesinfektionsmittel alles anstellen kann.«

»Zufälle gibt es nur in schlechten Kriminalromanen.«

»Triacetontriperoxid.«

Ratlos zuckt Bashir mit den Schultern.

»Kurz TATP, ein hochexplosiver Sprengstoff. Kann man mit etwas Erfahrung und einigen zusätzlichen Zutaten selbst herstellen. Wird von Terroristen oft für Anschläge verwendet. ›Mutter des Satans‹ nennt man es, weil es so zerstörerisch wirkt. Und dann der gestohlene Dünger. Erinnerst du dich?«

»Die Meldung im Radio? Der Bauer, der wegen eines Düngersacks niedergeschlagen worden ist?«

»Genau der. Aus Dünger kann man relativ einfach Ammoniumnitrat gewinnen. Mit Mineralöl vermischt, wird es zur Fabrikation von Rohrbomben verwendet.«

»Und du denkst, der Dieb könnte Skander gewesen sein?«

Marisa windet sich. »Wie gesagt, es ist weit hergeholt.«

»Gut, doch vielleicht liegst du richtig. Ich meine, wozu würde sonst jemand einen Sack Dünger klauen? Das Zeug kostet nicht viel und ist in jedem Supermarkt zu haben.«

»Allerdings nicht diese Art von Dünger. Ich habe einen kurzen Artikel in einem Lokalblatt gefunden. Der Marke, die geklaut wurde, ist angeblich viel Ammoniumnitrat beigemischt. In der EU kriegt man diese Sorte nur, wenn man sich registriert. Weil sich daraus auf ganz simple Weise Sprengstoff basteln lässt.«

»Aus Ammoniumnitrat?«

»Deswegen ist kürzlich halb Beirut dem Erdboden gleichgemacht worden. Weil Tonnen von dem Zeug in einer Lagerhalle im Hafen herumgelegen haben.«

Bashir starrt seine Partnerin an. »Du meinst, Skander plant einen Anschlag?«

»Ich kann mich natürlich irren, aber es könnte durchaus sein.«

»Und wo, glaubst du …?«

»Er wird eine große Menschenansammlung auswählen. Dort kann sogar eine kleinere Bombe verheerende Schäden anrichten.«

»Heute ist Sechseläuten! Das zieht Tausende von Zuschauern an.«

»Und wenn der Scheiterhaufen brennt, versammeln sich alle auf dem Platz vor dem Opernhaus, um mitzuverfolgen, wie der Böögg explodiert. Der ideale Ort, um eine Bombe hochgehen zu lassen.«

»Steile These.«

»Was ist, wenn ich richtigliege, Bashir?«

»Selbst dann fehlt uns immer noch ein unumstößlicher Beweis für unsere Mutmaßungen.«

»Wir müssen Skanders Aufenthaltsort herausfinden.«

»Nichts einfacher als das«, sagt Bashir trocken und wirft einen Blick auf das Tablet.

Doch auf der virtuellen Karte hat sich nichts gerührt. Erichs Handy sendet kein Signal aus.

44

Geräuschlos fällt der Nieselregen und überzieht die Windschutzscheibe mit feinsten Wassertropfen. Leise läuft das Radio, SRF1, der meistgehörte Schweizer Sender. Tina Turner. Mit zitternden Fingern dreht er den Ton lauter, als der Song endlich endet, doch es folgt Rod Stewart, danach Züri West. Keine Sonderberichterstattung, keine Liveschaltung. Was Ben mit Sorge erfüllt, aber vielleicht ist es einfach noch zu früh.

Er nimmt einen Schluck aus der mitgebrachten Wasserflasche, lehnt sich vor und schaut wieder zu dem offen stehenden Fenster im vierten Stock – und zuckt zusammen, als dort plötzlich eine Frau in einem dunklen Umhang steht, sie trägt gelbe Gummihandschuhe und macht sich offenbar am Spülbecken zu schaffen, während sie lüftet. Vermutlich ist sie allein zu Hause, sie hat den Kopfteil der Burka abgelegt. Sekundenlang starrt Ben sie an. Etwas in seiner Brust zieht sich so schmerzlich zusammen, dass es ihm den Atem verschlägt, Tränen schießen ihm in die Augen.

Sie ist alt geworden, stellt er fest, Falten im Gesicht, ihre Miene verhärmt, von Trauer gezeichnet, die Haltung gebeugt, als würde sie von etwas Schwerem hinuntergezogen. Graue Strähnen ziehen sich durch ihr einst glänzend schwarzes Haar.

Irritierenderweise erinnert sie Ben an seine Großmutter, die Ähnlichkeit ist frappierend. Sein Herz wird schwer, er sollte nicht hier sein. In Syrien wurde ihnen eingetrichtert, dass der Kontakt zur Familie verboten sei, dass Eltern und Geschwister *kuffar* seien.

Das ist falsch. Ben weiß, wie gläubig seine Eltern sind, obwohl er ihnen vor seiner Abreise das Gegenteil vorgeworfen hat. Einfache gottestreue Leute, die ihre Religion im Alltag leben, die fünfmal am Tag beten, kein Schweinefleisch essen, noch nie in ihrem Leben Alkohol angerührt haben und so oft es geht die Moschee besuchen.

Ben verspürt plötzlich eine Reue, die ihm übel werden lässt, ein heftiges Bedauern darüber, was er ihnen angetan, wie er sie behandelt hat. Die Zeit, die er nicht mit ihnen verbracht hat, all die Jahre, die er nicht genutzt hat, um gewisse Dinge zu klären, sie ist unwiederbringlich verloren. Die Sehnsucht nach der Umarmung seiner Mutter, ihrer Wärme und ihrer sanften, liebevollen Stimme packt ihn so heftig, dass er die Tränen nicht länger zurückhalten kann.

Gefühle, die er sich nicht erlauben darf, nicht jetzt, das ist ihm bewusst. Hastig wischt er sich das Gesicht mit dem Jackenärmel ab. Er hat eine Aufgabe zu erledigen, noch heute will er seinen Namen in die Geschichtsbücher schreiben. Ein letztes Mal hat er sie sehen wollen, denn er kann unmöglich voraussagen, wie der Tag verlaufen wird, ob er zur Zeit des *ischa*-Gebets noch am Leben sein wird.

Ben startet den Motor. Seine Mutter hebt den Kopf, als sie das Geräusch vernimmt, kurz treffen sich ihre Blicke und Bens Herz bleibt beinahe stehen. Entschlossen wendet er den Wagen, drückt aufs Gas und lässt den fünfstöckigen Plattenbau hinter sich, ohne noch einmal in den Rückspiegel zu schauen.

Nachdem Ben das mittägliche *zuhr*-Gebet verrichtet hat, schaltet er den Fernseher ein, nun müsste es so weit sein, er will die Neuigkeiten auf gar keinen Fall verpassen. Doch zu seiner Verwunderung läuft auch jetzt keine Sondersendung, es gibt keine Liveschalte ins abgesperrte Gebiet, vor dem aufgeregte Reporter die grauenvollen Geschehnisse zusammenfassen, keine betroffenen Politiker, die ihr Beileid in die Mikrofone murmeln.

Ungehalten vertröstet sich Ben auf den Umzug mit den kostümierten Zünftlern, der traditionell um drei Uhr nachmittags beginnt, drei Stunden später wird der zehn Meter hohe Scheiterhaufen mit dem Böögg angezündet. Noch bleibt etwas Zeit. Ben lässt den Fernseher eingeschaltet und macht den Ton lauter, dann begibt er sich an den Küchentisch, wo er das auf einer Zeitung getrocknete Ammoniumnitrat vorsichtig zusammenschiebt und die Unterlage in der Mitte faltet. Nachdem er das Granulat behutsam in das fast volle Rohr hat rieseln lassen und alles mit Rapsöl befeuchtet hat, verschließt er das obere Ende mit einem massiven Gewinde und platziert es in der Adidas-Sporttasche, die er im Schlafzimmerschrank gefunden hat.

Noch immer kann er nur sehr schlecht abschätzen, wie groß die Sprengkraft seiner Mixtur tatsächlich ist, die gerade gebastelte Bombe wiegt jedoch ein Vielfaches der getesteten Plastikflaschen. Die Zerstörung wird auf jeden Fall verheerend sein. Wie verheerend genau, wird sich im Verlauf dieses Nachmittags zeigen.

Ben wirft einen Blick zum Fernsehgerät hinüber, vier Leute sitzen um einen gedeckten Tisch herum und essen. Wahrscheinlich eine dieser Sendungen, in denen Restaurants getestet werden. Ein paar Minuten lang schaut er zu, wendet sich schließlich ab und wechselt ins Schlafzimmer.

Gegen elf Uhr haben sowohl Marcs Festnetztelefon als auch sein Handy wiederholt geklingelt, jemand hat offenbar verzweifelt versucht, ihn zu erreichen. Der Chef de Service ist heute unentschuldigt von der Arbeit ferngeblieben und es ist bloß eine Frage der Zeit, bis jemand vor der Wohnungstür steht, womöglich sogar die Polizei. Doch das braucht Ben nicht zu kümmern.

Er langt unter die Matratze und zieht Erichs Mobiltelefon hervor. Obschon er allein in dem Apartment wohnt, hat er es versteckt, die Macht der Gewohnheit. Sinnlos natürlich, aber wenn die Bullen die Wohnung stürmen sollten, wäre das geklaute Handy sein kleinstes Problem.

Er hat es bei seiner Flucht aus Syrien zusammen mit Erichs Kreditkarte mitgehen lassen, als er seine eigenen Habseligkeiten in der verwaisten Kommandozentrale im Erdgeschoss des Krankenhauses geholt hat. Einzig den Pass hat er liegen gelassen, wäre er auf der Heimreise kontrolliert worden, hätte er behauptet, er sei ihm geklaut worden. Mit viel Geschick und noch mehr Glück gelang es ihm jedoch, alle Hindernisse auf dieser beschwerlichen und schier endlosen Odyssee zu umgehen und unerkannt in die Schweiz zu reisen. Einer der Brüder ließ ihm die Zugangscodes für Telefon und Karte zukommen, nachdem Erich sie nicht ganz freiwillig verraten hatte. Zwar stellte es ein Risiko dar, mit Erichs Karte Geld abzuheben, für Ben war es allerdings der einzige Weg, an finanzielle Mittel zu gelangen. Sein eigenes Konto war leer und die Wahrscheinlichkeit, bei einem Einbruch oder einem Raubüberfall erwischt zu werden, eindeutig zu hoch. Keinesfalls wollte er sein Vorhaben gefährden. Der unvermeidliche Besuch am Bankomaten würde die Aufmerksamkeit allenfalls auf Erich lenken, sicher aber nicht auf ihn.

Ben schaltet das Handy ein. Er hat sich die Aufnahmen nie angeschaut, man hat ihm nur mitgeteilt, dass er offiziell als tot gelte und Erich an seiner Stelle hingerichtet worden sei. Sie hatten ihm einen Sack über den Kopf gestülpt, ihm Bens Armband umgelegt und das Video mit seinem Namen versehen, um etwaige Zweifel aus dem Weg zu räumen. Stümperhaft, findet Ben, doch nach all den Erfahrungen mit dem Islamischen Staat überrascht ihn das nicht. Um ihm den Rücken freizuhalten, schrieben die Brüder, wenigstens eine Zeit lang. Solange der Geheimdienst ihn nicht beobachtete, konnte er seinen Auftrag unbehelligt vorantreiben.

Ben tippt den Code ein und wartet, bis der Bildschirm freigegeben wird. Bislang ist er noch unter jedem Radar durchgeflogen, niemand ist auf ihn aufmerksam geworden. Selbst der Bauer, den er niedergeschlagen hat, hat ihn offenbar nicht genau beschreiben können, so jedenfalls ist es im Radio berichtet worden. Seine ehemaligen Mitbewohner Fatih und Nico nehmen wohl an, Vlora sei abgehauen, oder haben ihre Abwesenheit in ihrer Dauerbekifftheit noch gar nicht mitgekriegt. Ben hat Fatih eine Nachricht geschickt, er sei für ein paar Tage in den Kosovo gefahren, seiner Tante gehe es schlecht. Und Marc hat bis gestern kein Mensch vermisst.

Das Handy sucht immer noch nach einem Netz. Falls Ben den Tag überlebt, wird er eine neue Unterkunft brauchen. Nachdem er sein Werk vollendet haben wird, wird er mit Marcs Wagen zu entkommen versuchen, die Fluchtroute ist festgelegt. Im ausbrechenden Chaos sollte es möglich sein, sich unerkannt aus dem Staub zu machen und in einem der vielen Gässchen des Seefeldquartiers zu verschwinden, um von dort das außerhalb der abgesperrten Zone geparkte Auto zu erreichen. Er muss nur flink genug sein, keine Aufmerksamkeit erregen und hoffen, dass sich ihm niemand in den Weg stellt.

Dummerweise ist die Welt heutzutage voller kleiner Helden, die sich gern beweisen wollen, aber auch für diesen Fall hat er vorgesorgt. Er wird sein Messer einstecken, das ihm schon einmal gute Dienste geleistet hat. Die Rohrbombe hat einen Zünder, sodass er sie aus der Ferne aktivieren kann. Was seine Chancen, den Anschlag unversehrt zu überstehen, wesentlich erhöht. *Istischhad* ist definitiv keine Option für Ben, selbst wenn die Vorstellung, als Märtyrer verehrt zu werden, ihren Reiz hat. Die zweiundsiebzig Jungfrauen können ihm allerdings gestohlen bleiben, nicht zuletzt, weil sich selbst Korangelehrte uneinig sind, ob – je nach Übersetzung und Interpretation – nicht möglicherweise »weiße, kristallklare Trauben« anstelle von unberührten Frauen gemeint seien. Man streitet sich über das Geschlecht der »*huris*«, wie sie in der Heiligen Schrift genannt werden, und es gibt Stimmen, die behaupten, zusätzlich zu den Jungfrauen seien noch siebzig Plätze für Verwandte reserviert. Wovon sich Ben selbst überzeugt hat, ist, dass im Koran die Zahl Zweiundsiebzig nicht dokumentiert ist.

In Syrien hat er einige Male selbst miterlebt, wie viel Überwindung es für ein Selbstmordattentat braucht. Vor allem wenn es sich nicht mehr um eine bloße Absichtserklärung handelt, sondern die Vorgesetzten Termin und Ort festgelegt haben und den Kandidaten mit Sprengstoff ausrüsten, ehe sie ihn losschicken. Auf den Marktplatz, ins Restaurant, ins Einkaufszentrum.

Nicht selten ist dabei einer der Brüder heulend zusammengebrochen, etliche haben einen Rückzieher gemacht. So auch Ronny, der sich wochenlang mit seiner selbst gewählten Bestimmung gebrüstet hatte, doch als es endlich so weit gewesen war und sie ihm den explosiven Gürtel umgelegt hatten, angefangen hatte zu weinen wie ein kleines Kind. Ein klägliches Schauspiel.

Der triftigste Grund für Ben, kein Selbstmordattentat zu begehen, steht aber im Koran. Dort wird nämlich betont, dass Suizid *haram* ist, verboten.

Eine beinahe euphorische Vorfreude erfasst Ben. Er ist bereit, er hat für alle Eventualitäten vorgesorgt, sein Ziel ist zum Greifen nah. Und das ist erst der Anfang, so viel ist ihm während der letzten Tage klar geworden. Er hat das Zeug dazu, die Welt ins Chaos zu stürzen, die Zeiten als Loser, der nichts auf die Reihe kriegt, sind endgültig vorbei. Sein Name wird nicht nur in aller Munde sein, er wird zur Legende werden. Heute wird er seinen ersten Coup landen, danach muss er erst mal schleunigst von der Bildfläche verschwinden. Denn sein Werk ist noch lange nicht beendet.

Erichs Handy verbindet sich endlich mit dem Netz, ein paar Sekunden später vermeldet es mit einem leisen Surren etliche verpasste Anrufe und den Eingang eines Dutzends Nachrichten. Die Anrufe sind alle von Erichs Eltern, die neuste Mitteilung stammt von Paul Bodmer, der seinem Sohn erneut zehntausend Franken in Aussicht stellt, wenn er sich meldet. Abgeschickt an diesem Morgen, kurz nach zehn Uhr.

Eine Falle, ist Ben überzeugt, vermutlich hat sich Bodmer an die Bullen oder sogar den Geheimdienst gewandt, sonst hätte er das Geldangebot wesentlich früher gemacht, gleich nach der gescheiterten Übergabe. Die nächsten Meldungen sind von derselben Nummer abgesendet worden, mehrmals fleht Erichs Mutter ihren Sohn an, sie endlich anzurufen oder vorbeizukommen, in zwei anderen Messages droht Paul Bodmer seinem Sohn mit der Polizei. Es folgt eine Werbung des Netzbetreibers, die letzte, eine sehr lange Nachricht, ist von einer Bettina Grandjean, Erich hat ihre Kontaktdaten auf seinem alten Handy gespeichert, in Syrien haben sie natürlich alle neue Telefone gekauft. Ben überfliegt den Text bloß. Sie hoffe, dass es ihm gut gehe, wo immer er gerade sei, schreibt Bettina unter anderem. Und dass sie ihn gern wiedersehen würde, wenn er zurück in der Schweiz sei. Beim letzten Absatz stutzt Ben.

Zwei Schnüffler sind dir auf der Spur, eine Frau und ein Mann. Sie haben mich über dich ausgefragt. Ich habe möglichst wenig verraten, aber Janis hat ihnen von der Moschee erzählt. Wir haben uns letzthin getroffen, weil ich mir unsicher gewesen bin, ob ich dich warnen soll. Ich kann schlecht beurteilen, wie ernst man die beiden nehmen muss, unterschätzen darfst du sie nicht. Sie wissen, wie man an Informationen gelangt. Das nur am Rande, vermutlich ist es nur ein blödes Gerücht, dass du wieder im Land bist. Melde dich trotzdem mal. Du fehlst mir, immer noch.
Deine Betty Boop

Ben lässt das Handy sinken. Ist das die Erklärung für das Gefühl, beobachtet zu werden, das er in den letzten Tagen immer wieder verspürt hat? Sind die Detektive schon so dicht an ihm dran? Aber wieso haben sie ihn dann nicht längst gestellt? Vorsichtig geht er zum Fenster und späht hinaus. Kein Mensch da, die Siedlung wie verwaist.

Paranoia, denkt Ben, die Nerven.

Unvermittelt hält er inne, horcht auf und stürmt ins Wohnzimmer hinüber. Gerade hat er den Namen gehört, auf den er schon den ganzen Vormittag gewartet hat, fiebrig bleibt Ben vor dem Fernseher stehen.

Eine von zwei Schimmeln gezogene, üppig mit Blumen dekorierte Kutsche ist auf dem Bildschirm zu sehen, sie biegt in eine Einfahrt ein. Ben erkennt die moderne Überbauung im Hintergrund sofort wieder. Gleich darauf tritt Andrea Graf aus dem Haus, ein junger Mann mit Zylinder und Frack holt sie am Eingang mit einem Regenschirm ab und begleitet sie zur Kutsche. Ein paar Journalisten und Zuschauer in Regenmänteln haben sich versammelt, hinter dem Gefährt rückt ganz kurz der weiße Range Rover Evoque ins Bild. Bens Finger klammern sich um Erichs Handy, die Enttäuschung fühlt sich wie ein Schwall eiskaltes Wasser an.

»Hier sehen wir, wie der vermutlich wichtigste Ehrengast in diesem Jahr, Andrea Graf, mit einer Kutsche abgeholt wird«, erklärt der Kommentator. »Die Parteipräsidentin der Rechten wird darin dem See entlang nach Zürich chauffiert, wo sie am traditionellen Sechseläutenumzug erwartet ...«

»Ya scharmuta!« Wütend schleudert Ben das Handy gegen den Fernseher und versetzt dem Esstisch einen Tritt, er zittert vor Zorn und Frust.

Wie getrieben läuft er im Apartment herum, die Hände zu Fäusten geballt, er flucht leise vor sich hin. Der erste Teil seines Plans ist soeben in die Hose gegangen, ein Ablenkungsmanöver, um die Polizei zu beschäftigen. Jetzt bleibt ihm nur der zweite Teil, den darf er unter keinen Umständen vermasseln.

Es dauert ein paar Minuten, bis sich Ben so weit beruhigt hat, dass er die Rohrbombe mit der nötigen Umsicht in der vorbereiteten Adidas-Sporttasche verstauen kann. Er hat den Reißverschluss kaum geschlossen, als er jäh innehält. Nachdenklich besieht sich Ben die Tasche, wirft einen Blick zum Fernseher, wo die Kutsche jetzt das Ufer des Zürichsees erreicht hat, und dann einen auf die Uhr. Die Idee ist einfach bestechend, aber viel Zeit bleibt ihm nicht. Vorsichtig hebt er das Gepäckstück an und läuft aus der Wohnung, ohne abzuschließen. Er hat nicht vor, jemals hierher zurückzukehren.

45

»Müssten wir nicht die Polizei alarmieren?«

Bashir wirft seiner Partnerin einen gereizten Blick zu. »Und was sollen wir denen mitteilen? Dass ein junger Mann namens Skander Hasani eventuell einen Anschlag plant, wir das aber mit rein gar nichts belegen können als unserem Bauchgefühl?«

Säuerlich verzieht Marisa die Lippen. »Mein Bauchgefühl jedenfalls sagt, dass da nichts Gutes auf uns zukommt.«

»Meins auch«, bestätigt Bashir nach ein paar Sekunden in versöhnlichem Ton. »Nur wir können ja nicht einmal mit Sicherheit sagen, ob sich Skander tatsächlich in der Schweiz aufhält. Wir haben nichts in der Hand, womit wir ...«

Ein heller Signalton ist zu hören, Bashir schaut sofort auf sein Handy, doch das Display bleibt dunkel.

»Das Tablet!«, ruft Marisa, springt auf, nimmt das Gerät an sich und lässt sich wieder in den Sessel fallen. »Erichs Handy sendet ein Signal aus!«

Sofort stellt sich Bashir hinter sie und sieht ihr über die Schulter, während sie mit zwei Fingern den Kartenausschnitt vergrößert. Er spürt, wie sich sein Puls beschleunigt und sich die Muskeln anspannen. Jagdzeit. Der blinkende Punkt auf dem Bildschirm zeigt an, dass sich Erichs Handy und damit vermutlich Skander erstaunlich nah bei der Agentur befinden. Altstetten. Ein Katzensprung von Schlieren aus.

»Los!«, ruft Bashir aufgeregt. »Wir fahren auf der Stelle dahin, mit dem Auto sind das keine zehn Minuten.«

»Skander ist gefährlich, wir sollten das nicht vergessen.«

»Das ist mir bewusst.«

»Wir haben vereinbart, dass wir die Polizei einschalten, falls wir in Gefahr geraten.«

Marisa hat sich von ihrem Sessel erhoben, bleibt aber an Ort und Stelle stehen. Sorge spiegelt sich in ihrer Miene, gleichzeitig kann Bashir das Funkeln in ihren Augen sehen. Sie liebt die

Jagd genauso sehr wie er. Überlegt vorzugehen ergibt jedoch Sinn. Sie haben hautnah miterlebt, wie der junge Mann auf Hindernisse reagiert.

Bashir hebt beschwichtigend die Hände. »Okay, wir machen das so: Wir fahren jetzt nach Altstetten, ehe Skander das Handy wieder ausschaltet und das Signal verschwindet. Wir checken die Lage und ich versuche von dort aus, die Polizei zu alarmieren, einverstanden?«

Marisa nickt, während sie bereits nach ihrer Jacke greift. »Dann nichts wie los!«

»Verdammte Scheiße!«, flucht Bashir, als er seinen BMW auf das Gebäude zusteuert. »Ein Hochhaus, ausgerechnet!«

Das Signal sendet noch immer, Skander muss vergessen haben, das Handy wieder auszuschalten. Das Problem ist, dass der blinkende Punkt die Position des Telefons innerhalb des Gebäudes zwar ziemlich exakt angibt, allerdings ist nicht ersichtlich, auf welchem Stockwerk sich das Handy befindet.

»Wir müssten jedes einzelne Apartment auf der rechten Seite des Blocks durchsuchen, um das Handy zu finden«, meint Marisa. »Zehn Wohnungen, das kriegen wir nicht hin. Niemals lassen die uns alle rein.«

»Vielleicht helfen uns die Namensschilder weiter«, schlägt Bashir vor, parkt den Wagen am Straßenrand und steigt aus.

»Oder wir fragen nach, irgendjemand wird uns schon Auskunft geben. Eher zumindest, als uns zu einer spontanen Wohnungsführung einzuladen.«

Als sie sich über einen schmalen Plattenweg dem Gebäude nähern, tritt gerade ein junger Mann aus dem Wohnblock.

»Hey!«, ruft Marisa ihm zu, um ihn zu bitten, die Tür offen zu halten.

Der Junge zuckt heftig zusammen und duckt sich instinktiv. Seltsame Reaktion, denkt Bashir.

Seine Augen stehen zu nah beieinander, fällt ihm auf. Er

sieht aus wie sechzehn, wirkt aber älter, und wenn Bashir sich nicht irrt, hinkt der Junge.

Seine Haut ist gräulich und von Mitessern übersät. Mit Panik im Blick fixiert er sie, während sie auf ihn zukommen, sein Mund klappt verdattert auf.

Als hätten wir ihn bei etwas Verbotenem ertappt, fährt es Bashir durch den Kopf.

Nach wie vor hält der Bursche den Türknauf fest, plötzlich kommt Bewegung in ihn. Er vollführt einen lächerlich anmutenden Hüpfer, wirbelt um die eigene Achse und versucht, ins Innere des Gebäudes zurückzugelangen. Doch Bashir ist schneller. Er spurtet los und kriegt den Kerl gerade noch am Jackenkragen zu fassen. Unsanft zerrt er ihn ins Freie.

»Lassen Sie mich los!«, winselt der Junge.

»Wie heißt du?«, schnarrt ihn Bashir an, ohne seinen Griff zu lockern.

»Ronny.«

»Weshalb rennst du vor uns davon, Ronny?«

»Ich bin nicht gerannt.«

Bashir lässt den Jackenkragen los und packt den Burschen stattdessen am Revers. »Skander Hasani, sagt dir der Name etwas?«

Vor Schreck weiten sich Ronnys Augen, sein Gehirn arbeitet auf Hochtouren, das ist ihm anzusehen.

Schließlich schüttelt er heftig den Kopf. »Noch nie gehört.«

Wider Willen muss Bashir grinsen. »Wo ist er?«

»Ich weiß nicht, wovon …«

»Ronny. Willst du mich für blöd verkaufen? Ich sehe dir an, dass du lügst.«

Der Junge rümpft die Nase und glotzt Bashir verdutzt an, dann deutet er zögerlich mit dem Kinn nach oben, zu den Fenstern im ersten Stock. »Ist aber weg.«

»Wohin?«

»Weiß nicht.«

»Woher kennst du ihn?«

»Von der Schule.«

Zweifelnd kneift Bashir die Augen zusammen. »Schule?«

»Ja.« Ronnys Blick flackert.

»Wohnst du auch hier?«

»Ey, spinnst du? Sicher nicht! Der lebt mit einem Typen zusammen.«

»Woher weißt du das?«

»Was? Dass der mit Kerlen …?«

»Alles. Dass er weg ist, dass er hier wohnt, dass er mit einem Typen zusammenlebt.«

Ertappt beißt sich Ronny auf die Unterlippe.

Bashir ächzt. »Also, noch einmal ganz langsam und schön der Reihe nach. Mit wem wohnt Skander zusammen?«

»Weiß ich nicht«, macht der Junge trotzig.

»Ronny, bitte.«

»Marc Eberli.«

»Geht doch. Und wieso lungerst du vor dem Haus herum?«

»Ich hab ihn nach Jahren wiedergetroffen«, erklärt der Junge stockend. »Per Zufall, ich schwör. Er hat gemeint, er sucht eine Unterkunft. Also habe ich ihm angeboten, bei uns einzuziehen.«

»Bei uns?«

Ronnys Blick zuckt nervös an Bashirs Gesicht vorbei. »Bei meiner Mutter und mir. Aber die Wohnung war dem Herrn wohl nicht fein genug. Oder ich. Der hielt sich schon immer für was Besseres, für den war ich der letzte Dreck. Dabei ist er nichts anderes als eine kleine dreckige Schwuchtel!« Die aufwallende Empörung färbt seine Wangen kirschrot. Zustimmung heischend schaut er erst Bashir und dann Marisa an.

Dass sie nicht reagieren, bringt ihn noch mehr in Rage.

»Kroch allen wichtigen Leuten in den Arsch und wer weiß, was noch, es gab da Gerüchte.« Er macht eine vulgäre Handbewegung. »Dabei ist das verboten, *haram* ist das! Sünde! Versteht ihr? Dafür sollte man ihn …«, geifert er.

Bashir unterbricht ihn unbeeindruckt, ehe er den Satz beenden kann. »Und wieso genau treibst du dich jetzt hier herum?«

»Ich wollte halt wissen, was er vorhat.«

»Was sollte Skander denn vorhaben?«

Ronny errötet noch heftiger, diesmal, weil er sich offenbar beinahe verplappert hat.

»Keine Ahnung«, versucht er, sich herauszuwinden, doch Bashir fixiert ihn ungerührt. »Auf jeden Fall ist er mit einer billigen Ausrede abgehauen. Von wegen, er will sich noch andere Zimmer ansehen und meldet sich. Hat mich einfach hängen lassen, das Arschloch, und gemeldet hat er sich auch nie.« Ronny hält kurz inne und weicht Bashirs unerbittlichem Blick aus. »Okay, ich geb's zu, ich bin ihm gefolgt, heimlich, nachdem er unsere Wohnung verlassen hat. Dabei habe ich herausgefunden, dass er mit zwei Jungs in einer WG in Schwamendingen gewohnt hat. Und dass er sich mit einem Kerl trifft, diesem Marc.« Er deutet erneut mit dem Kinn nach oben. »Ist gleich bei dem eingezogen.«

»Klingt etwas überstürzt. Und dann?«

»Nichts ›und dann‹. Skander wohnt seither da, fährt ab und zu weg, ganz normal. Bin ja auch nicht ständig hier.«

»Aber schon häufig?«

»Wenn mir langweilig ist.«

»Ist dir dabei etwas Außergewöhnliches aufgefallen?«

»Nee. Doch. Der Marc ist weg.«

»Wie, weg?«

»Hab ihn seit gestern nicht mehr gesehen.«

Bashir und Marisa tauschen einen alarmierten Blick aus.

»Du warst schon oben?«

Ronny wiegt den Kopf. »Na ja.«

»Was heißt ›na ja‹?«

»Die Eingangstür wurde halt geöffnet wegen dem Postboten. Da hab ich mir gedacht, wenn der Skander eh nicht zu Hause ist, nutze ich die Gelegenheit. Ich wollte eigentlich rein in die

Wohnung, da kam der Pöstler jedoch wieder die Treppe runter und ich bin erschrocken und rausgerannt. Komischerweise hat Abu … Skander offenbar vergessen abzuschließen, als er mit seiner Sporttasche abgehauen ist.«

»Eine Sporttasche?«, hakt Marisa sofort nach.

»Adidas.« Ronny zuckt mit den Schultern.

»Wann war das?«, will Bashir wissen, während Marisa bereits ihr Handy zückt.

»Vor zehn Minuten oder so. Erst hatte er einen Wutanfall, hab ich durchs Fenster gesehen. Wie so ein eingesperrtes Raubtier lief er in der Wohnung auf und ab, fuchtelte mit den Fäusten herum und fluchte vermutlich. Kurz darauf kam er aus dem Haus …« Verächtlich verzieht Ronny den Mund. »Alter, der lief, als wenn er die Hose voll gehabt hätte, total langsam, so mit kleinen Schritten, als würde er über rohe Eier laufen. Typisch Tunte. Dann ist er samt Sporttasche in den Wagen gestiegen.«

»Marke?«

»Adidas, hab ich grad gesagt.« Genervt verdreht Ronny die Augen.

»Der Wagen, Herrgott!« Bashir muss sich beherrschen, um den Jungen nicht zu schütteln. Vorsichtshalber lässt er das Revers los.

»Sag das doch!« Mit einem empörten Schnalzen rückt Ronny seine Jacke zurecht. »Peugeot 206, silbern.«

Auch das Kennzeichen liefert er.

»Wir müssen rauf in die Wohnung«, mahnt Marisa.

Bashir drückt mit der einen Hand wahllos auf ein paar Klingelknöpfe, ohne Ronny aus den Augen zu lassen.

»Ja, hallo?«, meldet sich eine blecherne Frauenstimme durch die Gegensprechanlage.

»Ich habe meinen Schlüssel vergessen. Erster Stock, Eberli.«

Der Summer erklingt und Marisa zieht die Tür auf.

Der Fernseher läuft, als sie kurz darauf die Wohnung betreten. Sie ist tatsächlich nicht abgeschlossen, wie Ronny berichtet hat.

»Das muss Erichs Handy sein!«, ruft Marisa, kaum hat sie sich im Wohnzimmer umgeschaut.

Rasch bückt sie sich nach dem Telefon, das zwischen Sofa und Beistelltisch auf dem Boden liegt, und hält es triumphierend in die Höhe. Das Glas des Displays ist im oberen Bereich zersplittert, ein Sprung zieht sich diagonal über die gesamte Anzeige. Zwar wird Marisa das Mobiltelefon kaum entsperren können, doch über dem Bildschirmschoner leuchtet eine Nachricht grün auf, erkennt Bashir.

»Bingo!« Sie entziffert den Anfang der Nachricht. »Eine ziemlich harsche Message, die Paul Bodmer da geschickt hat.«

Bashir tritt neben sie und liest, während sich Ronny neugierig in der Wohnung umsieht.

»Er hat die Nerven verloren, das war abzusehen. Spielt jetzt auch keine Rolle mehr. Aber schau dir das an.« Bashir deutet zum Esstisch, auf dem ein Bunsenbrenner, Kolbengläser und zwei leere Flaschen Rapsöl stehen, daneben eine zusammengefaltete Zeitung und eine Plastikschüssel. Ein halb voller Düngersack lehnt im Durchgang zur Küche.

Mit einem hohlen Geräusch saugt Marisa die Luft ein.

»Meine Fresse, der hat tatsächlich was geplant«, flüstert Ronny, der sich über den Tisch beugt und die Auslage inspiziert. Wut schwingt in seiner Stimme mit, als er anfügt: »Ohne mir was zu sagen. Verdammtes Arschloch! Will wohl den ganzen Ruhm für sich allein. Der Schwuchtel werde ich es zeigen!«

Er wirft einen Blick in den nächsten Raum, stutzt und verschwindet dann in der Küche.

»Ich rufe jetzt die Polizei an«, erklärt Marisa bestimmt und greift zu ihrem Handy.

Blitzartig taucht Ronny wieder im Türrahmen auf, sein Mund steht leicht offen, die Augen weit aufgerissen.

»Sag ihnen, dass Skander höchstwahrscheinlich zum Sechseläutenplatz gefahren ist«, meint Bashir, während sich die Verbindung aufbaut. »Und dass wir ein Foto von ihm haben sowie die Marke des Wagens und das Kennzeichen.«

Unerwartet rennt Ronny los und stürzt humpelnd durch die Diele. Sofort nimmt Bashir die Verfolgung auf. Beinahe kriegt er den Jungen an der Jacke zu fassen, doch Ronny stößt einen Schirmständer um, über den Bashir prompt stolpert, während er ihn aufhalten will. Krachend fällt die Tür ins Schloss, Schritte poltern die Stufen hinunter und als sich Bashir endlich aufgerappelt hat und ins Treppenhaus prescht, verrät ihm das leise Klicken des Schlosses, dass Ronny bereits das Gebäude verlassen hat.

»Lass ihn!«, ruft ihm Marisa aus der Wohnung hinterher, sie hält immer noch das Telefon ans Ohr. »Hier Greco«, sagt sie im nächsten Augenblick und etwas in ihrer Haltung spannt sich an.

46

Prüfend schaut Elfriede Wiederkehr auf die tief hängenden
Wolken über dem See. Dass der Himmel über Zürich in der
Regel zwischen Oktober und April bedeckt ist, daran hat sie
sich in den letzten sechsundsiebzig Jahren gewöhnt. Aber heute
ist es ungewöhnlich kühl, es riecht nach Schnee. Ausgerechnet.

Sie schließt die Balkontür, hebt Samuel, ihren Enkel, aus
dem Kindersitz, über dessen Lehne der Kleine gerade mit viel
Hingabe die Reste seines Schokoladenpuddings schmiert.

»Heute gehen wir ans Sechseläuten, Sämi«, kündigt sie an,
während sie ihn ins Badezimmer trägt.

Vor zwei Jahren, nach dem Tod ihres Mannes, ist sie vom
steuergünstigen Rüschlikon an der sogenannten Pfnüselküste
an die gegenüberliegende Goldküste umgezogen, in eine moderne Überbauung mit einem atemberaubenden Blick auf den
Zürichsee. Ein Schritt, den Elfriede nie bereut hat, die Villa
wäre nicht nur zu groß für sie allein gewesen, das Anwesen mit
seinem weitläufigen Garten machte auch mehr Arbeit, als sie zu
bewältigen imstande gewesen wäre. Einzig den Erinnerungen
trauert sie ab und an hinterher, das Haus war voll davon. Ihre
drei Kinder waren unter diesem Dach aufgewachsen, sie hatte
fast ihr ganzes Erwachsenenleben dort verbracht.

»Sechseläuten«, wiederholt sie, doch Sämi starrt sie bloß mit
großen Augen an. »Heute vertreiben sie den Winter, weißt du?
Da gibt es einen Umzug, danach verbrennen sie den Böögg.«

Etwas unsicher lächelt der Junge.

»Weißt du noch, was der Böögg ist?«

Er schüttelt den Kopf.

»Ein riesiger Schneemann. Der steht zuoberst auf einem
Scheiterhaufen. Den zünden sie an und dann wartet man, bis
der Böögg explodiert.«

»Bumm!«, macht Sämi.

Elfriede lacht. »Genau. Ein ganz heftiges Bumm!«

Vor Vorfreude klatscht Sämi in die Hände.

Eine Viertelstunde später hält sie den von jeglichen Puddingflecken gereinigten und warm eingepackten Jungen an der Hand, während sie gemeinsam Schritt für Schritt die Stufen hinabsteigen. Der Kinderwagen steht im Fahrradraum, sie macht sich eine gedankliche Notiz, damit sie auf dem Heimweg nicht vergisst, Milch und Früchte einzukaufen.

Der Mann taucht so unerwartet auf dem Treppenabsatz auf, dass Elfriede um ein Haar aufgeschrien hätte.

»Sie haben mich vielleicht erschreckt«, stößt sie mit einem erleichterten Lachen hervor, als sich der Mann mit einem gemurmelten Gruß an ihr vorbeidrängt.

Verwundert dreht sie sich nach ihm um, er eilt mit raschen Schritten die Treppe hoch und holt im Gehen einen Schlüssel hervor, das leise Klirren ist deutlich zu hören.

»Matthias?«, ruft sie hinauf, im selben Augenblick wird weiter oben eine Tür aufgeschlossen, gleich darauf fällt sie auch schon ins Schloss.

Das kann unmöglich Matthias gewesen sein, denkt Elfriede kopfschüttelnd, während Samuel die nächste Stufe in Angriff nimmt. So ausgemergelt und fertig, wie der Mann ausgesehen hat. Sie muss sich geirrt haben.

Außerdem hätte sie garantiert mitgekriegt, wäre Matthias wieder da. Schließlich pflegt sie ein ausgezeichnetes Verhältnis zu ihrer Nachbarin. Andrea Graf hätte sie doch sofort informiert, wenn ihr als vermisst gemeldeter Mann aufgetaucht wäre. Mit Schaudern erinnert sich Elfriede an die Tagesschauberichte, die Vermisstenmeldungen und Aufrufe im Fernsehen, alle Zeitungen waren voll davon. Das Haus war damals tagelang von Reportern belagert worden, wegen all der Übertragungswagen war kaum ein Durchkommen gewesen. Keine einfache Zeit für Andrea.

»Bööggg«, singt Samuel leise vor sich hin.

Ich habe mich sicher geirrt, beruhigt sich Elfriede, vermutlich war das einer der wechselnden Liebhaber von Frau Känzig im dritten Stock.

Früher hätte man so eine ein »Luder« genannt. Heute heißt das wohl »philanthropisch«. Allein der Gedanke an den liederlichen Lebensstil der Känzig lässt sie empört aufschnaufen.

»Magst du noch selbst laufen?«, fragt sie ihren Enkelsohn, worauf der nach kurzem Überlegen den Kopf schüttelt.

Entschlossen nimmt Elfriede ihn auf den Arm und steigt die verbleibenden Stufen hinab.

47

Das spielt keine Rolle, beruhigt sich Matthias, während er die Tür hinter sich zuzieht. Selbst wenn ihn die Alte erkannt hat – er hat nicht vor, lange zu bleiben. Er musste bloß abwarten, bis die Luft rein war. Andrea zu begegnen hat er unbedingt vermeiden wollen. Glücklicherweise wird ihre Fahrt nach Zürich im Fernsehen und auf den Livetickern der Tageszeitungen akribisch genau dokumentiert.

Zügig verschafft er sich einen Überblick, sie hat in der Wohnung nicht viel verändert, seit er abgetaucht ist. Das Gesuchte entdeckt er dennoch nicht auf Anhieb, weshalb er unverzüglich beginnt, die Schubladen des Sideboards aufzureißen, das neben der Eingangstür an der Wand hängt. Andrea wird sowieso feststellen, dass er hier gewesen ist, das lässt sich nicht vermeiden. Vermutlich ahnt sie ohnehin, dass er nicht verschollen ist, wie die Medien berichtet haben.

Sie hat ihn stets vor den Spekulationen gewarnt, vor den Immobilien, die er im Aargauer Hinterland gebaut hat, Luxuswohnungen, die dann keiner hat kaufen wollen. Weil: Hinterland. Da hat seine Frau schon recht gehabt. Aber er hat damals tatsächlich gedacht, er machte damit das große Geld. Ihren Alten beeindrucken, vielleicht ist es das gewesen. Oder sie. Auch das spielt keine Rolle mehr.

Matthias' Blick streift den Spiegel, der über dem Designermöbel angebracht ist. Seine Augen liegen tief in den Höhlen, die unrasierten Wangen eingefallen. Ich sehe echt scheiße aus, stellt er fest.

Das Untertauchen macht ihm wenig aus, eigentlich ist es sogar ganz praktisch, denn es hält ihm all die Leute vom Hals, denen er Geld schuldet. Irgendwann wird man ihn wohl für tot erklären, bis dahin wird er seinen Unterschlupf in einer der leer stehenden Luxuswohnungen geräumt und sich ins Ausland abgesetzt haben.

Nein, es ist nicht das Verstecken, das ihm zusetzt. Es ist die permanente Angst, von den Afrikanern aufgespürt zu werden. Jedes Mal, wenn er irgendwo – und sei es nur aus der Ferne – eine dunkelhäutige Person bemerkt, fährt er zusammen, sein Puls schnellt hoch, der Angstschweiß bricht aus. Paranoia. Er weiß, dass die Nigerianer immer noch hinter ihm her sind. Selbst wenn ihre Chefin nicht mehr lebt. Matthias hat sie und damit ihren Clan um eine Riesensumme geprellt, die Madame Esther auf sein Anraten hin in praktisch wertlose Immobilien investiert hat. Um so die Einnahmen aus ihrem Puff und dem damit zusammenhängenden Kokainhandel zu waschen, aber das ist eine andere Geschichte.

Er weiß, dass sie nicht ruhen werden, bis sie ihn erwischt haben. Und was sie dann mit ihm anstellen werden, will er sich lieber nicht ausmalen. Das letzte Opfer, ein Dealer, der nicht in der Lage gewesen war, seine Schulden zurückzubezahlen, hat man nicht einmal mehr anhand seiner Zähne identifizieren können.

Matthias hebt die Sammlung an Sonnenbrillen aus der Schublade und atmet auf, als er darunter den Reserveschlüssel entdeckt. Zu allem Übel haben ihm irgendwelche gelangweilten Jugendlichen, die dauernd in der verwaisten Siedlung herumlungern, auch noch das Auto geklaut. Ohne Fahrzeug ist er dort draußen aufgeschmissen. Und ein neues zu kaufen, ohne einen Ausweis vorzulegen, ist schlicht unmöglich. Das ist die eleganteste Lösung, Andrea wird den Verlust verkraften. Er legt die Brillen zurück, richtet sich auf und macht ein paar Schritte in die Wohnung hinein.

Vielleicht hätten wir unter anderen Umständen glücklich werden können, denkt er mit leisem Bedauern.

Doch sie sind beide zu ehrgeizig gewesen, zu fest auf ihre Karrieren fixiert, so sehr mit sich beschäftigt, dass für den anderen kaum Zeit übrig geblieben ist.

Plötzlich hat er das Bedürfnis, Andrea eine Notiz zu hinterlassen. Sich zu bedanken für die Zeit, die guten Jahre, die sie ganz am Anfang ihrer Beziehung trotz allem gehabt haben. Nach kurzem Abwägen entscheidet er sich jedoch dagegen, sie ist nicht der sentimentale Typ. Und er eigentlich auch nicht.

Vorsichtig öffnet er die Tür und horcht ins Treppenhaus. Alles ist still. Die Alte ist eben mit dem Wagen weggefahren, er hat das dumpfe Motorengeräusch gehört, vermutlich will sie mit dem Kleinen zum Sechseläuten. Matthias tritt in den Gang hinaus, schließt hinter sich ab und läuft die Treppe hinunter.

Andreas Range Rover Evoque steht vor der Garage. Aufmerksam sieht sich Matthias um, niemand ist zu sehen, die Reporter, die dokumentiert haben, wie Andrea mit der Kutsche abgeholt wurde, haben sich längst verzogen. Er drückt auf das entsprechende Symbol auf dem Autoschlüssel und mit einem zweifachen Piepen wird die Tür des Range Rover entsperrt. Nachdem er sich auf den Fahrersitz geschwungen hat, justiert er die Position des Sitzes, überprüft den Winkel des Rückspiegels. Er steckt den Schlüssel ins Schloss. Der Motor stottert, als er den Wagen starten will. Fluchend unternimmt Matthias einen erneuten Versuch.

48

Ein leichter Nieselregen fällt, von weither ist Marschmusik zu hören. Die Luft ist erfüllt von Lachen und angeregtem Geplauder, von den Verkaufsständen weht der Geruch nach gebrannten Mandeln und geschmolzenem Raclettekäse herüber. Hunderte von Zuschauern drängen sich schon seit dem frühen Nachmittag entlang der Umzugsstrecke, um einen möglichst guten Ausblick auf das Geschehen zu haben, viele tragen einen durchsichtigen Plastikregenschutz über der Kleidung. Wachsam patrouillieren uniformierte Beamte durch die Menge, ein anstrengender Tag für die Stadtpolizei.

Die Bankreihen, die man zu beiden Seiten des Limmatquais für die Zuschauer aufgestellt hat, sind längst besetzt. Auf den meisten Plätzen haben sich Frauen breitgemacht, viele von ihnen in bunten Trachten, Körbe voller Blumen dabei.

Vage kommt Ben eine Liveübertragung des Sechseläutenumzugs in den Sinn, die er als kleiner Junge im Fernseher mitverfolgt hat. Während die kostümierten Zünftler an ihnen vorbeiziehen, springen die Frauen immer wieder auf und überbringen den Männern, die ihnen gefallen, Blumen. Demjenigen Kerl, der am Ende das üppigste Bouquet im Arm hält, ist der Neid der Konkurrenten sicher. Ben glaubt sich zu erinnern, dass er sich beim Zusehen schnell gelangweilt und weitergezappt hat. Zu behäbig und antiquiert ist ihm das Volksfest erschienen, die Marschmusik, die barocken Kostüme, die überkandidelt dekorierten Wagen vermochten ihn nicht so richtig zu begeistern. Ein Anlass wie aus der Zeit gefallen. An seiner Ansicht hat sich seither nichts geändert, genauso wenig wie am Event selbst.

Ben hat sich damals einen Zeichentrickfilm angeschaut, das weiß er noch genau, erst kurz vor sechs Uhr abends hat er wieder zum Schweizer Sender gewechselt. Punkt sechs wurde nämlich der Scheiterhaufen angezündet, während die Reitertruppen aller Zünfte in halsbrecherischem Tempo dreimal darum herumgaloppierten. Der Höhepunkt der Festivitäten, plötzlich wurde es doch noch spannend.

Gebannt klebte Ben am Bildschirm und verfolgte, wie die lodernden Flammen behände über den Scheiterhaufen nach oben sprangen und den Böögg umzüngelten, bis er endlich Feuer fing, bis sein Kopf mit dem schwarzen Zylinder lichterloh brannte. Styropor knisterte, zeitweise verschwand der Schneemann hinter dichten Rauchschwaden und tauchte erst wieder auf, wenn der Wind drehte. Eine Stichflamme schoss aus seinem Schädel, als er mit einem lauten Knall barst, Funken sprühten. Ben war ein Überraschungsschrei entfahren, während das Publikum vor Ort mit Jubel und tosendem Applaus auf die Explosion reagiert hatte.

Das wird heute nicht ganz so sein, denkt Ben und lächelt in sich hinein. Es gibt kaum einen Anlass in Zürich, der besser für seine Pläne geeignet wäre. Ein traditionelles Fest, das fest in der Geschichte der Stadt verankert ist und an dem immer noch erstaunlich viele Leute mit ganzem Herzen hängen. Die lokale Politprominenz ist samt Ehrengästen aus Politik und Wirtschaft vor Ort, ebenso Tausende von Zuschauern und das Ganze wird live vom Fernsehen übertragen.

Ideale Voraussetzungen, um eine gigantische Reichweite zu erlangen und seinen Ruhm in Windeseile zu verbreiten. Die entscheidenden Szenen werden rund um den Globus in Endlosschlaufe laufen, tagelang, jeder Sender wird sie zeigen, millionenfach werden sie im Internet aufgerufen werden. Das ist in der Vergangenheit bei jedem Attentat so gewesen, von dem Aufnahmen – und seien es bloß verwackelte Handyvideos – existieren. Heute werden die TV-Macher jedoch nicht auf zweitklassiges Amateurmaterial zurückgreifen müssen, die Aufnahmen werden in kristallklarem HD zur Verfügung stehen, womöglich sogar aus verschiedenen Winkeln und von Drohnen gefilmt. Die ganze Welt wird von ihm sprechen und nach seinem Bekennerschreiben auch wissen, wer er ist: Abu Rasim al-Bosni.

Stolz und Vorfreude erfüllen Bens Brust, während er dem emsigen Treiben auf der Straße zuschaut. Nichts ahnende Menschen, lachend und schwatzend, während sie auf den Umzug warten. Viele Männer haben sich ein Bier an einem der Stände geholt, die Frauen ordnen ihre Blumen, Kinder rennen mit Zuckerwatte in der Hand durch die Menge.

Ben lächelt. Nur er weiß, was geschehen wird, er entscheidet, wann es passiert, wen es trifft. Wer leben darf und wer stirbt. Das Gefühl der Allmacht verschlägt ihm fast den Atem.

Ein langer Weg für den kleinen Skander, den alle gehänselt haben und der in seinem Leben noch nie irgendwo richtig dazugehört hat. Nun hat er seinen Platz gefunden, endlich. Und eine Aufgabe.

Ben lehnt sich an eine der massiven Sandsteinsäulen vor dem *Haus zum Rüden*. Unter den Lauben der einstigen Trinkstube und jetzigen Zunfthauses, das der *Gesellschaft zur Constaffel* gehört, fühlt er sich unbeobachtet und sicher. Ein Gesicht in der Menge, mehr ist er für den zufälligen Passanten nicht. Das Rathaus ist einen Steinwurf entfernt, direkt gegenüber, am anderen Limmatufer, steht das Hotel *Storchen*. Der perfekte Ort, um die Lage in Ruhe zu sondieren, bevor er seinen Plan in die Tat umsetzt. Der Sechseläutenplatz ist nicht weit entfernt, doch auf dem relativ schmalen Limmatquai wird es wesentlich einfacher sein, Andrea Graf im Umzug auszumachen, als in der unübersichtlichen und drängelnden Menschenmenge, die sich kurz darauf um den Scheiterhaufen versammelt, um das Schauspiel der Böögg-Verbrennung aus nächster Nähe zu verfolgen.

Ben wirft einen Blick auf die Damenhandtasche, die er zwischen seinen Füßen platziert hat. Ein gestepptes Modell in Beige, wesentlich voluminöser und unförmiger als dasjenige von Andrea Graf, das sie auf Fotos häufig über der Schulter trägt und das eindeutig von Chanel stammt. Luxusmarken hat es in dem Secondhandshop, den er auf der Fahrt in die Stadt aufgesucht hat, leider nicht gegeben, Farbe und Aufmachung stimmen aber in etwa überein und für seine Zwecke reicht die Tasche völlig aus. Viel Zeit wird der Politikerin sowieso nicht bleiben, um sich über die Unterschiede zu wundern.

Noch immer ärgert sich Ben, dass er sich im Vorfeld nicht besser informiert hat. Sonst hätte er schon vor Tagen herausgefunden, dass die Graf heute mit einer Kutsche abgeholt wird und nicht mit dem eigenen Auto zum Anlass fährt. Die ganze Vorbereitung und das perfekte Timing für die Katz und schuld ist allein er. Eine explodierende Autobombe hätte nicht nur die Polizei von seinem eigentlichen Vorhaben abgelenkt und womöglich das am Volksfest Präsenz markierende Corps ausgedünnt, sie hätte auch für noch mehr Chaos und Schrecken gesorgt. Und wäre damit seinem Ruhm zuträglich gewesen. Außerdem hätte er auf diese Weise Andrea Graf bereits im Vorfeld ausgeschaltet, die ihm ein Dorn im Auge ist, seit er sie im Fernsehen für Schweizer Waffenexporte in Krieg führende Länder hat weibeln sehen. Waffen, mit denen seine Brüder und Schwestern verfolgt und massakriert werden.

Die Bombe wird trotzdem hochgehen, sobald jemand den Anlasser des Range Rover betätigt. Und um die Graf wird er sich jetzt halt vor Ort kümmern. Er hat ein paar von Marcs T-Shirts in die falsche Chanel-Tasche gestopft, um die Rohrbombe gegen Erschütterungen zu schützen und sie so etwas bedenkenloser transportieren zu können. Auf die Decke aus dem Auto hat er absichtlich verzichtet, sie würde nur die Durchschlagskraft der Explosion dämpfen. In einem kleinen Laden an der Langstrasse hat er die beiden uralten Handymodelle erstanden. Das eine ist mit dem Zünder der Rohrbombe gekoppelt, das andere Gerät, auf dem bloß eine Nummer gespeichert ist, befindet sich in seiner Jackentasche. Ein einziger Anruf trennt die Stadt von der Katastrophe.

Auf seinem regulären Mobiltelefon öffnet Ben die App des

Schweizer Fernsehens und überprüft, wo sich die Spitze des Umzugs gerade befindet.

Gestartet wurde wie immer an der Bahnhofstrasse, direkt bei der Pestalozzi-Anlage, die Route führt bis fast zum See, am Bürkliplatz wird gewendet, sodass sich die verschiedenen Zünfte auf der Bahnhofstrasse kreuzen. Beim Publikum ist der sogenannte Kontermarsch sehr beliebt, auch wenn der Gegenverkehr bei der Führung der Pferde einiges an Geschick erfordert.

Auf dem Bildschirm läuft gerade eine Drohnenaufnahme. Der Festzug befindet sich bereits auf der Rudolf-Brun-Brücke, die Spitze, die traditionell eine der drei Zünfte mit den eindrücklichsten Reitergruppen – Weggen, Kämbel und Wiedikon – stellt, wird in Kürze das Rathaus erreichen.

Noch vor wenigen Jahren, als Frauen am Sechseläuten strikt verboten waren, war es der *Gesellschaft zu Fraumünster*, die auf Äbtissinnen der Fraumünster-Abtei zurückgeht und aus rund achtzig Frauen besteht, einzig gestattet, eine gute Stunde vor Beginn des eigentlichen Umzugs die Strecke abzulaufen. Seit einigen Jahren sind die Frauen jedoch Gast der *Gesellschaft zur Constaffel* und dürfen nun ganz offiziell in der Parade mitmarschieren.

Ben hat sich deshalb so genau informiert, weil die *Gesellschaft zu Fraumünster* – wie alle Zünfte – jedes Jahr eine Handvoll Ehrengäste einlädt, im Gegensatz zu den anderen handelt es sich aber sehr häufig um Frauen. In diesem Jahr ist Andrea Graf der Hauptgast. Die Positionen innerhalb der Prozession werden im Vorfeld ausgelost, im Programm wird die Gesellschaft an dritter Stelle von insgesamt sechsundzwanzig aufgeführt. Die Graf wird also schon bald auftauchen. Ben spürt, wie seine Pulsfrequenz ansteigt, ein Druckgefühl in der Halsgegend, die Handflächen werden feucht.

Als eine Polizeieskorte am Zunfthaus vorbeifährt, versteift er sich kurz, gleich darauf folgen die Reitertruppen der ersten

Delegation, auf deren Banner ein roter Adler prangt. Dahinter geht der Zunftmeister mit seinem Ehrengast, einem Stadtrat, glaubt Ben, ist sich allerdings nicht sicher.

»*Zunft zur Zimmerleuten*«, ruft eine Frau in Bens Nähe ihrem Mann laut zu, um die Kapelle zu übertönen.

Zünftler und weitere Gäste paradieren winkend vorbei, es folgt der aufwendig geschmückte Wagen, auf dem sich drei Männer in altertümlicher Zimmermannskleidung befinden. Zwei sägen einen Baumstamm entzwei, der dritte macht sich mit einem Hobel an einem Holzscheit zu schaffen. Applaus brandet auf, etliche Frauen erheben sich, überbringen den Männern Blumen und verteilen Küsse.

Kaum taucht die nächste Zunft auf, packt Ben die beigefarbene Handtasche. Vor Anspannung wird ihm flau im Magen, sein Herz hämmert gegen die Rippen, Schweiß rinnt ihm kitzelnd über den Rücken.

»Passt perfekt zu deinem Outfit!«, brüllt ihm ein junger Mann im Vorbeigehen ins Ohr.

Als hätte ihn ein Stromschlag getroffen, zuckt Ben zusammen und starrt ihn konsterniert an.

»Die Handtasche deiner Freundin«, erklärt der Bursche grinsend und deutet auf das Accessoire.

Verwirrt folgt Ben seiner Geste, erst dann begreift er, was der Typ meint.

»Sie musste aufs Klo.« Er hat sich etwas gefasst und ringt sich ein Lächeln ab, der Kerl nickt wissend, schlägt ihm die Hand auf die Schulter und schwenkt die Bierdose zum Abschied.

Wütend starrt Ben ihm hinterher, am liebsten wäre er dem Typen nachgerannt und hätte ihm die Kehle aufgeschlitzt. Das Letzte, was er gerade gebrauchen kann, sind irgendwelche alkoholisierte Idioten, die seine Konzentration stören. Unauffällig tastet er seine schwarze Cargohose ab und hält inne, als er die Waffe nicht spürt. Kurz kommt Panik in ihm auf, doch dann wird ihm schlagartig bewusst, dass er das Messer vermutlich bei seinem überstürzten Aufbruch zu Hause hat liegen lassen. Er erinnert sich, die Waffe am Abend zuvor auf die Küchenablage gelegt zu haben. Aber das spielt jetzt keine Rolle. Sein großer Moment steht kurz bevor.

Mittlerweile hat beinahe die gesamte zweite Zunft das *Haus zum Rüden* passiert. Ben wendet den Kopf und kann auf der Höhe des Rathauses bereits die nächste Delegation erkennen, ein roter Hund ist auf dem Banner zu sehen. Die *Gesellschaft zur Constaffel*. Auch hier bildet die Reitertruppe die Spitze, Andrea Graf läuft, in ein Gespräch verwickelt, neben dem Zunftmeister her, der einen feuerroten Kittel mit silbern bestickten Borten trägt. Grau gekraustes, verschwitztes Haar, eine dicke goldene Kette hängt um seinen Hals, in der einen Hand hält er einen Blumenstrauß, in der anderen einen pompösen Kelch.

Der Puls dröhnt in Bens Ohren, die Sicht verschwimmt kurzzeitig, bis er merkt, dass er vor Nervosität aufgehört hat zu atmen. Erst als er nach Luft schnappt, sieht er wieder klar. Sich zur Ruhe zwingend, kämpft er sich Schritt für Schritt durch die Zuschauer nach vorn, die Tasche hält er fest an die Brust gepresst, den Blick gesenkt. Er nutzt die schmale Lücke zwischen zwei Bänken, um an den wartenden Frauen mit ihren Blumen vorbeizukommen, murmelt eine Entschuldigung, als er jemanden anrempelt, nach drei, vier Schritten hat er die Menge schließlich hinter sich gelassen und ist zuvorderst angelangt. Ein paar Atemzüge lang starrt er auf die Straßenbahnschienen, die im Asphalt eingelassen sind. Sekunden trennen ihn noch von Andrea Graf. Und damit vom ewigen Ruhm. Ben kann ihre Stimme aus dem Stimmengewirr und den ohrenbetäubend lauten Trommelwirbeln der Tambouren heraushören, er hebt den Kopf und steuert entschlossen auf den Zunftmeister und seinen Ehrengast zu.

Im selben Moment zuckt einer der Polizisten, die auf der gegenüberliegenden Seite des Quais am Geländer stehen, jäh zusammen, mit konzentrierter Miene drückt er die Hand gegen sein Ohr und spricht in das an seiner Uniform befestigte Mikrofon, sein Blick fliegt alarmiert zu Andrea Graf. Sein Kollege verhält sich genauso, sie schauen sich an, bevor sie gemessenen Schrittes, aber zielstrebig auf die Politikerin zusteuern.

Aus dem Augenwinkel sieht Ben die Polizisten ihre Position verlassen und auf die Straße treten. Er drückt die Tasche fester an sich, nichts kann ihn jetzt noch von seinem Ziel abhalten. Wenn Allah will, wird er den Märtyrertod sterben. *Istischhad.*

Die Polizisten nähern sich rasch von links, auch auf der anderen Seite bemerkt Ben Uniformierte, die sich bestimmt einen Weg durch die Menschenansammlung bahnen. Er fokussiert sein Ziel, in vielleicht fünf oder sechs Schritten hat er die Graf erreicht. Das wird knapp, doch es reicht. Wegrennen und gleichzeitig den alles entscheidenden Anruf tätigen – das ist alles, was er danach tun muss.

»*Allahu akbar*«, murmelt er und beschleunigt, als er registriert, dass die Bullen in leichten Trab verfallen.

Andrea Graf hat die Polizisten ebenfalls entdeckt, sie bricht mitten im Satz ab.

»*Allahu akbar!*«, hebt Ben seine Stimme, gerade laut genug, dass die Graf ihn hören muss.

Und tatsächlich, ihr Kopf dreht sich ruckartig zu ihm hin, die Augen weiten sich überrascht. Erst erfasst sie Ben und gleich darauf die Handtasche, die er immer noch an sich presst. Flüchtiges Erkennen flackert in ihrem Blick auf, gleich darauf runzelt sie verwundert die Brauen. In der nächsten Sekunde reißt sie entsetzt die Augen auf, ihre Lippen öffnen sich spaltbreit. Sie hat begriffen.

Während Ben Andrea Grafs Reaktionen verfolgt, lockert er den Griff um die Tasche, bereit, sie der Politikerin zuzuwerfen. Ehe das passiert, drängen die beiden Bullen jedoch an ihm vorbei, unsanft wird er zur Seite gestoßen, er taumelt und wäre beinahe hingefallen. Ohnmächtig muss er mit ansehen, wie die Polizisten die Graf in ihre Mitte nehmen und sie eilig vom Umzug weg zu einem Kastenwagen führen, der mit blinkendem Blaulicht vor dem Rathaus wartet.

Nachdem Andrea Graf im ersten Moment ein empörter Ausruf entfahren ist, lässt sie sich jetzt von den Beamten widerstandslos in Sicherheit bringen. Doch kurz bevor sie in den Wagen verfrachtet wird, gibt sie jemandem in der Menge ein Zeichen und deutet in Bens Richtung, der völlig überrumpelt an Ort und Stelle stehen geblieben ist.

Auch der Umzug hat angehalten, die Kapelle hat aufgehört zu musizieren, Ratlosigkeit macht sich breit. Erste empörte Rufe sind aus den Zuschauerreihen zu hören. Offenbar haben nur die wenigsten mitgekriegt, was sich gerade abgespielt hat.

Grob fährt ein Zünftler in rotem Umhang und Rüstungshelm Ben an, was er hier so blöd auf der Straße herumstehe, er sei im Weg. Worauf endlich Bewegung in Ben kommt. Benommen schaut er sich um, dreht sich langsam weg und wankt auf die Sitzbänke am Rand der Route zu. Ben will schon in der zunehmend unruhig werdenden Menschenmenge abtauchen, als sein Handy einen eingehenden Anruf vermeldet. Im Gehen nimmt er das Telefon hervor, eine unbekannte Nummer.

»*As-salamu 'alaikum*«, hört er die geliebte Stimme an seinem Ohr.

Ben erscheint es, als würde ihm der Boden unter den Füßen weggezogen, seine Knie zittern, als er atemlos erwidert: »Abu Tahir!«

»Abu Rasim al-Bosni! Schön, dich zu hören.«

»Hör zu, ich kann gerade nicht reden.«

»Okay, ich verstehe. Nur so viel: Wir sind unterwegs. Ein Schlepper hat uns mitgenommen, in den nächsten Tagen sind wir in der Schweiz, wenn alles gut läuft. *Inschallah.*«

»*Inschallah.*«

»Es gibt viel zu tun. Du hast jetzt meine neue Nummer, ruf mich an, wenn …«

»Ich muss los«, unterbricht ihn Ben, als ihm der Mann auffällt, der sich energisch durch die Menge kämpft und direkt auf ihn zuhält.

»Pass auf dich auf, Bruder.«

Ben lässt das Handy sinken, als der Typ ihm den Weg abschneidet.

»Gib sofort die Tasche her!«, verlangt er.

Ben glotzt ihn verständnislos an.

Erst wird Andrea Graf vor seiner Nase abgeführt und damit sein sorgfältig ausgearbeiteter Plan zerstört, dann meldet sich Abu Tahir nach Monaten des Bangens und der Ungewissheit – Ben ist gerade nicht in der Lage, einen klaren Gedanken zu fassen.

Fordernd streckt der Mann die Hand aus, Ben legt die Arme jedoch schützend um die Handtasche.

»Das ist Andrea Grafs Tasche!«, zetert der Mann lautstark. »Geben Sie sie her!«

Er hat ein schmales Gesicht mit einem akkurat gestutzten Bärtchen, über dem grauen Maßanzug trägt er einen Burberry-Mantel.

Es dauert ein paar Sekunden, ehe Ben die günstige Gelegenheit erkennt, die sich ihm gerade bietet. Allah ist trotz allem immer noch auf seiner Seite. Er lockert den Griff um die Tasche, doch in der Zwischenzeit hat das Geschrei des Mannes nicht nur die umstehenden Leute alarmiert, die beginnen, Ben als Dieb zu beschimpfen, sondern auch die Polizisten, von denen plötzlich ganze Heerscharen herumschwirren.

Die Bombe!, fährt es Ben durch den Kopf. Die Bombe in Andrea Grafs Wagen muss explodiert sein. Darum haben die Bullen die Politikerin unverzüglich in Sicherheit gebracht, darum wimmelt es jetzt hier von Beamten, die sich bemühen, keine Panik ausbrechen zu lassen.

Er muss auf der Stelle abtauchen. Hektisch schaut sich Ben um. Auf dieser Seite des Quais ist kein Durchkommen, das kann er vergessen. Immer mehr Leute scharen sich um den Mann mit dem Burberry-Mantel, der nach der Polizei ruft und ihn am Oberarm festzuhalten versucht. Kurz entschlossen drückt Ben dem Mann die Handtasche gegen die Brust, worauf der sie instinktiv festhält, dann wirbelt er um die eigene Achse und rennt durch drei Reihen schnaubender Pferde auf die andere Seite des Quais. Als er zurückblickt, stellt er fest, dass sein Fluchtversuch nicht unentdeckt geblieben ist, von beiden Seiten nähern sich ihm Uniformierte. Der einzige Fluchtweg, der ihm bleibt, ist der nach vorn. In die Limmat.

Kaum hat er das Geländer erklommen, wird er von hinten gepackt, zwei Polizisten reißen ihn grob herunter und verhindern nur knapp, dass er rücklings auf den Gehsteig knallt. Sie zerren ihn wieder auf die Beine, halten ihn mit eisernem Griff fest.

Auf der anderen Straßenseite schreit jemand entsetzt auf und Ben sieht gerade noch, wie sich eine Gestalt ihren Weg durch die wartende Reitertruppe bahnt. Im nächsten Moment stürzt Ronny auf ihn zu, Ben erkennt das Messer in seiner Hand. Ehe die Polizisten reagieren können, hat sich Ronny auf Ben geworfen und ihm die Klinge bis zum Schaft in den Bauch getrieben. Noch zweimal sticht er zu, bevor ihn ein Beamter mit gezückter Knarre anbrüllt, er solle das Messer auf der Stelle fallen lassen. Es dauert ein paar Sekunden, ehe Ronny reagiert, das Adrenalin macht ihn offenbar taub. Er hält inne und lässt das Messer los, klirrend fällt es zu Boden. Den Anweisungen des Polizisten gehorchend, kniet er sich schließlich nieder und hält die Hände hinter den Kopf, derweil sich ihm ein zweiter Bulle mit Handschellen nähert.

Ben spürt keinen Schmerz, nur ein Kribbeln in den Armen. Seine Beine knicken unter ihm weg, ihm wird kalt. Zwei Beamte versuchen, ihn zu stützen, lassen ihn dann aber behutsam auf den Gehsteig sinken. Er hört Frauen aufschreien, aufgeregte Rufe, jemand telefoniert, die Stimmen überlagern sich, vereinigen sich zu einem tröstlichen Rauschen. Warm läuft ihm das Blut über den Bauch, er kann den metallischen Geruch riechen, sein Puls leicht und rasend schnell wie der Flügelschlag eines Kolibris.

Abu Tahir kommt ihm in den Sinn, sein Gesicht taucht vor ihm auf, so real und nah, dass er nur die Hand auszustrecken bräuchte, um ihn zu berühren.

Ächzend richtet sich Ben ein Stück weit auf und langt in seine Hosentasche. Der Stoff ist nass und klebrig. Mit einer letzten Anstrengung zieht er das Handy heraus. Abu Tahir wird stolz auf ihn sein. Die Oberfläche des Telefons ist glitschig, überall klebt Blut. Ein Lächeln verzerrt sein Gesicht, als er endlich den Anrufknopf ertastet. Er will ihn schon drücken, da flutscht ihm das Gerät aus den Händen. Leise klackend gleitet es zu Boden und rutscht über den Gehsteigrand auf die Straße. Mit einem enttäuschten Seufzen sinkt Ben zurück und schließt die Augen.

49

»Tütatüta!«, macht Sämi begeistert und streckt den Arm nach dem Krankenwagen aus, der mit Blaulicht und Martinshorn durch die Menschenmenge pflügt.

An der Gemüsebrücke, wo Polizisten den Zufahrtsweg frei zu halten versuchen, biegt der Wagen ab und rollt im Schritt-tempo an den Gaffern vorbei. Sensationslüstern werden Köpfe gereckt und Handys in die Höhe gehalten. Kaum hat die Am-bulanz den Weinplatz auf der anderen Seite der Brücke erreicht, beschleunigt der Fahrer und der Wagen verschwindet rasch in der Gasse hinter dem Hotel *Storchen*.

Unverzüglich stellt Elfriede Wiederkehr den Jungen wie-der auf den Gehsteig und nimmt ihn an die Hand. Nach wie vor steht der Umzug still, niemand scheint eine Ahnung zu haben, wie es weitergehen soll. Elfriede wirft einen Blick auf die Uhr. Siebzehn Uhr vierzehn, der Scheiterhaufen müsste in einer Dreiviertelstunde angezündet werden, doch das ist momentan wenig wahrscheinlich.

Die Polizisten haben den Tatort abgesperrt, ein schwer verletzter Bursche ist gerade mit der Ambulanz weggebracht worden, das hat Elfriede gerade noch mitbekommen, als sie mit Sämi vor dem *Haus zum Rüden* eingetroffen ist. Den Kinder-wagen hat sie nach kurzem Abwägen im Kofferraum des Autos zurückgelassen, ohne ihn kann sie sich wesentlich wendiger durch die Zuschauer bewegen. Glücklicherweise ist Sämi noch so klein, dass er nicht begriffen hat, was geschehen ist. Die Beine der sich neugierig am Rand der Parade drängelnden Leute und die Reitertruppe mitten auf dem Limmatquai haben ihm die Sicht auf die Blutlache auf der gegenüberliegenden Straßen-seite versperrt. Einzig die Abfahrt der Ambulanz konnte er mitverfolgen, weil er beim Klang der Sirene begonnen hat zu quengeln, bis ihn Elfriede hochgehoben hat.

Dem anderen Burschen, dem Täter vermutlich, haben sie

Handschellen angelegt, zwei Polizisten verfrachten ihn in diesem Augenblick in einen Kastenwagen. Der kleine Kerl, dessen Augen viel zu nah beieinanderstehen und der eben noch alles ganz ruhig mit sich hat geschehen lassen, wehrt sich plötzlich, wild wirft er seinen Oberkörper herum und befreit so einen Ellenbogen. Der Polizist, der dicht neben ihm steht, versucht, ihn zu packen, doch der Junge duckt sich behände und reißt sich auch vom zweiten Beamten los. Das sieht eindeutig nach Flucht aus, aber Elfriede ist überzeugt, dass der Kerl etwas für ihn Wichtiges am Rand des Trottoirs ausgemacht hat, so unbeirrt wie er die ganze Zeit dorthin gestarrt hat. Ungelenk humpelt er jetzt auf die Stelle zu, die beiden Uniformierten kriegen ihn jedoch zu fassen, eher er den Gehsteig erreicht. Mit wütendem Gebrüll wirft sich der Bursche nach vorn, die Polizisten halten ihn fest, nehmen ihn in ihre Mitte, vollführen eine zackige Kehrtwende und schleppen ihn zurück zum Kastenwagen. Der rechte Fuß des Jungen schleift über den Boden. Die Beamten müssen es für sein Hinken halten, weshalb sie überhaupt nicht darauf reagieren.

Elfriede dagegen ist sich fast sicher, dass es die falsche Seite ist. Der Junge hat vorhin das linke Bein nachgezogen. Sie ist versucht, den beiden Polizisten ihre Beobachtung zuzurufen, dann zweifelt sie, lächerlich machen will sie sich vor all den Leuten nicht.

Kurz bevor sie ihn in das Fahrzeug einsteigen lassen, schleudert das Kerlchen sein Bein nach vorn, diesmal lassen sich die Beamten nicht überrumpeln, grob bugsieren sie ihn in den Wagen.

Mit offenem Mund starrt Elfriede auf das Mobiltelefon, das gerade über die Straße geschlittert ist und nur ein paar Schritte von ihr entfernt auf dem Boden liegt. Das Geschehen vor dem Kastenwagen fesselt so sehr, dass niemand den Zwischenfall bemerkt zu haben scheint, auf jeden Fall reagiert niemand auf das Gerät. Fast niemand.

Ehe sich Elfriede versieht, lässt Sämi ihre Hand los. Sie will ihn zurückhalten, er entwischt jedoch ihrem Zugriff und tapst überraschend flink zwischen den Beinen des Paars direkt vor ihnen durch. Ungelenk bückt er sich und hebt das Handy auf, mit einem triumphierenden Lächeln streckt er es in die Höhe. Kein modernes Telefon, ihr eigenes sieht sehr ähnlich aus, fällt Elfriede auf, im selben Moment wird einer der Polizisten auf Sämi aufmerksam.

»Hinlegen! Das Kind soll sofort das Handy hinlegen!«, brüllt er mit Entsetzen im Blick und stürzt auf den Kleinen zu.

»Sämi!«, ruft nun auch Elfriede und kämpft sich eilig an dem Paar vorbei, das verdutzt den Jungen anstarrt und offensichtlich nicht mitbekommen hat, was vor sich geht.

Doch da inspiziert Sämi bereits neugierig die Tastatur und drückt mit einem fröhlichen Glucksen auf den grünen Knopf.

50

»Ich bin gleich da«, erklärt Dominik Schwendener unwirsch
und beendet den Anruf, während er den Seilergraben hinab-
hastet, auf die Parkgarage am Central zu.

Direkt unter der Polybahn gelegen, ist das Parkhaus tief in
den Untergrund hineingebaut, es besteht aus einem einzigen
tunnelartigen Deck. Schwendener hat Glück gehabt, dass er am
frühen Nachmittag noch einen freien Platz für seinen Wagen
gefunden hat, normalerweise sind bei Großanlässen wie diesem
alle Parkmöglichkeiten der Stadt besetzt.

Noch immer kann ihm keiner sagen, was da am Limmatquai
genau geschehen ist. Die Bullen haben Andrea ohne weiteren
Kommentar weggefahren und in Sicherheit gebracht, wohin,
weiß nicht einmal er. Er hat sie angerufen, doch erst beim vierten Versuch ist sie drangegangen. Ein kurzes Gespräch, sie war
zu seiner Verblüffung komplett aufgelöst, hat geheult, lautstark
den Rotz hochgezogen und kaum einen zusammenhängenden
Satz herausgebracht. Dabei hat sie noch bei ihrer Rettung ruhig
und abgeklärt gewirkt. In all den Jahren hat er nie erlebt, dass
sie die Fassung verliert. Abgesehen von dem einen Mal, als sie
in einem Flüchtlingscamp vor laufenden Kameras zusammengebrochen ist. Nicht jedoch an jenem Abend, an dem sie Jamila
umgebracht hat. Da war sie zwar erschüttert, aber keineswegs
von der Rolle gewesen.

Schwendener verstand kaum, was sie sagte.

Sie rufe ihn von der Toilette aus an, erklärte sie schluchzend,
heimlich, weil die Bullen ihr untersagt hätten zu telefonieren.
Sie faselte von einer Handtasche, die ihr ein junger Mann entwendet habe. Er solle sie unbedingt bei sich behalten und sie
nicht aus den Augen lassen, da seien wichtige Dokumente drin.
Was er ohnehin getan hätte. Nachdem er die Tasche an sich
gebracht hat, verließ er den Umzug unverzüglich, um herauszufinden, wohin die Polizisten Andrea bringen würden.

Vergebens versuchte Schwendener, Andrea zu beruhigen, sie war jedoch viel zu hysterisch. Wiederholt flehte sie ihn an, unbedingt in seinem Wagen in der Parkgarage zu warten, bis sie sich wieder melde und ihm mitteilen könne, wo er sie abholen solle. Dass kurz nach Beginn des Umzugs eine Autobombe ihren Range Rover samt einer bislang noch nicht identifizierten Person in die Luft gejagt hat, hatte man ihr wohl in Anbetracht ihres angegriffenen Nervenkostüms nicht mitgeteilt.

Dominik Schwendener schließt die Wagentür auf und rutscht auf den Fahrersitz. Siebzehn Uhr achtzehn, stellt er nach einem Blick auf das Armaturenbrett fest.

»Wichtige Unterlagen, hm?«, sagt er zu sich selbst.

Schon einmal hat es ihm unglaubliches Glück gebracht, Andreas Handtasche zu durchsuchen. Ohne sie wäre er nicht dort, wo er heute ist: im Zentrum der Macht. Er allein bestimmt die Politik der Rechten und damit – nicht zuletzt aufgrund ihrer Wählerstärke – einen guten Teil der gesamtschweizerischen Entscheidungen. Er zieht die Fäden und Andrea ist seine Marionette, die tut, was er will. Seit er den Druck leicht erhöht hat, noch williger als zuvor. Eigentlich hätte ich auch Lobbyist werden können, denkt er, diese Leute formen die Politik auf ziemlich ähnliche Art und Weise, einen Großteil der Nationalrätinnen und Nationalräte haben sie fest in ihrer Hand. Aber das hier ist definitiv aufregender.

Lang lebe die Demokratie! Grinsend zieht Schwendener die beigefarbene Handtasche auf seine Knie, wundert sich erneut über ihr Gewicht und öffnet den Reißverschluss.

Chanel ist das nicht, stellt er erstaunt fest, gleich darauf fällt sein Blick auf die hineingestopften T-Shirts und das metallene Gewinde, das dazwischen hervorragt. Ein uraltes Handy ist mit Klebeband daran befestigt. Sein Mund klappt auf und er spürt, wie sich das Blut schlagartig aus seinen Extremitäten zurückzieht, sein Schwanz schrumpft sekundenschnell auf die Größe einer Sojabohne zusammen.

Die Fotze hat mich reingelegt!, ist der letzte Gedanke, der ihm durch den Kopf geht, ehe die Anzeige des Telefons aufleuchtet und ein nervtötender Klingelton die Stille im Wagen zerreißt.

51

Natürlich hat sich Luca für Chicken Wings entschieden, als Marisa ihm die Wahl des Restaurants überlassen hat. Daher sitzt sie jetzt an einem der gemütlichen Holztische im *Yardbird* an der Weststrasse und überfliegt auf ihrem Handy die neusten Nachrichten, während Luca eingehend die Karte studiert.

»Heute nehme ich die mit Buttermilch«, erklärt er.

Marisa nickt automatisch.

»Und dazu Pommes?«, schiebt er vorsichtig nach.

»Wie wär's mit einem Salat?« Marisa braucht nicht aufzusehen, sie weiß, dass ihr Sohn gerade angeekelt das Gesicht verzieht.

»*Coleslaw* vielleicht?«, schlägt sie vor.

»Hä?«

»›Was ist das?‹, heißt das.«

»Was ist das Scheußliches?«

Sie kann sich ein Grinsen nicht verkneifen, als sie den Blick hebt. »Kohl und Karotten, das magst du.«

Zweifelnd sucht der Junge das Gericht auf der Liste. »Aber nur eine kleine Portion.«

»Einverstanden.«

»Und eine winzige Kinderportion Pommes.«

»Nur, wenn du alles aufisst.«

»Mach ich eh!«

»Auch den Salat!«

Maulend beugt sich Luca erneut über die Menükarte. Marisa wendet sich wieder ihrem Handy zu und liest den Artikel unter der reißerischen Schlagzeile *Messerstechermord am Sechseläuten* zu Ende. Skander Hasani hat die Attacke nicht überlebt, er ist noch auf dem Weg ins Spital verblutet. Laut *Tages-Anzeiger* hat die Polizei im Unterschlupf des mutmaßlichen Terroristen eine Vielzahl von Substanzen und Materialien sichergestellt, die zum Bau von Bomben benötigt werden.

Die Leiche des rechtmäßigen Wohnungsmieters fand man im Kofferraum seines eigenen Autos, das Hasani als Fluchtwagen im Riesbachquartier, unweit des Sechseläutenplatzes geparkt hatte. Ein weiteres vermutliches Opfer des bosnischstämmigen Täters ist eine zweiundzwanzigjährige Frau, die erwürgt im Luftschutzkeller eines Wohnhauses in Schwamendingen von ihren Mitbewohnern entdeckt worden ist. Hasani hat eine Zeit lang in der Wohngemeinschaft gelebt.

Hier folgt ein Hinweis auf das ausführliche Interview mit den beiden Wohnpartnern Hasanis, das für die morgige Ausgabe angekündigt wird.

Ronald Bühler, der nach Berichten von Augenzeugen den mutmaßlichen Attentäter mit seinem mutigen Einschreiten unschädlich gemacht hat, wird in dem Artikel ein »Held« genannt. Seitens der Stadtpolizei ist durchgedrungen, dass der ehemalige IS-Kämpfer und zurzeit arbeitslose Bühler Hasani aus seiner Zeit in Syrien kannte und ihn seit längerer Zeit beobachtet hatte. Sich selbst bezeichnet er als »geläutert« und die Dschihadreise als »jugendliche Dummheit«. Mit der Ideologie des Islamischen Staats habe er nichts mehr am Hut, so der Zwanzigjährige, der nach seinem Einsatz in Syrien an massiven körperlichen Beeinträchtigungen leidet.

Marisa lässt das Handy sinken. Kein Wort von den beiden Privatermittlern, die der Polizei den Hinweis auf das geplante Attentat gegeben haben, samt Beschreibung des Täters, Marke des Wagens und Kennzeichen. Eigentlich ist das ganz gut so, denkt sie, auf diese Weise kann die *Agentur für unliebsame Angelegenheiten* weiterhin fernab der öffentlichen Wahrnehmung operieren. Und das haben Bashir und sie vor, die Lage nach der Krise entspannt sich endlich, wenn auch nur schrittweise. Für die nächsten Monate haben sie sich ein paar kleinere Aufträge gesichert, ohne jedoch den früheren Beschäftigungsgrad zu erreichen. Sie werden als Agentur überleben, so viel ist sicher.

Die Bodmers haben bereits das Honorar überwiesen, außerdem hat das Ehepaar Marisa und Bashir zur Trauerfeier ihres Sohns eingeladen. Noch haben sie sich nicht entschieden, ob sie hingehen sollen, Marisa findet die Idee nicht gerade prickelnd.

Sie schaut auf die Zeitanzeige des Handys, Bashir verspätet sich.

Am Nebentisch setzt sich ein Paar hin, er ein Bankertyp in maßgeschneidertem Anzug, mit perfekt sitzendem grau meliertem Haar und vermutlich handgenähten italienischen Schuhen. Seine Begleiterin ist wesentlich jünger und wesentlich kleiner, sie sieht aus wie eine Kunstschullehrerin, ein hübsches Gesicht mit weichen Zügen, kurz geschnittene Haare mit einer rötlichen Tönung, ihre Art, sich zu kleiden, ist originell, ohne überkandidelt zu wirken, sie scheint gern in Secondhandshops einzukaufen.

Déformation professionelle, schilt sich Marisa.

Schon als Flugbegleiterin hat sie die Leute unbewusst, aber trotzdem haargenau gescannt, das hat zum Beruf gehört, um Problemfälle rechtzeitig zu erkennen. Seit sie mit Bashir die Agentur führt, ist ihre Beobachtungsmanie noch ausgeprägter geworden, hier ist es ebenfalls ein wichtiger Teil ihrer Arbeit.

Endlich öffnet sich die Tür und Bashir betritt das Lokal, er entschuldigt sich, scherzt mit Luca, der ihm strahlend den Stuhl neben sich anbietet. Noch während er sich setzt, schweift sein Blick zum Nebentisch, er stutzt und erstarrt dann, als hätte er einen Geist gesehen. Wie in Zeitlupe lässt er sich nieder, ohne erneut hinüberzuschauen, er wendet sich sogar leicht ab, während ihn Luca über seine endgültige Menüwahl informiert.

»Zieht es dir nicht zu sehr?«, fragt Bashir Marisa.

Sie lächelt süffisant. »Der Tisch ist perfekt, finde ich.«

»Er ist gleich neben der Eingangstür.«

»Hin und wieder ein bisschen Frischluft, das schadet nicht.«

»Wenn du meinst ...« Bashir versteckt sich hinter der Speisekarte, derweil sich Marisa unauffällig dem Paar nebenan zuwendet.

Die junge Frau hält sich etwas gar verkrampft am Weißwein-glas fest, sie scheint ihren Partner mit ihrem Blick durchbohren zu wollen, so konzentriert starrt sie ihn an.

»Wir wollten uns doch über deine neue Bekanntschaft unter-halten«, säuselt Marisa und Bashir sinkt noch tiefer in seinen Stuhl.

»Wollten wir?«

»Aber ja!«

»Das ist nichts, was man bei einem Essen besprechen sollte«, erklärt Bashir und fixiert Marisa mit säuerlicher Miene. »Eigent-lich muss man es überhaupt nicht besprechen.«

»Also ich finde …« Weiter kommt sie nicht, denn ihr Telefon klingelt.

Eine unbekannte Nummer.

»Greco«, meldet sie sich.

Am anderen Ende der Verbindung räuspert sich jemand. »Marisa Greco?«

»Richtig.«

»Mein Name ist Romana Conzetti. Sie haben mit meiner Kollegin geredet.«

»Mit welcher Kollegin?«

»Sie waren im *Kulm* in Arosa.«

»Ja, das stimmt.« Marisas Herz beginnt plötzlich, schneller zu schlagen. »Ich habe wegen meines Mannes nachgefragt.«

»Ich weiß, Sophie hat mir davon erzählt, als ich sie kürzlich im Dorf getroffen habe. Mittlerweile bin ich pensioniert, aber ich war es, die ihn an jenem Abend im Restaurant bedient hat, bevor …«

»Okay«, haucht Marisa.

»Ich glaube, mir ist da noch ein wichtiges Detail eingefallen.«

»Sind Sie zur Polizei gegangen?«

Die ältere Frau lacht trocken. »Die interessieren sich doch nicht für einen so alten Fall und würden mich bloß auslachen.«

»Woran haben Sie sich erinnert?«

»Ich würde Ihnen das gern persönlich erzählen. Geht das? Könnten Sie bald einmal vorbeikommen?«

»Natürlich«, stößt Marisa hervor, ihre Kehle fühlt sich mit einem Mal staubtrocken an.

52

»Wieso er und nicht ich?« Aufgebracht hat Erich mit dem Fuß aufgestampft. »Ich bin einer der gefürchtetsten Kämpfer in unserer Einheit, meine Videos werden von Tausenden Menschen angeschaut, die ganze Welt kennt Abu Salman al-Swissri.« Keuchend hat er innegehalten. »Nein, falsch. Die ganze Welt *spricht* von Abu Salman al-Swissri!«

»Das ist das Problem, dein Ruhm ist zu groß«, beschwichtigte Abu Tahir den wütenden jungen Mann. »Irgendjemand würde dich garantiert erkennen, wenn wir dich in die Schweiz entsenden würden, es wäre dir kaum möglich, die Aufgabe mit der nötigen Umsicht vorzubereiten.«

»Aber wieso ausgerechnet der?«

»Abu Rasim al-Bosni ist unauffällig, er bringt die Fähigkeiten mit, die …«

»Abu Rasim al-Bosni ist eine Schwuchtel!«

Abu Tahir schwieg ein paar Atemzüge lang, ehe er weiterredete. »Die perfekte Tarnung, niemand wird vermuten …«

»Ihr … Du schickst eine Schwuchtel in den Heiligen Krieg. Das ist nicht nur *haram*, darauf steht *liwat*!«

»Wenn es dem Islamischen Staat nützt …«

»Ach, hör doch endlich auf mit der Scheiße, das trichtert man uns ein, seit wir hier angekommen sind. ›Wenn es dem Islamischen Staat nützt‹«, äffte Erich Abu Tahir nach und spuckte auf den sandigen Boden.

Abu Tahir stieß die Luft aus und ließ den Blick durch das geräumige Zelt schweifen, das man ihm im Gefangenenlager Ain Issa zugeteilt hatte. Als Führungspersönlichkeit erhielt er eine Sonderbehandlung.

»Skander war schon immer dein kleiner Liebling«, fuhr Erich fort. »Dein Zuckerpüppchen, das du vor all den schrecklichen Dingen und dem ganzen Terror beschützen wolltest. Damit es sich ja nicht die Händchen schmutzig macht oder womöglich nächtelang wach liegt, weil ihm die Gesichter der Toten den Schlaf rauben. Allein die Tatsache, dass er als Ambulanzfahrer arbeiten durfte und nicht an die Front musste, ich bitte dich.«

»Dein Ton gefällt mir nicht, Abu Salman al-Swissri. Ich bin trotz allem dein Vorgesetzter.«

Erich lachte hämisch auf. »Ein Krüppel bist du. Ein elendes Wrack ohne Beine.«

Mit einem kräftigen Ruck steuerte Abu Tahir den Rollstuhl direkt auf Erich zu und brachte ihn Millimeter vor seinen Schuhen zum Stehen. »Leg dich nicht mit mir an. Und unterschätz meinen Einfluss nicht, hier habe immer noch ich das Sagen.«

»Träum weiter. Deine Schergen, die ach so folgsamen Kämpfer, sie werden dich hier im Lager verrotten lassen und sich neuen Anführern zuwenden. Die Amerikaner haben sich zurückgezogen, hast du das überhaupt mitbekommen oder hast du da noch im Morphiumrausch gelegen, nachdem sie dir beide Beine haben amputieren müssen?« Erich grinste. »Die Türken sind bereits unterwegs, habe ich gehört, in ein paar Tagen bricht hier das Chaos aus. Die Kurden sind jetzt schon mit all den Gefangenen überfordert. Ich meine, sieh dich an. Du hast zwar deine Ruhe, wirst von keinem behelligt. Und trotzdem bist du ein König ohne Reich. Erbärmlich.«

Mit ausdrucksloser Miene hatte Abu Tahir zugehört, jetzt meinte er ruhig: »Wir werden uns bald befreien. Und dann fangen wir wieder ganz vorn an. In den endlosen Monaten im Lager haben die Brüder viele Menschen überzeugt, dass der Weg des IS der richtige ist, dass Allah uns beisteht. Wir werden stärker sein als jemals zuvor.«

Hasserfüllt blickte Erich auf seinen Vorgesetzten hinab. »Und trotzdem schickst du eine Schwuchtel los, um uns zu neuem Ruhm zu verhelfen. Wie kann man nur so blind sein?«

»Abu Rasim al-Bosni wird seine Aufgabe ehrenvoll ausführen.«

Ein hinterhältiges Lächeln glitt über Erichs Gesicht. »Außer ich erzähle allen, was mit ihm los ist.«

»Das wirst du nicht tun.«

»Willst du mich etwa daran hindern? Ich werde überall verbreiten, dass Abu Rasim al-Bosni eine Schwuchtel ist. Und ich kenne ein paar Brüder vor Ort, in der Schweiz, das weißt du, du kennst sie auch. Die wären sicher nicht erfreut, wenn sie davon erfahren. Wer weiß, was dann deinem Zuckerpüppchen zustößt? Ich auf jeden Fall möchte mir das nicht ausmalen.«

»So gefährdest du die Operation«, sagte Abu Tahir unbeeindruckt.

»Es gibt fähigere Leute«, meinte Erich.

»Lass gut sein. Du hast nicht das Zeug dazu.«

Erichs Mund klappte auf, sekundenlang glotzte der Bursche sein Gegenüber an, dann versetzte er Abu Tahir einen derart heftigen Stoß gegen die Schulter, dass der Rollstuhl umkippte.

»Halt mich doch auf, Krüppel!«, fauchte Erich und stapfte aus dem Zelt.

»Das werde ich«, hatte Abu Tahir gestöhnt, während er unter dem Rollstuhl hervorgekrochen war. »Du wirst schon sehen.«

53

Nachdem sich Bashir vor dem *Yardbird* von Marisa und Luca verabschiedet hat, schlendert er gedankenversunken zur nächsten Tramhaltestelle, ein kurzes Wegstück nur, über die Brücke beim Bahnhof Wiedikon, die Kalkbreite ist ganz in der Nähe.

Einmal mehr versucht er nachzuvollziehen, weshalb sich junge Männer so stark von religiösem Gedankengut beeinflussen lassen, dass sie bereit sind zu töten. Dass sie alle gesellschaftlichen Werte, die sie im Lauf ihres kurzen Lebens erfahren haben, ignorieren, jegliche Menschlichkeit zur Seite schieben und ernsthaft glauben, Leute, die ihnen nichts getan haben und die sie nicht einmal kennen, brutal zu ermorden wäre der einzig richtige Weg zu einer besseren Welt.

Vielleicht sind meine Überlegungen zu wenig weitreichend, zu simpel und oberflächlich, denkt Bashir und sieht Erich vor sich, diesen privilegiert aufgewachsenen Jungen vom Zürichberg, der innerhalb weniger Monate zu einer rücksichtslosen Killermaschine mutiert ist. Weshalb er am Ende selbst hingerichtet worden ist – und dann noch für unzüchtige Handlungen mit Männern –, ist eine Frage, auf die er wohl nie eine Antwort erhalten wird.

Es muss den einen Punkt geben, der diese Jungs dazu bringt, alles, was ihnen jemals etwas bedeutet hat, hinter sich zu lassen. Familie, Freunde, Geliebte, die Vorzüge der westlichen Welt, den Beruf, ihre Zukunft. Und stattdessen den Weg des Terrors einzuschlagen. Was genau dieser Punkt ist, erschließt sich Bashir nicht. Womöglich sind es auch mehrere entscheidende Momente. Doch sosehr er versucht, sich in die Gedankenwelt von Erich oder diejenige des weit weniger privilegierten Skander hineinzuversetzen, Bashir schafft es nicht.

Ich bin nicht wie sie, stellt er fest. Und ist insgeheim ganz froh darum.

Als er um die Straßenecke biegt, steht sie da. Ihre Augen

weiten sich kurz, nachdem sie ihn entdeckt hat, dann sieht sie wieder geradeaus, als hätte sie ihn nicht bemerkt.

Sie muss ihren Freund, oder wer immer das gewesen ist, nach Hause geschickt haben, schlussfolgert Bashir und gleich darauf fährt ihm ein wesentlich wichtigerer Gedanke durch den Kopf: Sie hat auf mich gewartet. Denn das Restaurant hat das Paar bereits vor einer Dreiviertelstunde verlassen.

Den ganzen Abend hat Bashir krampfhaft vermieden, Richtung Nebentisch zu schielen, so gern er die beiden auch beobachtet hätte. Es hätte ihn ungemein interessiert, wer sein Nebenbuhler ist, wie sie sich ihm gegenüber verhält. Nicht nur Marisas zu erwartende Sticheleien haben ihn davon abgehalten.

Das Dreier-Tram nähert sich, beinahe geräuschlos hält es an, mit einem leisen Zischen öffnen sich die Türen. Sie steigt ein und Bashir tut es ihr nach kurzem Abwägen gleich. Die Frau hat sich auf einen Einzelsitz gesetzt, ihr Profil spiegelt sich in der Fensterscheibe. Sie wirkt unnahbar und gleichgültig, doch Bashir ist überzeugt, dass ein flüchtiges Lächeln über ihr Gesicht geglitten ist, als sie ihn hat einsteigen sehen.

Ausgezeichnet mit dem Literaturpreis des Kantons Bern

Sunil Mann
Der Schwur
ISBN 978-3-89425-676-0
Auch als E-Book erhältlich

Der erste Fall der Agentur für unliebsame Angelegenheiten

Marisa Greco und Bashir Berisha wollen mit einer eigenen Detektei durchstarten. Ermittlungserfahrung haben die alleinerziehende Flugbegleiterin und der albanische Türsteher zwar nicht, aber sie sind ein gutes Team – und haben keinen Plan B. Für Nigerianerin Joy sollen sie einen Rollkoffer entwenden. Darin: Joys Ticket in die Freiheit – der Pass, den ihre Zuhälterin einzog. Die Zeit drängt, denn auch Joys kleine Schwester befindet sich auf der beschwerlichen Reise nach Europa. Sie darf auf keinen Fall in die Fänge der Menschenhändler geraten, denen Joy seit Jahren ausgeliefert ist.

»Dieser Krimi beschäftigt sich intensiv mit der Flüchtlingsproblematik, entlarvt die Mentalität rechtspopulistischer Politiker und begleitet den verzweifelten Versuch der beiden Detektive, die Welt ein bisschen besser zu machen. Alles sauber recherchiert, gnadenlos auf den Punkt gebracht und spannend erzählt.« Westfälische Nachrichten

Mehr von Sunil Mann:
Die Vijay-Kumar-Reihe

Fangschuss

ISBN 978-3-89425-369-1

Der indischstämmige Vijay ist frischgebackener Privatdetektiv – und
schon desillusioniert. Sein aktueller Auftrag ist weder lukrativ noch
Ruhm versprechend: Ness macht sich Sorgen um ihren Freund, einen
Drogendealer. Lustlos hört sich Vijay in der Szene um und merkt
erst, als er über eine Leiche stolpert, dass er selbst
in Gefahr schwebt.

Lichterfest

ISBN 978-3-89425-384-4

Ein Medientycoon beauftragt Vijay, seine Putzfrau Rosie zu suchen.
Ihr Neffe wurde von einem Schlägertrupp bewusstlos geprügelt.
Dann wird ein rechter Politiker tot aufgefunden – auch bei ihm
hat Rosie geputzt.

Uferwechsel

ISBN 978-3-89425-407-0

Vijay erhält den anonymen Auftrag, den grausamen Tod eines
Ausländers aufzuklären. Freundin Miranda glaubt, dass der Tote
ein Stricher war. Also zwängt sich Vijay in sein schwulstes Outfit
und ermittelt im Milieu.

Familienpoker

ISBN 978-3-89425-425-4

Noemi will wissen, wer ihre leiblichen Eltern sind. Was als einfacher Rechercheauftrag beginnt, entwickelt sich für Vijay zu einer gefährlichen Jagd durch Europa – auf der Suche nach dem mysteriösen Doktor Grüninger.

Faustrecht

ISBN 978-3-89425-447-6

Adrian Bühler glaubt, dass seine Frau ihn mit einem Ausländer betrügt. Als ihr syrischer Liebhaber erschossen wird, verschwindet Bühler. Und Vijay bekommt es mit rechtspopulistischen Politikern und einer Geheimorganisation zu tun.

Schattenschnitt

ISBN 978-3-89425-476-6

Eine Dokumentarfilmerin wird auf offener Straße niedergestochen. Ihr aktuelles Projekt thematisierte die Lebensbedingungen HIV-positiver Menschen in Indien. Vijay folgt der Spur ins Land seiner Vorfahren.

Gossenblues

ISBN 978-3-89425-492-6

Franziska Zehnder sucht Gaudenz Pfister. Vijay findet heraus, dass er auf der Straße lebt, obwohl der einstige Banker genug Geld für einen Neuanfang haben müsste. Kurz darauf sind sowohl Pfister als auch Zehnder tot.

grafit